囚われた貴石

クリスティーナ・ドット
琴葉かいら　訳

MIRA®

ONE KISS FROM YOU

by Christina Dodd

Japanese translation rights arranged with Christina Dodd
c/o William Morris Endeavor Entertainment, LLC, New York
through Tuttle-Mori Agency, Inc., Tokyo

Published by Harlequin K.K., Tokyo, 2011

囚われた貴石

■主要登場人物

エレノア・ド・レイシー……付き添い人。

マデリン・ド・レイシー……エレノアのいとこで主人。シェリダン女侯爵。次期女公爵。

ガブリエル・アンセル……マデリンの元婚約者。キャンピオン伯爵。

マグナス公爵……マデリンの父親。

シャップスター卿……マグナス公爵の弟。エレノアの父親。

レディ・シャップスター……エレノアの継母。

レディ・プリシラ……マグナス公爵の妹。故人。

ファンソープ伯爵……レディ・プリシラの婚約者。

ディッキー・ドリスコル……マデリンの馬番。

レディ・ガートルード……エレノアの伯母。グラッサー伯爵夫人。

レミントン・ナイト……実業家。海運会社経営。

ジョージ・マーチャント……レミントンの父親。故人。

クラーク・オックスナード……レミントンの友人。銀行頭取。

ベス……ナイト家のメイド。

1

一八〇六年、ロンドン

次期マグナス女公爵の馬車がバークリー・スクエアにある背の高い屋敷の前に停《と》まり、偽者が降り立った。

丈が長く分厚い旅行用マントの下に、無地で色の暗い、地味な旅行用のドレスを着ている。女公爵と同様、背が高く豊満な体つきをしていて、女公爵と同じ貴族特有のアクセントで話をする。顔から後ろになでつけた黒髪も、女公爵にそっくりだった。

とはいえ、見る人が見れば、女公爵との違いは明らかだった。偽者のほうが優しげな、丸みを帯びた顔をしていて、はっとするほど澄んだ大きな青い目が印象的だ。声はかすれていて温かく、深みがあった。両手はゆったりとウエストに置かれ、動作は落ち着いていてしとやかで、きびきびと自信たっぷりに動く女公爵とは違っている。ほほ笑んだり顔をしかめたりすることも少なく、心のおもむくままに笑い声をあげるなどもってのほかだ。

むしろ、感情は表に出す前に一つ一つを測っているようなところがあり、衝動的な性質は過去のどこかの時点で一滴残らず涸《か》れてしまったかのようだ。陰気というわけではないが、慎重で、冷静で、極端に口数が少なかった。

そう、よく知っている人なら、女公爵とこの偽者の違いに気づくはずなのだ。けれど、ミス・エレノア・マデリン・アン・エリザベス・ド・レイシーにとって幸いなことに、このときのロンドンにそうした人間はいなかった。例外は馬番と御者と従僕たちだったが、彼らはエレノアのいとこである本物の女公爵と、その付き添い人《コンパニオン》であるエレノアに忠誠を誓っている。エレノアの任務の内容をもらすことはない。

ミスター・レミントン・ナイトに真実を告げることはないのだ。


厳しい顔つきの執事が、音が反響する広い玄関広間に向かってエレノアの来訪を告げた。エレノアはとたんに憂鬱《ゆううつ》な気分になった。「マグナス女公爵さまのご到着です」

そのようにかしこまった言い方で紹介されるのを聞くと、目でいとこを捜したくなる。マデリンがここにいてくれれば！　もっと重要な使命があるとはいえ、この任務から手を引かないでいてくれたらよかったのに。

マデリンのふりをすることに、自分が同意しなければよかったのに。

お仕着せに身を包んだ従僕が広間の奥でおじぎをし、開いたドアの中に消えた。だが、一瞬で戻ってきて、執事に向かってうなずいた。

執事はエレノアのほうを向き、節をつけて言った。「旦那《だんな》さまはお忙しくされていますが、じきにいらっしゃいます。お時間は取らせません。私はブリッジポートと申します。マントとボンネットをお預かりしてもよろしいでしょうか？」

正午は過ぎていたが、霧が出ているせいで日光はかすみ、外は一面灰色だった。ろうそくの光だけでは、ミスター・ナイトの屋敷の巨大な玄関の隅々までは照らし出されていない。ただ、その玄関ができる限り確実に、家主の羽振りのよさを伝えるよう設計されていることはわかった。

軽蔑《けいべつ》の念が湧《わ》き起こり、エレノアの鼻孔がぴくぴくと動いた。

主人の代わりに罵《ののし》られるとでも思ったのか、ブリッジポートがびくりと体を震わせる。

いかにもミスター・ナイトのような人物が購入しそうな屋敷だ。金があり余っていることを世間に知らしめたいのだろう。結局のところ、結婚で爵位を得ようと夢見る、成り上がりのアメリカ人にすぎないのだ。

とはいえ、鮮やかな緑色と金色のベルベットの布類と、大量のカットグラスと斜角ミラーが飾られた玄関は、驚くほど趣味がいい。おそらくミスター・ナイトはこの状態のまま屋敷を買ったのであって、これから内装に余計な手を入れるのだろう。中国風の金箔《きんぱく》を張って、悪趣味な……そう、まさに皇太子ジョージ四世風の悪趣味な様式にするのかもしれないと思うと、エレノアの唇は笑いにゆがんだ。

ブリッジポートは安心したらしく、もとの無表情を顔に貼《は》りつけた。

だが、やたらじろじろとエレノアを見ている。女公爵だと思っているからだろうか？

それとも、目を離さないよう主人から指示を受けているのだろうか？

エレノアは暗い色のボンネットを脱ぎ、その中に外した手袋を入れ、内心の動揺を隠して執事に渡した。動揺を見せてなんの得がある？　戦争で疲弊したヨーロッパ大陸を女公爵とともに旅してきたとはいえ、マデリンの動作の特徴である活気や自信までは身につけていないことを露呈してしまうだけだ。それは、試練が足りないせいではない。試練なら二人ともじゅうぶんすぎるほど経験してきた。それは……。

エレノアはため息をついて、マントを脱がせようとする執事に身を預けた。それは、エレノアが生まれつき気弱なせいだ。父親に大声をあげられるたびに恐怖に凍りついたし、継母ににらまれればボウルの中のブラマンジェのように体がぶるぶると震えた。だからこそ、外面だけでも落ち着いているふりをするようになったのだ。臆病者《おくびょうもの》かもしれないが、その事実を触れ回る理由はどこにもない。

「女公爵さま、広い応接間にご案内させていただければ、そこで何かお出ししますので」ブリッジポートが言った。「長旅でお疲れでしょうから」

「そうでもないの」エレノアはブリッジポートに従い、背の高いドアを入って左手に進んだ。「昨日の晩は〈レッド・ロビン・イン〉に滞在していたから、今朝馬車に乗っていたのは四時間だけよ」

　ブリッジポートは一瞬無表情を忘れ、ぞっとした顔になった。「女公爵さま、恐れながら申し上げます。ミスター・ナイトとお話しになるときは、一刻も早くいらっしゃるようにとの指示に従われなかったことを、口に出されないほうがよろしいかと」

　エレノアは品のいい内装の部屋を眺め回すのをやめ、いとこをまねた仕草で高慢そうに眉を上げて、厳しく静かに執事を見据えた。

　それが功を奏したらしく、ブリッジポートは頭を下げた。「失礼いたしました。お茶をお持ちいたします」

「ありがとう」エレノアは落ち着き払って言った。「それから、何か食べるものもお願い」ミスター・ナイトにはこのあとも待たされるだろうし、朝食をとったのは五時間も前なのだ。

　ブリッジポートが出ていくと、エレノアはこの壮大な監獄を探索し始めた。

縦に長い窓から弱々しい日光が差し込み、ろうそくが壁に心地よい黄金色の光を投げかけていた。一方の壁には本が並んでいて、三メートル半ほどの高さがある天井に達し、家具には深紅とクリーム色の簡素な色合いのしゃれた縦縞《たてじま》模様が施されている。東洋の敷物はクリーム色の背景にクリスタルブルーと深紅の花が描かれていて、青と白の東洋風の花瓶には真っ赤な薔薇《ばら》が生けられていた。革表紙と摘み立てのカーネーションと油を引いた木材の匂《にお》いが合わさって、なじみ深い匂いが生み出され、エレノアはそれをいかにもイギリスらしい匂いだと思った。客がくつろげるようしつらえられた部屋だ。

それでも、エレノアの緊張は解けなかった。ここで気を抜いてしまうのは賢明ではないし、実際、ミスター・ナイトと会うことを考えると、胃がきりきりと締めつけられる。とはいえ、ミスター・ナイトの魂胆に乗るつもりもない。待ち時間が長いほうが、相手を不安に陥れることができると考えているのだろう。

確かに不安は募るだろうが、その気持ちを表に出すつもりはまったくない。

エレノアは快活を装った動きで、本棚の前に歩いていって題名を眺めた。『イーリアス』と『オデュッセイア』を見つけ、馬鹿《ばか》にしたように鼻を鳴らす。ミスター・ナイトは植民地から来た野蛮人なのだから、教養もないはず。きっと前の家主が置いていった本なのだ。ミスター・ナイトが買ったのだとしたら、目的は豊かな表紙の匂いを嗅《か》ぐことだろう。

だが、題名のすり切れたダニエル・デフォーの本は気になった。『ロビンソン・クルーソー』は昔から読んでいたので、古い友人のようなものだ。手を伸ばして頭上の棚から引っぱり出そうとしたが、背表紙にきちんと手が届かない。あたりを見回すと、図書室用のスツールが目に入った。それを引きずってきて、大股に足を踏み出して上に乗り、みごと本を手にした。

この本が実際に、しかも何度も読まれていることは、ロビンソンがフライデーを見つけ出すページがすぐに開くことからわかった。エレノアもその場面はお気に入りだったので、最初の数行を読まずにはいられなかった。そして、次の数行も。その次も、その次も。

無人島で悪戦苦闘し、絶望するロビンソンから、なぜ現実に引き戻されたのかはわからなかった。音は何も聞こえなかったが、温かな手で肌を愛撫《あいぶ》されたかのように、背筋に鳥肌が立った。ゆっくりと、捕食者に品定めされている獲物さながらに注意深く振り返ると、ドアに寄りかかる品のいい紳士と目が合った。

旅をしている間に、容姿端麗な男性や愛嬌《あいきょう》のある男性には大勢会ってきたが、ここまで見目麗しく、かつここまで愛想のない男性は初めてだった。ごつごつした御影石《みかげいし》と乙女の夢から彫り出された、白黒の彫像のような人だ。顔立ちはそこまで整っているわけではない。鼻は細くて曲がっているし、まぶたは少し重たげで、頬骨は存在感があり、頬がこけている。けれど、力強さが、屈強さがにじみ出ていて、エレノアは震える体を小さく丸め、おずおずとすり寄りたくなった。

そのとき男性がほほ笑み、エレノアは畏怖《いふ》の念に打たれ、息が止まりそうになった。その口ときたら……なんとも美しく、官能的だった。唇はぽってりしすぎていて、口の幅も広すぎる。歯は白くて清潔で、狼《おおかみ》の牙《きば》のように強そうだ。生活の中で何かを面白がることはあまりなさそうに見えるが、エレノアのことは面白がっているらしい。そこまで考えたエレノアは、スツールに立ったまま彼の本を読んでいることに気づき、恥ずかしさでいっぱいになった。自分は偽者で、本物の女公爵が到着するまでの間この男性の機嫌を取るために送り込まれたという現実、それほど深刻な状況にあるという現実は、すっかり頭から吹き飛んでいた。

機嫌を取る？　この人の？　そんなことはできそうにない。何をしようと、この男性の機嫌が取れるとは思えない。ただ……彼の望みどおりのことをすれば別だが。もちろん、彼の望みが自分にわかると思うほど、エレノアは愚かではなかった。

とりあえず今のところは、なんとか床に下りて、足首の露出を必要最小限に抑えなければならない。だが、そうすればミスター・ナイトの視線を防げるというわけではなかった。今や彼は感心したようにエレノアの体つきを眺めていて、その視線はさりげないからこそ突き刺さるようだった。視線は背筋をたどり、ヒップを通って、脚を下りていく。そのまなざしの熱さに、エレノアはシュミーズ一枚になった姿まで見抜かれているのではないかと感じ、胸がざわめいた。

とにかく、このままじろじろ見つめさせるわけにはいかない。エレノアは本をぱたんと閉じた。冷静に聞こえるよう願いながら言う。「ミスター・ナイト、あなたのすばらしい蔵書につい夢中になってしまって」大丈夫、きわめて落ち着いている。非常に洗練された物言いだ。エレノアは壁沿いに手を振り動かした。「いい本が揃《そろ》っていますわね」意味のない言葉を続けて発する。

ところが、ミスター・ナイトは何も言わなかった。言葉でも身振りでも、エレノアが提供した会話の糸口に反応することはなかった。

黙ったままのミスター・ナイトに対し、エレノアは身構えるように片方の肩を上げた。威嚇しているつもりなら、彼はなかなかの成果を上げている。エレノアがさらに何か……何かはわからないが、この獣とその気取った態度を打ち砕く何かを言おうとしたとき、ミスター・ナイトは足を前に踏み出した。

その瞬間エレノアは、心の中に浮かべた表現が正しかったのを悟った。ミスター・ナイトはまさに獣だった。獲物を狙《ねら》ってさまよう豹《ひょう》のごとく、長い脚でなめらかに動く。獲物はエレノアだ。近づいてくるにつれ、彼は大きさも、身長も、肩幅も増して見えた。自然の一要素に、岩山に、力強い海に……あるいは獣に見えた。実際に使うときまで爪を隠している、無慈悲な獣に。

エレノアはたちまちパニックに陥った。どうしよう。マデリン、なんてことに私を巻き込んでくれたの？

気づくと、ミスター・ナイトはそばに来ていた。エレノアは日焼けした険しい顔と、その顔を取り巻く、色が薄すぎるせいで光輪のように見えるブロンドの髪を見下ろした。この人は今すぐ爪を使うつもりだろうか。

ミスター・ナイトはゆっくりと腕を伸ばし、大きな両手でエレノアのウエストを包み込んだ。その感触は、長い冬を耐えたあとにあたる火のぬくもりを思わせた。男性に触れられるのは初めてだった。少なくとも、このように迫力ある獣には。厳格なイギリス社交界の高みに金で上りつめることができると考える、冷酷な男には。だが、現に彼はエレノアに触れ、なじみ具合を測るかのように手を押しつけて、申し分ないと判断したかのような表情になった。申し分ないどころか、好ましいと。

そしてエレノアは……感覚が彼を熱心に取り込んだ結果、戸惑いと喜びを同時に感じていた。いつのまにか呼吸も慎重になり、深く息を吸い込みすぎて急激に燃え上がることを恐れているかのようだ。

ミスター・ナイトの香りを嗅ぐと、動揺に拍車がかかった。まるで、アルプス山頂のさわやかな空気のような匂い。レバノンのヒマラヤ杉の森の匂いだ。喜びを与えてくれる男性の匂い……いや、なぜそんなことがわかるだろう？　エレノアは真っ白な雪のように汚れがなく、きっと一生このままなのだから。

持参金もなければ、それが手に入るあてもない、二十四歳のコンパニオンと結婚する男性はいない。

ミスター・ナイトは手に力を込め、エレノアをスツールから持ち上げた。

エレノアは驚き、本を取り落とした。慌ててつかもうとしたせいで、バランスを崩した。

本がばさりと床に落ちた。

ミスター・ナイトがエレノアの体を自分のほうに倒す。

よろめいたエレノアは、ほとんど本能的に彼の肩をつかんだ。その肩は嵐《あらし》の中の岩のようにびくともせず、力強かった。

ミスター・ナイトはゆっくりと少しずつ、自らがすべり台でエレノアが不器用な子供であるかのように、体に沿ってエレノアを下ろしていった。しかし、エレノアは自分が子供だとは感じなかった。むしろ……女だと意識して、混乱し、圧倒された。会ったこともなかった、しかもとんでもなく大胆な悪党だとわかっている男性に馬鹿げた欲望を抱き、その欲望に突き動かされていた。これまでずっと、まさにこのような感情を避けてきたというのに！

あと少しで爪先が床に触れるというとき、ミスター・ナイトはエレノアの体を下ろす手を止め、顔をのぞき込んだ。

彼の目は淡い青色で、凍《い》てつく空のかけらのようだった。そのまなざしはこちらが戸惑うほどまっすぐで、言葉に出さずともエレノアに惜しみない賞賛を送っていることがわかった。

エレノアは赤面した。白い肌が染まりやすいことはよくわかっていたので、今の自分が真っ赤になっているのは想像がついた。どぎまぎしつつも興味を引かれ、これまで直面したことのない危険にさらされながら、マデリンならどうするだろうと考えた。けれど、裏表がなく、きびきびしたしっかり者のマデリンなら、そもそもこのように不埒《ふらち》な体勢には陥らないだろう。

淫靡《いんび》にくぐもった、女を誘惑するのに慣れきった声で、ミスター・ナイトが言った。

「女公爵さま、我が家へようこそ」最後の数センチ分、エレノアをすべり下ろし、逃げ出さないかどうか確かめるようにそのまま待つ。

エレノアは逃げ出したりはせず、本物の女公爵さながらに落ち着いて一歩下がった。

ミスター・ナイトは名残惜しそうにエレノアのウエストから手を離したあと、今度は威嚇するように鋭いとげを含んだ声で言った。「この日をずっとずっと、楽しみにしていました」

2

ミスター・ナイトと会ったことでエレノアが感じていた困惑は、いっきに吹き飛んだ。ミスター・ナイトはエレノアを、いや、マデリンを軽蔑《けいべつ》している。マデリンは彼の扱い方に関しては、なんの指示も与えてくれなかった。ただ二人の立場を交換し、エレノアは女公爵のふりをして、公爵である父親が引き起こした最悪の状況をマデリンが処理するまで、ミスター・ナイトの相手をして時間を稼ぐよう言われただけだ。

それを聞いたときも、馬鹿《ばか》げた計画だと思った。今は、馬鹿げた計画だと確信している。何しろ、ミスター・ナイトの扱い方がさっぱりわからないのだ。

ミスター・ナイトは本を拾い上げ、題名を見た。「『ロビンソン・クルーソー』か。私もこの本は気に入っている。そもそも、これは私の本だしな」長い指で革の背表紙をなぞる。「君との共通点が一つでもあるとわかってよかったよ」

エレノアとしては、この男性との共通点など一つも欲しくなかった。

だが、異様に落ち着き払った、冷静で容姿端麗なミスター・ナイトの視線を浴びていると、その気持ちすら見抜かれているのではないかと思えてくる。

しばらくしてようやく、エレノアはウエストに置いた両手を握り合わせ、不安のあまり指をひねったりしないよう注意を払った。「私に会うのをずっと楽しみにしていたなんて、怪しいものですわ。一カ月前は私の存在もご存じなかったでしょうに」

「でも、事実だ。君の存在は八年以上前、事業の代理人がイギリスからボストンに戻ってきたとき、マグナス公爵には娘さんが一人いらっしゃると聞いたときから知っている。とても美しい娘さんだと」ミスター・ナイトは本を棚に戻したが、スツールを使う必要はなかった。「その代理人は大げさなことは言わない」

エレノアはどぎまぎした。「そう……ありがとう」ミスター・ナイトが話しているのはマデリンのことだが、見ているのは自分だ。うぬぼれは抜きにしても、自分に女性としての魅力があることはわかっていた。あまり品のよくないイギリス人の男性に、きれいな女を誘惑するチャンスだと思われたらしく、いとこよりも美人だと言われたこともある。それでも、ミスター・ナイトに見つめられると、彼に触れられたことで燃え上がった小さな炎が、全身の血管を駆けめぐるのがわかった。

その炎も、そのぬくもりも、悪質なものだ。とても悪質だ。

そのとき、ミスター・ナイトがエレノアの腕を取ってひじをつかみ、強引に小さなソファに連れていった。

なぜこんなふうにさりげなく触れられただけで、この男性は自分をものにするためなら目の前のあらゆる障害を蹴散《けち》らすに違いない、と思わされるのだろう？

ミスター・ナイトはエレノアをソファに座らせると手を引っ込めた。エレノアはほっとしたあと、心配になった。ミスター・ナイトが印象どおり容赦ない人間だとしたら、勝ち目はないと思ったのだ。

だが、マデリンはこんな助言をしてくれた。〝不安になったときは、こう考えればいいの。マデリンならこんなときどうするかしらって。その答えどおりにすればいいのよ〟と。

マデリンなら主導権を握ろうとするだろう。だから、エレノアもそうした。「どうして私の家族をお調べになるの？」

「妻が必要だからだ」

そうなのだ。それこそがこの問題の要、マデリンがロンドンに来ようと決意した理由だった。マデリンの父親で、軽率だが憎めない性格の賭博《とばく》中毒のマグナス公爵が、ミスター・ナイトの財産に対してマデリンとの結婚を賭《か》け、負けたのだ。

「婚約したとお父上に聞かされたときは、驚いただろうね」ミスター・ナイトはソファのまわりを、獲物にとどめを刺そうとする豹《ひょう》さながらにぐるりと回った。「しかも相手は私だ」

エレノアは慎重に言葉を選んだ。「どんな形であれ、自分が婚約するとは思っていませんでしたわ」

「どうして?」ミスター・ナイトは巨大な猫が獲物をもてあそぶように、喉を鳴らした。

「君は若くて裕福だし、高い爵位を持っている。いずれ結婚しなければならないという思いはあったはずだ」

「女公爵だからといって結婚しなければならないということはありません」エレノアはマデリンをまねて堂々とした口調で言った。「自分のことは自分で決めますから」

「これからは違う」あの笑みが――邪悪な天使の笑みが、ミスター・ナイトの口元に浮かんだ。「決断なら、女公爵の代わりに私が下すことになるよ」

だめだ。この結婚は絶対にうまくいかない。権力を自覚したこの男性の冷酷さと、言葉の端々ににじみ出る軽蔑の念に、マデリンはみじめな思いをするだろう。それに、マデリンにはほかに愛する男性がいることも、エレノアは知っていた。妻の愛情が別方向に向かうなど、ミスター・ナイトが許すはずがない。

「こんな状況で私の屋敷に来るなんて、心中お察しするよ」ミスター・ナイトは室内に視線をさまよわせた。「お父上もご一緒かと思ったんだが」

「公爵は別の用事で出かけていまして」少なくとも、エレノアの予想ではそうだった。たとえその用事に、娘の財産の貴重な残りを賭博で失うことが含まれているとしても、あの父親が躊躇《ちゅうちょ》するだろうか? マグナス公爵は後先を考えない性格で、娘の健康や幸福など気にも留めない。だからこそ、エレノアはこんなところに来て、ミスター・ナイトの支配下に入り、別人のふりをするはめになっているのだ。

うろうろするミスター・ナイトを見上げ、エレノアはここから逃げ出せるならどこに行っても構わないと思った。マデリンと大陸を旅しているときも、困難な状況に陥ることはあった。フランス軍の兵士の脅威に怯《おび》えたこともある。雪崩でアルプスから転げ落ちそうになったこともある。最悪だったのは、トルコのハーレムで囚《とら》われの身となり、宦官《かんがん》や妾《めかけ》たちに囲まれたときだ。まわりで遊興の限りが尽くされ、あのときはこのまま一生逃げられないのではないかと思った。けれど、実際はなんとかなった。マデリンがあらゆる手を尽くした結果、二人は護衛を得て国を出ることができた。

だが、そうした状況下にいるときよりも、今ここにミスター・ナイトと二人きりでいることのほうが、よっぽど恐怖を感じる。

「どうして……女公爵を？」エレノアはたずねた。「どうしてこの一家を選んだの？　目的はなんだったの？」

「次期女公爵はイギリス中に土地を持っているし、個人資産もたいしたものだ。目的？　女公爵を手に入れること。女公爵との結婚だ。女公爵の莫大《ばくだい》な財産を自由に使い、女公爵に子供をたくさん産んでもらいたいからだよ」ミスター・ナイトはほほ笑んだが、唇の端はわずかに上がっていたものの、目はまったく笑っていなかった。「イギリス有数の金持ちの夫という地位を、欲しがらない男がどこにいる？」

ミスター・ナイトの論理には非の打ちどころがなく、男性がそれだけの理由でマデリンと結婚したがるのも無理はないと思えた。だが、ミスター・ナイトには何かがあった。その目のきらめきに、傲慢《ごうまん》そうな立ち姿に、薄笑いの表情に……嘘《うそ》をついていると思わせる何かが。

からかうような口調で、ミスター・ナイトは問いかけた。「ところで、どうして私たちは女公爵のことを三人称で話しているんだ？　まるで君がここにいないみたいに」

エレノアは唾《つば》をごくりとのんだ。何か不自然なことを口にして、すでに真実を悟られてしまったのだろうか？

だが、仮に気づいているのだとしても、ミスター・ナイトはそのようなそぶりは見せなかった。ドアがノックされるのを聞いて、彼は言った。「ブリッジポートがお茶を持ってきたようだ」

執事はメイドを従え、さっきと同じように、礼儀正しく控えめな態度で入ってきた。エレノアの前にお茶のお盆を置く。

「ありがとう、ブリッジポート」エレノアはもごもごと礼を言った。

続いてメイドが、ケーキとサンドウィッチののった盆を隣に置いた。

「ありがとう」もう一度、今度はメイドに言う。

メイドはまだ若く、新入りで経験が浅いうえ、ミスター・ナイトの将来の花嫁に興味があるらしく、初めて貴族を見るような目でじろじろとエレノアを見ていた。こうしたあけすけな詮索《せんさく》の視線にはこれまでにも遭遇していたが、それはすべてマデリンに向けられたものだった。エレノアはいつも隅に隠れ、コンパニオンとして気配を消していた。

ブリッジポートがいさめようとしたとき、威厳に満ちた声でミスター・ナイトがとがめた。「ミリー、もういいだろう」

メイドはびくりとし、怯えた目でミスター・ナイトを見てから、膝を曲げておじぎをし、部屋を飛び出していった。

ブリッジポートもおじぎをして、重々しい足取りで部屋を出ていき、ドアを閉めた。エレノアはミスター・ナイトと二人きりで取り残された。

エレノアは閉ざされたドアをじっと見た。「怖がらせることはなかったのに」

ミスター・ナイトは絨毯《じゅうたん》の縁に立ち、その長身と広い肩幅で、部屋全体を難なく支配していた。「君がいやな思いをしていたから」

エレノアは仰天した。図星だったが、外面は穏やかに取り繕っていたはずなのに、その奥の感情をどうやって見抜いたのだろう？

それより重要なのは、そもそもなぜ見抜こうとしたのかだ。

「砂糖は入れてくれ、クリームはいらない」ミスター・ナイトが言った。

エレノアは青い花が描かれた丸っこい磁器のポットと、注ぎ口からほのかに立ち上る湯気に目をやった。揃《そろ》いのカップとソーサーが、ポットと並んで敷物ナプキンの上に置かれている。盆に用意されたお茶の一式は、文句なく洗練されていて、変わった点もなかった。それに、エレノアは普段から紅茶を注《つ》いでいる。マデリンは興味がないようだが、エレノアは紅茶の香りやぬくもり、それをいれる手順を心地よく感じていた。けれど、ミスター・ナイトにじっと見られている今、その作業をこなすのは難しかった。ポットが重すぎるような気がする。持ち上げたカップは、ソーサーの上でかちゃかちゃ鳴った。ポットを傾け、注ぎ口をカップに向けようとする……。

その瞬間、笑いを帯びた、意外なほど明るい声で、ミスター・ナイトが言った。「女公爵に給仕してもらえるとは光栄だな」

エレノアの両手が震えた。熱い液体が指にかかり、手からカップが落ちた。つかもうとすると、テーブルに当たってカップは割れた。破片が手のひらに刺さる。

エレノアは手を引っ込め、こぶしを握った。

ミスター・ナイトが急いでやってきて、エレノアのそばに膝をついた。「けがをしたのか？　火傷《やけど》か？」

「いいえ、大丈夫、大丈夫よ」大丈夫ではなかった。困惑していた。エレノアが淑女の優雅な動きを身につけているのは、理由あってのことだった。人前で恥をかかないためだ。

なのに、緊張するあまり失敗してしまった。「お願いです、ミスター・ナイト、立ってください」

その言葉が余計だったらしく、ますますミスター・ナイトの注意を引くことになった。彼はエレノアの手を光にかざし、すぐに小指の下にぽつりと真っ赤な血の浮いた小さな切り傷を発見した。「切れてるじゃないか」

「少しだけよ」エレノアは手を隠そうとした。「手際が悪くて。すてきなカップを割ってしまったわ」

「カップなんかくそくらえだ」ミスター・ナイトがその傷に軽く自分の指を押しつけた。

エレノアは顔をしかめた。

「運がよかった。破片は入っていない」ミスター・ナイトはエレノアの手を口元に持っていき、小さな傷口を吸った。

エレノアはぎょっとしてミスター・ナイトを見つめた。頭がエレノアの手の上にかぶさり、彫刻のような顔に真剣な表情が浮かんでいる。彼の唇は温かくて濡《ぬ》れていて、その口に吸われると、妙な気分になった。人間よりも動物に近く、痛みと親密さが合わさったような……。これまで体のどの部分にも、どんな形であれ男性の口に触れられたことはない。

なぜ私はこんなにも短い間に、これほど洗練された調度品に囲まれたミスター・ナイトの応接間で、このような事態に陥っているのだろう？

ミスター・ナイトは顔を上げ、エレノアの視線に気づいた。「どうした？　何か失礼なことをしてしまったかな？」

本当にわかっていないのだろうか？　何が問題なのか説明しなければならないのだろうか？　いや、無理だ。そんなことはできない。そこでエレノアは、ミスター・ナイトが犯したわずかな罪に飛びついた。「くそくらえ、よ」

凍《い》てついた青い目が険しくなった。「なんだって？」

「くそくらえ、と言ったでしょう。〝カップなんかくそくらえだ〟と。アメリカ人だからご存じないのね。ここイギリスでは、異性がいる場では汚い言葉は使わないものなの」

ミスター・ナイトは笑った。感じのいい笑いではなかった。鼻を鳴らす、あるいは吠《ほ》えているのに近く、思わずもらしてしまった笑いのようだった。けれど、それは間違いなく正直な反応で、彼のまなざしが初めてぬくもりを帯びた。「私から汚い言葉を勉強するといい」

「けっこうよ、やめて」言ってはみたものの、その言葉がミスター・ナイトの発言に向けられているのか、それとも行為に向けられているのかは、エレノア本人にもわからなかった。「社交界でそのような言葉づかいを続けていれば、そのうち格式の高いお宅では歓迎されなくなるわ」

「そんなことはない」ミスター・ナイトは清潔な白いハンカチを取り出し、エレノアの手に巻いてしっかり結んだ。「きちんとした身なりをしていて、金を持っていて、次期マグナス女公爵と婚約している限り、私はどこに行っても歓迎される。むしろ、ぜひにと請われるくらいだ。私のような人間は珍しいからな」

「あら……そう」

「がっかりしたように聞こえるが。私が社交界に受け入れられないほうがいいのか？」

イギリスの女主人たちは、ミスター・ナイトの整った容姿と財力の陰に潜む危険な獣には気づかないに決まっているのだから、もちろん受け入れられないほうがいい。だが、そのような心ない考察を認めるわけにはいかず、エレノアは彼の目から視線をそらして答えた。「そういうわけじゃないの。格式あるお宅の奥さま方は、物珍しさからお仲間に加えた方をすぐに放《ほう》り出すことがあるから」

「私はこの手に、そうさせないための保証を握っている」ミスター・ナイトは再びエレノアの手を取り、指の背に唇を押しつけた。

なんということ！　ミスター・ナイトに色目を使われるなんて。そして、彼に興味を示されて喜んでしまうなんて。「できれば私に、そういう態度をとらないでいただきたいの。落ち着かなくて」

抗議の言葉は意に介さず、ミスター・ナイトはエレノアの前にひざまずいたままだった。好奇心混じりの低い声で言う。「君は私が想像していたのとは違う」

「そうね」エレノアはささやき声で返した。「違うと思うわ」

時間の流れが遅くなり、引き延ばされたように感じられた。ミスター・ナイトはエレノアを、まるで自分が捕まえ、永久にかごに閉じ込めようとしている鳴き鳥であるかのように、熱心に見つめている。

だが、エレノアは女公爵ではなく、気の強いいとこの陰に隠れて生き、その暮らしに満足している一親族にすぎない。

ミスター・ナイトは誘惑めいた声音で、それでいて単調な言葉を口にした。「使用人に君のかばんを運び入れさせるよ」

一瞬、エレノアは言葉の意味がのみ込めなかった。ようやく理解すると、なんとしてでもミスター・ナイトから離れたくなり、ソファの上ですばやく身を引いた。

「運び入れる？　ここに？　あなたのお宅に？」ミスター・ナイトに手を握られたままだったので、エレノアは彼をソファの自分の隣に引っぱり上げた格好になった。

もちろん、事実はそうではない。本人が望まない限り、この男性がエレノアに動かされるはずがないのだから。

「もちろん、私の家にだ」ミスター・ナイトは少し驚いたようだった。

「どうして？」神さま、いったいどうして？　この人は私をどうしたいの？　正確に言えば、この人は私に何をさせたいの？

「ほかにどこに泊まるつもりだ？」

「私……たちは、チェスターフィールド・ストリートにタウンハウスを持っているわ」

「わかっていないな。ここに来たからには、もう出ていくことはできないんだ」ミスター・ナイトはエレノアに身を寄せてささやいた。「将来の花嫁には、私の屋敷に滞在してもらう……私と一緒に」

3

囚《とら》われた。この男の屋敷に囚われてしまった。「ここには泊まれないわ」エレノアはミスター・ナイトに、彼に示された未来図に、身がすくむ思いだった。不埒《ふらち》な誘惑と、世間からの隔離。だが、自分では認めたくないものの、その展望にどうしようもない興奮を覚えるのも事実だった。

もし、夜の闇《やみ》に紛れて彼が寝室にやってきたら、私は正しい行動がとれるだろうか? 抵抗することができるのだろうか?

低い声で、エレノアは言った。「私は……独身よ」

「今のところはな」ミスター・ナイトの言葉も、声も、まなざしも、エレノアに……いや、将来の花嫁に対する意志をはっきりと伝えていた。自分たちの結婚を単なる実利上のものではなく、情熱と複雑な感情から成り立つものにするつもりだと。「私たちはいずれ結婚する。それは約束するよ」

もしその言葉を信じるなら、彼の誘惑に抗《あらが》う必要はなくなる。

エレノアはそのようなみだらな思いを抱いた自分に愕然《がくぜん》とした。

ミスター・ナイトは眉根を寄せて顔をしかめ、悪魔じみた表情を浮かべた。「びっくりしているようだな。何があろうと、私が君と結婚することはわかっているはずだが」

「そうじゃないの」もっと悪いことだ。八歳児に分数を教える教師のようにはっきりと、言葉を選びながらエレノアは言った。「アメリカの慣習がどうなっているのかはわからないけど、イギリスでは、私があなたと一つ屋根の下に滞在すれば、あなたが将来的にどうするつもりであれ、私の体面は汚されることになるの」

「君がここに一人で滞在すれば、汚されるのは体面だけじゃない」ミスター・ナイトの視線はエレノアの唇に、そして胸に落ち、そこに留まった。

今着ている旅行用ドレスは色も濃く、丈夫で、喉元まで肌を覆い隠してくれる。それはわかっていたが、こんなふうにじろじろ見られると、エレノアは知らないうちにボタンが取れていないかどうか確かめたくなった。胸が張りつめ、先端が身ごろに押しつけられる。なじみのない、息が止まりそうなほど大胆な衝動に襲われ、意気地のない自分をかなぐり捨てて、自由にふるまいたくなった。だが、実際にはもごもごとこう言った。「つまり……あなたは……」

「夜の闇に紛れて寝室に忍び込み、君を誘惑するんじゃないかって？　ああ、愛《いと》しの君、なんのためらいもなくそうするね」

エレノアは握った手を放してほしくなった。手のひらが汗ばんできたのだ。

「だから、お目付役を用意した」ミスター・ナイトが身をかがめ、テーブルに置かれた呼び鈴を鳴らした。

安堵《あんど》と失意に同時に襲われながら、エレノアは問いかけた。「お目付役？　何を言ってるの？　私がここに滞在しても体面を守れるほど立派なお目付役なんて、どこにもいないわ」

戸口から、陽気な女性の声が響いた。「親愛なる姪《めい》っ子《こ》さん、いるに決まってるでしょう」

エレノアはさっと振り向き、息をのんだ。

「私よ！」戸口の女性は部屋全体を抱擁するかのように、両腕を広げて立っていた。背が低くぽっちゃりしていて、身にまとった流行のラベンダー色のドレスに、カールした白髪が映えている。「親愛なるマデリン、まず最初の助言だけど、部屋で二人きりのときにミスター・ナイトと手をつなぐのはおよしなさい。いえ、この方は前代未聞のずる賢い悪党なのだから、結婚するまでは部屋で二人きりになるのもどうかと思うわ」

エレノアは手のひらに巻かれたハンカチを握りしめ、のろのろと立ち上がった。「レディ……ガートルード？」

レディ・ガートルードはせわしない動きで部屋に入ってきて、いつもどおりの疲れ知らずな口調でまくしたてた。「覚えていてくれたのね！　本当にお久しぶり」

レディ・ガートルード、グラッサー伯爵夫人はマデリンの母親の姉で、エレノアとは血縁がないため、レディ・ガートルード本人が思っているよりも会うのは久しぶりだった。とはいえ、たまに顔を合わせたとき、この愛すべき女性がエレノアに愛情を示さなかったわけではない。むしろ逆だった。レディ・ガートルードは姪に対するのと同じくらい、エレノアにも優しく接してくれた。

だが、この状況でレディ・ガートルードと顔を合わせれば、まだ始まってもいない変装劇は台なしになってしまう。

レディ・ガートルードがすべるように歩いてきて女公爵と抱擁するさまを、レミントンはじっと見つめた。

これがマデリン・ド・レイシー――シェリダン女侯爵で、次期マグナス女公爵なのだ。これまで見てきたところ、典型的なイギリスの貴族女性とは違うようだ。レミントンは鞍《くら》や馬勒《ばろく》をつけられたことのない元気いっぱいの馬のような女性を想像し、飼い慣らしてやろうと身構えていた。ところが、実際に会ったマデリンは想像とはまったく違い、社会的地位の高さを意識しているとは思えない女性だった。顔は優しげな丸みを帯びていて、頬にはえくぼが浮かび、あごとぽってりした柔らかな唇の中心にはくぼみがある。黒髪は頭の後ろで野暮な形にひっつめられているが、ピンを外せば自然なウェーブを描いて腰まで広がり、男ならその生き生きとした毛束に指を絡めたくなるはずだ。体は濃い色の服にがっちりと覆われていたが、そのようなカムフラージュにも豊満な胸は隠しきれておらず、ウエストに手を置いたときは、その驚くほどの細さと、下に続く優美なヒップのラインを手のひらに感じた。

レミントンは自身の手を見下ろしてにんまりした。マデリンの熱はペチコート越しにレミントンの肌を焦がし、マデリンも同じ炎に包まれていることをうかがわせた……いや、そうだと彼は確信した。マデリンが自分を見る目が、野生化して手に負えなくなった生き物を見るようだったからだ。

もし、レミントンの行動がいかに冷酷で意図的なものであるか、その計画に自分がいかに重要であるかを知れば、マデリンはもっと警戒するだろうし、怯《おび》えるだろう。だが、もちろん今のマデリンはそれを知らないし、知らせるつもりもない。知らせるのは、マデリンの家族に、そしてマデリン自身に手の打ちようがなくなってからだ。

この女は私のもの。私の女公爵なのだ。

本人も姪との関係は良好だと言っていたが、レディ・ガートルードの感じのよさ、優しさ、イギリス社交界での顔の広さを考えれば、それは事実だろうと思える。

ところが、マデリンはおばに会ってぎょっとした様子だった。

「マデリン、ようやく大陸から帰ってきてくれて嬉《うれ》しいわ。あの恐ろしいナポレオンが闊《かつ》歩《ぽ》して、恥知らずの兵士たちが善良なイギリス国民を捕虜にしているというから、心配していたのよ。あなたと……」レディ・ガートルードはマデリンを見上げ、眉を上げた。「エレノアを」

マデリンがレディ・ガートルードの頭越しにこちらを見て、ごくりと唾《つば》をのんだのがはっきりとわかった。マデリンは早口で言った。「今回、エレノアは置いてきました。旅疲れがひどかったので」

「まあ！　当然ですよ。無理もないわ」レディ・ガートルードの口調は歯切れがよく、笑いがにじんでいた。「四年間もヨーロッパ中の国々をうろついて、疲れない人がどこにいるの？　でもエレノアがいないなら、ミスター・ナイトにあなたのお目付役を頼まれたのは、ちょうどよかったということね」レディ・ガートルードは背伸びをし、レミントンの頬をぽんとたたいた。「ね、いい子《ディア・ボーイ》」

驚きなのは、その言葉に心がこもっていることだった。レディ・ガートルードは優しさが服を着て歩いているような女性で、レミントンは知り合ってからまだ五日だが、すでに彼女に愛情を感じるようになっていた。レディ・ガートルードは誰に対してもこの調子だった。誰からも好かれ、そのずけずけした物言いの餌食《えじき》になっているレミントンのような人間でさえ、好きになってしまう。レディ・ガートルードはマデリンのお目付役を務めることに同意し、今でこそ感じのいい、思いやりのある態度で接してくれている。しかし最初に会ったときには、この結婚について率直な意見をぶつけてきた。

レミントンは一貫してレディ・ガートルードの意見を受けつけず、最終的に二人は休戦協定を結ぶことになった。レミントンはレディ・ガートルードが独自の流儀でお目付役を務めることを認め、一方レディ・ガートルードはレミントンの結婚の計画には口を出さないと。

レディ・ガートルードはソファに座り、引っぱってきたマデリンを隣に座らせた。「こんな目に遭うなんて、とんでもない事態になったものね。マグナス公爵の今回の愚行についてはどう思ってるの？」

その件に関して、マデリンはきっぱりと意見を述べた。「一人娘のことを考える間くらい賭博《とばく》欲を抑えられないのかと思うと、残念ですわ」

マデリンの目がきらりと光ったのを見て、レミントンは驚いた。「私はそんなにも結婚相手として不服かな？」そうたずねてから、笑いのにじむ表情で息をつめ、マデリンが自分に対する印象を答えるのを待つ。

先ほどと同じ辛辣《しんらつ》な口調で、マデリンは答えた。「わかりません。あなたの人柄については何も知らないもの。ただ、いくら昨今では望む相手と結婚できる娘は少ないといっても、婚約が発表される前に将来の旦那《だんな》さまと会うくらいはできるものよ。女公爵にその権利が与えられなかったのは残念だわ」

「同感だわ！　立派な意見だと思いますよ」レディ・ガートルードはちらりとレミントンを見た。「ミスター・ナイトもどうしようもない博打《ばくち》好きなのかと思っていたけど、実際にお会いしてからは、勝負であなたを勝ち取ったのはよく考えたうえでの行動だったのではないかと考えるようになったわ」

レミントンは眉を上げ、とぼけた表情を作った。

レディ・ガートルードが結論を告げた。「いい人だし、いい縁談よ」

「誰にとってですか？」マデリンはぴしゃりときいた。

それに続く言葉をマデリンがのみ込んだのが、レミントンにははっきりわかった。「君にとってだよ」レミントンは答えた。「もちろん、君にとって」

「あなたも座って」レディ・ガートルードがうながした。「脚の長い大きな獣みたいに立ちはだかられると、落ち着かないわ」

〝脚の長い大きな獣〟と呼ばれたのは初めてだと思いながら、レミントンは花嫁を眺めるのにうってつけの位置にある椅子に腰を下ろした。

ティーポットの側面に手を触れ、レディ・ガートルードがつぶやいた。「お茶が飲みたいのだけど、冷えてしまっているわね」テーブルと床に散らばった破片を見て顔をしかめる。「カップが割れたの？」

マデリンは恥じ入って赤くなり、けがをした手をスカートの下に隠した。「私が割ったんです」

レディ・ガートルードは目をしばたたいた。「あなたらしくないわね！　少なくとも、私が覚えている限りでは。まあ、でも、少々磁器が割れたくらいでめそめそしても仕方ないわ。呼び鈴を鳴らして、お湯を持ってきてもらえるよう頼んでくれる？」

「ミスター・ナイト、構わないかしら？」マデリンはぼそぼそと言い、呼び鈴を手にした。

レミントンは承知したというふうに手を振った。「どうぞ。ここは自分の家だと思ってくれればいい」

「そんな……そんなことは……できないわ。私もそのうち自宅に戻るんだから！」

レミントンはマデリンを見据え、意志の強さを示した。「私のやり方に従ってもらえるなら、君がお父上の家に帰ることはない」

マデリンは顔をそむけ、全身でレミントンを拒絶した。

それならそれで構わない。なかなか手に入らないもののほうが魅力的だし、この控えめで内気な女公爵は自分を試しているのだろう。レミントンが見守る中、マデリンは呼び鈴を大きく鳴らし、従僕を呼びつけた。そして、静かながらきっぱりとした声音で従僕に話しかけたが、その口調からは努力せずとも相手の注意を引くのに慣れていることがうかがえた。

レミントンは脚を組んだ。「お二人のどちらでもいいが、女公爵さまが結婚もせずにこれほど高い爵位を得ることができる理由をお聞かせ願えないかな？」

「エリザベス女王陛下のご意志よ」レディ・ガートルードが、それだけで説明がつくかのように言った。

レミントンは続きを待ったが、それ以上の説明がないことがわかると口を開いた。「そのように簡潔な説明では、私にはわかりかねますが」

「あなたはアメリカ人だものね。別にアメリカ人を否定するつもりはないのよ。ええ、まったく。しゃべり方が風変わりなのも、態度がざっくばらんなのも、新鮮で面白いと思っていますよ」レディ・ガートルードは柄つき眼鏡を持ち上げ、レミントンをじっと見た。

「ただ、お目付役がいないときにかわいい姪の手を握るのは、少々ざっくばらんすぎると言わざるをえませんけどね！」

「ええ、わかりました」それはアメリカでもざっくばらんすぎる行為なのだが、その事実も、どんな問題もできるだけ早くしかるべき結論へと推し進めるのが自分の常であることも、認めるつもりはなかった。その結論というのが、つねにレミントンがあらかじめ決めたものだということも。レミントンは運命という曲がりくねった道に従い、神のみぞ知る目的地に運び去られるような人間ではない。自分の運命も、この若い女公爵の運命も、自らの手で切りひらくつもりだ。

「先祖がエリザベス女王の女官をしていて、女王陛下の命を救ったの。女王陛下は感謝の印にその女官に公爵の地位を授けて、第一子が男の場合はもちろん長男が継ぐのだけど、第一子が女でも長女が爵位を継ぐよう命じられたの」マデリンはゆっくりと、音節の一つ一つを測るかのように言葉を選んで話した。その声はまるで悲嘆に暮れているかのように響いた。

だが、次期マグナス女公爵が何を悲嘆に暮れることがある？　生まれつき特権と財産に恵まれているのだし、自分より劣ると見なした人間をイギリス貴族がどう扱うか、レミントンはいやというほど知っていた。彼らに怖いものはない。どんな倫理も通用しない。堕落も……殺人もいとわないのだ。

それでも、レミントンは復讐《ふくしゅう》をやり遂げるつもりだった。その暁にはマデリンも、悲嘆というものの本当の意味を知るはずだ。

レミントンはそうした胸の内をいっさい顔に出さなかった。話題にふさわしい敬意を声に込め、たずねた。「そのような爵位はとても珍しいのでは？」

「この栄誉にあずかっているのは、私の一族だけよ」マデリンは答えた。「でも、誰もエリザベス女王のご意志に異を申し立てることはできないから」

「強い女性、というわけだな」レミントンは相槌《あいづち》を打った。マデリンのようにおとなしく繊細な女性とは似ても似つかない。

どういうわけか、マデリンは傷ついたような目でこちらを見た。まるでレミントンの考えを読み取ったかのようだ。

そこで、弱い者いじめをしている気分になりながらも、レミントンはこの機会を利用した。「お父上がご存命の間は、君はまだ女公爵ではないわけだ。実際のところ、そこまで敬意を払われる根拠はないのでは？」

レディ・ガートルードが厳しい口調で口をはさんだ。「姪はシェリダン女侯爵で次期女公爵という、上流社会で深く尊敬されるべき地位にいるの。実際、今でも女公爵さまと呼ばれることは多いし、将来の地位にふさわしい特権はすべて与えられているわ」

レディ・ガートルードにきっぱりとたしなめられ、レミントンは敵として不足はないとばかりに頭を下げた。

「この方が、女公爵にふさわしい敬意を払ってくれるかどうかは問題ではありません」マデリンは軽蔑《けいべつ》のにじむ声で言った。「アメリカ人は貴族を恐れないと、少なくともご本人たちは言っています。ただミスター・ナイトは、身分にかかわらずご自分が出会うあらゆる女性に、相応の礼儀をもって接したほうがいいと思うんです」

レディ・ガートルードにたしなめられたことよりも、将来の妻に軽蔑されたことのほうがレミントンには堪《こた》えた。「君に気まずい思いをさせないよう、せいいっぱい努力するよ」

「ご自分が気まずい思いをしないよう努力してください」マデリンは冷ややかに落ち着き払って言った。「ブリッジポートがお茶を持ってきたわ」

執事はきれいな盆に新しいティーポットをのせ、ビスケットとケーキの大皿を持ったメイドを従えて入ってきた。今回、ミリーはマデリンを凝視するという失態は犯さなかったものの、レミントンにはちらちらと視線を走らせ、すばやく皿を置いて出ていった。

マデリンはレミントンにとがめるような視線を向けている。

あのとき、どうしていればよかったのだろう？　メイドの小娘がじろじろ見るくらい許してやれというのか？　女性というのは、時々よくわからないことがある。

だがあいにく、時々はわかってしまうこともある。

マデリンはポットを持ち上げたが、今回手元《てもと》はしっかりしていた。レミントンとレディ・ガートルード、そして自分用の紅茶を注ぐ。

マデリンが紅茶を注ぎ終えると、レディ・ガートルードがマデリンの手のひらに巻かれたハンカチを指さした。「それはどうしたの？」

「ちょっとけがをしてしまって。たいしたことありませんわ」

レミントンは紅茶を取りに行くふりをして、マデリンに近づいた。彼女の手を取り、ハンカチを外して傷を確かめる。「この家の中では注意を怠らないでほしい。危険なこともあるし、君にけがをさせるわけにいかないから」

マデリンはさっとレミントンを見た。唇が開き、ひどく心配そうな顔になる。

なんという二面性だろう！　最初は気弱そうに見えたが、レミントンに爵位を馬鹿《ばか》にされると、冷ややかに牙《きば》をむいた。だが数分後、脅しに聞こえるよう仕組んだ言葉を耳にしただけで、またも内気な態度に戻ってしまった。

これはよく気をつけておかないと、この女性に心を奪われてしまうかもしれない。

レミントンはカップを取り、椅子に戻った。「レディ・ガートルードの助言を参考に、よさそうなパーティの招待をいくつか受けることにした」

マデリンはぴんと背筋を伸ばし、喉に手をやった。「それはだめ！」

なるほど。ようやく予想どおりの傲慢《ごうまん》な反応を見せてくれたというわけだ。私と一緒に人前に出るのがいやなのだろう。レミントンは紅茶をかき混ぜた。「きちんとしたドレスを持ってきていないのなら、反対するのも無理はないね」

マデリンは安堵のため息をつき、レミントンが投げかけた命綱にすがりついた。「そう！　そういうことなの！」

レミントンは冷静に、その命綱をマデリンの手からひったくった。「妻にふさわしいドレスを仕立ててあげられるよう、針子を待機させている」

「だめ……無理よ……礼儀に反しているわ」マデリンはレディ・ガートルードのほうを向いた。「そうよね、おばさま？」

レディ・ガートルードはレミントンに向かって顔をしかめた。「マデリンの服を作らせるつもりだなんて、言わなかったじゃない」

「言えば反対されていたでしょうし、前もって許可を得るより、あとで許していただくほうが手っ取り早いと思いまして」数多くの罪を免れてきた言い訳だ。「これから数日間、夜はロンドン中のパーティに出て、女公爵とその寵愛《ちょうあい》を一身に受ける婚約者として紹介されることになりますからね」

「まあ」マデリンの言葉はほとんど吐息のようだった。

この新たな展開に、これまでどんなショックを受けたときよりもマデリンがおののいているのは明らかだった。お高くとまったこの女に自分の腕を取らせ、ロンドン中の女主人に笑顔であいさつさせるのは、どんなに楽しいだろう。

だが、今週はもっと大きなショックがマデリンを待ち受けている。それは今、この瞬間から始まるのだ。「ちなみに三日後の晩、ここで私たちがパーティを主催する。招待状はもう送ってある。参加の返事も山のように届いているよ」

「パーティ。ここで」黒いまつげが、視線を固定しようとするかのようにぶるぶると震えた。「どうして……どうしてそんなことをする必要があるの?」

レミントンはめったに笑わないが、今回ばかりは愛嬌《あいきよう》たっぷりにほほ笑んでみせた。

「パーティは必要だよ。私たちの婚約と、来るべき結婚を祝わないと。その夜、君に婚約指輪を贈って、指にはめてもらうつもりだ。私たちの永遠の愛の証《あかし》として、絶対にそれを外さないでほしい……死ぬまで」

4

普段は上手に使っている火打ち石を、エレノアはいらだたしげに見つめた。再び打ち合わせてみるが、火花は上がらない。「どうせだめになってるんだわ」誰もいない部屋の中でつぶやき、自分を納得させようとする。

もちろん、火打ち石が原因でないことはわかっていた。ミスター・ナイトが用意してくれた豪華な寝室は、夜の訪れとともに四隅の闇《やみ》が濃くなったが、エレノアの手はろうそくも灯《とも》せないほど震えていた。再び灯心に火をつけようと試みる。火打ち石から火花は上がったものの、ろうそくは相変わらず暗いままだった。「灯心のせいね。湿ってるんだわ」

ノックが響いてドアが開き、レディ・ガートルードの顔がのぞいた。「マデリン、入ってもいい？」

エレノアは驚いてびくりとし、取り乱した目でレディ・ガートルードの優しげな顔を見つめた。「ええ！　もちろんよ！　入って！」自分がいつからこんなに力強い物言いをするようになったのかはわからないが、あの謎《なぞ》めいたミスター・ナイトに会ってからなのは間違いない。ミスター・ナイトが廊下をうろつき、部屋に入る機会をうかがっている気がして、レディ・ガートルードの肩の向こうに目をやる。彼を部屋に入れたくなければ、自分が意志を通せばいいだけのことなのだが。

ただ、この家に到着してから、エレノアが意志を通せたことは一度もない。

「荷物をほどくじゃまにならなければいいんだけど」レディ・ガートルードは暖炉のそばのしゃれた椅子に腰を下ろした。かなり小柄なので足の裏までは床に届かず、爪先を押しつけて椅子の上の体を支えている。「メイドも連れてきていないみたいね。マデリン、まったくあなたらしくないわ！　私が知っているあなたはほころびも繕えなかったし、自分の髪も結えなかった。全部エレノアに頼りっきりだったじゃない」レディ・ガートルードは柄つき眼鏡を持ち上げ、まじまじとエレノアを見た。「もちろん、私が知ってるマデリンに間違いないけど。たぶん、ああいう厳しい状況の中、過酷な旅をしたことで、ずいぶん変わったんでしょうね」

エレノアはレディ・ガートルードを見つめ、なんと言うべきか考えた。どこまで打ち明けるべきかと。レディ・ガートルードは心が広く、適度ないたずら心を備えた女性だが、エレノアとマデリンがしでかした悪行についてはやりすぎだと非難するに違いない。

レディ・ガートルードはぺらぺらと話し続けた。「ミスター・ナイトとの婚約であなたが落ち込んでいそうなときに、私がこのお目付役を引き受けた理由を説明しなくちゃいけないわね。いつも言ってるんだけど、あなたのお父さまほどどうしようもない人はほかに知らないわ……ごめんなさいね、あなたがお父さまのことを大好きなのはわかってるけど、もしあの人が公爵でなければ、みんな面と向かって愚か者だと言うはずよ。だからといって反感を買ってるわけじゃなくて、むしろ憎めなさすぎるくらいだけど、それでも……。ところで、とてもすてきな部屋ね。私が用意してもらった部屋も感じがいいけど、ここまでしゃれてはいないわ」

エレノアは室内を見回した。「たいしたものですね」そっけない口調で言う。空色の壁と群青色のカーテンが屋外のような雰囲気をかもし出し、家具の上には至るところに生花が飾られていて、部屋中にさわやかな田園地帯の香りが漂っている。敷物はふかふかで、琥珀《こはく》色と空色がペルシャの優美な模様に編み込まれていた。家具は精巧で、上品で、軽やかで……だが、エレノアはこう言い添えた。「息がつまりそうですわ」

「確かに、ちょっと暗いわね。メイドを呼んで、ろうそくをつけて、暖炉に火を入れさせればいいのに」

エレノアはレディ・ガートルードをまじまじと見た。そのとおりだ。メイドを呼べばいい。八年間、自分と女公爵の身の回りのことをすべてやってきた人間にとって、このように単純な仕事のためにメイドを呼ぶという発想は新鮮だった。エレノアは急いで呼び鈴のもとに行き、ひもを引っぱった。「いい考えですわ。ありがとうございます、レディ・ガートルード」ドアの向こうでかすかに呼び鈴の音が聞こえた。

ほとんど一瞬のうちに、がっしりした体つきの若い娘が姿を現し、膝を曲げたあと前に進み出て、例の扱いにくい火打ち石を手際よく打ち合わせた。「女公爵さま、二階つきのメイドのベスと申します。ミスター・ナイトにあなたさまのお世話をするよう言いつかっております。何かありましたら、どんなことでも構いませんのでお申しつけください」

「ありがとう」これ以上何も頼まずにすめばいいのに、とエレノアは思った。世話をされるのは苦手だ。何よりも、女公爵さまと呼ばれるのが苦手だった。

だが、レディ・ガートルードが会話に割って入った。「女公爵さまは侍女を連れてきていらっしゃらないようなの。ここで働いている女の子の中に、服のお世話と髪結いができる子はいる?」

ベスはにっこりした。「はい、奥さま。私がそうです。アイロンがけが得意で、シルクのストッキングに穴を開けたことは一度もございません。何よりも、最新のスタイルに髪をカットし、アレンジすることができます。レディ・フェアチャイルドがおかしくなられて精神病院に入られるまでは、あの方の髪も結っていたんです」

レディ・ガートルードは指で頬をたたきながら考え込んだ。「レディ・フェアチャイルドはもうよくなってるわ」エレノアにとがめるような目を向ける。「それからマデリン、あなた、髪型を変えたほうがいいわね」

エレノアは首のつけねにきつくまとめた髪に触れ、顔のまわりに垂れている髪を指ですいた。「気に入っているんです」これはコンパニオンにふさわしい髪型であり、この屋敷にいる誰がどう思おうと、コンパニオンこそがエレノアの役目なのだ。

「でも、顔のまわりを少しお切りになるといいかもしれません」ベスが指をちょきちょきと動かした。「すばらしい髪の色をなさっているし、量も多くていらっしゃるので」

「そうね」レディ・ガートルードはあごをさすった。「カットすればがらりとイメージが変わるわ」

「切らなくちゃいけないってことじゃありません」ベスが慌てて言い添えた。「ただ、淑女の方は時々髪型を変えることをお好みになるので」

「私は違うわ」エレノアは言った。

「考えておいて」レディ・ガートルードがうながす。

「レディ・フェアチャイルドはどうしておかしくなられたの？」エレノアはたずねずにはいられなかった。レディ・フェアチャイルドも自分のように異常な状況に陥ったのだろうか？　ミスター・ナイトの餌食《えじき》になったのだろうか？

「フェアチャイルド家の方は皆さん、どこかしらおかしいのよ」レディ・ガートルードが答えた。

メイドも賛同するように、鼻歌のような音をたてた。

「いいでしょう、ベス、女公爵さまのお世話はあなたに任せるわ」レディ・ガートルードはベスに部屋を出るよう手で示し、彼女が行ってしまうと、エレノアに向き直った。「ほら、フェアチャイルド家の家系図は枝分かれしていないでしょう。それで、どこまで話したかしら？ そうだわ。私がお目付役を引き受けた理由を説明するんだったわね」

「ご自分のことを説明してくださる必要はないんですよ」エレノアは言い、レディ・ガートルードに正体を明かすべきだろうかと考えた。それとも、今にマデリンが現れるから告白する必要はなくなると信じるべきなのだろうか？

「マデリン、まるであなたらしくないわ！ あなたは昔から自分の立場と爵位をきちんと自覚していたじゃないの。子供のころから自分の存在の重みを理解していて、どんなに些細《さ》《さい》なことでも説明を求めていたでしょう」硬いクッションからずり落ちたレディ・ガートルードは、足が床にぺたりとつくとため息をつき、腕を使ってずり上がった。

「どうぞ、おばさま」エレノアはスツールを持ってきて、レディ・ガートルードの足の下に置いた。「このほうがいいでしょう」

レディ・ガートルードは顔を輝かせた。「ありがとう。気にしてくれるなんて優しいのね。背が低いと本当に大変なの。椅子に座れば床に足をつけたいと思うのは当たり前なのに」

「わかりますわ」本当はわからなかった。エレノアがそこまで小柄だったのは、十一歳のころまでだ。

「私のことも、私の立場についてもあなたに説明しなくちゃいけないわね。あなたも自分のおじの身に何が起こったか知りたいはずよ。ブリンクリーおじのことは覚えてる？」

「いいえ」レディ・ガートルードの夫とは一度も会ったことがなかった。傲慢《ごうまん》で女好きと悪評を立てられている男性で、クリスマスにも親戚《しんせき》を訪ねようとはしなかった。

「死んだのよ、あの人」

ぶっきらぼうな宣告に驚き、エレノアは椅子に座る途中で動きを止めた。「お気の毒に」

「気の毒なことなんてないわ。レディ・バーテロット・ストークのベッドにいるところを、ご主人に撃たれたんだから。ただ、バーテロット・ストーク卿《きょう》の場所を奪った男はほかにも大勢いるのに、どうしてブリンクリーだけが撃たれたのかはわからないけど。どっちにしても、おかげで私は貧乏のどん底。おぞましい暮らしだったわ。コーンウォールに引っ込んだほうがましなくらい。そういうわけで、私はこの二年間、貧乏貴族として生きていたの。それがちょうどいいタイミングで、ミスター・ナイトにお申し出をいただいて。そのとき私は……」レディ・ガートルードは誰かに聞かれることを恐れるようにあたりを見回した。「仕事を探そうとしていたから」

エレノアはヒステリックに笑いそうになり、咳《せき》をしてごまかした。「まさか」

「本当よね。私には針仕事と噂話《うわさばなし》しか能がないもの」

エレノアはやりかけの針仕事を手に取り、じっと見た。不安なときも退屈なときも、とにかく何があったときも、針仕事に助けられてきた。窮地に陥ったときは、花模様を刺繍《ししゅう》しているうちに解決法が頭に浮かんだ。

今の窮地に関しては、解決法が頭に浮かぶとは思えない。

レディ・ガートルードは続けた。「とにかく、ミスター・ナイトにじゅうぶんな報酬と洋服代をいただいて、あなたがここにいる間、力を貸すということになったの」

娘の親の監督もないのに？　ありえない！　エレノアは針を手にし、できるだけ礼儀を保った口調で言った。「レディ・ガートルード、申し訳ないのですが、婚約していようといまいと、ミスター・ナイトと私が一つ屋根の下に暮らせば悪い噂が立ちますわ」

「その噂を防ぐために私がいるのよ。私にもそれなりの影響力はありますからね。私の寝室はこの部屋のすぐ隣よ」レディ・ガートルードはエレノアの位置からは見えないドアを手で示した。「部屋はつながっているわ。それに、ミスター・ナイトは上の階に移動させたから。結婚式の日が来て、主寝室に自分の荷物を戻すときまで、あの人はこの階には来ないわ。私は与えられた責任を重く受け止めているの。あなたの体面が汚されることはないわ」

「おばさまの寝室が近くにあると聞いて安心しました」そうでもないと、ミスター・ナイトは間違いなく、最も荒っぽい方法で結婚せざるをえない状況を作り出すだろう。どんなに上品な服に身を包もうと、あの男は骨の髄まで野蛮なのだ。

レディ・ガートルードは身を乗り出し、声を落とした。「ただ、これは言っておきたいんだけど……レミントンの今回の行動、特にあなたのことに関しては、何か裏の理由があると思うの」

エレノアが抱いていたのと同じ疑念をレディ・ガートルードの口から聞かされ、背筋に冷たいものが走った。「私もそう思います」

陰のない口調で、レディ・ガートルードはつけ加えた。「しかも、その理由はいかがわしいものかもしれないわ」

当たり前の考察に皮肉の一つも言いたくなったが、レディ・ガートルードがあまりにまじめな顔で力強くうなずいているので、エレノアはただこう言った。「気をつけます」

「あなたなら大丈夫よ、マデリン。昔から率直で理性的な子だったし、領地の管理をして、お父さまの暴走も止めてきたんだから。ミスター・ナイトにも今までどおり分別をもって接すればいいの。きっぱりした態度と強い信念こそ、あの人へのいちばんの対処法だと思いますよ！」

「だったら、あの方と一緒に社交行事に参加してはいけないという、きわめて強い信念を持っていますわ」なぜなら、いくらエレノアとマデリンが長年一緒に過ごしてきて、外見もよく似ているといっても、エレノアが女公爵でないことに気づく人は確実にいるはずだからだ。それに、たとえエレノアが無事に危険な橋を渡り終え、マデリンが姿を現したとしても、二人でミスター・ナイトをだましたことに変わりはない。恐ろしい報復が待っているに違いなかった。

レディ・ガートルードは椅子の上でもぞもぞと体を動かした。「あなたに選択の余地はないと思うわ。ミスター・ナイトは自分に自信がある人だから、社会的地位をけなされても怒りはしないけど、あなたに拒絶されればいい気はしないでしょうね」いらだったような口調になり、こう続ける。「こんなところに一人で来るなんて、あなたもいったい何を考えていたのか疑問だわ」

エレノアはレディ・ガートルードが自分とマデリンとの入れ替わり劇に気づいてくれることを願って……いや、祈っていた。だが、今のところ気づいている様子はない。それなら、自ら打ち明けるまでだ。レディ・ガートルードなら、どうすればいいかわかるはずだ。エレノアは震える息を吸い込み、思いきって口を開いた。「実は、お話ししなくてはいけないことがあるんです」

レディ・ガートルードはしわが刻まれた手を上げた。「言わないで!」

エレノアはびっくりして言葉につまった。「な……んですって?」

「私はミスター・ナイトに、あなたのことはなんでも教えると誓っているの。それがお目付役として当然の務めだってことは、あなたにもわかるはずよ」

「あの人は私の後見人じゃないわ!」

「それ以上の存在よ。将来の旦那《だんな》さまだもの。ミスター・ナイトはあなたを完全に支配するわ。あなたを操るのもしつけるのも自由だし、財布のひもを締めてあなたを空腹のまま床に入らせることも、あなたが遺産を受け取れないようにすることもできる」レディ・ガートルードが自身の境遇を思い出しているのは明らかだった。今後の生活を心配していることも。

だが、それだけではないとエレノアは気づいた。ようやく真実が見えた。しかめた顔、強い拒絶、その理由づけ……レディ・ガートルードの言動のすべてが、本当はエレノアの正体に気づいているという事実を示していた。

それでいて、エレノアを助けることはできない。いや、助けるつもりはないのだ。優しくはあるが、きっぱりとした口調で、レディ・ガートルードは言った。「ミスター・ナイトは私の雇い主、私にお給金を払ってくれる人よ。私はあの人に尽くす義務があるの。だから、もしあなたに秘密があるのなら、胸の内にしまっておいて」

5

食堂は虚飾の極致で、磨かれた長いテーブルには中国製の青磁の塩入れが置かれ、一面の壁には仰々しい絵画がずらりと並んでいた。エレノアは音が反響するこの食堂で食事をするのはうんざりだったし、もしそうなれば心の中でミスター・ナイトの見栄《みえ》っ張りをあざ笑うつもりだった。

ところが、ミスター・ナイトとレディ・ガートルードとエレノアが食事をしたのは、こぢんまりとした控えの間だった。円形のテーブルは皿でいっぱいになるほど狭くはないが、互いの席が遠すぎて居心地悪く感じるほど広くもない。磨かれた木材のテーブル板はろうそくの温かな光に照らされ、重いカーテンが隙間風《すきまかぜ》を遮断している。何よりも重要なのは、部屋が厨房《ちゅうぼう》の階段に近いため、料理が熱々の状態で届くことだった。

銀器が触れ合う音が響くだけで、あとは沈黙が続いていたが、レディ・ガートルードは果敢にもそれを破ろうとした。「ミスター・ナイト、明日はどういう予定になっているの？」

「明日は、銀行に行く用事があります」ミスター・ナイトはエレノアに向かって頭を下げた。「申し訳ないが、アメリカから来て日が浅いので、処理しなくちゃいけないことが時々出てくるんだ」

「構わないわ」エレノアはぼそぼそと言った。「私なら気にしないから」

「それはご親切に」言葉づかいは丁寧だったが、明らかに心はこもっていなかった。

ミスター・ナイトは体格と、何よりもその存在感で、この部屋に君臨していた。

「ちなみに夜は、ピカード卿《きょう》ご夫妻の舞踏会に招待されている。シーズン最大の舞踏会だと聞いているが」

「そのとおりですよ、ミスター・ナイト」レディ・ガートルードが両手を握り合わせた。

「楽しみだわ。あちらにうかがうのは三年ぶりなの」

「喜んでいただけてよかったです」ミスター・ナイトはレディ・ガートルードに頭を下げ、エレノアが賞賛を浴びせてくるとでも思っているのか、そのまま待った。

だが、それは無理な相談だ。エレノアは喜んでなどいなかった。うろたえていた。シーズン最大の舞踏会に、女公爵として参加する？　両手で顔を覆いたい気分だ。偽者だと気づかれるかどうかは別にして、注目を浴びるのは間違いない。一晩中、恐怖のあまりがたがた震えることになるだろう。

今も同じだ。エレノアは澄んだオックステールスープを自分にかけてしまいそうで、スプーンを口元に運べずにいた。

この屋敷から出る方法を見つけなければならない。逃げ出す方法を。

再び沈黙が流れ、やがて従僕がスープを片づけ、魚介料理を運んできた。

レディ・ガートルードが口を開いた。「ミスター・ナイト、こちらのコックの腕は最高ね！　今週いただいたようなおいしい食事を味わったのは、何年ぶりのことかしら」エレノアのほうを見て、表情で返事をうながす。「そう思わない？」

「ええ、特に、その、スープがよかったですわ」エレノアの声は尻すぼみになった。何しろスープは一品目で、それ以外のものはまだ食べていないのだ。何かほかの話をしなければならない。なんでもいい。天気の話とか。「この霧は朝まで晴れないのかしら？」何を言っているのだろう。

「ロンドンだから、そうだろうね」ミスター・ナイトが応じた。「ボストンにいれば、嵐《あらし》の前兆だと思うだろうけど。でも、この新天地では、私の感覚はあてにならない」

エレノアはミスター・ナイトの整った険しい顔に目をやった。この男性の図々《ずうずう》しさと傲《ごう》慢《まん》さを嫌いになろうといくら頑張っても、いつのまにか惹《ひ》きつけられてしまう。もし、ミスター・ナイトがマデリンに言い寄るさまを傍《はた》から見ているのなら、そのぶしつけな視線におののいたことだろう。だが、マデリンだと思われて彼に一心に視線を注がれている今、エレノアの頭は真っ白になっていた。食べ物の味もわからない。ミスター・ナイトの姿を見て、香りを嗅《か》ぎながら、その味も確かめてみたいと切望するばかりだ。

「あなたの感覚に問題はないと思うわ」エレノアは言った。

ミスター・ナイトとレディ・ガートルードが揃《そろ》ってエレノアのほうを向いた。

エレノアは皿に視線を落とした。爪を振りかざした格好で盛りつけられた冷製の蟹《かに》までもが、黒胡《こ》椒《しょう》の粒のようにぽつりとついた小さな目をこちらに向け、なんと気の利かない女だろうとあきれ返っているように見えた。エレノアは今しがた口にした言葉を思い返してみて、椅子からずり落ちそうになった。感覚？　私はミスター・ナイトの感覚に意見を述べたの？

低く落ち着いた、おそらく笑いをこらえた声で、ミスター・ナイトは言った。「寝室を気に入ってもらえているといいんだが」

ミスター・ナイトはエレノアの寝室の話などするべきではない。彼はエレノアの……マデリンの……婚約者なのだ！　結婚もしていない相手の寝室やベッドや、とにかく個人的な性質を帯びた事柄には触れないのがふつうだ。

とはいえ、ミスター・ナイトはこの家の主人だ。居心地を問うこと自体は自然だった。

「ええ、すてきだわ。その……」エレノアは、はっきりと意見を言うべきときに相手の顔色をうかがってしまう自分に気づいた。マデリンが言っていたではないか。〝不安になったときは、こう考えればいいの。マデリンならこんなときどうするかしらって。その答えどおりにすればいいのよ〟と。エレノアは背筋を伸ばし、ミスター・ナイトをぐっとにらみつけた。「でも、部屋がある家が間違っているわ。本当なら私は今、チェスターフィールド・ストリートの父の家にいるはずなんだから」

ミスター・ナイトはエレノアを見つめ返し、そのまま待った。長く、恐ろしい沈黙が続く。

ミスター・ナイトが予想していたであろうとおりに、エレノアはぼろぼろと崩れ始めた。「その、色使いがいいと思うわ。煙突もよく煙が通るし、清潔だし。そう……とても清潔。いいお部屋だわ」だから、男性と話すのは苦手だとマデリンに言ったのだ。臆病《おくびょう》だし、簡単に脅しに屈してしまうと。

いかにも自然な会話をしているかのように、ミスター・ナイトはたずねた。「二階つきのメイドはどうだ？　なんという名前だったかな？」

「ベスよ」

「あの娘《こ》が持ってきていた紹介状は申し分なかった。自分の侍女だと考えて好きに使ってくれればいい」

「ええ、そうさせてもらっているわ」エレノアはミスター・ナイトの手が赤みがかった蟹の身を殻から器用に外すさまを見つめた。手のひらは広くてがっしりしていて、指は長く、爪はきれいに手入れがされている。好みの手だ。そう思う自分がいやだった。ほかの男性に対するのと同じように、無関心になれたらいいのに。だが、ミスター・ナイトには目を引く何かがあった。否応《いやおう》なしに惹きつけられる何かが。もし不満があれば、なんとかするからすぐに言ってくれ」

「ベスが満足いく働きをしてくれるといいんだが。もし不満があれば、なんとかするからすぐに言ってくれ」

「あなたに手間をかけたくはないわ」エレノアの声は、一語発するごとに小さくなった。

「君は私の妻になるんだ。君のために何かすることを、手間だとは思わないよ」ミスター・ナイトの表情は誠実そうに見えた。声も誠実そうに聞こえた。子供のころに愛情を注がれず、ひどい扱いを受けていた人間にとって、誠実さはそれだけで心引かれるものだった。「そのくらいの助けは、これから一生受けられるものだと思ってくれ」

この言葉は、ほかの人の耳にも不吉に響くものなのだろうか？　エレノアはレディ・ガートルードをちらりと見た。

だが、レディ・ガートルードはにっこりしてうなずいた。「ミスター・ナイト、すばらしいお気づかいだわ。妻は大事にし、愛情を注ぐべき相手であることを、たいていの男性は忘れてしまう。男という哀れで無力な生き物は、そうではないと思いたがるものなの」

ミスター・ナイトはほかの男性から、能力の高さで好かれ、自信に満ちた態度と女性に人気があることで嫌われるタイプだ。「私は妻を、象牙《ぞうげ》の塔に住む姫君のように甘やかしますよ」

「象牙の塔の中は寒いわ」エレノアは不満げに言った。

「でも、女公爵というのは、生まれたその日から象牙の塔の中に住んでいるじゃないか。世話をしてくれる人がつねにまわりにいるんだから。夫がやるべきことはただ一つ、そんな妻を思いやり深く見守ることだ」ミスター・ナイトはワインを一口飲んで椅子にもたれ、従僕が蟹の皿を下げて、ラムのカツレツとさやいんげんののった皿を置くのを待った。

「ああ、それに象牙の塔にはほかにも利点があるな。塔の中にいてくれれば、妻の居場所を見失わずにすむ」

「それじゃ監禁しているみたいだけど」レディ・ガートルードが陽気な口調で言った。

「まさかそんなつもりじゃないでしょうね？」

だが、エレノアを見つめるミスター・ナイトの表情は妙で、まるで集めた黄金を見てほくそ笑む守銭奴のようだった。

レディ・ガートルードの質問には答えず、ミスター・ナイトは肉に合う赤ワインを全員分、新しいグラスに注《つ》いだ。「女公爵さま、君の馬番とも話がついたよ」

エレノアは今度こそ、マデリンを捜してあたりを見回したくなった。「ディッキー・ドリスコル？」ディッキーのことを忘れていた。頭の回転が速くてしっかり者のディッキー・ドリスコルは、馬の扱いに長《た》けた四十歳のスコットランド人で、エレノアの記憶にある限りずっとマデリンの馬番を務めている。ディッキーは二人とともにヨーロッパを長期間、広範囲にわたって旅をして、二人を窮地から救い、ライフルを携えた悪党から守り、忠誠心と高潔さの塊であることを証明してくれた。「あの人がどうかしたの？」

「ディッキー・ドリスコルは君を私の手にゆだねることが不服のようだったから、御者と従僕と旅行用の馬車は君のお父上の家に帰したが、ディッキーは馬屋の階上《うえ》の部屋に泊まってもらうことにした」

ディッキーはバークリー・スクエアにいるのだ。エレノアを見捨てたわけではなかった！　自分は想像していたほど孤独なわけではないのだ。

「愛《いと》しの婚約者どの、そんなにほっとした顔をしなくてもいいじゃないか。そこまで感情が顔に出るのに、どうやってロンドン社交界を生き抜いてきたんだ？　もちろん、それがいけないと言ってるわけじゃない」ミスター・ナイトが身を乗り出し、誘惑するような表情を見せたので、エレノアは急にからからになった口の中を潤すべく、唾《つば》をのみ込まなければならなかった。「君のようにきれいな人はふつう、感情を隠すことに長けているものだ。でも君の場合、喜んでいれば丸わかりだろうから、私も君の望みがかなえられるよう努力しやすいだろうな」

エレノアの頭の中では、泣き声混じりの声が響いていた。〝ああ、マデリン、なんてことに私を巻き込んでくれたの？〟と。もちろんエレノア自身の声だ。それなりの理由があるとはいえ、非常識には違いないこの計画を持ちかけられたとき、エレノアはマデリンに、ミスター・ナイトは将来の妻と見なした女性に思わせぶりなことを言ってくるかもしれないと訴えた。その予想は正しかったわけで、次にマデリンに会ったときはこのことを伝えなければならない。

だが、その時はすぐには訪れない。訪れるはずがない。今夜エレノアはミスター・ナイトの屋敷で、彼の所有するベッドで、一つ上の階には彼がいて自分のことを考えていると知りながら、眠らなければならないのだ……。そのとき、ミスター・ナイトが何かしゃべっていることに気づき、エレノアは会話に注意を戻した。

ミスター・ナイトは笑みを消し、本当に心が読めるかのようにエレノアを見つめていた。

「君が昼すぎにここに来てからずっと、私たちが結婚するなんて馬鹿《ばか》げていると説得を始めるのを待っていたんだが」

ミスター・ナイトが何を言いたいのかはわからなかったが、彼の表情から、好ましくない展開が待っていることは察せられた。「どういう意味？」

レディ・ガートルードさえも戸惑ったようだ。「ミスター・ナイト、いったい何がおっしゃりたいの？」

「私のもとに入ってきた情報によると、お父上が君を勝負に賭《か》けて負けたことを知ったとき、君はこう言ったそうだね。〝ロンドンに行って、この結婚は馬鹿げているとミスター・ナイトに納得していただくわ〟と」ミスター・ナイトはエレノアの手に自分の手を重ねた。「そうだろう?」

彼の手のひらの下で、エレノアの手はこぶしを作った。「私がそう言ったと、誰かに聞いたの?」

「そうだ。お父上は君が私と結婚しなくてすむようにする秘策があると豪語したが、君は自分でなんとかするからと請け合った。それから、しっかり者のコンパニオンでいとこのミス・エレノア・ド・レイシーを召喚し、ゆうべ遅くに家を出て、まっすぐ私のもとに……は来ずに、〈レッド・ロビン・イン〉に滞在した」

エレノアはぞっとして手を引き抜いた。ミスター・ナイトが今口にしたのは、実際にこの二日間にあったとおりの出来事だった。「どういうことかわからないわ」

ミスター・ナイトは容赦なく続けた。「そこは品のいい宿屋だったが、ミスター・ランベローがハウスパーティのために雇った男たちのせいで荒れていたんだろう?」質問の形はとっていたが、彼がその答えを知っているのは明らかだった。「それから、レディ・タバードと娘のトマシンと食事をし、夜はよく眠って、今朝はコンパニオンをミスター・ランベローの賭博《とばく》パーティに送り込んだ。理由はよくわからないが、お父上の飽くなき賭博欲に関係があるんじゃないかな?」ミスター・ナイトは眉を上げ、答えを待った。エレノアが何も言わないのを見ると、自分で続けた。「あとで教えてくれればいい。とにかく君はただちにロンドンに向かい、バークリー・スクエアの私の屋敷を目指した」

「私を見張っていたのね」エレノアは息をついた。ミスター・ナイトはすべてを知っていた……ただ一つ、最も重要な点を除いて。いとこ同士が入れ替わったことには気づいていない。

「君を見張らせていたんだ」ミスター・ナイトはエレノアの言葉を訂正した。「自分で見張りたい気持ちはやまやまだったが、時には生活のために働かなければならないのでね」

しいっというふうに、唇の前に指を立てる。「上流社会の面々には内緒だよ」

余裕があれば、この男を思いどおりに操れると思っているマデリンに同情しているところだが、今この瞬間、エレノアの哀れみは自身にだけ向けられていた。エレノアが置かれた窮状は刻々と悪化し、複雑になってきていた。「どうして私のことを嗅ぎ回るの？」

「女公爵さま、ワインでも飲んで。顔が青ざめているよ」ミスター・ナイトに見守られながら、エレノアは震える指でグラスを持ち上げ、唇につけてワインをすすった。

レディ・ガートルードはワインをすすりはしなかった。やはり青ざめた顔で、ごくりといっきに飲んだ。「そうですよ、ミスター・ナイト、どうしてマデリンを見張らせたりしたの？」

「レディ・ガートルード、申し訳ありませんが、私はイギリス貴族の不誠実さと傲慢さはそうとうのものだと考えているのです」エレノアのほうを向いたミスター・ナイトの青い目は冷ややかで、先ほどより色が薄く、恐ろしげに見えた。「女公爵さま、君が私を裏切らないと信じることはできない。君が裏切りを試みる前に言っておく……それは不可能だ。私は君の行動をすべて把握している。じきに君の頭の中の考えも、それが頭に浮かぶ前から知ることになるだろう。親愛なるマデリン、次に人生から私を追い出す計画を練ろうとしたときは、そのことを思い出してくれ」

6

エレノアは独り言を言いながら、ミスター・ナイトのタウンハウスの裏口から急ぎ足で忍び出た。「〝ミスター・ナイト、お許しをいただければ、ディッキー・ドリスコルと話がしたいの〟……違う！」頭を振って言い直す。「〝あなたさえよければ、ディッキー・ドリスコルと話がしたいの〟」自分の気の弱さにいらだちながらつぶやく。「これも違うわ」ケープをきつく肩に巻きつけ、背後にちらちらと目をやりながら、こぢんまりした庭を抜ける。

昨夜、ミスター・ナイトに自分が……いや、マデリンが見張られていたことを聞いて以来、エレノアは誰かに見られているような気味の悪い感覚に囚《とら》われていた。今やベスも仕事熱心な侍女ではなく、目をぎらつかせた密告者に見えてしまう。あたりに誰もいないのに、背後で足音が聞こえることもあった。昨夜はプライバシーを確保するため、ドアの取っ手の下に椅子を置き、何度も目を覚ましては夜の静寂に耳をすました。

今は霧の中を馬屋へと急ぎながら、誰かに見つかったときに備えて、よどみなくしゃべる練習をしている。

そう、ミスター・ナイトに見つかったときに備えて。今は銀行に行っているはずだが、教えてくれたとおりの行動をとっているとは限らない。

「〝ディッキーと話して、今の場所で落ち着けているかどうか確かめたいの〟このほうがいいわね。ううん、やっぱりまだ機嫌をうかがってるみたい。〝ディッキーと話がしたいの〟これでいいわ」エレノアは力強くうなずき、周囲が知っている自信たっぷりの女公爵らしくふるまおうと努めた。

自分はエレノア・ド・レイシー、ただの貧乏ないとこで、おどおどした気の弱い女にすぎないというみじめな思いに、こんなにも強く囚われたのは初めてだった。

庭の門が蝶番《ちょうつがい》をきしませながら開き、エレノアは路地に立つ馬屋に目をやった。少年が一人、ぼんやりと石畳を掃いている。ほかに人影はなかった。

エレノアはいかにも落ち着いた様子で馬屋のドアまで歩いていき、薄暗く暖かい建物の中に入った。ここまで来ることができたのだ。臆病者《おくびょうもの》にしては上出来だ。

あとはディッキーを見つけさえすれば、自由の身になったも同然だ。肩甲骨の間にむずむずしたものを感じて、エレノアは再びドアから外をのぞき、路地を観察した。今は誰もいない。ピカード家の舞踏会までには、ミスター・ナイトのもとから逃げ出さなければならないのだ。ディッキーはただ一つの希望の光だった。

「女公爵さま、なんのご用でしょうか？」

礼儀正しい男性の声にエレノアは飛び上がった。すばやく振り向くと、目の前に見たこととがないほど背の高い男性が立っていた。手には熊手《くまで》を持っていて、顔はエレノアのはるか頭上にあるため、薄闇《やみ》の中ではおじぎをしていることがわかるまで時間がかかった。エレノアは締めつけられた喉に手をやり、目をみはったまま、声が出せるようになるのを待った。「ディッキー・ドリスコルを捜しているの」

馬屋で働くその男は、振り向いてどなった。「ディッキー！　女公爵さまがお捜しだ！」

静かな口調に戻って言う。「すぐに参りますので」

「ありがとう」エレノアはもごもごと礼を言った。ミスター・ナイトが屋敷の中にいるとしたら、この叫び声が耳に届いていなければ奇跡だ。ミスター・ナイトがふつうの人間には考えられないほどの力を持っていることは、今や確信に変わりつつあった。あの男は暴漢以外の何者でもない。博打《ばくち》を打ち、人につきまとい、誰も、何も信じていない。あんな男は自分にはふさわしくないし、何よりもマデリンには絶対にふさわしくない。

木の床を踏むブーツの音が聞こえ、ディッキーが暗がりから姿を現した。

ディッキーは肩幅が広く、腹が出ている。その丸々とした体型の陰には、けんかっ早い性質と、マデリンだけでなくエレノアにも及ぶ、頑固なまでの忠誠心が潜んでいた。拳闘《けんとう》が強く、拳銃の扱いにも長《た》けていて、どんな馬でも犬のように手なずける力を持っている。

これまで何度もエレノアを窮地から救い出してくれたが、もちろんその窮地はいつもマデリンが作り出したものだった。ディッキーに会えて、エレノアの心はこれまでにないほど躍った。

ディッキーは大柄な男の腕に手をかけた。スコットランド訛《なま》りできっぱりと言う。「ありがとう、アイヴズ。ミスター・ナイトの馬は手入れが終わっていない。その続きをやったほうがいいだろう」

アイヴズはうなずき、床を震わせながらどすどすと歩いていった。声が聞こえないところまでアイヴズが行ってしまうと、エレノアとディッキーは同時にしゃべり出した。

「ディッキー、私をここから出してちょうだい」

「ミス・エレノア、あなたをここからお出しします」

「今すぐに」エレノアは訴えた。

エレノアの剣幕に驚いたらしく、ディッキーは目をみはった。「ご自分の持ち物はどうするんです？　いや、女公爵さまの持ち物と言ったほうがいい。お二人でかばんを交換されたんでしょう？」

エレノアはぶっきらぼうに打ち明けた。「あの人、私に見張りをつけているの」

「見張り？」ディッキーは暗がりに潜む誰かを探すかのように、あたりをきょろきょろした。「どういう意味です？」

「誰かが私を……というかマデリンを、私たちがイギリスに帰ったときからずっと見張っていて、ミスター・ナイトに報告してるの」

「ああ、だからあのミスター・ナイトという男は悪党だと、女公爵さまがこの馬鹿《ばか》げた計画を思いついたときに申し上げたのに」ディッキーが両手で頭をかきむしった。鮮やかな赤毛がぴんと立つ。「わかりました。それで、屋敷を出るところは誰かに見られましたか？」

「いいえ」エレノアは後ろを振り返りたくなる衝動をやっとの思いでこらえた。「たぶん大丈夫」

「よかった」ディッキーはエレノアの腕を取った。「行きましょう」

二人は馬たちの前を通り過ぎ、馬屋の奥にあるドアに急いだ。

「おい！」アイヴズが叫んだ。「どこに行くつもりだ？」

エレノアは飛び上がり、身を震わせた。

ディッキーは勇気づけるようにエレノアの腕を握った。「女公爵さまを表通りまで案内するんだ」アイヴズに返事をする。

嘘《うそ》をつくのはディッキーの得意分野ではない。

「じゃあいったい、誰が馬房を掃除するんだ？」これほど大柄なのに、アイヴズは怒声をあげるのが苦手のようだ。

「すぐに戻る」ディッキーは叫んだ。それから、声をひそめてたずねた。「ミス・エレノア、どうして今すぐ逃げようとなさるんです？　まさか、あの男が手を出してきたわけじゃないでしょうね？」

「違うわ」女性をスツールから下ろすことを〝手を出す〟と呼ぶ人はいないだろう。自分のように経験のない女だけが、ミスター・ナイトの体が押しつけられたくらいで想像をふくらませてしまうのだ。「昨日の夜のうちに来たかったんだけど、ミスター・ナイトはずっと屋敷にいたし、暗い中を馬屋まで来る勇気がなかったの。ごめんなさい、ディッキー、マデリンならなんとしてでも来たでしょうけど、私は屋敷の中で迷ったり、馬屋を間違えてしまったりするのが怖くて……」ディッキーの大股にも、エレノアは難なくついていくことができた。ミスター・ナイトとその狡猾《こうかつ》な誘惑から逃れられると思うと、今にも走り出しそうになるくらいだ。

「あなたは慎重な方ですが、それでいいんですよ。あなたがこんなひどい目に遭っているのは、女公爵さまがむこうみずすぎるせいなんですから」

「ミスター・ナイトは今夜、私を舞踏会に連れていこうとしてるの」エレノアは手を振り下ろして自分の体を示した。「私がシェリダン女侯爵、次期マグナス女公爵として、社交界に顔を出すなんてできないわ」

ディッキーはぞっとした顔になった。「もちろんです、そんなことはできません」

そのうえ、ミスター・ナイトの屋敷に滞在すれば、彼がいかに見目麗しく、彼と結婚する女性はどれだけ喜びを与えられ、子供たちはどれほど愛情深くその腕に抱かれるか……やがてそんな想像で頭がいっぱいになってしまうだろう。「急いで、ディッキー」

二人は馬屋を飛び出した。無人の路地にすばやく視線を走らせ、曲がり角に向かって急ぐ。丸石の上を大股に歩き、山積みになったごみと、魚の骨をめぐってけんかしている二匹の猫の横を通り過ぎる。前方の建物と建物の間の隙間《すきま》から、しゃれた身なりの通行人の姿が見え、馬車が行き交う音と露天商人の呼び声が聞こえた。

エレノアの鼓動が速まった。もしあの隙間を抜けられれば、人ごみに紛れて姿を消すことができそうだ。

ここで姿を消せば、もう一生、ミスター・レミントン・ナイトの端整で冷ややかな、官能的な顔を見ることはない。心の平穏のためには、そのほうが絶対にいいのだ。

エレノアはケープのフードを引き上げた。

「そのほうがいいですよ」ディッキーが賛同するように言った。「もうすぐです」

二人は最後の数歩を急いだ。

そのとき、静かに威嚇するように、角の向こうから黒ずくめの人影が現れ、異国風の模様が彫られた長い杖《つえ》で二人の行く手をさえぎった。

エレノアはぴたりと足を止めた。心臓がどきどきと鳴り、指が手提げポーチ《レティキュール》を握りつぶす。

彼だった。ミスター・ナイトだ。

こうなることは目に見えていたのだ。

7

手下が二人、ミスター・ナイトの両脇《りょうわき》につき、ディッキー・ドリスコルの左右の腕をつかんで体を持ち上げた。

エレノアはディッキーに駆け寄ろうとした。

ミスター・ナイトがエレノアのウエストに腕を回して引き戻し、どなった。「ディッキー、よく聞くんだ。ここにはもう戻ってくるな。二度とこの人に会ってはいけない。もう二度と、私から彼女を引き離そうとするのはよせ。次におかしなまねをしたら殺す。わかったか？　お前を殺す」

「あなたはわかっていらっしゃらない、この方はあなたのものじゃない！」そこまで言ったとたん、ディッキーは手下の一人に顔を殴られ、ぐらりと後ろに傾《かし》いだ。

「連れていけ」ミスター・ナイトが命令した。

ディッキーが行ってしまう。どこかに連れ去られてしまう。「だめ、やめて！　ディッキーをどこに連れていく気？」ディッキーはエレノアのほうを見ようと、そして悪漢から逃れようと、体をよじった。

「ナイト、この野郎！　お嬢さまに手を出すんじゃないぞ」ディッキーが叫んだ。

ミスター・ナイトは異国風の模様が美しく施され、根元に重い金の玉がついた古めかしい長い杖《つえ》を握ったまま、薄い青色の目を凍りつかせてそのさまを見つめていた。

エレノアの頭に血みどろの暴力の場面が浮かんだ。下襟をつかんで強く引っぱると、ミスター・ナイトはこちらに顔を向けた。「ディッキーをどうするつもり？」

彼は自分がエレノアをとらえていることを忘れていたかのような目で見下ろしてきた。

「暴力はやめて！」

「通りに放《ほう》り出すだけだ」ミスター・ナイトは相変わらず獰猛《どうもう》な目でエレノアを見つめている。

そんな言葉は信じられなかった。エレノアは注意を向けさせようと、両手でさらに強くミスター・ナイトの下襟をつかんだ。「ディッキーは私の使用人よ。あなたが追い出すことはできないわ」

ミスター・ナイトは不快な笑い声をあげた。「現に今そうした」

エレノアは必死の思いでディッキーを見てから、ミスター・ナイトに視線を戻した。

「手荒なまねはしないと約束して」

抑揚のない声で、ミスター・ナイトが問いかけた。「私のことをやくざ者だとでも思っているのか？」

もちろん思っているが、今はそんなことよりも、彼がこちらの質問に答えていないことのほうが重要だった。「いいから約束して」

「ディッキーは大丈夫だ」

「それではじゅうぶんじゃないわ」ディッキーはエレノアにとっては友人だ。友人が自分のせいで苦境に陥っている。殺されるかもしれない……自分のせいで。「ディッキーに手荒なまねはしないと約束して。どんな形であれ、誰であれ、ディッキーに手出しはさせないと」

エレノアの剣幕に驚いたのか、ミスター・ナイトは眉を上げた。注意深く杖を壁に立てかける。エレノアのあごをつまんで顔を上に向け、ペットが予想外に暴れたときのように、まじまじと顔を見つめた。「一つ条件がある」

エレノアにはその条件がよくわかっていた。ベッドをともにしろと言うつもりなのだ。

だが、どんな代償であれ、支払うつもりだった。ヨーロッパではあまりにも多くの暴力を目の当たりにしてきた。戦争がもたらした悲劇を見てきた。負傷した者、死にゆく者、苦しみ悶《もだ》える者。皆、エレノアの知らない男たちだった。だが、ディッキーのことは知っているし、こんなにも長く一緒に過ごした今となっては、彼を危険な目に遭わせるわけにはいかない。「なんでも言って」

ミスター・ナイトは黒い眉をひそめてますます獰猛な顔つきになり、歯をむき出しにした。端整な顔に怒りをたぎらせたその姿は、地位の高い邪悪な天使が、魂を差し出すよう迫っているかのようだった。「二度と私のもとを逃げ出さないと約束してくれ」

エレノアの心臓は動きを止めたあと、やたらと速く動き始めた。それだけでいいの？　再びミスター・ナイトを見つめ、魂胆を見抜こうとする。だが、そんなことは不可能だった。ミスター・ナイトは怒りこそあらわにしていたが、欲望は見せていない。エレノアは直感的に、この男は自制が利くからこそ危険なのだと悟った。

「マデリン、今すぐ決めてくれ」

いとこの名前を呼ばれ、エレノアは思い出した。自分はただ女公爵という役を演じているのではなく、真剣に演じているのだと。ディッキーの身の安全、いや、命までもがエレノアにかかっていた。震える息を吸い込み、エレノアは言った。「約束するわ」

「何を約束するんだ？」

正確な言葉を言わせるなど、いかにもミスター・ナイトらしい。「あなたのもとから逃げ出さないと約束します」

ミスター・ナイトはだまされまいとするように、エレノアの言葉を吟味している。信用していないのだ。まあいい。今はミスター・ナイトを責めるのではなく、説得しなければならないのだ。「あなたがいいと言うまで、私はここを出ていかないわ」

ミスター・ナイトはエレノアの首に指を巻きつけた。ごく軽い仕草だったにもかかわらず、彼の熱と力を伝えるにはじゅうぶんだった。「いつになろうと、出ていっていいと言うつもりはない」

言うに決まっている。エレノアが偽者だと気づいた瞬間に。だが、それまではエレノアを縛りつけておくのだろう。ミスター・ナイトの色の薄い冷ややかな目には、冷え冷えとした未来が映っていた。

ゆっくりと、まるで自然に引き寄せられたかのように、ミスター・ナイトはエレノアの髪に指を差し入れ、首の根元ですでにほつれかけているシニヨンをゆるめた。エレノアの顔をのぞき込み、欲望にかすれた声でささやく。「君の髪が好きだ。黒い貂《てん》のように濃くて豊かな髪。二週間もたたないうちに、この髪が私の枕《まくら》の上に広がるところが見られるだろうな。そこに顔をうずめ、香りを堪能《たんのう》したい。私の下で悶え、喜びのうめき声をあげる君を押さえつけるときも、この髪を使わせてもらうとしよう」

その一語一語に、エレノアは衝撃を受けた。脅しと約束の一つ一つに。だが、それ以上に、言葉を発するたびに動く柔らかく悩ましげな唇を、自らの唇に重ねてほしいという思いのほうが強かった。

ミスター・ナイトはエレノアに今ここで、にぎやかなロンドンの街路から一本入った路地で、キスをするつもりなのだ。彼の欲望が熱となって感じられる。エレノアはその熱に砦《とりで》が崩され、自分が一時的にでも身を任せることがわかっていた。それが怖かった。そんなことをしてはならない。そのつもりもない。唇が触れ合う前に、エレノアは言った。

「早くディッキーを助けに行って」

ミスター・ナイトは動きを止めたが、一瞬、エレノアの指示を無視してキスをするそぶりを見せた。だが、エレノアは彼の目を見つめ返し、言うとおりにするよう無言で要求した。

ミスター・ナイトはいかにも不承不承といった様子で、エレノアの体からゆっくりと手を離していった。

彼のぬくもりが消えたことが、気に入らなかった。そんなふうに思う自分がもっと気に入らない。

ミスター・ナイトは唐突に会釈をしたあと、大股で手下のあとを追った。

両側の建物の壁はすすで汚れていたが、エレノアは危機を脱したことで軽くめまいを覚え、その壁に手を当てた。

ミスター・ナイトのもとに留《とど》まるとはっきり約束してしまった。約束をしたのがマデリンとしてだったことは、関係がない。その言葉を紡いだのはエレノアの唇だし、エレノアは約束を必ず守る性質だった。

だからこそ、八年前に継母の意志に従わせられそうになったとき、あれほどの苦しみを味わうはめになった。あのとき、エレノアは約束することを拒んだのだ。

「やあ、レミントン。よく来てくれた！」レミントンが秘書の案内で事務室に入ると、銀行の頭取であるミスター・クラーク・オックスナードがデスクから立ち上がった。「君が来てくれるのを楽しみにしていたよ。例の貨物は利益を上げたか？」

レミントンは何も答えず、秘書がクラークの豪勢な事務室の隅から引いてきた、背もたれの高いクッションつきの椅子に腰を下ろした。金の匂《にお》いがぷんぷんする、紳士の余暇用の書斎に見える部屋だが、レミントンはここでクラークがどんなに骨の折れる、根気が必要な仕事をしているかよく知っていた。

「もちろん利益は出ている」クラークは自分がした質問に自分で答えた。「君のおかげで私は金持ちになったよ」

「大金持ちに、だろう？」レミントンは訂正した。

クラークは顔をしかめてみせた。「富というのは相対的な言葉だからね。ヘンリー、ミスター・ナイトにお茶をお持ちしてくれ。それともレミントン、君はブランデーのほうがいいかな？」

「お茶でいい。頭をはっきりさせておきたいんだ。今夜舞踏会に出なくちゃならない」

ヘンリーは部屋を出ていき、音をたてずにドアを閉めた。

「ピカード家の舞踏会か？　じゃあ、あっちでもまた会えるな」クラークはにっこりした。

「私の預金残高が君と同じになる日が来るのを願っているよ」

「その日が来たときには、私の残高は今の二倍になっているはずだ」二人は年齢こそ近かったが、それ以外に共通点は何もなかった。クラークはイギリス生まれで伯爵家の四男、貴族ではあるものの貧しい家族を支えるために事業の道に進み、大きな成果を上げている。貴族という出自にもかかわらず、恰幅《かっぷく》がよく頭髪の薄いこの堂々とした紳士に、レミントンは好意を持っていた。レミントンがイギリスに来るはるか以前から手紙をやり取りしていたため、お互いに考えや目標に似た点が多いこともわかっている。「頼みがあって来たんだ」レミントンは切り出した。

クラークは腹の前で両手を組み、革張りの椅子にもたれた。「そうか」

その態度にクラークの懸念を感じ取り、レミントンは急いで彼を安心させようとした。

「金のことじゃない。個人的な頼みだ」

クラークは果敢にも、汚れた金をほのめかした部分は無視した。「私にできることがあればなんなりと」

「私とマデリン・ド・レイシー、次期マグナス女公爵との結婚式で、立会人と新郎付き添い人を務めてほしいんだ」

クラークが顔を輝かせた。「なんと！　ああ、もちろんだよ、実に光栄だ！」立ち上がり、片手を差し出す。

レミントンも立ち上がり、その手を握った。「それが、光栄とも言いきれないんだ。女公爵は結婚相手としては比類なき富と美貌《びぼう》を備えているから、君も知ってのとおり、私に取って代われるものなら殺人も辞さない男だっている」

クラークは大声で笑った。「ああ、もちろんだ。君に取って代われるものなら殺人くらい」

レミントンは笑みを返さなかった。「昔みたいに、君に私の身辺に目を光らせていてもらいたいんだ」

クラークは陽気な態度を引っ込め、どさりと椅子に座った。「本気みたいだな」

レミントンも腰を下ろした。「もちろんだ」

静かなノック音とともに、ヘンリーが紅茶の盆を持って入ってきた。二人分の紅茶を注《つ》ぎ、それぞれの好みに合わせて味を調整したあと、ドアの向こうに消えた。

レミントンは一口飲み、会話の続きに戻った。「とりわけド・レイシー家は油断ならない」

「ド……レイシー家?」クラークは眉間《みけん》にしわを寄せた。「自分の花嫁のことを言っているのか?」

「いや、彼女は大丈夫だと思う」レミントンはマデリンのことを、今朝二人が結んだ協定のことを思い返した。もちろん、マデリンが信用ならないことはわかっている。昨晩、見張りをつけていると伝えたとき、彼女の目は怯《おび》えたように陰を帯びた。今朝、ディッキーと逃走を企てるという狡猾《こうかつ》さを見せたときも、レミントンは驚きはしなかった。

だが、使用人に対する思いやりには驚かされた。マデリンはディッキーの身を案じていた。レミントンに彼を解放するよう要求した。そして、レミントンがこちらにも条件があると告げたとき、その内容もわからないうちから代償を支払うことに合意したのだ。「私の花嫁は、心根の優しい女性のようだ」

クラークが椅子にもたれ、その重みで革がきしんだ。「確かに、確かに。私も女公爵のことはよく知らないが、誠実な人だという評判は聞いている」

「ああ、だろうな」マデリンもそのうち、馬番に捧《ささ》げるのと同じくらい強い思いを花婿にも捧げてくれるはずだ。レミントンはキスと、徹底的な素肌への愛撫《あいぶ》、彼女と確実に結びつきを築く行為によって、マデリンを縛りつけるつもりだった。そうすれば、マデリンはレミントンのために生きるようになる。レミントンのために死ぬことになる。マデリンはレミントンのものになり、計画は達成されるのだ。

だが今日、最後の味方を打ち負かした今でも、マデリンが逃げ出す方法を見つけないと言いきることはできない。いずれ女公爵になる女性なのだ。レミントンには見当もつかない援軍がいるかもしれない。

それでも、マデリンは約束をしたわけだし、ド・レイシー家の人間は決して約束を破らない。少なくとも、そういう評判だ。マデリンの見張りをお役御免にするつもりはないが、約束を取りつけたことである程度の安心は得られた。

「ド・レイシー家の誰が油断ならないと思うんだ？」クラークが興味深げにたずねた。

「父親だ、もちろん」

「マグナス公爵か？」クラークは驚き、口ひげをぴくりと震わせた。「私は知らないが、父が知り合いだ。でも、あの人のことで血なまぐさい話は聞いたためしがない」

「賢者は黙して語らず、というじゃないか」紅茶が舌に苦く感じられ、レミントンはカップを置いた。「公爵の妹が殺された話を聞いた覚えはないか？」

「妹？　ああ、そうだ。残忍な、非道な殺人だった。若いころ、両親がひそひそ話しているのを聞いたことがあるよ。レディ・プリシラは当世きっての美人だったらしい」

「美しい盛りに、婚約が発表されることになっていた晩に刺し殺された」レミントンは何度もその話を聞かされていたため、何も考えなくても一から語ることができた。

クラークのもじゃもじゃした眉が上がった。「マグナスはその件とはなんの関係もない。有罪宣告を受けたのは別の人間、どこかの平民だ」

「平民の名前は、ミスター・ジョージ・マーチャント。起訴はされたものの、三人の貴族が犯行時刻に一緒にいたと証言し、治安判事は有罪宣告を下すことができなかった。だが、ほかに犯人に仕立てられる人間はいないし、凶悪な犯罪だったため、その男はオーストラリアに流刑になった」

「そんな感じだったな」クラークはつぶやいたが、レミントンと目は合わせなかった。

「君のお父上は、その男の無罪を証言した一人だ」

カップが手の中でかたかたと鳴り、クラークは慌ててデスクに置いた。「何を言う！冗談はよせ」

「冗談なんかじゃないさ。君のお父上には虚言癖でもあるのか？」たずねるまでもなくレミントンにはその答えがわかっていたが、クラークが憤慨するさまを見るのは楽しかった。

「どんな理由があろうと、父がほらを吹いているところを見たことはない」クラークはだんご鼻をこすった。「それが事実だとしても、君がマグナスを疑う理由がわからない。レディ・プリシラの兄だぞ！」

「友よ、この手の犯罪はたいてい家族の仕業なんだよ」

「いや、そんなはずはない。家族とは、お互いに愛情を持っているものだ」

クラークの純粋さに、レミントンは思わず笑みを浮かべた。「そういう家族もいる。だが中には、距離が近いからこそ激しく憎み合う家族もいる」クラークが反論しようとすると、レミントンは制した。「まあまあ。いつけんかが始まってもおかしくないから、家に行くのは気が進まないという知り合いはいないか？」

クラークは譲った。「いるよ。君の言うとおりなんだろうな」

「警察裁判所《ボウ・ストリート》の捕り手にきけばわかる。殺人はたいてい家族内で起こるんだ」レミントンはクラークの不安を解消するために話題を変えようかと考えた。だが、クラークが頭のいい男であることはわかっていたし、この事件について誰かと議論する機会は今までなかった。「何者かがレディ・プリシラを殺した。だが、ジョージ・マーチャントの犯行ではないのだから、真犯人は捕まっていないことになる」

「考えるだけで恐ろしい」クラークはひどく不満そうだった。会計帳簿に並ぶ数字のように、物事はすべて明確に、秩序立てることを好む人間なのだ。

「噂《うわさ》によるとレディ・プリシラは、裕福な婚約者に比べて結婚相手としては劣る紳士と駆け落ちするつもりだったらしい。家族の一員以外で、そのことに猛烈に腹を立てる人物といったら誰だ？」

「婚約者か？」

「そう、ファンソープ伯爵だ」

クラークはぐったりと椅子にもたれた。「ああ」

その反応に、レミントンは驚いた。クラークが嫌悪感をあらわにするのは珍しい。「ずいぶん嫌っているようだが」

クラークは憤慨した口ぶりで言った。「古くさいタイプの貴族だ。うちの銀行の顧客だが、私と直接話そうとはしない。私の手は商売に汚れているというわけだ」

レミントンは面白がるように唇をゆがめた。

「あいつはこの事務室に入ってくると、その椅子に座って……」クラークはレミントンの椅子を指さした。「自分の秘書に口座をどうしたいか伝え、それを秘書が私に伝えるんだ。もちろん、私のほうもまったく同じことをさせられる」

「君が秘書に話し、秘書が――」

「そういうことだ」

「あの男がレディ・プリシラを殺した可能性は？」

「もしそうだとしても、秘書にやらせただろうな」クラークは笑い声をあげたあと、後ろめたそうな顔になった。「すまない、今のは無神経な冗談だったな。あいつは疑われなかったのか？」

「疑われたが、やはりアリバイがあったんだ」レミントンはスプーンをもてあそんだ。

「以前私は、前マグナス公爵が犯人だと思っていた」

「前公爵には会ったことがない。私がオックスフォードを卒業する前に亡くなったからね。でも、可能性はあるな」クラークはこの未解決の謎《なぞ》に興味が湧《わ》いてきたようだった。「気性が荒く、怒ると手がつけられないという噂だったから」

「それは有名な話で、レディ・プリシラの婚約が決まったあと、前公爵が娘をどなりつけているところは何度も目撃されている。娘を殺していてもおかしくないが、目撃証言によると、前公爵には血がついていなかったそうだ」人を雇ってやらせたという可能性もあるが、犯行は明らかに衝動と怒りを感じさせるものだった。「悪意に満ちた殺し方だったから、犯人は返り血を浴びていたはずなんだ」

「なるほど。それなら父親ではないな」クラークの声は残念そうにも聞こえた。「だが、さっきも言ったとおり、現マグナス公爵でもないと思う。ただ、彼の弟のシャップスター卿《きょう》だという可能性は高いな。会ったことはあるか？」

レミントンは首を横に振った。「残念ながら」

「残念なものか。血も涙もないやつだ。奥方はあの恐ろしいレディ・シャップスターだ」その名前を出したとたんいやな思い出がよみがえったのか、クラークはハンカチを取り出して額を拭《ぬぐ》った。「娘のエレノアはなかなかお目にかかれないほどいい娘《こ》だが、レディ・シャップスターがエレノアに縁談を無理強いしても、シャップスター卿はなんの関心も示さなかった。レディ・シャップスターが我が娘を虐げているのに、放っておいたんだ。趣味の狩猟を取り上げられない限りは、誰が何をしようとどうでもいいという男だ」

レミントンはクラークの憤慨ぶりに気になるものを感じた。「君があの一家に詳しいとは知らなかったよ」

「私はブリンキングシャーの出身で、あの一家はうちから数キロのところに住んでいたんだ。エレノアのことは子供のころから知っている。もちろん私よりだいぶ年下だが、乗馬の腕前がみごとでね。騒ぎを起こすこともなかったし、必要に迫られない限り声も発しなかったが、あの娘がそうなったのはレディ・シャップスターのせいだ」クラークは禿《は》げかけた頭をなでた。「そういうわけで、シャップスター卿ならやりかねないと思う」

レミントンは残念そうに言った。「シャップスター卿には金がない」

「女性を一人刺し殺すのに金はいらない」

「離れた場所からジョージ・マーチャントに復讐《ふくしゅう》するには金がいる」

クラークはぎょっとした。「シャップスター卿ならそんなことはしない。誰かをオーストラリアに送り込んで、自分の妹を殺していないことがわかりきっている男を殺させるのか？　筋が通らない」

「ジョージ・マーチャントには金儲《かねもう》けの才能があった。ちなみに、その才能は息子にも受け継がれている」レミントンは落ち着いた表情を保ち、胸にたぎる怒りは表に出さないようにした。「ジョージは刑期を終えると、オーストラリアからアメリカに渡り、海運会社の跡取り娘と結婚して二人の子供をもうけ、妻には先立たれたが、財をなした。それもこれも、イギリスに戻ってレディ・プリシラを殺した男に復讐を果たすためだった」

クラークは不安げにたずねた。「どうしてジョージはそこまで思いつめていたんだ？　アメリカで財産と家族と名声を得たのなら、なぜこっちに戻ってくる？」

「まだわからないか?」レミントンは立ち上がり、デスクの前に歩いていった。身を乗り出し、クラークの目を見つめる。「ジョージとレディ・プリシラは愛し合っていて、その晩駆け落ちする予定だったんだ」

「なんということだ」クラークはレミントンを凝視した。ようやく話が見えてきたのだ。

「そうだ。ジョージがアメリカでレディ・プリシラを殺した貴族への復讐を開始しようとしたころ、自宅と会社には火が放たれ、娘は無残に殺され、本人も暴行されて瀕死《ひんし》の重傷を負った。学校から帰った息子は打ちひしがれ、怯えながら、虫の息の父親と顔を合わせた。ジョージは息子に、この凶行に及んだ人物の名前を告げた」

二人の男は広くつややかなデスクをはさみ、見つめ合った。やがてクラークがたずねた。

「どうして君がそんなことを知っているんだ?」

レミントンはドアの前に歩いていき、開ける前にこう言った。「私がそのジョージの息子だからだ。マグナスはマーチャント家の人間が全員死ぬまであきらめるつもりはないだろうが、私も復讐をやり遂げるまであきらめるつもりはない」

8

その晩、レミントンは応接間に座り、置き時計をにらみながら、すでに何度も読んだ『ロビンソン・クルーソー』のページをめくっていた。だが、物語には集中できなかった。マデリンは遅刻していた。今朝、庭を抜けて彼女を屋敷に送ってきたとき、七時には一階に下りてくるよう伝えた。だが、もうすぐ八時になろうとしている。

普段なら、美しい女性の小さな過ちは大目に見るし、遅れて姿を現すというのは罪としてはごくありふれたものだ。けれど、あの女公爵がそのようなお粗末な演出をするとは思えない。つまり、自分は彼女のことをまったく理解できていないということになる。

ディッキーとの一件のあと、マデリンは恐怖のあまり気を失いそうに見えた。レミントンは彼女を屋敷に連れて入り、ハンカチを濡《ぬ》らして頬に押し当てた。マデリンはその手を払いのけ、静かな威厳を漂わせて一人で階段を上っていった。以来、姿を見ていないが、これ以上反抗せずに命令に従うよう、マデリンを脅しつけることはできたはずだった。

父はよく、どんなに些細《ささい》なことでも、男が女に抱いた期待は必ず裏切られると言っていた。その言い分は正しかったようだ。

マデリンに個性と優しさが垣間見えたのもつかのま、それは、レミントンを意のままに操れると考えている貴族の磨き抜かれた演技にすぎなかったわけだ。主導権を握っているのがレミントンだと知ったとき、マデリンはさぞかし落胆しただろう。

とにかくマデリンが遅れているのは事実で、レミントンは彼女を待つうちに銀行での出来事を思い出した。

クラークはレミントンの告白にショックを受けた様子はなく、さすがの豪胆ぶりを発揮してこう返した。〝もしこの話が本当で、マグナスが君の敵だというなら、私は君の結婚式に武装して臨み、不穏な動きはないか見張っているよ〟レミントンが礼を言う前に、クラークはつけ加えた。〝だがそれと同じ理由で、君が復讐《ふくしゅう》の名の下に女公爵に危害を加えることがあれば、君を捕らえて法の裁きを受けさせるのが私の務めだと心得ている〟

レミントンはクラークが好きだった。その勇敢さも、率直さも。〝女公爵に危害を加えるつもりはない。私のものなんだから手元に置いておくし、君に決断を後悔させるようなことはしないよ〟

二人の男は重々しく握手をし、レミントンは事務室を出ていった。

今、再びレミントンは時計に目をやった。

いやな予感がした。おおかた拗《す》ねているのだろうが、単に着替えを拒んでいるのであれば、ベスがそう伝えてくるはずだ。マデリンがあと十分以内に下りてこなければ、自ら上がって連れてこようと、鐘を鳴らす時計を見ながらレミントンは思った。

ようやく二階からかすかに、快い鐘の音のような女性の声が聞こえた。

やっとだ。女公爵はやっと、姿を見せる気になったらしい。

最後の数段を下りながら、レディ・ガートルードの取り乱した口調が聞こえた。「マデリン、とにかく、こういうのはあの人の好みじゃないと思うの」

こういうの……いったい何が自分の好みではないというのだ？　レミントンは立ち上がり、玄関広間に向かった。

レディ・ガートルードはレミントンに気がつくと、柔和な顔に動揺を浮かべた。それから急に快活な口調になった。快活すぎる口調に。「まあ、ミスター・ナイト、女公爵さまの美しさにはうっとりさせられるわね」

マデリンは玄関広間から一段上がったところに立ち、階段の手すりに手をのせ、遠くを見ていた。

たっぷりあった髪の毛は切られていた。短く。顔のまわりの巻き毛は額と頬にかかり、長い部分は首にまつわりついている。短い。髪を短く切ってしまったのだ。

レミントンは怒り狂いながら階段の下に大股に歩いていき、マデリンの真下に立って、使用人を威嚇するときの声音で問いただした。「くそっ、いったいどういうつもりだ？」

マデリンが振り向き、淡々とした表情でレミントンを見下ろした。「ミスター・ナイト、前にも申し上げたはずよ。異性がいる場で汚い言葉は使ってはいけないと。イギリスでは」

私を非難するつもりなのか？　今？　こんなにも外見を変えてしまった今？　髪を切ったことで、優しく気弱そうな貴族女性は大胆なおてんば娘に変貌《へんぼう》し、レミントンは以前の婚約者が猛烈に恋しくなった。「汚い言葉を使いたいときは好きに使うし、このように罰当たりな行為を目にしたときはなおさらだ」

レディ・ガートルードが両手を握り合わせて振った。「ああ、もう。ああ、もう。だから言ったでしょう――」

レミントンは振り向き、レディ・ガートルードをにらみつけた。

レディ・ガートルードは口をつぐみ、引き下がった。

「ミスター・ナイト、おばさまを脅かすのはやめて」マデリンが言い放った。穏やかな口調になって、レディ・ガートルードに向き直る。「おばさま、もういいわ。別にミスター・ナイトにほめてもらう必要はないんだから」

自分の意見を冷淡にはねつけられ、レミントンはかっとなった。「女公爵さま、そのうち私にほめてもらいたくなる日が来るよ」

「本当に？」マデリンは物憂げに言い、レミントンはそのとき初めて、マデリンの話し方がどこまでもイギリス貴族のものであることを実感した。「もし私が固唾《かたず》をのんでほめ言葉を待たなくても、気になさらないでね」

マデリンが一段上に立っているため、二人の身長はほとんど同じになっていた。目線はレミントンのほうが数センチだけ下にあるため、マデリンの色白で涼しげな顔がはっきりと見え、そこに浮かぶ冷ややかな表情も読み取れた。マデリンを抱き寄せて、彼女がすぐにでも自分を求め、自分にほめてもらいたがるようになることを証明したくて、レミントンの手はうずいた。

だが、そんなことをすれば、新たな反抗心をかき立てるだけではないか？　レミントンは一語一語に重みを持たせるよう、ゆっくりしゃべった。「髪はどこに行った？」

「頭にもまだじゅうぶん残っているわよ」マデリンは手を上げて髪をすいてみせたが、彼女自身、いまだにその変化に驚いているようだった。「でも、ほとんどはベスが持っていったわ。ものすごく長い馬のしっぽみたいだったわね。今はもうないけど」

枕《まくら》の上に広げ、強くつかんで、自分をこの女性に縛りつけるための綱として使おうとしていた髪……あの髪は今や、厨房《ちゅうぼう》のごみ箱の彩りとなってしまったのだ。「ベスにやらせたのか？」

「自分ではさみを持って、ざっくり切ったの」あのメイドをこらしめてやらなければならない。

その光景を想像し、レミントンはたじろいだ。

「しかも、がたがたに切ったの。ベスはかわいそうにそれを直すはめになって、あなたに何をされるかと怖がって、今も手を震わせているわ」

「当然だ」レミントンはこぶしを握った。「震えればいい」

「怖がらなくてもいいのよって、なだめておいたわ。ミスター・ナイトはいろいろ問題のある方だけど、筋の通らないことだけはしないからって」マデリンはそう言いながら、濃い青色の目で値踏みするようにレミントンを見つめた。「ミスター・ナイト、私の言ったことは間違ってるかしら?」

もちろん、間違ってはいなかった。女主人の命令に従ったメイドを首にするような人間ではない。だが、今はそれを認める必要はないし、認めたくもなかった。喉から絞り出すような声で、レミントンはきいた。「どうしてこんなことをした?」

マデリンは身を乗り出し、何か異国の花らしき香水が香るほどにレミントンに体を寄せた。豊かな色白の胸が身ごろに押しつぶされるほどに。「わかってるはずよ」

わかっていた。マデリンが髪を切ったのは、それを使ってどう彼女を誘惑するか、レミントンが語って聞かせたせいだ。レミントンも身を乗り出したので、二人の鼻は今にも触れ合いそうになった。「また伸ばせばいい」

「気が向けばね」

「また伸ばすんだ、今すぐに」

マデリンはふわりと、満足げに唇をゆがめてほほ笑んだ。「約束するわ、ミスター・ナイト。私の気が向くかどうかなんて、あなたには関係ないんだものね」その口調には自信がみなぎっていた。

レミントンにはその理由がわからず、それが気に入らなかった。マデリンは気が弱くておとなしく、レミントンを恐れていた。あらゆる局面で、警戒心をあらわにしていた。レミントンに徹底的に支配されているのだと、理解していたはずではなかったか？

レミントンはマデリンの顔色をうかがい、彼女がこれほど落ち着いていられる理由を探ろうとした。ところが、視線が合ったとたん、その目に魅了されてしまった。深い青色をたたえた大きな目は美しく、長く濃いカールしたまつげがひらひらと揺れている。固く閉じ込めている心さえ映している気がして、レミントンはマデリンのことをもっと知りたくなった。その体も、その心も。

驚いたことに、激しい言い合いから始まった二人の間の空気ががらりと変わった。空気がやわらいでいく。見つめ合う二人の脳裏に、路地でのあの瞬間、レミントンがもう少しでマデリンにキスしようとしたときのことがよぎった。今朝の情熱の残り火が燃え上がり、レミントンは今すぐここで彼女を味わいたくなった。

レディ・ガートルードの声が、犯行の機会をうかがう盗賊のようにさりげなく割り込んできた。「ミスター・ナイト、マデリンのドレスはいかがかしら？」

落とす。

レミントンははっとした。

マデリンも唐突に背筋を伸ばした。そわそわとスカートを腿になでつけ、手元に視線を
胸の内があからさまに出たその仕草に、レミントンの視線も引き寄せられた。

レディ・ガートルードが再び口をはさんだが、今回ははっきりと声が響いた。「特にネックラインと、控えめな裁断と、色白のきれいな腕を際立たせるふわりとした小さな袖《そで》がすてきだと思うのだけど」

レミントンはレディ・ガートルードの言葉に耳を傾けながら、ドレスを観察した。マデリンが着ているクリーム色のモスリンのイブニングドレスは、胸のところが交差したデザインになっていて、中からワインレッドのサテンのペチコートがのぞいている。ドレスの裾《すそ》には、ギリシア風の繊細な模様が深緑色で刺繍《ししゅう》されていた。サテンのスリッパはペチコートとお揃《そろ》いで、黒髪にはワインレッドのリボンが編み込まれている。手首からはクリーム色の扇がぶら下がっていた。実に人目を引く装いだ。レミントンの趣味とは違うが、マデリンほど背が高くほっそりした女性にはよく似合う。でも……それでも……。

レミントンはむっつりと言った。「間違っていたら言ってほしいが、このドレスは私が君のために買っておいたものとは違う」

「ええ、私が持ってきたものよ」マデリンの声は実に落ち着いていて、二人の間にあのよ

うな瞬間が流れたことが嘘《うそ》のようだった。

「きちんとしたドレスは持ってきていないと言っていたじゃないか」

「驚いたことに」マデリンは何食わぬ顔で言った。「トランクの底に入っていたの」

レミントンは表情で続きをうながしたが、マデリンが何も言わないので、彼女の顔をまじまじと眺めた。「よく似合っている」

一瞬、マデリンの目に安堵《あんど》の色が浮かぶのが見えた気がした。

そこで、レミントンは最後通牒《つうちょう》を突きつけた。「だが、ドレスは着替えてきてくれ。私の婚約者として初めて人前に出るんだから、もっとしゃれたドレスを着ていてほしいんだ」髪にさっと目をやる。「髪型を変えろとまでは言わないから」

貴族の傲慢《ごうまん》さの見本のような口調で、マデリンが言った。「私は次期マグナス女公爵よ。流行は私が作ります」

その反抗的な態度が気に入らなかった。「いいから着替えてこい」

マデリンはひじまで覆うクリーム色の手袋をはめながら言った。「それはできないと思うわ。皇太子殿下よりあとにパーティに到着するのはしきたりに反しているし、すでに遅刻しそうなんだから」

本当にそんなしきたりがあるのかどうか、レミントンにはわからなかった。イギリスの社交界には、ずらずらと続く爵位や階層制度、何種類もある呼び名は言うまでもなく、レミントンには理解のできない決まり事だのなんだのが多すぎるのだ。場にそぐわない言動をとることも、誰かを間違った爵位名で呼ぶことも、適切とされるよりも早すぎるか遅すぎるタイミングで部屋に入ることも、これまで何度も繰り返してきたため、ばつが悪そうに謝るさまも板についたものだ。今のところ、イギリス人はレミントンの間違いを許してくれている。だが、皇太子に対する侮辱は許してもらえない気がした。「わざとこうなるよう仕向けたんだな」

マデリンの青い目が初めて怒りに燃えた。「当たり前でしょう。あなたに用意されたドレスを素直に着るなんて、そんな月雇いの娼婦《しょうふ》みたいなことをすると、本気で思っていたの？」

レディ・ガートルードが息をのみ、手で口を覆った。驚いた表情が少しずつやわらぎ、目が面白がるようにきらめく。

そのとき、レミントンは真実に思い至った。

マデリンに負けたのだ。

それは小さな戦いで、レミントンの計画の中では些細なことだったが、勝負にはほとんど負けたためしがないレミントンには、とっさに理解ができなかった。

負けた。物静かで内気で、頑固な女公爵に負けたのだ。

まあよい。この出来事を忘れず、近いうちに作戦を手直しして、今後はマデリンを見くびらないようにすればいいのだ。「女公爵さま、もちろん君を娼婦扱いなどしない。むしろ、チェスの名人として扱うよ」

マデリンはうなずき、レミントンの敬意を当然のものとして受け止めた。

レミントンは待機していた執事から黒のイブニングケープを受け取り、肩にはおった。彫刻の施された長い木の杖《つえ》を持ち、これ見よがしな動作で床を打つ。そのさまはどこからどう見ても正統なイギリスの紳士だったが、自分が骨の髄までアメリカの野蛮人であることはよくわかっていた。ベルベットのように柔らかでありながら、冬を思わせる厳しい声で、レミントンは告げた。「女公爵さま、ご用心を。次は私が駒《こま》を進める番だ」

9

「すごい人ごみ！」レディ・ガートルードは頬をピンク色に上気させ、柄つき眼鏡越しに人ごみを見わたした。「ピカードご夫妻は文字どおり、誰も彼も舞踏会にお招きなさるの！　客を迎えるときに王室のように従僕に一人ずつ紹介させるのが、仰々しいと言う人もいるわ。舞踏室も一階全体を占めるほどだけど、広い地所を五箇所も持っていれば、仰々しいふるまいも受け入れられるものなの」レミントンに指を振って続ける。「でも、これではイギリス人は下品だと言っているようなものね。社交界に受け入れられるかどうかは、財産を持っているかどうかで決まるわけじゃないのよ」

「ええ、もちろんです」レミントンはそう応じたものの、心の中では、だが判断材料にはなる、と思っていた。

話し声と音楽の不協和音が、舞踏室の入り口にかかるアーチから流れ込む中、マデリンとレディ・ガートルードとレミントンは紹介を待つ列をじりじりと進んでいた。周囲ではほかの客たちがひしめき、我先に舞踏室に入ろうともみ合っている。一同は三人をじろじろ見ながら、手袋をはめた手や扇で口元を隠して何やらささやき合っていた。

「見て、マデリン」レディ・ガートルードが言った。「みんなあなたに見とれているわよ！」

「わかってます」次期女公爵は肩をこわばらせて背筋を伸ばし、まっすぐ前を見据えていた。

周囲の注目を浴びていることにここまで戸惑う女性を、レミントンは初めて見た。そして、計画の成功をここまで嬉《うれ》しく思ったのも初めてだった。ロマンス以上に上流社会が夢中になるものはただ一つ、醜聞だ。レミントンはその両方を提供しているし、今後も提供するつもりだった。「その髪型のせいかもしれないな」小声で言う。

マデリンがレミントンをじろりと見た。

「みんな、あなたとミスター・ナイトのことを知りたくてたまらないのよ」レディ・ガートルードはレミントンとマデリンの周囲を見回した。「マデリン、あなたはこの舞踏会の花形になるわ！」

「ものは言いようですわね」マデリンがつぶやいた。人々が自分たちの会話に耳をすましていることを強く意識しているように見える。

マデリンの気を楽にしようと、レミントンは優しくも力強い口調で請け合った。「君はどんな舞踏会に参加しても花形になるよ」

マデリンはレミントンのほうを見なかった。声も届いていないようだ。状況をよく知らなければ、あがっているようにも見える。

これまで女性に、どんな女性にも無視されたことはなかったが、レミントンは今夜、マデリンにそれ以上の仕打ちをされていた。マデリンはレミントンに歯向かってきたうえ、今はレミントンがここに、彼女の隣に、婚約者として存在していないかのようにふるまっている。

レミントンは低い声で名前を呼んだ。「マデリン」

やはりマデリンの反応はない。そこで、マデリンの手を取って持ち上げ、口元に寄せる直前で裏返して手首にキスをした。

ようやくマデリンの注意を引くことができた。彼女は初めて人間を見る雌鹿《めじか》のごとく、驚きに目をみはってレミントンを見た。

周囲でひそひそと噂《うわさ》する声が大きくなった。

「ミスター・ナイト！」レディ・ガートルードが強い口調でたしなめた。人に聞かれることは気にしていないようだ。「そんなふるまいは二度としてはだめ。きわめて礼儀を欠く行為よ」

「結婚するまでは」レミントンは答えた。レディ・ガートルード同様、人に聞かれることは気にしていなかった。

「結婚してもですよ」レディ・ガートルードはきっぱりと言い、そのあとつけ加えた。「人前では」

マデリンは何も言わず、首をすくめて顔を赤らめたが、レミントンはそのまつげに涙が光ったのを確かに見た。

一瞬、ほんの一瞬、罪悪感に襲われた。なんという女だ。これまでレミントンが接してきた女性は涙を武器とし、要求を通すために使っていた。だが、マデリンは自分の涙に戸惑い、誰にも見せたくない様子なのだ。レミントンにも。人ごみの中の誰にも。

レミントンはマデリンとの結婚がかかった勝負に臨む前に、彼女のことを徹底的に調べていた。マデリンは社交の場では落ち着いた態度をとり、大胆で飾らない性格で、次期女公爵という立場の重要性は意識しているが、それを鼻にかけることはないと誰もが言っていた。外国に数年間滞在しただけで、なぜここまで変わってしまったのだろう？　それとも、これは自分の窮状に同情を引くための作戦なのだろうか？

「見て！　あそこにベターワース卿《きょう》がいらっしゃるけど、一緒にいる女性は奥さまじゃないわ」レディ・ガートルードは指をひらひらさせて誰かにあいさつした。「ミスター・ナイト、私はミセス・アシュトンとお話ししてくるから、その間お行儀よくしていてくださる？　あの人は噂を聞きつけるのが早いから、最新情報はなんでも教えてくれるの」

「完璧《かんぺき》なイギリス紳士になりますよ」つまり、冷血で退屈という意味だ。

「マデリン、あなたも構わないわよね？」

マデリンがレディ・ガートルードを引き留めたがっているのは明らかだった。だが、レディ・ガートルードの目が輝いているのを見て、その欲は優しさに負けたらしい。「どうぞ、おばさま。私も国を離れていて何も知りませんから、いろいろと新しい情報を仕入れなくてはいけないし」

「紹介の番が回ってくるまでには戻るわ。ミスター・ナイト、私の場所を取っておいてね！」

「遅れないように」レミントンは強い口調で言った。

レディ・ガートルードは冗談めいた言葉を返そうとしたが、レミントンが真剣なのを見て、役目を思い出したようだった。「もちろん、ちゃんと戻ってくるわ。マデリンのお目付役であることは忘れてませんからね」レディ・ガートルードはほとんどスキップするような足取りで、一目散にその場を離れた。

マデリンが静かに言った。「おばさまにきつく当たる必要はないわ。害になることはしない人よ」

非難めいたその口ぶりに、レミントンは驚いた。「きつく当たってなどいない。私はあの人の雇い主だ。結婚前に私たちが一緒にいても君の体面が傷つかないよう、給金もたっぷり払っている。だから、自分の務めを思い出してもらっただけだ。それに、君もあの人がそばにいるほうが、安心して私と一緒にいられると思うんだが」マデリンがすばやく息を吸い込む音が聞こえた。「違うか？」

マデリンは顔をそむけ、答えなかった。

ふとレミントンは、マデリンの白いうなじをくすぐる黒い髪に注意を引かれていることに気づいた。おそらく、この新しい髪型にも徐々に慣れていくのだろう……そもそも、慣れる以外に道があるか？　少なくとも、髪が元どおりの長さに伸びるまでは。

「レミントン！」クラークが人ごみをかき分け、そばにやってきた。「こんなにもすぐに会えるとは嬉しいよ」

「こちらこそ」レミントンはマデリンのほうを向いた。「紹介するよ。シェリダン女侯爵、次期マグナス女公爵で、将来の私の妻だ。女公爵さま、こちらはミスター・クラーク・オックスナード。ホイッティントン銀行の頭取で、私が誇りを持って友人と呼べる男だ」

マデリンは狼狽《ろうばい》に凍りついたような目で、クラークを見つめた。

一方クラークのほうはおじぎをし、くすくす笑った。「あなたがおいとこさんのミス・エレノア・ド・レイシーとよく似ていらっしゃるという噂は聞いていましたが、本当ですね。瓜二《うりふた》つだ。エレノアとは以前、彼女がブリンキングシャーにいたころの知り合いなのですが、もし何も知らずにあなたにお会いすれば、エレノアの双子の姉妹だと思ったでしょう」

マデリンは膝を曲げたが、おじぎというよりは体のバランスを崩したように見えた。

「双子ではありませんわ。もちろん違います」

「わかってますとも」クラークは快い口調で言った。「あなたの婚約者に、結婚式で新郎付き添いを務めるよう頼まれました。それがどれだけ光栄なことか、言葉では言い表せないくらいです」レミントンの腕に手を置く。「こんなにいいやつはほかにいませんよ。あなたは運がいい。もちろん、こいつのほうも運がいいんですが」

「ああ、まったくだ」

「当日はあらゆる事態を想定して、準備万端で教会に行くよ」クラークはレミントンに向かって意味ありげにうなずいてみせた。

その励ましに、レミントンはこれまでにないほどの友情が湧《わ》き上がってくるのを感じた。

「クラーク……ありがとう。君といると、人間も捨てたものじゃないと思えてくるよ」

「気にするな」クラークはにっこりした。「最も金になる顧客を失いたくないだけだ」

レミントンは笑った。

マデリンは外国語が飛び交ってでもいるかのように、二人の男を見つめていた。何も言わない。ちょっとした雑談にも応じない。礼儀上の言葉もない。もし、マデリンがレミントンの知り合い全員にこのような態度をとるつもりなら、正しい礼儀作法についてじっくり話し合わなければならないだろう。

クラークは何も気にしていないようだった。「そろそろ戻るよ。妻は背が低いから、私がそばにいないともみくちゃにされてしまうんだ。このあと会えなければ、次は結婚式だな。お会いできてよかったです、女公爵さま」

「こちらこそ、お会いできてよかったです」マデリンはクラークの言葉を繰り返し、背中に魅入られでもしたかのように、去っていく彼の後ろ姿をじっと見つめた。

レミントンはマデリンの耳元にそっとささやいた。「私の腕に手をかけているところを見られるのは、そんなにいやか？」

「え？」マデリンはレミントンを見上げ、目をしばたたいた。驚いているように見える。今の質問に。レミントンがこんなにも近くにいたことに。

「君はほとんどクラークのほうを見なかったし、ここに来てから一度も私と目を合わせてくれない」だが今、マデリンはレミントンを見ていた。唇を開き、まつげを震わせて、視線をそらさないようにしている。「私と一緒にいるところを見られるのが恥ずかしいんだな」

「そんなことないわ！」

「私は身なりもまともだし、君の手首にキスをしたとき以外はきちんとふるまっている。つまり君が心配しているのは、私のそばに置かれることで貴族としての名声に傷がつくことなんだろう」

「マグナス女公爵の地位の高さはそうとうのものだから、あなたと一緒に舞踏会に現れたところで、その地位に傷がつくことはないわ」マデリンはそう言いきると、自分の大胆さを面白がるかのようにほほ笑んだ。気分が明るくなったことで肌は色づき、目が輝いて、頬にはあの魅力的なえくぼが浮かんだ。

かわいい人だ、とレミントンは思い、そんな自分に驚いた。この女性に手を焼くことは予想していたが、惹《ひ》きつけられるとは思っていなかった。マデリンには驚かされることばかりで、驚かされるとどこか不安を覚える。とはいえ、マデリンも一人の女性にすぎず、しかも賭博《とばく》のために娘の人生を手放すような薄情な父親を持った女性なのだ。そのことを忘れてはならない。その点はレミントンにとっては強みだった。

レミントンは白い手袋に包まれた手でマデリンのあごに触れ、顔を持ち上げて自分のほうを向かせた。「君はほとんど笑わない。その理由が不思議なんだ」

マデリンの顔から笑みが消えた。手袋の中が汗ばんだのか、スカートで手を拭《ぬぐ》うような動作をする。「舞踏会は好きじゃないの」

「緊張してるんだな」

「いつもはこんなふうに、悪い意味で注目されたりしないもの」

そんなはずはない。マデリンがイギリスを離れる原因となった醜聞の真相は、レミントンも聞いていた。「こういう状態には慣れているとばかり思っていたよ。前の婚約を破棄したとき、そうとう噂の的になったらしいじゃないか」

マデリンは青ざめた。彼女は四年ほど前、キャンピオン伯爵との婚約を破棄したときに騒ぎを起こしているが、その過去をレミントンが知っていることを今知ったのだ。けれど、マデリンは気を取り直してぴしゃりと言い放った。「私の過去があなたに関係があると思えば、自分から話すわ」

「君は私の妻になるんだ」レミントンはマデリンにほほ笑みかけ、観衆に対して演技をすると同時に、マデリンにもその偽りの愛情を見せつけた。「もちろん、君の過去は私に関係がある」

「結婚というのはお互いに貢献し合うものだと聞くわ。あなたが私に秘密を打ち明けてくれるなら、私のほうも打ち明けるわよ」マデリンはレミントンが見せたのと同じ偽りの愛情を込めてほほ笑み、ひしめき合う人々のほうを手で示して誘いかけた。「ほら、どうぞ。ここは秘密を告白するのにふさわしい場だわ」

「鼠《ねずみ》も吠《ほ》えることがあるわけだな」二人は列の先頭に到達した。「ここでキャンピオンに会う心配はしなくていい。今、ロンドンにはいないから」

熱がこもりすぎているように聞こえる声で、マデリンは言った。「よかった。会いたくはないもの」

「会いたいと思ってくれても構わないけどね」二人は巨大な舞踏室に下りる階段のてっぺ

んに立っていた。眼下には、黒い大理石の柱が何本も、青と金張りの天井に向かって伸びているのが見える。細長い窓がずらりと並んでいた。部屋には人がぎゅうぎゅうづめで、歩くこともできそうにない。当然ながら踊っている者は一人もおらず、部屋の片隅で小さな楽団が、おしゃべりの声を音楽でかき消そうと無駄な努力をしていた。

舞台は整った。芝居は始まっている。すべてが計画どおりだ。

10

エレノアはミスター・ナイトの冷ややかな、澄みきった目を見つめ、マデリンの計画が間違っていたことを悟った。マデリンはロンドンに来て、この不正な婚約をあきらめるようミスター・ナイトを説得するつもりでいる。そんな試みは狂気の沙汰《さた》だ。ミスター・ナイトは望みを必ず実行に移す人間で、その彼が女公爵と結婚することを望んでいるのだから。賭《か》け金などというつまらない理由のために、この男と結婚しなければならないなんて、かわいそうなマデリン！

そして、エレノア自身もまたかわいそうだった。そのいきさつを見守ったあと、姿を消さなければならないのだから。

「私は欲しいものは手に入れる」ミスター・ナイトは警告するようにエレノアに言った。

エレノアは両手を握り合わせた。ミスター・ナイトは自分を求めている……その熱意をすんなりとマデリンに移行させられるだろうか？　彼がお世辞を言っているだけだという可能性もあったが、エレノアにはそうは思えなかった。マデリンとの計画はゆがみつつあり、次に何が起こるかは神のみぞ知るのだ。

レディ・ガートルードが人ごみをかき分けて戻ってきた。「こっちこっち!」それから、二人を見比べた。「何かあったのね。もう一度席を外したほうがいい?」

「その必要はありません。もうすぐ紹介されるところですから」ミスター・ナイトは伝令役に自分たちの名前を告げた。

レディ・ガートルードは低い声でエレノアにささやいた。「いろいろ聞いてきたわ」ウインクをしてうなずき、芝居がかった小声で続ける。「あとで、二人きりになったときにね」

「わかりました」エレノアの喉はからからで、手のひらは汗ばみ、髪を切った頭はやけに軽く感じられた。「あとで」

伝令役がこう言うのが、かすかに聞こえた。「はい、ミスター・ナイトですね。うかがっております」込み合った騒がしい舞踏室のほうを向いて、伝令役は叫んだ。「シェリダン女侯爵、次期マグナス女公爵さま!」

舞踏室の人々がいっせいにこちらを向いた。

「レディ・ガートルード、グラッサー伯爵夫人!」

話し声が静まり始める。

「ミスター・レミントン・ナイト!」

三人が階段を下り始めると、静寂はより広い範囲に、深く浸透した。楽団の演奏までもが止まる。ひっそりと生きてきたエレノアにとって、これほど大勢の人に注目されるのは初めてだった。そのうえ、客の中には知っている顔がいくつもある。向こうもこちらに気づくだろうか？　女公爵が偽者だとばれるのはいつだろう？

落ち着き払った様子で、レディ・ガートルードが言った。「派手な入場ね。予想どおりすごい人数だし。ぞくぞくしない？」

ぞくぞくなどしない。むしろ、ぞっとする。エレノアはミスター・ナイトのひじをつかんだ。一歩下りるごとに、階段が伸びていくように思える。こちらを見つめる無数の目。自分の足が大きくなりすぎて、階段からはみ出してしまう気がした。このままでは足を踏み外して転んでしまう。そう、偽者として追い払われることはなくても、階段で転んでマデリンを笑い物にしてしまうのだ。

ようやく三人は、黒と白の磨き抜かれた大理石の床に下り立った。こちらを向いていた人々の視線がそれ、がやがやとおしゃべりが再開する。エレノアも息ができるようになった。

ピカード卿《きょう》夫妻がそこに立って客を歓迎していた。夫人はこの上なく立派な女主人で、ピカード卿はこの上なく愚かしい男性だ。

エレノアは四年前、マデリンが社交界デビューした年に夫妻に会っていたが、コンパニオンにはほとんど目を向けないレディ・ピカードに対し、ピカード卿はエレノアをじろじろと見ていた。若い女性には必ず目をやるのだが、幸い、ピカード卿が見ていたのは顔ではなかった。夫妻がエレノアを見て、マデリンのコンパニオンだと気づくことはないはずだ。けれど、目の前にいるのがマデリンでないことには気づくのではないだろうか？

エレノアは気を引き締めたが、レディ・ピカードにエレノアの正体を見破った様子はまったくなかった。「女公爵さま、イギリスに戻られて初めてのパーティに、私どもの舞踏会を選んでいただいて光栄ですわ。それから、ミスター・ナイト。あなたに来ていただければ、今夜は……」目をぱちぱちさせる。「最高の夕べになると思っていたのですよ」

ミスター・ナイトはおじぎをした。「こちらの会は絶対に外すわけにはいかないと思いまして」

「ええ、もちろんですわ。ご婚約者との初めての舞踏会ですものね」レディ・ピカードはエレノアの全身をまじまじと眺めた。女公爵であることに疑いを抱いた様子はない。エレノアは最初のハードルを乗り越えたのだ。「女公爵さま、帰国早々ご婚約だなんて、驚かれたでしょう？」

その質問に、エレノアはかちんときた。「マグナス公爵は、つねに娘のことを第一に考えてくださる方ですから」

それは返答というよりは非難で、そのことに気づいたレディ・ピカードはぎこちなくほほ笑んだ。「レディ・グラッサー、お会いできて嬉《うれ》しいですわ。今夜は姪御《めいご》さんのお連れとしていらっしゃったの？」

「それと、お目付役として」レディ・ガートルードは断固とした口調で続けた。「昼も夜もこの娘《こ》のそばにいますの。一分たりとも一人にすることはないんですのよ」

レディ・ピカードはミスター・ナイトにうっとりした視線を向けた。「とてもいいお考えですわ。ミスター・ナイトは非常に危険な男性ですからね」

「どうしてそんなことをおっしゃるんです？　私は子羊みたいな男ですよ」ミスター・ナイトは不服そうに言った。

レディ・ガートルードとレディ・ピカードがくすくす笑う。

エレノアはほほ笑むことすらできなかった。子羊だなんて。ばかばかしい。ミスター・ナイトは牙《きば》と爪、そして残酷な性質を隠すことすらしない狼《おおかみ》だ。もし、エレノアが彼の屋敷に住んでいることがここにいる誰かに知られてしまえば、レディ・ガートルードが何を主張しようと効果はないだろうし、エレノアの体面は傷ついてしまう。どこを向いても面倒の種が転がっていて、その面倒はすべてミスター・ナイトに関係していた。

そのうえ、もはやエレノアには、ミスター・ナイトが単なる成り上がりのアメリカ人には見えなくなっていた。彼がどんなにエレノアを脅し、嗅《か》ぎ回り、行動を強要しようとも。今夜のミスター・ナイトは、驚くほど美麗だった。フォーマルな黒の膝丈《ブリーチズ》ズボンにしゃれたデザインの黒い上着を身につけ、その着こなしはほかの男性たちと同じかもしれないが、もともとの体つきが全然違っていた。雪のように白い幅広ネクタイ《クラヴァット》は、凝った形に結ばれている。絹のベストには青地に金でアイリス紋章《フルール・ド・リス》が控えめにちりばめられていて、靴は黒で簡素なデザインのもの。高いヒールはついていないが、それはほかの男性を見下ろすほど身長があるせいだ。エレノアの目にミスター・ナイトは男性という種の完成形に映ったが、あたりを見回してみたところ、そう思っているのはエレノアだけではないようだ。誘いかけるようなみだらな視線が、ミスター・ナイトに降り注いでいる。

「女公爵さま、ヨーロッパはいかがでした?」レディ・ピカードがたずねた。

「大混乱でしたわ」

「あの恐ろしいナポレオンのせいね」レディ・ピカードはずんぐりした鼻にしわを寄せた。

「このあと、私たち女性だけでちょっとした夜会を開く予定だから、そのときに冒険談をお聞かせ願いたいわ」

「楽しそうですね」そのころ、エレノアはとっくに屋敷を出ているだろう。

背後の階段を手で示し、ミスター・ナイトがいぶかしげに言った。「皇太子殿下はよっぽど遅くパーティにいらっしゃるのですね。でないと、そうとう大勢のお客が追い出されることになる」

「まあ」レディ・ガートルードがつぶやく。

エレノアは息をつめ、レディ・ピカードがミスター・ナイトに調子を合わせてくれることを祈った。

ところが、レディ・ピカードは困惑もあらわに顔をしかめた。「いったい何をおっしゃっているの？」

「誰も皇太子殿下より遅く来てはいけないと――」

レディ・ピカードは媚《こ》びを含んだ笑い声をあげた。「違いますよ、ミスター・ナイト、勘違いなさっているんだわ。いったん皇太子殿下が来られたら、お帰りになるまで誰も帰ってはいけないの。皇太子殿下のあとに到着するのがどうこうという決まりはありませんわ」

「なるほど。またも無知なアメリカ人ぶりをさらしてしまいましたね」ミスター・ナイトは横目でぎろりとエレノアをにらみつけた。

「決まり事が多いですものね」レディ・ピカードは親愛の証《あかし》としてミスター・ナイトの手に触れた。その仕草は彼が社交界に愛されている理由を物語っていた。「でも、あなたはよく覚えていらっしゃるわ」

ミスター・ナイトはにっこりし、きれいな歯並びを見せた。「記憶力がいいんですよ。なんでも覚えていられるんです」特に女公爵がついた嘘《うそ》は、と暗に示しているようだ。

エレノアたちの背後で、咳払《せきばら》いと足が床をこする音が聞こえた。

レディ・ピカードは二人のお披露目はもうじゅうぶんだと判断し、列を進ませることにした。「今夜はお越しいただき、ありがとうございます。晩餐《ばんさん》は深夜零時からです。どうぞダンスを楽しんでいらして！」ひじで夫の脇腹《わきばら》を小突く。

ピカード卿はエレノアの胸から視線を引きはがした。「は？　なんだ？　ああ、妻は今日、レディ・シェリダンとあの幸運なミスター・ナイトが来なければ、舞踏会は失敗したも同然で、首を吊《つ》らなきゃいけないと言っていたよ」

「そんなことをさせるわけにはいきません」ミスター・ナイトはうなずいた。「イギリス社交界の大いなる損失ですからね」

レディ・ピカードはにっこりした。ピカード卿もうなずく。二人とも、ミスター・ナイトの声に潜む皮肉に気づかなかったのだろうか？　エレノアはさりげなく口をはさんだ。

「お招きいただき、ありがとうございます。シーズンきっての催しですもの、逃すわけにはまいりませんわ」ミスター・ナイトを軽く押し、その場から立ち去る。

二人に飛びかかろうと待ち受けている客は大勢いたが、ミスター・ナイトがねめつけると、皆引き下がった……今のところは。

ミスター・ナイトは唐突にレディ・ガートルードに向き直った。「レディ・ガートルード、お友達を見つけて噂話《うわさばなし》に花を咲かせてきたらどうです？」

レディ・ガートルードは疑わしげな顔をした。「でも、さっきレディ・ピカードに、片時もマデリンのそばを離れないと言ってしまったわ」

「今夜はこの先、私が婚約者のそばについています。この舞踏室にいれば危ない目に遭うことはありませんよ」

本当のことを知らないから、そんなふうに言えるのだ！

レディ・ガートルードに視線を向けられ、エレノアはうながした。「行ってちょうだい、おばさま。私なら大丈夫よ」

二人きりになるまで待ったあと、ミスター・ナイトは冷ややかながら怒りに満ちた声で言った。「ピカード卿に君をいやらしい目で見る権利などない。今後こういうことがあれば、私に任せてくれ」

「私たちが入場したときに注目を浴びるのは最初からわかっていたわ。あなたがそう仕向けたんじゃない。それがうまくいったのに、ごねるのはおかしいわ」エレノアは筋の通った理性的なことを言っているつもりだったので、ミスター・ナイトの顔つきが険しさを増したのを見て驚いた。「ピカード卿ならもう酔ってらっしゃるみたいだから、日付が変わるころにはいびきをかいているでしょうね」息を吸って気合いを入れ、人々に向き合う覚悟を決める。

ところが、ミスター・ナイトはエレノアの手を取り、自分のほうを向かせた。「怒っているのはほかにも理由がある」絞り出すような声で、エレノアがした説明を繰り返す。

「皇太子よりあとに到着してはいけないだと？」

もし今、こんなにも緊張していなかったら、見物人を意識していなかったら、この小さな勝利にほくそ笑んでいただろう。「私も長い間イギリスを離れていたから」

「だから、これほど基本的な決まり事も忘れてしまったと？」

「いいえ、本当のことを言わなくちゃいけないってことを忘れてたのよ」

ミスター・ナイトの表情を見て、エレノアはマデリンがここにいて彼をあしらってくれればいいのにと思った。エレノアの手に負える相手ではない。自分は偽者で、しかも今夜中に、今まで見たことがないほどカリスマ性を備えた男の隣で化けの皮をはがされることになっている。その後、彼はいとこのマデリンと結婚し、今夜を境にエレノアを憎むようになるのだ。

エレノアを呼ぶ女性の声が聞こえた。「女公爵さま！」

ほっとして振り向くと、目の前に見覚えのある顔があった。とてもよく覚えている顔だ。「女公爵さま、覚えていらっしゃらないかしら？」その女性の声のあまりの甲高さに、ミスター・ナイトがたじろぐのがわかった。「ホレーシャ・ジェイクソンよ」

ホレーシャ・ジェイクソンはマデリンと同じシーズンに社交界デビューした娘で、清潔感のある顔をしていたが、にきびがあるのと唇が薄いのが難点だった。そのうえ昔気質の父親の方針で地味なドレスしか着せてもらえず、化粧も固く禁じられていた。

その後、父親の支配からは抜け出せたらしく、今夜は頬に丸く紅を差し、口紅も塗っている。髪は短く切られ、広い額に縮れ毛がかかっていた。体重も二十キロほど増えたようで、そのほとんどが尻についていた。「ホレーシャ?」エレノアは驚いて目をしばたたいた。

ホレーシャは指輪をはめた手を打ち合わせた。「覚えていてくれたのね!」

ホレーシャはマデリンの取り巻き集団に入り込もうと頑張っていた娘たちの一人だ。その努力が報われることはなかったが、しょっちゅうコンパニオンであるエレノアに野望を語っていた。当然、エレノアのことは見ればわかるだろう。だがいずれ正体が暴かれるのなら、今ここですべてが終わったほうが、この先そわそわとその時を待たずにすむ。エレノアはホレーシャに自分の顔が見えるよう、よく見て女公爵でないことを見破れるよう、あごを上げ、足をふんばって待った。

ところが、ホレーシャはぺちゃくちゃと話し続けた。「私、ヒュワード卿と結婚したんだけど、結婚式の日はひどい天気で。あの大雨はあなたにも見せたいくらいだったわ。それで、みんなに不吉だって言われたんだけど、今では息子も二人いるから、間違ってたのはみんなのほうだったみたい。今はレディ・ヒュワードなの。でも、あなたがイギリスを発《た》つ前、私たち仲良しだったわよね。思い出してくれた?」

思い出した。ホレーシャは脈絡のないことを、とりとめなく話し続けるのだ。聞き手が悲鳴をあげたくなるようなおしゃべりをするのだ。ただ、周囲に注意を払わないタイプだったかどうかは思い出せない。

ホレーシャはエレノアの顔を見上げたが、満足げな表情は消えなかった。「大陸での生活はあなたに合っていたみたいね。すごくきれいだわ。前もきれいじゃなかったわけじゃないけど、ちょっと痩《や》せすぎだったもの。今は頬がふっくらしてる。その髪型はフランスの流行を取り入れたの？」

エレノアははっとした。この一時間、髪型のことは忘れていた。短い毛先を指で触る。この髪型にはいまだに慣れないし、今後も慣れることはないだろう。だが、おかげで正体を見破られにくくなったのなら、腰まで伸びた美しい髪を犠牲にする価値はあった。髪……たった一つの自慢の種を。

エレノアはミスター・ナイトをちらりと見た。しかも、この髪型は彼を怒らせるという役目も果たした。驚いたことに、ミスター・ナイトが激怒したことに対して、エレノアはむしろ喜びを感じていた。

理由はわからない。いつもなら、あのように騒ぎ立てられると胃が痛くなり、その場から逃げ出してどこかに隠れたくなる。ところが、ミスター・ナイトが怒り狂って近づいてきたとき、頭に浮かんだ思いはただ一つだった。こんなにも大騒ぎするほど、この人は私のことを気にかけているのだ、と。

自分のそんな反応が興味深かった。

そして、ミスター・ナイトの反応は魅力的だった。

ホレーシャはしゃべり続けている。「でも、フランスには行っていないんでしょうね。あの恐ろしいナポレオンがいるんですもの。あの人は自分のことしか頭にないのかしら？」

どうしてホレーシャはマデリンとエレノアとの違いに気づかないのだろう？　四年たって、エレノアが大きく変わったのか？　それとも、月日が過ぎたためにホレーシャの記憶が曖昧《あいまい》になり、提示されたものをそのまま信じるしかなくなったのか？

ホレーシャは飛び出した目でミスター・ナイトをとらえると、エレノアに対しては見せなかった驚きをあらわにした。「こんばんは、そこに立っていらっしゃるのに気づかなかったけど、シーズン一の美男子を見逃すなんてどうかしてるわね。ヒュワード卿には、君は頭が首にくっついていなければ持っていくのを忘れるんだろうって言われるんだけど、私は言ってやるのよ。ヒューイ……そう夫のことを呼んでるんだけど、ヒューイ、馬鹿《ばか》なこと言わないで、誰でも頭は首にくっついてるじゃないって。そうしたらあの人は、そのうち変わるかもしれないって。面白い人なのよ！」

エレノアは思わずミスター・ナイトに目をやった。その顔に恐怖と興味が混じり合った表情が浮かんでいるのを見て、声を押し殺して笑った。

気がゆるんだせいで笑いがもれたのだろうが、ミスター・ナイトが暗い目つきをこちらに向けてくると、その笑いは止まらなくなった。彼はおじぎをし、ぼそぼそといとまの言葉を述べたあと、エレノアを連れ去った。「あれは君の友達か？」問いただすようにきく。

エレノアは必死の思いで笑いをこらえた。「いいえ、まさか。女公爵を友達と呼びたがる人よ」エレノアの正体を大声で暴露することなく、初めての接触を無事に終わらせてくれた人でもある。今なら、ホレーシャのことも好きになれそうだった。

「君はいつも自分のことを三人称で呼ぶんだな、まるで王族みたいに」ミスター・ナイトが指摘した。

「王族みたいなものだもの」エレノアは言い返した。「ほとんど」

旅に出たことでマデリンが変わったのだと、みんな思っているのだろうか？　ホレーシャ並みに変わったと？　そうだとしたら、もしかすると……もしかするとこの計略は、成功に終わるかもしれない。

大勢の人々があたりをうろついてエレノアと話す機会をうかがっており、エレノアが顔を上げたとたん、一人目の紳士が先陣を切って足早に近づいてきた。背が低く、頭が禿《は》げていて、黄色と青の風変わりな上着を着たその紳士は、大げさな動きでおじぎをした。

「女公爵さま、イギリスにおかえりなさいませ。国民一同、あなたのお美しい姿を待ち焦がれていましたよ」

思い出した。この男性は、金の力で社交界に入り込んだ平民だ。財産と爵位のある人間の間を、蛾《が》のように光も浴びずにひらひらと飛び回っていた。エレノアが偽者であることには気づかないだろうし、たとえ気づいたとしても、間違いを犯すのが怖くて言い出せないはずだ。「ありがとうございます、ミスター・ブラッケンリッジ」エレノアが手袋をはめた手を取らせると、彼はエレノアに心を奪われている愛人さながらの熱意を込め、その上にかがみ込んだ。

「気をつけろよ、ブラッケンリッジ、君を追い払うのは気が進まないのでね」ミスター・ナイトはエレノアの左側で長身を伸ばし、にこりとも笑わずに立っていて、まるで勝ち取った女性を守る竜のようだった。ある意味、それは事実なのだろう。この舞踏室にいる人の多くが、イギリス一高貴な女性とアメリカの実業家との婚約を不名誉だと考えている。それでも、ミスター・ナイトがエレノアを見下ろすように立っている限り、彼の冷酷な主張に逆らう勇気のある者は現れないはずだ。

ミスター・ナイトの非難に対するブラッケンリッジの怯《おび》えた返事を聞く間もなく、エレノアの前に次の紳士が近づいてきた。赤毛のそばかす顔で、十八歳くらいにしか見えないというのに、その紳士はこう言った。「女公爵さま、またお会いできて光栄です」

また？　この男性に会った記憶はない。エレノアは礼儀正しくほほ笑みながら、必死に名前を思い出そうとした。

「からかうのはおよしなさい、オウェイン。前回お会いしたとき、女公爵さまが私たちに気づいていたはずがないでしょう」オウェインにそっくりな女性が、優雅に膝を曲げた。「この人は私の双子の弟で、前回お会いしたとき、私たちは子供部屋にいたんです。私はミス・ジョーン・ハンスリップ、こちらはオウェインです」

「ああ、思い出したわ！」マデリンと五年前にハンスリップ家を訪ねたことがあり、陽気な大家族だという印象を受けていた。「ミスター・ハンスリップ、またお会いできて嬉しいわ。ミス・ハンスリップ、これが初めてのシーズンなの？」

「はい、とっても楽しんでいます」ミス・ハンスリップは背後にいるひょろりと背の高い男性にほほ笑みかけた。

ミスター・ナイトと同年代のその男性を、エレノアはよく覚えていた。向こうも間違いなくエレノアのことを覚えているだろう。「マーティノー卿、お会いできて嬉しいですわ」エレノアは穏やかな口調で話しかけ、正体を暴露されるのではないかと再び気を引き締めた。

「女公爵さま、我が国に戻っていただけて光栄です」マーティノー卿はそう言ったが、実際には女公爵がここにいようが地獄にいようが興味はなさそうだった。その目には、ミス・ハンスリップしか映っていなかった。

エレノアはまわりに群がる人々を見回し、全員の顔と名前を一致させ、彼らの思い描く女公爵像を演じようとした。貴族としてふるまわなければならないのは当然だ。だが、ただの貴族ではない。イギリス最高位の貴族の一人。それも、長旅に出ざるをえなくなるほどの醜聞を引き起こし、賭博《とばく》に使われた挙げ句その勝負に負けられ、今や成り上がりのアメリカ人の所有物として社交界に姿を現した貴族。すなわち、舞踏室にいる全員の好奇心と興味をかき立てる存在、ということだ。

「女公爵さま、長い流浪生活からお戻りになった場に同席させていただき、光栄です」一人の紳士がコルセットをきしませながらおじぎをした。もじゃもじゃの金色の頬ひげが、まるでそれ自体が生き物であるかのように、赤らんだ頬の上でうごめいた。「文明の地に戻ってこられてさぞかしお喜びのことでしょう。過酷な旅になりましたな！　なんというご不運！」

「無傷で戻ってこられてよかったですわ」エレノアが冗談でも言ったかのように人々は笑い、その間も周囲の顔の数は増え続けるばかりだった。エレノアは目を細めてこの紳士を見つめ、名前を思い出そうとした。やがて思い出すことができたので、喜び勇んで言った。「でも、楽しいことばかりでもありませんでしたわ……ミスター・ストラドリング」

紳士は胸を張り、明らかにむっとした顔になった。「ストラドリング卿です」

エレノアは真っ赤になった。「そうでした。ストラドリング子爵でしたね。ごめんなさい、一瞬記憶が飛んでしまって」

「ストラドリング、お会いできてよかった」ミスター・ナイトはエレノアの失言を面白がっているようだった。「例の最終レースで、あなたの馬はどうでした？」

ミスター・ナイトがストラドリング卿を脇《わき》に引っぱると、一人の淑女が歩み出て、この人の文句なんか真に受けなくていいのよ、とでも言うように、ストラドリング卿に向かって目をきょろりと動かしてみせた。「女公爵さま、大変な旅をしてこられたのですから、人の名前が頭から抜け落ちてしまうのは当然ですよ。レディ・コデル・フィッチと申します。皆さん同じお気持ちでしょうけど、私からもご婚約にお祝いを申し上げますわ」

「そうだ、おめでとうございます」

「おめでとう！」

「すばらしいご婚約だ！」

それらの祝辞に心はこもっておらず、詮索《せんさく》の視線も数多く向けられたが、エレノアはマデリンならそうするだろうと考え、喜んでいるふりをした。ミスター・ナイトの腕を取り、ぎゅっと握る。「すてきな人でしょう」気がつくとあごをつんと上げ、その場にいる全員に挑むように言っていた。「これほどの幸運が皆さんの身にも起こりますように」

派手に着飾り、香水をつけすぎた人々は、ぎょっとした顔になった。女公爵は自分たち、すなわちイギリス貴族の側に立ち、ウィンクやため息でこの縁談に対する嫌悪感を示すと思っていたのだ。だが、エレノアはマデリンならどうするかと考えるまでもなく、こういう場合に自分たちいとこ同士の考えが一つであることはわかっていた。ミスター・ナイトを社交界の軽蔑《けいべつ》の的にはさせない。望んだ結婚ではないにせよ、その気持ちをほかの誰かに見せることは、ド・レイシー家のプライドが許さないのだ。

エレノアの耳元に口を寄せ、ミスター・ナイトがささやいた。「みごとな演技だ。ただ、私が感動したと思われるといけないから言っておくが、今朝君が逃走を企てたことは忘れていないよ。今夜は髪型とドレスの件で私を出し抜いたし、自分の意志を通すために嘘もついた。だから、君の発言は言葉半分に聞いている」低い声で含み笑いをする。「私に愛の言葉でもささやかれているようにほほ笑めば、ここにいる女性たちは今夜、自分の相手に不満を抱きながら床につくことになるよ」

エレノアもそこまで愚かではなかった。しばらくの間、とにかくこの場から逃げ出してどこかに行きたいと、無益な願いを抱いた。どこだっていい。ミスター・ナイトとここに立ち、大勢の視線を浴びていると、フランス軍の大部隊に対峙《たいじ》したことも、トルコのハーレムの生活を目の当たりにしたことも、子供の遊びみたいに思えてくる。とはいえ、少なくとも、まだ誰もエレノアの正体には気づいていない。少なくとも、誰にもこの虚勢を見破られてはいないのだ。四年前にエレノアが会った人々は変わっていたし、自分……というよりマデリンも、変わっていて当然だと思われている。さらに重要なのは、エレノアはマデリンのコンパニオンで、上流社会には取るに足りない存在だと思われていたため、近くでじっと見ていた人がほとんどいないということだ。その事実に加え、エレノアの引っ込み思案な性格と、貴族たち特有のうぬぼれと思い込みが幸いし、正体を見抜かれずにすんでいるのだ。

こんなにも運よくことが運ぶとは思っていなかった。

だが、その運も尽きた。

大人の美しさと、非の打ちどころのないスタイルを誇る女性が、ひじで人ごみを押しのけて進み出てきたのだ。現代的な、ほっそりした顔とあごをしている。ぷっくりした唇は笑い混じりのふくれっつらにゆがめられ、優越感がにじみ出ていた。髪はきらきらと輝く金髪で、茶色い目は異国風に少し垂れている。

その女性は美しかった。優雅だった。

その女性は、エレノアを長い間悩ませた悪夢だった。

11

エレノアの継母、レディ・シャップスターは、最も人目のある場で、最も屈辱的な方法で、エレノアの正体を暴こうと待ち受けていた。

輪の中心で一身に注目を浴びていたエレノアは、いつのまにか後ずさりし、ミスター・ナイトの腕の中に飛び込んでいた。

ウエストに手が置かれ、体が支えられ……閉じ込められた。とらえられた。最古の悪夢と最新の悪夢の間に。

必死に息を吸い込み、パニックの高まりを抑えようとした。レディ・シャップスターの底意地の悪さはいやというほど知っている。十一歳のとき、父親が新しい妻としてこの美しい未亡人を家に連れてきた瞬間から、エレノアの過ちはすべて罵《のの》られ、失敗はすべてあげつらわれてきた。

そのうえ、だまされていたとミスター・ナイトが知ったとき、どんな報復を仕掛けてくるかは想像するしかない。

おかしなことに、時間がたつにつれ、エレノアは人々に笑い物にされることよりも、ミスター・ナイトに軽蔑《けいべつ》されることのほうが怖くなっていた。

「女公爵さま」レディ・シャップスターは頭を下げ、優雅な交響曲を奏でるように膝を曲げて、きらめく青の絹のスカートを孔雀《くじゃく》の羽のごとく広げた。

つまり、目の前にいるのがエレノアだとは気づいていないのだ。だが、顔を上げ、継娘ごときにおじぎをしたことを知ったら、どんな仕打ちをしてくるかわかったものではない！

深みがあって、温かく、なんとも洗練された声で、レディ・シャップスターは言った。「無事に帰国されたようでよかったわ。あなたのおじさまに、しょっちゅうあなたのことをきかれたものだから」

レディ・シャップスターの支配下から逃げ出したのは八年前のことで、この八年間は一度も顔を合わせていなかった。とはいえこうして継母を前にすると、エレノアは以前と同じように気後れを感じ、自分がひどく不格好に思えた。「おじ……さま？」父のことだ！

「あなたのおじさまのシャップスター卿《きょう》よ。私の夫」レディ・シャップスターはエレノアに目を向け、自分たちの関係性を理解するよう意志の力だけで迫っていた。目の前にある顔を、まだきちんと見てもいない。ただ、次期女公爵だと思っている女性に、意志を押しつけることに集中していた。レディ・シャップスターを毛嫌いしているマデリンに、自分たちが親戚《しんせき》であると認めさせることで、際立って高いマデリンの地位の分け前にあずかる魂胆なのだ。

「シャップスター卿のことなら覚えていますわ……あなたのことも」できれば忘れてしまいたいのだが、エレノアの心にはこの女性に、その悪意と残酷さにつけられた傷が残っている。

勝利を収めたと思ったのか、レディ・シャップスターはほほ笑み、唇が愛想をまねた形に動いた。高い鼻が宙に突き出される。脚をしっかり開いて立っているので、誰かに押しのけられることもなく、その姿勢に彼女の性格がよく表れていた。頑固で、誇り高く、毅《き》然《ぜん》としている。だが、その気高さの裏側には、永遠に溶けることのない氷の芯《しん》が潜んでいた。

エレノアはそのことをよく知っていた。一瞥《いちべつ》されただけで凍りついたことが何度あったか！

目の前には凍《い》てついた荒野が広がっていた。背後にはミスター・ナイトのぬくもりがドレス越しに伝わり、地獄の業火が燃えている。ほかに行く場所はなく、エレノアは気が進まないながらもその場に留《とど》まるしかなかった。

「愛《いと》しのエレノアはどこ？」レディ・シャップスターはあたりを見回し、継娘に会いたくてそわそわしているそぶりを見せたが、これほどひどい茶番もなかった。「お願いだから、あの娘《こ》もあなたと一緒に大陸から戻ったと言って。何かあって亡くなったとか……考えるのも恐ろしいわ」

　恐ろしい？　まさか。エレノアが死んでも、レディ・シャップスターは胸をなで下ろすだけだろう。エレノアは最初からレディ・シャップスターにとって、服従させなければいけない厄介者だったのだから。

「エレノアも元気に帰ってきました。ただ、ロンドンには来ていないんです。エレノアも……」エレノアは自分の言葉にむせそうになった。「あなたにお会いしたかったと思いますわ」

「愛しい娘。まあ、不器用だし、ひどい不器量ですけどね。女公爵さま、あなたとは大違い」レディ・シャップスターは少女のようににたにた笑った。「でも、夫も私もあの娘を愛しているの。会えなくて寂しい思いをしているのよ」

　大きく温かな手が、エレノアのむき出しの肩に置かれた。

　ミスター・ナイトだった。その手の重みは、エレノアを監獄に連れていく看守のように感じられてもおかしくなかった。

　ところが、どういうわけか、その手はエレノアの心をなぐさめた。

「紹介してくれ」とげのある声で、ミスター・ナイトが命じた。「このお美しい女性がどなたか知りたいのでね」

レディ・シャップスターに惹《ひ》かれているのだろうか？　男性にはよくあることだ。彼女が自分たちを見て値踏みする、そのまなざしの冷ややかさに気づかないのだ。シャップスター卿ももちろんその一人だが、父は自分さえ安寧に暮らせればいいという人間で、レディ・シャップスターはそのような生活を保証していた。

エレノアは仕方なく紹介した。「レディ・シャップスター、こちらは私の婚約者、ミスター・レミントン・ナイトです」そして、心の中で毒づいた。どうして自分との関係性を強調したのだろう？　これではまるで、この人は自分のものだと宣言しているようではないか。実際には、そんなつもりはまったくないというのに。ミスター・ナイトを自分のものになどしたくない。それ以前に、マデリンが彼を自分のものにしたくないのだ。ミスター・ナイトが婚約しているのはマデリンだ。どうしていつもそのことを忘れてしまうのだろう？

「ミスター……ナイト」レディ・シャップスターは喉を鳴らすようにその名を口にし、キスを受けるために手を伸ばした。「あなたのような方を、じきに私どもの家族にお迎えできるなんて、すてきですわ」

どうして？　エレノアはたずねたかった。どうしてあなたがミスター・ナイトを家族に迎えたいの？　自分の社会的地位に心血を注いでいるくせに。上流社会の高みに上りつめようと必死なくせに。貴族の大半がこの結婚を面汚しだと考えているのに、なぜあなたが平民を歓迎するの？

ミスター・ナイトが手袋に包まれたレディ・シャップスターの手を取り、身をかがめるのを見て、エレノアはその理由を悟った。ミスター・ナイトが美男子だからだ。それ以上に、この人なら自分を満足させてくれると女性に思わせる、名状しがたいあの雰囲気を持っているからだ。

何しろ、レディ・シャップスターはちやほやされ、虚栄心を巧みにくすぐられることが大好きなのだ。

エレノアは二人を引き離し、爪をむき出しにしてその間に立ちはだかりたくなった。

ミスター・ナイトはレディ・シャップスターの手を放し、後ろに下がった。「婚約者のご家族にお会いできるとは、嬉《うれ》しいものですね」エレノアの手を取り、うっとりするほど……戸惑うほどの熱意を込めてキスをする。エレノアの顔を見下ろしてほほ笑み、エレノアにというよりは、レディ・シャップスターに向けて言った。「そのうちシャップスター卿にも、ド・レイシー家のほかの方々にもお会いしたいものだ」

レディ・シャップスターは濃いまつげをはためかせ、ミスター・ナイトだけに話しかけた。「私も別の機会に、二人だけでお会いできるのを楽しみにしていますわ」

エレノアはぎょっとし、横面を張られた気分になった。

「なんて図々《ずうずう》しいの」レディ・コデル・フィッチがつぶやくのが聞こえた。

ストラドリング卿が咳払《せきばら》いした。「恥知らずめ！」

そうだった。レディ・シャップスターは貴族の生まれで、美人の誉れは高いにもかかわらず、あまり好かれているほうではなく、軽蔑している者も少なくないのだ。

周囲の声を耳にして、レディ・シャップスターは身をこわばらせた。むき出しになったすべらかな肩は張りつめて真っ白になり、力の入れすぎで折れてしまいそうに見える。怒った顔でエレノアのほうを見やり、ふと目を細めた。「女公爵……さま？」エレノアの顔を、初めて見るかのようにまじまじと見る。「あなた……変わったわね」

まずい。どうしよう。ついにその時がやってきたのだ。レディ・シャップスターはエレノアの正体に気づいた。今になって、上等なドレスとしゃれた髪型の陰に潜むものを見抜いたのだ。

エレノアの勇気はくじけた。マデリンの助言も頭から吹き飛び、臆病《おくびょう》さが顔を出す。

それでも、ミスター・ナイトはそこにいて、エレノアの手を握り、近すぎる位置に立っていた。とても静かで、人だかりの端までは届きそうにないのに、どういうわけか届いてしまう声で告げる。「女公爵さまも皆さまにごあいさつ差し上げたいところですが、一度に全員は無理です。ここらで新鮮な空気を吸われたほうが……。それに、私もそろそろダンスの申し込みをしたくて待ちきれなくなってきました」

賛同するような女性たちのため息が聞こえると、エレノアは膝から崩れ落ちそうになった。

だが、レディ・シャップスターはため息をつかなかった。今もエレノアを見つめ、顔を探って、確証を探し……。

エレノアはにこやかに、ミスター・ナイトの腕の中で振り向いた。「ええ、踊りましょう」

込み合う狭いダンスフロアまでは距離があったので、ミスター・ナイトはエレノアの腕を取り、女公爵を取り巻く人だかりの間を縫って進んだ。取り巻きからじゅうぶん離れると、彼は言った。「君はあの人が嫌いなんだな」

エレノアは礼儀を保とうと苦心した。「感じのいい人ではないと思うわ」

「嫌いなんだ」ミスター・ナイトが繰り返す。

そう言いきることはできなかった。人には寛大であれと教えられてきたのだ。「レディ・シャップスターには気が利かないところがおありだし、無神経な発言で人の感情を害することもあるわね」

「君はあの人が嫌いなんだ」ミスター・ナイトは言い張った。

「わかったわよ！　私はあの人が嫌いだわ」エレノアは息をつめ、雷に打たれるのを待った。

だが、何も起こらなかった。エレノアの告白を耳にした人さえいないようだった。聞いていたのはミスター・ナイトだけだったが、彼はエレノアにこの嘆かわしい罪を犯させた張本人なのだ。

「でも、私が嫌っているという理由で、あなたまであの人のことを悪く思わないでほしいの」

「どうして？」ミスター・ナイトはいらだったようにたずねた。「君は私の妻になるんだ。ほかの誰の意見を聞けというんだ？」

彼のいちずな姿勢に、エレノアは息が止まる思いだった。肩甲骨の間の皮膚が引きつり、レディ・シャップスターが険しい目つきでこちらを見ているのが感じられる状況では、なおさらだった。この夕べが終わる前に、あの女はエレノアの人生を台なしにするだろう……もう一度。

二人はダンスフロアに着くと足を止め、次の組が集まってくるのを待った。「あの人は君のおばさんなんだな」ミスター・ナイトが言った。

「おじの後妻で、エレノアの継母《ままはは》よ」それほど遠い親戚関係でさえ、マデリンがどんなにいやがっていることか！

レディ・シャップスターとのやり取りを思い出し、エレノアはマデリンならそうするであろうとおりに、あの怪物に厳しい態度で臨むべきだったと悔やんだ。そうすれば、今ごろはレディ・シャップスターもあんなふうにダンスフロアの周囲をうろつき、ちらちらと後ろを振り返って、エレノアをよく見ようとはしていないはずだ。

「氷のように冷たい女だ」

ミスター・ナイトの洞察力に、エレノアは驚いた。

「違うか？」

「いいえ、そのとおりよ」無礼な言葉も、最初の一歩さえ踏み出してしまえば簡単に口にできるものだ。「でも、男性はたいていあの人の美しさにしか目がいかないの」

「美しさというのは何も、一束の金髪と二つの――」ミスター・ナイトは唐突に言葉を切った。

エレノアはいぶかしげに彼の目を見つめた。

ミスター・ナイトがほほ笑んだ。その表情は心から面白がっているように見えた。「君はまるで無垢《むく》な乙女だな。前の婚約者は何も教えてくれなかったのか？」

マデリンの元婚約者は、エレノアが想像したくもないことをマデリンに教えていた。エレノアは唇を引き結んだ。「何をおっしゃりたいのかわからないわ」

ミスター・ナイトが探るようにエレノアの顔を見た。「本当にわからないみたいだな。これは面白い。キャンピオンに会ったときは、いかにも血気盛んな男だという印象を受けたんだが」音楽がやんだ。踊っていた男女がダンスフロアから離れていく。イギリスの紳士なら女性から手を重ねてくるのを待つところだが、ミスター・ナイトはエレノアの手を取り、並び始めた次の組の中に連れていった。彼はまたたずねた。「そこまで毛嫌いするなんて、レディ・シャップスターに何をされたんだ？」

彼の耳にだけ届くよう、抑えた声でエレノアは答えた。「エレノアに結婚を無理強いしたの」

ミスター・ナイトは驚いた顔は見せなかった。音楽が始まる。二人はばらばらになり、輪を作ったあと、お互いのもとに戻ってきた。「エレノアが気に入らない相手だったのか？」ミスター・ナイトも声を抑えている。

「エレノアは十六歳だったの。相手のミスター・ハーニマンは七十歳。気味の悪い、いやらしい七十歳で、いやな臭《にお》いのする、年寄り特有のかんしゃくの持ち主だったわ」思い出すだけで胃がむかつき、エレノアは苦々しげにつけ加えた。「でも、お金持ちだったし、棺桶《かんおけ》に片足を突っ込んでいたの。エレノアが寡婦産を手にすれば、家族の金庫が潤うというわけよ」

ダンスが再びパートナーと離れる部分に突入すると、エレノアはフロアの周囲の人だかりに目をやった。大勢がエレノアとミスター・ナイトを見ている。注目の的になっているのは明らかだった。

音楽は、長い間パートナーと一緒にいる部分に差しかかった。「君はいとこ思いなんだな」ミスター・ナイトが言った。

「ええ」その結婚からエレノアを救い出してくれたのがマデリンで、エレノアは片時もその恩を忘れたことはなかった。「エレノアは本当に気弱な性格で、家政婦を通じて私を頼る手紙を届けてきたから、大急ぎでそっちに向かったの。そのときに連れ出して以来、エレノアは二度と父親の家には戻っていないわ」

レミントンは目でレディ・シャップスターの位置を確かめたあと、エレノアに視線を戻した。「あの女はどんな手を使って、かわいそうないとこに結婚を無理強いしたんだ？」

「まずはいつもの声音で命令したわ。エレノアは……エレノアは縮み上がった」今よみがえったその記憶に、エレノアは縮み上がった。地獄の業火を頭に浴びていたようなあの日々を思い出し、とてつもない嫌悪感に襲われる。継母に屈してしまわないためには、ミスター・ハーニマンのもぞもぞと動く手を思い浮かべるしかなかった。「それではうまくいかないとわかると、エレノアを部屋に閉じ込めて、パンと水しか与えなくなったの。最終的に女公爵に助け出されたエレノアは、親と縁を切ったわ」

エレノアには帰る家がなかった。手にしているのはすべてマデリンにもらったもので、マデリンはエレノアの働きに正当な待遇を与えているだけだと言ってくれるが、エレノアは自分がマデリンに恩があることはよくわかっていた。だからこそ、正気とは思えないこの使いも引き受けたのだ。だが、マデリンが立てた計画は今や、レディ・シャップスターがホレーシャに話しかけ、何かを非難する身ぶりをしているという、これまで以上に狂気じみた事態に発展していた。

「レディ・シャップスターはどうして君との親戚関係にこだわるんだ？　君のことは嫌っているはずだろう」

「あの人は誰のことも嫌っているけど、〝社交界のしかるべき地位〟に就くことには執念を燃やしているのよ」レディ・シャップスターの発言を引用しているのだとわかるよう、そこだけはっきりと発音した。「エレノアに結婚を無理強いしたときは、私たちがいとこであることをよくわかっていなかったから、今になって当時の行動を後悔してるの。マグナス公爵と自分との親戚関係も利用するつもりだし、夫が公爵の弟だという事実も重視しているから」

「結婚したら、我が家でもエレノアに何か役割を担ってもらおう。女公爵さま、心配はいらないよ。私も君と同じように、エレノアのことを大事にするから」

　エレノアは赤くなった。ミスター・ナイトは道義にかなったことを言う人で、そういう発言を聞くと、エレノアの心には暖かな火が灯《とも》った。本当のことを知れば、彼はエレノアを憎むだろう。だが、その陰鬱《いんうつ》な想像のせいで、今夜を台なしにしたくはない。今夜、ミスター・ナイトはエレノアのものなのだ。一緒に動くと、彼が視界を満たし、皮膚にしみ込んでくるかのようだった。時々、ふわりと香水が香った。さわやかな風のような、ぴりりとした桂皮《けいひ》のような……清潔なシーツのような匂《にお》い。

ミスター・ナイトがそばにいるときに、快楽やベッドにかかわる事柄を思い浮かべるのはよくない。そんなことを考えていると、快楽やベッドでの行為が現実のものになってしまう。

だがもちろん、ありえない話だ。舞踏室の奥で、レディ・シャップスターがホレーシャに対する演説を終え、とがめるようにダンスフロアを指さしている今となっては。

一晩中恐れていた瞬間が、ついにやってきたのだ。

驚いたことに、ホレーシャは頭をのけぞらせ、大声で笑った。友人の一人が身を寄せて何やらたずね、ホレーシャが答えると、友人はレディ・シャップスターとエレノアを見比べ、やはり笑い声をあげた。一人ずつ、その話が広まっていく。皆、くすくす笑い出し、頭がおかしくなったのではないかという目でレディ・シャップスターを見つめた。

レディ・シャップスターは疑惑を口にし、上流社会の笑い物になったのだ。

頬に差した紅を石炭のように真っ赤に燃やしながら、レディ・シャップスターはつんと顔を上げて足早に歩き去った。エレノアは勝利を収めたことに高揚感を覚えながらも、レディ・シャップスターは絶対にこのことを忘れはしないだろうと不安になった。いずれ、なんらかの形で、エレノアに復讐《ふくしゅう》を仕掛けてくるだろう。

それでも、今夜はマデリンならそうするであろうとおりにふるまい、今この瞬間を生きればいい。恐怖心を捨て、シーズン初の舞踏会の最初のダンスを、舞踏室で最も美しい紳士と踊る若い淑女であればいいのだ。

踊る人々が映る室内の鏡に目をやると、しゃれたドレスに身を包み、さっそうとした粋《いき》な髪型をして、優雅に動く一人の若い女性に視線が釘《くぎ》づけになった。エレノアの動きをまねているように見える。服装も同じだ。そして、気づいた……そのさっそうとした女性は、エレノア自身だった。

夢のように踊っているのは、エレノアだった。髪型のせいで、顔つきが違って見える。若々しく、楽しげで、驚くほど洗練されているのだ。マデリンに似ているわけではなく、もっと……エレノア自身が、継母に人生をじゃまされなければこうなっていたであろう姿に見えた。

エレノアはそんな考えを笑い飛ばした。髪を切っただけで人が変わるなど、愚かな考えだ。けれど、思いがけず目にした自分の姿から、外見があてにならないことはわかった。心の中ではどんなに怯《おび》えていても、洗練された外面からは誰もそれを見抜くことはできないのだ。

しかし、ミスター・ナイトだけは違う。プロムナードが始まると、彼はエレノアの手を取り、目を見つめてきた。彼のダンスはまるで……愛の行為のようだった。ミスター・ナイトと踊っていると、世界一の踊り手になった気がする。二人はともに動き、音楽が終わると、エレノアは思わず笑みを浮かべた。

幸せだった。今夜、この瞬間、エレノアは幸せだった。

階段のてっぺんで、伝令役が杖《つえ》を床に打ちつけ、大声で告げた。「ウェールズ大公、ジョージ皇太子殿下のご到着です」

舞踏室中の人々が振り返り、頭上で、愛想のいい笑みを浮かべて立つ大柄な男性に目をやった。皇太子は明るい茶色の髪を額の上で波打たせ、腹を揺らしながら階段を下りてきた。若いころはハンサムな青年だった。四十代になった今は容姿の衰えは見られるものの、パーティ好きは変わらず、その証拠に知り合いを見つけては名前を呼んでいる。皇太子が舞踏室の中を進むと、男性はおじぎをし、女性は膝を曲げた。エレノアもそれにならったが、顔を上げたとき、皇太子が自分の前で足を止めていることに気づいた。

皇太子はにっこり笑い、エレノアの頬をつねった。「シェリダン女侯爵……それとも、マグナス女公爵と呼んだほうがいいのかな」そう言ってくすくす笑うので、エレノアも笑った。「久しぶりに我が国に戻ってこられて、本当によかった。誰もが君の帰国を待ち望んでいたのだよ！」

エレノアはあっけにとられた。社交界デビューの年、皇太子はマデリンにほとんど興味を示していなかった。むしろ、活発で飾らない性格のマデリンに恐れをなしているように見えた。それがなぜ今、わざわざ女公爵を選んで話しかけているのだろう？「ありがとうございます、殿下。戻ってこられて嬉しいです」

「カールトン・ハウスに私を訪ねてきなさい」皇太子はミスター・ナイトのほうを向いた。「こちらのアメリカ人の紳士も連れてね！　これは面白い男だ。勝負の相手にはもってこいだよ」

ミスター・ナイトはおじぎをした。「もったいないお言葉を。あさっての晩、我々の舞踏会においでいただければ光栄です」

「もちろんだ。ああ、もちろんだとも！」ジョージ四世はにっこりした。レディ・ピカードと目が合うと、すばやくそちらを向く。「いつもどおり、すばらしいパーティだね」

人々の関心がそちらに移ると、エレノアはミスター・ナイトのほうを向いた。「いったいどういうこと？」

「あの人は私に借金がある」ミスター・ナイトは冷ややかに、満足げな笑みを浮かべた。

「そういうわけで、私たちの婚約は王室からも祝福を受けることになりそうだ」

12

　午前三時、エレノアはピカード家の舞踏室の奥のほうにあるソファに座り、扇でぱたぱたと顔をあおいでいた。室内は暑くなり、エレノアは疲れきっていた。ミスター・ナイトのことと、彼が夜中にどんな行動に出るのかが気がかりなうえ、昨晩はよく眠れず、今日は不安と苦悶《くもん》のうちに過ぎていった。女公爵としての初めての顔見せも終わりに近づき、万事が順調に、予想以上に順調に運んだ今、安堵《あんど》と疲労のあまり気を失いそうだった。そろそろ、家に連れて帰ってほしいとミスター・ナイトに頼もう。だが、そう頼むのは危険でもあった。ミスター・ナイトは違う意味に解釈するかもしれないし、そうなれば恐ろしい結果が待ち受けている。

　エレノアは、飲み物のテーブルにレモネードを取りに行っているミスター・ナイトの背筋の伸びた姿を見つめた。

　ミスター・ナイトには、誰も、何も信じない冷酷さがある。皇太子がエレノアたちに目を留め、祝福の言葉をかけてくれたのも、事前に抜かりなく手を回していたからだろう。

上流社会の人々に、自分たちの関係を神聖なものとしてとらえさせようとしたのだ。それに加え、皇太子に認められたことで、レディ・シャップスターの疑念がますます血迷った戯《ざ》れ言《ごと》の色を帯びたという収穫もあった。皇太子が屋敷をあとにしたとたん、レディ・シャップスターも帰っていった。とりあえず今夜のところは、彼女のことは心配しなくていい。

だが、ミスター・ナイトは別だ。ミスター・ナイトは目的に向かってまっしぐらに進んでいる。エレノアはいずれ彼と結婚することになる女性に同情した。同情し……羨《うらや》んだ。

背後から、低くきしんだ声が聞こえた。「あなたが次期マグナス女公爵さまとうかがったのですが」

椅子に座ったまま振り向くと、一人の老人が象牙《ぞうげ》の杖《つえ》に寄りかかって立っていた。年配の人にはよくあることだが、この老人も自分が若いころに流行した服装をしている。白い髪粉をはたいたかつらに、ヒールの高い締め金つきの靴、モスグリーンのサテンのブリーチズ、レースの縁取りのついた銀色のサテンのベストという格好だ。とても背が高く、とても痩《や》せていて、絹のストッキングが脚のまわりでたるんでいた。

「自己紹介させてください」老人は昔の廷臣のように、深く優雅におじぎをした。「ファンソープ卿《きょう》です」

頭の片隅で、記憶が呼び起こされた。聞いたことのある名前だが、どこで聞いたのかは思い出せない。りんごをかじったら虫が出てきたような、いやな記憶であることは確かだ。

とはいえ、ファンソープ卿は年老いているし、立っているだけでぷるぷると震えていたので、エレノアは隣の椅子を手で示した。「ファンソープ卿、お会いできて光栄ですわ。お座りになりません?」

ファンソープ卿はエレノアの手を取り、唇に持っていったあと、目を見下ろした。面長な顔は墓石さながらに硬くごつごつしていて、細い鼻は先が垂れている。顔に白い粉をはたき、頬には紅を差していて、上唇の上にはベルベットのハート形のつけぼくろをつけていた。しょぼついた目は優しげに見える。「すてきな扇ですねと申し上げたくて」

「ありがとうございます」エレノアは扇を広げ、針編み刺繍《ししゅう》で描かれた景色を見せた。

「自分で刺繍したんです」

ファンソープ卿の声はぼんやりと、思い出にふけっているように響いた。「ああ、あなたはあの人にとてもよく似ていらっしゃる。そっくりと言ってもいいくらいだ」

エレノアはたじろいだ。「あの人?」マデリンだろうか?

「レディ・プリシラですよ。あの人も針編み刺繍が上手だった」

「ああ」エレノアはようやく、ファンソープ卿の名前をどこで聞いたのか思い出した。一家の過去の悲劇にまつわる名前だ。レディ・プリシラは父の妹、すなわちエレノアのおばで、凶悪犯罪の餌食《えじき》となって命を奪われた。

杖とソファのひじかけを使って、ファンソープ卿はエレノアのほうに身を寄せた。「私のことをご存じなのですね。お聞き及びではないかもしれないと思っていました。昔の話ですから。あれから四十年もたったなんて信じられません。ええ、私はレディ・プリシラの婚約者でした」年老いた声はさらに震え、黒く縁取りされた目に涙があふれた。「あの人が亡くなって、失意のどん底に落とされた男です」

「お気の毒です」これほど長い年月がたっても、いまだ悲嘆に暮れている人物にとっては、なんのなぐさめにもならない言葉だ。

「もしあの人が生きていたら、私はあなたのおじになっていた」

「そうですね」

　ファンソープ卿は舞踏室を見わたしたが、その目に映っているのは別の場面らしかった。

「あの人の遺体は草の上に横たわり、かわいそうな顔は目鼻立ちがわからなくなるほど殴られ、胸の傷から血がしたたり落ちていた。あの光景は、生涯忘れられません。当時の恐怖から、私は今も立ち直っていないのです」

「本当にお気の毒ですわ」エレノアはもう一度言った。パーティにふさわしい話題ではなかったが、ファンソープ卿は思い出にふけっているし、エレノアもこの話の全容は聞いたことがなかった。誰もがレディ・プリシラなど最初から存在しなかったようにふるまっていたため、エレノアもこの恐ろしい事件についてたずね回って、つらい記憶を掘り起こす気にはなれなかったのだ。

ファンソープ卿は、杖の頭の上で手をひねった。「あいつが……レディ・プリシラを殺したあの平民が、遺体を抱いていた。あの人の血にまみれ、まるで自分はこの悲劇とはなんのかかわりもないかのように泣いていた」唾《つば》を飛ばしそうな勢いでまくしたてる。「まるで自分が無実であるかのように」

その口調の毒々しさに、エレノアは驚いた。「その人は流刑になったのではありませんか？」

「ええ、オーストラリアに。ミスター・ジョージ・マーチャントには〝アリバイ〟とやらがあったのです」ファンソープ卿は忌まわしい言葉でも口にするように言った。「三人の貴族が、その男と一緒にいたと証言した。品行方正な三人の貴族が。ふん！　それで、当局はマーチャントを絞首刑にはしなかったのです。私なら、図々《ずうずう》しくもレディ・プリシラを汚す価値があると思い込んだ罰として、あいつを引きずり出して八つ裂きにしてやるのに」

「おっしゃっている意味がわかりませんわ」

「わからない？」ファンソープ卿はエレノアを見たが、茶色いその目は荒涼としていた。「あの男はレディ・プリシラに思いを寄せ、あの人を連れ去って自分と結婚させようとしていたのです」

エレノアは手で口を覆った。「それを断られたせいで、殺したと？」

「下層階級の連中は、心の中にそのような感情……愛だの、憎しみだの、幸せだの、憂鬱《ゆううつ》だのが渦巻いていて、それが抑えきれなくなると暴力として爆発するのです。フランスの農民がバスティーユ監獄を襲ったときのことは覚えていますか？」

エレノアは首を横に振った。「まだ子供だったので」

「あまりにおばさまに似ていらっしゃるものだから、あなたがまだお若いということを忘れていましたよ。とにかくバスティーユの一件では、農民の野蛮さと、私たちが権力を握っていることの正当性が証明されたのです」

「私たち？」

「貴族ですよ」ファンソープ卿は細長い手をひらひらと振った。何か重い病気にでもかかったのか、指が横に曲がっている。指のつけねの関節はふくれていたが、爪は磨かれ、きれいに整えられていた。「私たちは支配権を握っている。誰かが握っていなければ、我が国もフランスのようにがたがたになってしまう。とりわけ、あの大佐だ」声が大きくなる。「ナポレオンなど、シチリアのごろつきにすぎない」

エレノアはひそかにナポレオンに尊敬の念を抱いていた。彼が世界を支配するべきだとまでは思わないが、それでもあの自信には感服していた。だが、この老人にそんなことを言うのは無礼というものだ。そこで、うなずいてにっこりした。

「またレディ・プリシラに会えるとは思っていなかったが、あなたはあの人の生き写しだ」ファンソープ卿は震える手を伸ばして、エレノアのあごを持ち上げた。「美しいその黒髪」不揃《ふぞろ》いに切られた毛先に視線をやり、当惑したような表情になる。「それに、大きな青い目。私は今もあの目を、私をうっとりと見つめる目を夢に見るのです。年を取るにつれ、あの人を思うことが増え、あなたがここに座っているのを見たときは、この年老いた心臓がどきりと音をたてたのですよ」

「そうですか……よかったです」こんなにも反応に困る会話は初めてだったが、ファンソープ卿のことは気の毒だと思ったし、彼の告白におののいてもいた。遠い昔のぼんやりとした悲劇が顔を持って現れ、その顔はエレノアにそっくりだというのだ。

「お相手がいらっしゃったようだ」ファンソープ卿の鋭い目がミスター・ナイトをとらえ、彼がエレノアのグラスを持ったまま、踊る人々や酔っ払いをうまくかわしながら、人ごみをかき分けてくる様子を見つめた。「いい男ですな。しょせん雑種だが」

ファンソープ卿の非難はイギリス社交界全体の声を反映したものだったが、エレノアはミスター・ナイトの不遜《ふそん》な野心家ぶりを嫌うのと同じくらい、陰で彼を馬鹿《ばか》にする行為が許せなかった。「とても意志の強い方です」

ファンソープ卿はエレノアに冷ややかな目を向けた。「あなたはレディ・プリシラに似ていらっしゃる。心優しくてだまされやすい。あの男は何者です？　家族は？　出身は？」しわだらけの唇が、あざ笑うようにゆがんだ。「アメリカでしょう。雑種の国です。雑種の集まりだ」

「でも、ミスター・ナイトはとても洗練された感覚をお持ちですわ」つらつらと戯れ言を述べる自分の声を耳にし、エレノアは驚愕《きょうがく》した。ミスター・ナイトが？　洗練されている？　そんな意見を口にしたとは、我ながら信じられなかった。

とはいえ、偏見に凝り固まり、軽々しく侮辱の言葉を口にするこの老いた貴族が、直接ミスター・ナイトを中傷するのをやめさせたくもあった。ミスター・ナイトは反撃に出るだろうし、そうなれば、この老人は若く無情なアメリカ人に打ち負かされ、恥をかくことになるのだ。

それ以外に、ミスター・ナイトをかばう理由はない。

「どうでしょう。お父上はトランプの勝負に負けてあなたを手放されたそうですな。子としてのあなたの義務感と親孝行ぶりには感心しますよ。あなたのように礼儀をわきまえた女性ばかりだといいのですが」ファンソープ卿は立ち上がってエレノアにおじぎをし、ミスター・ナイトのほうはいっさい見ず、ふらふらと歩いていった。

ミスター・ナイトはファンソープ卿が座っていた椅子に腰を下ろした。「今のは誰だ？」

エレノアはファンソープ卿が歩き去る姿を見つめ、この奇妙な出会いに思いを馳《は》せた。ファンソープ卿は恐ろしい悲劇に苦しんできたのだし、エレノアも彼を気の毒だと思った。

とても気の毒だと。「ファンソープ卿という方よ。昔、私のおばのプリシラと婚約していたの」

ミスター・ナイトはファンソープ卿を、ファンソープ卿に無視されたのと同じ意志の強さで見つめた。「どうして結婚しなかったんだ?」

「おばが亡くなったから」

ミスター・ナイトは手にしていたグラスに視線を落としたあと、エレノアを見上げた。「君はそんなことにはならない」グラスを下ろし、立ち上がって手を差し出した。「家に帰ろう」

「うちの馬車はあそこだ」ミスター・ナイトはエレノアとレディ・ガートルードがポーチの階段を下りるのに手を貸した。周囲でロンドンの霧が延々と狂ったダンスを踊り続けているため、角灯の明かりはほとんど役に立たなかった。ピカード家の玄関からは馬車の長い列がうねうねと伸び、疲れた客たちがようやく家路についていた。

従僕がエレノアとレディ・ガートルードを暗い車内に押し込み、ミスター・ナイトがそのあとに続いた。女性二人が進行方向を向く形で三人が乗り込むと、馬車はぐらりと揺れて向きを変えた。

レディ・ガートルードが口に手を当て、あくびをした。「遅くなったわね」

「ええ」エレノアは暗闇《くらやみ》と霧に目を凝らした。だが何も見えず、全神経は正面に座っているミスター・ナイトに集中していた。車内が狭いため、膝が触れ合い、彼が考え込むようにこちらをじっと見つめているのが感じられる。エレノアがファンソープ卿と言葉を交わしたあと、ミスター・ナイトは強風に吹かれたかのように、穏やかさや思いやりといった要素をごっそりはぎ取られ、根底にある厳しさがあらわになっていた。その理由はわからなかったが、エレノアは彼を包み込む影に不安を感じ、迫りくる危険に備えるように窓の外に目をやった。

だが、何も見えなかった。馬車に取りつけられた角灯は霧の向こうを照らすことはできず、エレノアたちの馬車は避難所さながらに外界から隔離されていた。

車内の雰囲気にはお構いなく、レディ・ガートルードが再び口を開いたが、疲れのせいでろれつが回らないようだった。「あなたたちの婚約を発表するには、申し分のない舞踏会だったわね！　いろんな方が来られていたし。あの恐ろしいレディ・シャップスターまで。シャップスター卿が結婚した日は、一族全員が悲しんだものよ」

「でしょうね、わかります」

こちらがミスター・ナイトを意識するのと同じくらい、彼に意識されていることに、エレノアは気づいていた。自分の全存在を脅かすこの男性を、こんなにも身近に感じるのはおかしなことだった。それでも、どうしても彼に惹《ひ》きつけられてしまう。

馬車は走り続け、馬車の隊列から離れて、ロンドンの中心部に向かっていった。

レディ・ガートルードが静かになったかと思うと、馬車の隅から小さないびきが聞こえてきた。

エレノアはため息をつき、くつろごうとした。今日はいろいろありすぎたし、明日も同じくらい大変な一日が待っているだろう。眠らなければ……そう思っているうちにうとうとしていたらしく、通りから聞こえる大声に目が覚めた。御者が叫び声をあげ、屋根を勢いよくたたいた。

レディ・ガートルードが鼻を鳴らし、目を覚ました。「何……どうしたの？」

ミスター・ナイトは何も言わなかったが、杖を手にしたのが音でわかった。エレノアは鼓動を高ぶらせ、息をつめた。外の騒ぎは大きくなるばかりだ。その様子から状況が察せられた。

馬車が停《と》まった。

「強盗だわ」エレノアは小声で二人に言った。

「強盗？」レディ・ガートルードの声には狼狽《ろうばい》と怒りが混じっていた。「これまで生きてきて、強盗に遭ったことなんてないわ」

「私はあります」エレノアは馬車の壁に手をすべらせ、舞踏会に行くときに目にした拳銃《けんじゅう》を捜した。

「本当に？」ミスター・ナイトの声は興味深げで、この状況を心配している様子はまったくなかった。「どこで？」

「アルプスで。あそこの山賊は凶暴なの」拳銃はなくなっていた。ミスター・ナイトが取ったのだろうか？「武器があれば戦えるんだけど」これまでそんな状況に陥ったことはないが、必要なら戦うつもりだった。

「それはどうかな」ミスター・ナイトはエレノアの肩に手を置いた。「馬車の中にいてくれ」エレノアが答える前に、ミスター・ナイトは扉を蹴《け》り、乱暴に開けた。ひらりと外に飛び出すと、誰かがぎゃっと叫ぶのが聞こえ、ミスター・ナイトは通りに着地した。

エレノアはすぐさま窓の外をのぞいた。馬車の角灯の薄暗い明かりの下、がっちりした体格の強盗が二人、ミスター・ナイトに飛びかかるのが見えた。

エレノアは座席から腰を浮かせた。「レディ・ガートルード、帽子の留めピンは持ってらっしゃる？　傘は？」

ミスター・ナイトは拳銃を抜き、一人目の男の胸を撃ち抜いた。同時に、長い杖の先で二人目の男の腹を突く。

エレノアは驚きと安堵に目をしばたたいた。ミスター・ナイトは戦い方を知っている。街角でけんかに明け暮れる男みたいに。

「何も持ってないわ！」レディ・ガートルードが叫んだ。

従僕も持ち場から飛び下り、乱闘に加わった。

エレノアは腰を下ろした。「ミスター・ナイトがなんとかしてくれるみたい」

霧の中から、男があと三人飛び出してきた。注意するようエレノアが叫ぶ前に、ミスター・ナイトの長い杖がさっと動き、一人の男の喉を直撃した。

男は倒れ、息をつまらせてげえげえ言った。

エレノアはウエストの脇《わき》で両手をこぶしにし、それが何かの助けになるかのように、小刻みに突く動作をした。

従僕が一人の強盗の顔を殴りつける。

強盗は頭を後ろにのけぞらせた。だが、すぐに片手を上げて従僕に一発食らわせ、二人は取っ組み合いのけんかにもつれ込んだ。

馬車が揺れ、驚いた馬が飛び跳ねた。御者が馬を制し、落ち着かせるために大声で声をかける。

最後の強盗がナイフを手に、ミスター・ナイトに突進してきた。

ミスター・ナイトは男の手首をつかみ、手前に引き寄せて自らは脇によけ、男を馬車の側面に、エレノアの歯がかたかた鳴るほど強く打ちつけた。

レディ・ガートルードが弱々しくたずねた。「ミスター・ナイトは大丈夫?」

「今のところ」エレノアはマントを脱いで広げ、ドアの外でよろめいている強盗の上に放《ほう》り投げた。強盗は悲鳴をあげ、マントから抜け出そうともがいた。

ミスター・ナイトが片足で、マントに包まれた男を暗闇の中に蹴り飛ばす。

さらなる悪党がミスター・ナイトに襲いかかった。いや、あれは二人目の男だ。男はミスター・ナイトの肩に強打を浴びせた。

ミスター・ナイトは左右にふらついた。背後に向かって杖を振る。

男は膝の裏に一撃を食らって倒れた。

ミスター・ナイトが男の頭を打ち、とどめを刺した。両手を払いながら、従僕も戻ってきた。

一瞬にして、通りは静寂に包まれた。終わったのだ。

従僕は自分の立ち位置に上った。

ミスター・ナイトが馬車に飛び乗り、御者に声をかけた。「ジョン、出してくれ！」彼が扉を閉め終える前に、馬車は動き出した。

エレノアがけがはないかとたずねる間、いや、彼の体に手をやる間……もっと正確に言えば、進行方向を向いた自分の席に戻る間もなく、ミスター・ナイトはエレノアを隅に追いつめた。「面白かったよ」

「面白かった？」エレノアはがなるようなミスター・ナイトの声も、胸の上に鉄棒のように置かれた腕も、気に入らなかった。「怖かったというのが正しい表現だと思うけど」

「誰の差し金だろうな」ミスター・ナイトはあまりに近くに座りすぎていた。彼の体から攻撃的に放たれる熱が、エレノアを焦がしていく。

「差し金？」意味はわからなかったが、うなじの毛が逆立った。

「ミスター・ナイト、どういう意味？」レディ・ガートルードがたずねた。「今のは誰かがやらせたというの？」

「私は偶然なんてものは信じない」ミスター・ナイトからは汗と暴力の匂《にお》いがした。嘆かわしくも、エレノアはその匂いを香水のように吸い込んだ。どこか原始的なレベルで、彼が自分のために戦ってくれたことが嬉《うれ》しかった。

「ピカード家からはあれだけの数の馬車が出ていったのに、よりによって私たちの馬車が狙《ねら》われた」エレノアになんらかの責任があるかのような口調で、ミスター・ナイトはエレノアに直接話しかけた。「今朝、私はディッキー・ドリスコルを放り出した。そして今夜、強盗が私の馬車を襲った。君から何かを奪うことではなく、私に危害を加えることを目的とした強盗だ」

エレノアはぎょっとしてたずねた。「ディッキー・ドリスコルがあなたを殺そうとしたと言いたいの？」

ミスター・ナイトは何も答えなかったが、彼が息を吐き出すのが聞こえた……いや、感じられた。

「そうなのね？」ミスター・ナイトの厚顔ぶりが信じられなかった。「言っておきますけど、私の使用人は善良で優しくて、蚤《のみ》すら傷つけない人よ」

「その蚤が女公爵に噛《か》みつかない限りは」

「ええ、もちろん、女公爵に忠誠を誓ってはいるけど――」言ったとたん、エレノアは自分がマデリンの馬番を厄介な立場に追い込んでしまったことに気づいた。ミスター・ナイトにディッキーを敵視させないようにしなければ。ミスター・ナイトがどれだけ非道になれるかは、いやというほどわかっている。「ディッキー・ドリスコルのことは物心ついたときから知ってるけど、あの人があなたに危害を加える算段をするなんて絶対にないと誓うわ」

「そうか」ミスター・ナイトはゆっくりと座席にもたれた。

エレノアは長い間止めていた息を吐き出した。

ミスター・ナイトがつぶやいた。「では、いったい誰の仕業だろうな」

13

馬屋の中は暖かく、静かだった。灰色の板の隙間《すきま》や節から朝日がもれ込み、明るい光線の中を塵《ちり》が舞っている。気性の穏やかな老雌馬の馬勒《ばろく》を手に持ち、レミントンはマデリンに優しく声をかけた。「女公爵さま、この馬は君に合うはずだ。冷静で落ち着いている。この馬なら暴走することはないし、乗るときはつねに私が君の隣につくようにするから」マデリンは子供のころに落馬して腕の骨を折ったという話なので、レミントンは彼女を怖がらせないよう気を使った。あらゆる面で恐れ知らずな女公爵だが、馬に関してだけはその事故以来みじめな老いぼれ馬にしか乗ることができず、それさえもびくつきながら乗っている、というのがレミントンが受けた報告だった。

ところが、マデリンはレミントンの声さえ耳に入っていない様子で、隣の馬房に立つ立派な葦毛《あしげ》の去勢馬と、なんらかの心の交流を図っているようだった。ゆっくりと慎重に手を伸ばす。馬は前に進み出て、かわいがってもらいたがっている犬のように、マデリンの手の匂《にお》いを嗅《か》いだ。「まあ、きれいな子ね」マデリンは息をついた。「にんじんがあればあげるのに」

マデリンは馬が苦手だと知ったとき、レミントンはがっかりした。レミントンは大の乗馬好きで、公爵の地位を取得した暁には、上等な馬に乗ってロンドン中をパレードするつもりでいたのだ。ところが、今のマデリンのふるまいを見ていると、乗馬が好きなように思える。「その馬はディリデーという名前だ。威勢のいい馬だよ。しっかり手綱を握っている必要があるし、毎日走らせてやらなきゃいけない」

「でしょうね」マデリンは去勢馬の鼻をさすり、手練《てだ》れの馬番が雄馬を飼い慣らすときに使うような、ゆったりと優しげな声を出した。「ディリデー。なんてすてきな名前なの。しっかり手入れして、ほめて、指導してあげないとね。そう、しっかり……」声を落とし、小さくつぶやくように言う。「愛してあげないと」

レミントンもマデリンに対して同じように考えていた。

昨夜、何者かがわざと自分たちを、ほかの誰でもなく自分たちを襲撃したことを思うと、改めて連中を痛めつけたくなる。もしレミントンが一人なら、悪党を問いつめ、背後にいる黒幕を突き止めていただろう。けれど、マデリンとレディ・ガートルードが馬車の中にいる状況では、悪党を逃がすしかなかった。

いったい何者だろう？　ディッキー・ドリスコルではないと、マデリンは言い張っていた。だが、怪しいものだ。ディッキーはマデリンに忠実に仕えているし、彼女の身の安全を案じているだろう。マデリンの純潔も……。その点に関しては、ディッキーの懸念は当たっている。

マデリンは薄手で白い平織り綿《キャラコ》のモーニングドレスに身を包んでいたが、そのしゃれたドレスは、レミントンの目には素脚にまつわりつく寝間着と同じように見えた。ハーフブーツは柔らかな茶色の革で、茶色のベルベットの外套《がいとう》に合わせてあり、麦わらのボンネットには青いリボンが飾られている。マデリンは姿勢がよく、腕は優雅な曲線を描き、指は長くほっそりしていた。

マデリンはレミントン最大の敵の娘だが、そんなことは関係ない。レミントンはこれまで女性に抱いたことのある衝動とは比べものにならないほど、マデリンを求めていた。

昨晩の襲撃は、マグナス公爵の差し金かもしれない。マグナスはレミントンに娘を奪われた。今、娘はレミントンの屋敷に監禁されている。両方ともレミントンの死を企てるにはじゅうぶんな理由だし、マグナスの非道ぶりはいやというほどわかっていた。

また、可能性としては低いが、マグナスがレミントンの正体を突き止めたということも考えられる。もしそうなら、間違いなくマグナスはレミントンの殺害を命じるだろう。

もちろん、敵ならほかにもいる。レミントンが商取引をしたことのある人々。イギリス貴族の一員になろうとしていることで、レミントンを忌み嫌っている人々。誰一人として容疑者から外すつもりはない。だからこそ、ナイフや金の玉がついた杖《つえ》など、どこへ行くにも一つは武器を携え、どんな状況でも注意と検討を怠らないのだ。今、死ぬわけにはいかない。今にも復讐《ふくしゅう》を果たせそうな、こんなときに。

レミントンは老雌馬のそばを離れ、ゆっくりとマデリンに近づきながら、彼女が目の前の馬を熱心になでる様子を眺めた。「ディリデーは手綱さばきに長《た》けた人間でないと乗りこなせないよ」

「私なら乗れるわ」マデリンはささやいた。

「聞いた話によると君は――」

「乗れると言っているの」

いったいいつまでマデリンに驚かされ続けるのだろう？　これでは状況を掌握するのが難しくなるし、レミントンはつねに主導権を握っていなければ気がすまなかった。だからこそ、マデリンを調べさせたのだ。彼女に見張りをつけたのだ。

マデリンは自らの恐怖の限界に挑んでまで、足の速い馬に乗ろうとしているのだろうか？　そうすればここから逃げ出せると思っているのか？

そのようなうぬぼれは今すぐ打ち砕かなければならない。レミントンはあたりを見回した。馬番たちは、レミントンとマデリンが馬屋に入ったとたん姿を消していた。馬たちのせわしない動きだけが、馬屋の静寂を破っている。そろそろマデリンの人となりを見極めたほうがいいだろう。マデリンの体に流れる貴族の血は冷えきっているのか、それとも、その血管には赤く温かい血が流れているのか。偵察兵を思わせる忍び足で、レミントンはマデリンに近づいた。

迫りくる危険には気づかず、エレノアはディリデーをなでていた。この去勢馬に魅了されていたのだ。エレノアは乗馬が大好きだった。風とスピードを楽しむ、馬との触れ合いを愛していた。マデリンは子供のころに遭った事故が原因でほとんど乗馬をしないので、エレノアはマデリンのおともで馬車やかごに乗る機会が多く、ほかの人が馬で丘を駆けているのを見ると羨《うらや》ましくて仕方がなかった。

「嬉《うれ》しいことを言ってくれるね」ミスター・ナイトが言った。

彼はいつのまにかそばに来ていた。いつもどおり、場所を取りすぎているし、空気を吸い込みすぎているし、エレノアに近づきすぎている。「どういう意味?」ミスター・ナイトからは遠ざかりたかったが、ディリデーからは離れたくなかった。

「私もこの馬が君にはいちばん合っていると思っていたんだ」ミスター・ナイトも去勢馬の鼻をなでた。その移り気な動物は、主人を認識すると、好きでたまらないというふうに鼻を鳴らした。

エレノアは手を引っ込め、馬房の上側の手すりを握った。まあいい。ディリデーはミスター・ナイトが好きなのだ。驚くことではない。このように不自然な状況で出会ってさえいなければ、エレノアもミスター・ナイトのことが好きになっていただろう。だが実際には、馬を見つめるふりをして、ミスター・ナイトには見とれないようにしている。さっき一瞥《いちべつ》したとき、彼が濃い青の乗馬服を身につけ、その服が広い肩と引き締まったウエスト、たくましい腿を強調するデザインになっているのは目にした。黒いブーツは磨き抜かれ、金髪は少し乱れていて、帽子を脱いだあと指ですいたように見えた。

ミスター・ナイトの顔には、昨夜襲撃された疲れは見られなかったが、エレノアのほうは今もその記憶につきまとわれていた。ミスター・ナイトが戦っているときに心臓が早鐘を打ったことも、馬車から飛び出して彼を助けたくなったことも、いやだった。実際には、助けなどまったく必要のない状況だったというのに。ミスター・ナイトは強くて有能な男性だが、エレノアは彼の背景をまったく知らない。ファンソープ卿《きょう》はそのことを露骨に指摘した。あのとき口にした返答を思い出すと、エレノアは今でも悔しくてたまらなかった。ミスター・ナイトのことを〝洗練されている〟と評したのだ。

いったいどうして？　その疑問が頭から離れない。二人の男性に言い争いをしてほしくなかったからだ、と自分に言い聞かせる。自分は気が小さいから、騒ぎの原因を作りたくなかったのだと。ミスター・ナイトの感情を心配したわけではない。彼は折に触れて、こちらが心配するような感情など持ち合わせていないことを証明してきたではないか。

ミスター・ナイトは今も去勢馬をなでていたが、視線はエレノアのほうを向いていた。二人の間に沈黙が広がり、ミスター・ナイトはその沈黙を恐れていなかった。

だが、エレノアは恐れていた。二人の間で言葉がとぎれがちになると、いつも愚かなことを口走ってしまう。意味深なことを。でも、今回はそんなふうにはならない。エレノアははきはきと言った。「ディリデーは私が乗るのにぴったりの馬だわ」

低く、深く、獣がうなるように、ミスター・ナイトは答えた。「嬉しいよ、君が私の望みどおりに……乗ってくれるとわかって」

エレノアは真っ赤になった。爪先が曲がり、触れられれば痛いほどに胸の先が硬くなる。どうしてこうなるのだろう？　エレノアにすれば深読みのしようがないことを口にしたつもりなのに、ミスター・ナイトは明らかに馬のことではないとわかる答えを返してきた。

彼は馬房の手すりからエレノアの指を引きはがし、唇に寄せた。

「レディ・ガートルードは優秀なお目付役だね」

エレノアはただうなずいた。ミスター・ナイトの唇が軽く触れただけで腕に鳥肌が立ち、何も言えなくなった。

ミスター・ナイトはエレノアの手を自分の肩に置いた。「優秀すぎて、一瞬たりとも私と君を二人きりにしてくれない」

「今は二人きりよ」どうしてわざわざそんなことを思い出させたのだろう！

ミスター・ナイトは満足げにつぶやいた。「そうだな」

「だから、もう行かないと」エレノアは足を踏み出し、本能に従って逃げようとした。

ミスター・ナイトはエレノアの体を動かし、背中を柱に押しつけた。「幸い、レディ・ガートルードは乗馬をしないから、私たちが今一緒にいることが心配の種になるとは思っていない」

「思ってるわよ」断固とした口調を貫こうとしたが、あやふやに語尾を上げてしまった。

「レディ・ガートルードにそこまでの想像力はないよ」薄明かりの下、ミスター・ナイトの目は逃げまどう獲物を追う鷹《たか》のごとく、執拗《しつよう》にエレノアに向けられていた。空いているほうの手をゆっくりと差し出し、エレノアのウエストに回す。「もっと君のことを知りたいんだ」

いつのまに、このような危険な状況になったのだろう？　「私は見たままの人間よ」

「君は謎《なぞ》めいている。その謎を、どうしても解きたくなるんだ。キスをするとき、君は唇を閉じていたいのか、開いていたいのか、とか」

エレノアは目をみはった。

「男の胸に胸を押しつぶされるくらいきつく抱かれるのは好きなのか、とか」

ショックに打たれ、息をのむ。

「男の唇……私の唇を体に這《は》わせるなら、どこがいちばん気持ちいいのか、とか」

エレノアはまたも息をのみそうになったが、ミスター・ナイトの顔に浮かぶ満足げな表情を見て思いとどまった。そう、彼はエレノアにショックを与えた。ショックを与えて楽しんでいる。そんなふうにつけ込まれてしまう自分がいやだった。エレノアはミスター・ナイトの不意を突きたくなり、その一心で大胆にもこう返した。「そういう質問をしても構わないし、私も気が向けば口頭で答えるわ。でも、その答えを自分で発見できるとは思わないで」

「質問する、か。なんと斬新《ざんしん》な案だ」ベルベットのような唇にうっすらと笑いが浮かんだ。「ああ、もちろん口頭で答えてくれても構わないが、答えは自分で発見するほうが好みでね」ミスター・ナイトはエレノアの体を引き寄せ、たくましい体に押しつけた。

発見？　発見ならエレノアにもあった。胸が押しつぶされるくらい彼の胸にきつく抱かれることが、好きなのだとわかった。そのうえ、ミスター・ナイトの目が面白がるようにきらめいているとなると、あとはここを逃げ出すしかない……今すぐに。

エレノアは体をよじり、ミスター・ナイトを振り払って走り出した。

ミスター・ナイトがあとを追ってくる。馬房を二つ通り過ぎたところで、エレノアは手首をつかまれた。馬房の門に背中を押しつけられ、再びきつく抱きしめられる。

エレノアは淡い青色の目を見つめながら、これまで感じたことのないほどの無力感に囚《とら》われていた。少しでもこの種の経験があればよかったのに。

「君を傷つけたりしない」ミスター・ナイトの声は深く、熱がこもっていた。「無理やり奪いはしない。ただ、キスするだけだ」

ただ？　ただ、ですって？　これまで一度もキスをしたことがないのだから、みごとな輪郭を描くあの唇が唇に押しつけられれば、ミスター・ナイトに焼き印を押されるのと同様の痕跡《こんせき》が残されることになる。「ここではだめ」エレノアは馬屋の奥の開いたドアに目をやった。礼節を思い出せば、ミスター・ナイトも正しい行動をとってくれるだろう。

ところが、ミスター・ナイトは馬房の門を開け、昨晩ダンスフロアで見せたのと同じ器用な手さばきで、エレノアの体をひらりと馬房の中に入れた。「わらは清潔だし、馬房の中には誰も入ってこない。馬番のことは気にしなくていい。誰にもじゃまはさせないよ」

エレノアはただ、ミスター・ナイトから逃れることだけを考えていた。なのにミスター・ナイトは、まるでエレノアが二人きりになりたいと遠回しに頼んだかのような反応を見せている。「だめ……無理よ」

ミスター・ナイトは日焼けした顔に白い歯を光らせながら、エレノアの体を持ち上げて爪先立たせ、体重を自分に預けさせた。「こんなにも長く待てたのが信じられないくらいだ」

〝こんなにも長く〟とはどういう意味だろう？　出会ってからまだ二日しかたっていないではないか。

顔を近づけてくるミスター・ナイトの表情を見たとき、この男性にとって二日間の我慢は永遠にも感じられるのだとエレノアは悟った。欲しいものを目にすれば、たちまち狙《ねら》いを定めるのが常……そういう男性に求められているのだ。

ミスター・ナイトの唇が唇に触れると、エレノアは目を閉じた。初めてのキス。唇を閉じたままの、穏やかかな、探るようなキス。

これは現実ではないのだと思い込もうとした。マデリンは婚約者とはいえミスター・ナイトを求めてはいないし、結婚もいやがっているが、それでもいとこであるエレノアが彼とキスをするのは人の道に外れている。

だが、足元のわらがきしむ音と馬の匂いが、この瞬間にまぎれもない現実感を与えていた。ミスター・ナイトの上着のボタンが、胸骨に食い込む。彼は巧みな腕さばきでエレノアを扱い、乗り気でない女性を相手にすることには慣れていると言わんばかりに、キスをした。官能の力に満ちた獣のように。

ミスター・ナイトの唇は絹のように柔らかく、愛の技巧に優れていて、ごく軽く触れられるだけでエレノアは喜びに包まれた。かろうじて唇をかすめる程度なのに、思わず顔を上げ、太陽を追い求める花のように彼の感触を求めてしまう。

初めてのキスにしては、とても心地よく……どうしようもなく不満が残った。

エレノアは驚いた。ミスター・ナイトはもっと濃厚な口づけをしてくると思っていたのだ。

いや、わざわざそんなことを考えたわけではなく、時々ふと、自分でも抑えようのないうちに、みだらな考えが頭をよぎるのだ。とはいえ、それは事実だった。エレノアはミスター・ナイトがこれ以上のことをしてくるものだと思っていた。まさか、この軽い触れ合いの先を望んだところで打ちきられるとは思っていなかった。

そこで、ミスター・ナイトが身を引こうとすると、エレノアは唇をぴったり重ね、わずかに声をもらしながら、体と唇を押しつけて誘った。ミスター・ナイトは一瞬不安げにためらったものの、すぐにキスを深めてきた。

わずかに唇を開いて、エレノアに同じことをするよううながし……いや、挑発してくる。エレノアも唇を開き、気がつくとミスター・ナイトの口に息を吐き出し、彼もエレノアの口に息を吹き込んでいた。

それはまるで、お互いの存在の一部を、お互いを人間たらしめている本質的な部分のかけらを交換しているかのようだった。エレノアはミスター・ナイトの吐息に彼自身を味わったような気がし、そのことに恐怖……と、興味を覚えた。この人の味を、匂いを、感触を知りたい。彼のすべてを知りたくてたまらない。少なくとも、今この瞬間は。

この瞬間はもう二度と訪れないから。ミスター・ナイトとは二度とキスをしてはならないから。どんな男性とも二度とキスはしないから。だからこそ、こんなにもこの人が欲しい……。

〝この人が欲しい〟

その言葉が頭に響いたとたん、一瞬で分別が戻ってきた。エレノアはミスター・ナイトから体を離した。壁に後ずさり、胸に手を当てる。「私のこと、みだらな女だと思ったでしょう」

ミスター・ナイトはエレノアの言葉を笑わず、面白がるそぶりも見せなかった。「いや、君は寂しいんだと思った」

「なんですって?」寂しい? 「寂しくなんかないわ」自分には仕事がある。親戚《しんせき》もいる。生産的な人生を送っている。

「君のキスはまるで、いつも人生の窓の外側に立って中をのぞき込み、自分もそこに行きたいと願いながら、中に入りたいと言い出す勇気のない女性のようだった」

「そんなことないわ」恐ろしいことに、それは図星だった。

ミスター・ナイトはエレノアの返事を無視した。「そんな日々はもう終わった。何を恐れているのか知らないが、本当に恐れなきゃいけない相手は私だよ」

わざわざ言ってもらう必要はない。ミスター・ナイトのことならすでに恐れていた。

ミスター・ナイトは眉をひそめ、あごをこわばらせて、目に冷たい光を浮かべた。「いいか。今から君は、つねに私のそばにいることになる。何が起ころうと、催しの内容がどれだけ気に障ろうと、どんなにいやな思いをしようと、一日の終わりには私と一緒に家に帰るんだ。そして、夜は……私が欲望の驚異を余すところなく教えてやる。君が夢にも思わなかったような情熱的ですばらしい夜を過ごし、君は欲望の瀬戸際に何度も追いつめられるんだ。私の下で、上で身をよじり、私の肌の隅々に触れ、私のキスをむさぼる。そのうち、目覚めた瞬間から私のことを考えるようになる。私に与えられる喜びを、私が中に入ったときの感触を。すべての悲しみは消え去り、君は永遠に私のものになるんだ」

エレノアは目を丸くしてミスター・ナイトを見つめた。彼の感触に、そしてあろうことか彼の言葉に、身を震わせていた。

困ったことになった。

ミスター・ナイトに真実を打ち明けなければならない。このまま演技を続けるわけにはいかなかった。マデリンのことも、この巧妙な策略のことも、彼女に受けた恩も、知ったことではない。エレノアの正体を知れば、ミスター・ナイトもこんな話はしないだろう。エレノアを婚約者として周囲に見せびらかすのもやめるはずだ。エレノアはどこになるかわからないが家に帰って床につき、逃げおおせた幸運に感謝するのだろう。そして、ミスター・ナイトのことを考え、夢に見て、自分で自分の体を探り、彼に触れられていると思い込むのだ。

ミスター・ナイトは憤慨したようにつぶやいた。「君は聞いていた話と違いすぎる」

鋭い恐怖に貫かれ、エレノアは息をのんだ。すでに勘づかれている！「そうね」きしんだ声で繰り返す。「そうだと思うわ」

ミスター・ナイトは再びエレノアに手を伸ばし、抱き上げた。だが今回は、先ほどのキスでどれだけ自分を抑えていたかを見せつけてきた。

エレノアのうなじに手をすべり込ませ、短い髪に指を差し入れて頭を支える。唇を開いてエレノアの唇に重ね、すぐさま舌を入れて反応を要求したが、エレノアが唇を開かないとわかると、下唇に噛《か》みついた。

エレノアは驚き、言葉にならない悲鳴をあげた。

ミスター・ナイトの舌が入ってきた。

先ほどのキスは探索にすぎず、ミスター・ナイトがエレノアを味見し、エレノアが彼に慣れるためのものだったのだ。

ミスター・ナイトの舌が、エレノアの口内にリズミカルに突き立てられる。彼の攻撃に、エレノアの唇は柔らかくなっていった。何を考えればいいのか、何をすればいいのかわからない……だが、それで構わなかった。主導権はミスター・ナイトが握っていた。最初にキスしたときの優しさは、今はなかった。今回、彼は満足感を追求していて、その追求に怒りと情熱を込めていた。

エレノアをしっかり抱いたまま、険しい目つきで見下ろしてくる。「君は誰に聞いた話とも違う。君に関する情報は全部間違っていた」

エレノアは事情を説明しようとしたが、ミスター・ナイトに抱き上げられてしまった。

女性にしては背が高いエレノアを、彼は羽根のように軽々と持ち上げている。ミスター・ナイトは膝をつき、わらの山の上にエレノアを横たえた。そして、その上に覆いかぶさったが、彼の体は硬くて熱く、エレノアを押しつぶさんばかりの重みがあった。馬房は暖かく、薄暗い。体の下でわらがきしみ、乾いた豊かな匂いが二人を包み込んだ。エレノアの腰にミスター・ナイトの腰が押しつけられ、腹部に欲望の証《あかし》がはっきりと感じられる。ミスター・ナイトは再びエレノアにキスをし、唇で愛撫《あいぶ》し、舌で刺激した。あまりに強い欲望に打ちすえられ、エレノアは彼の下で体をよじった。あんなにも冷ややかに落ち着き払った男性が、ここまで荒々しく危険に満ちた存在になるとは思いも寄らなかった。洗練された外面の奥に潜む獣を目にすることはあったものの、その獣がエレノアめがけて放たれるとは想像していなかった。

だが実際、エレノアに経験がないことなどお構いなしに、獣は放たれた。ミスター・ナイトはエレノアの腕をなで下ろし、手首をつかんで自分の首に回させた。二人を隔てるものは今や互いの服だけだったが、彼の体の中で燃え上がり、エレノアの体へと伝わる強烈な欲求の前では意味をなさなかった。

驚いたことに、それに応《こた》えるようにエレノアの情欲も高まった。ミスター・ナイトに爪を立て、喉元からシャツを破り取って唇をうずめ、彼の体に脚を巻きつけたい衝動に駆られる。ミスター・ナイトは情欲に我を忘れ、エレノアをも道連れにした。

背中の下で、地面がぐらりと揺れた気がした。

あるいは、エレノアの中で何かが動いたのかもしれない。何か深いところにあるものが。何か重要なものが。

ミスター・ナイトの両手がエレノアの脇腹《わきばら》をなぞり、ウエストと腰のラインを確かめたあと、もっと知りたいと言わんばかりにそこに留《とど》まる。膝がエレノアの膝を割り、腿の間に押しつけられると、腹部から胸へと震えが駆け上った。肌がかっと熱くなる。胸の上でミスター・ナイトの心臓が暴れ、胸はふくれ上がったかのようにうずいた。体は欲求で痛いほどになり、エレノアはこのキスが永遠に続けばいいと願った。

違う。このキスの先にあるものを知りたい。このキスの先にあるすべてを。

ミスター・ナイトが急に脇に飛びのいたので、エレノアは驚いてうめいた。

彼は荒々しく、エレノアの横のわらの上に体を投げ出した。「くそっ」その声は怒りに満ちていた。「君と交わりたいが、無理だ。この場所では。今は」

エレノアもミスター・ナイトと交わりたかった。「もちろん、今、この場所では無理だわ」

「将来の妻を馬屋で抱くわけにはいかない」ミスター・ナイトは猛然と言った。「君は育ちのいいお嬢さんであって、どこかの売春婦ではない」

「ええ、確かに売春婦ではないわ」エレノアは柔らかくなった自分の唇に触れた。

状況は何も変わっていない。正体を告白しなければならない。今すぐに、告白しなければ。

だが、気が進まなかった。エレノアはミスター・ナイトのキスが気に入っていた。もっとしたいと思っていた。「私に腹を立てているのね」

ミスター・ナイトは深く、荒々しく息を吸い込んだ。「君にじゃない。こんなに急いでここまで進めてしまった自分にだ。予定では……」予定を口にするのは思いとどまったらしく、さっきの言葉を繰り返す。「君は育ちのいいお嬢さんなんだから」

ミスター・ナイトのどんなキスも、エレノアは受け入れるだろう。それどころか、自らキスを求めるだろうし、その先に何が待ち受けていようと、自分の行動がもたらした結果を受け入れるだろう。

エレノアも愚かなふるまいをすることはある。結局のところ、ド・レイシー家のほかの人々と何も変わらないのだ。

14

マデリンは生まれついての馬乗りのように、優雅に馬を乗りこなした。ここグリーン・パークの乗馬道では、日ごろ仮面のごとく貼《は》りつけている穏やかな表情は消え、喜びに浸る女性の顔があらわになっている。顔に当たる風と内面に潜む大きな獣が、こうありたいと願う自己像を忘れさせ、ありのままのマデリン自身が顔を出したようだった。

自分の前でもあんな姿を見せてくれればいいのに、とレミントンは思った。レミントンの上でマデリンが上下に動き、顔には一心に喜びの表情を浮かべ、何度も何度も情熱を中に取り込んで……。

だが、下腹部を硬くしたまま馬に乗るのは実に困難だった。マデリンを見つめているのは、彼女が逃げ出すのを警戒しているからであって、小刻みに揺れる胸のふくらみを鑑賞するためではない。チャンスさえあればレミントンのもとを逃げ出せるだけの乗馬技術を、マデリンは身につけているのだ。

グリーン・パークはバークリー・スクエアの近くにある気持ちのいい公園だ。うっそうとした木立の中に東屋《あずまや》が設置され、牛が草を食《は》むのどかな光景が広がっている。ロンドン住まいの貴族は田舎の気分を味わうためにここへ来て、牛の乳搾りや鶏の餌《えさ》やりの様子を眺め、時には自らもその作業に挑戦する。この公園の乗馬道にいる間は、レミントンもいくらか安心できた。ここならレミントンの雄馬はマデリンの去勢馬に追いつくことができるし、必要とあらばレミントンも猛スピードで馬を駆ることができる。一方、ロンドンの街路は曲がり角が多いし、往来があるので、マデリンが路地に入り込んでしまえば姿を見失ってしまうのだ。

これからはマデリンを馬車に乗せてここまで来て、馬は馬番に連れてこさせるとしよう。もちろん、いったん肉体の絆《きずな》で結びつけてしまえば、マデリンを支配できる。そんなことを考えているせいで、レミントンの脚のつけねのこわばりはいっこうに鎮まってくれなかった。マデリンの居場所だけに集中し、マデリン自身のことは考えないようにしたほうがいい。だが、彼女は暗闇《くらやみ》の世界にたった一本立つろうそくの火のように、レミントンを惹《ひ》きつけてやまないのだ。

マデリンは背筋を伸ばして馬の首をさすり、レミントンに惜しみない笑顔を向けた。

「とっても楽しかったわ。ありがとう」

これもまた気になる点だった。マデリンのふるまいは女公爵らしくない。レミントンが彼女のために何かをしてやるたびに、驚き、うろたえるのだ。マデリンが遠慮なく受け取った贈り物は、この馬が初めてだった。貴族の大半は特権的な立場にいて、どんな気まぐれでも簡単にかなえてもらえる。なのに、この女性はなぜ、何かを与えられるたびに驚くのだろう？　そして、女公爵を屈服させるという当初の決意はいつのまに、謎《なぞ》めいたこの女性の願いをすべてかなえてやりたいという欲望に変わったのだろう？

マデリンの顔から笑みが消えた。「どうかした？」

「いや。どうして？」マデリンの唇に孤独を感じ、それがレミントン自身の心に巣くう孤独と同じであることに気づいたのは、まずかった。

「怖い顔で私を見てるから」マデリンはディリデーに視線を落とし、さっきよりもしっかりと馬をさすった。「今の走りでこの子がどこも痛めてないといいんだけど、どうかしら？　私にはおかしな点は見当たらないけど、こんなにも上等な馬に乗るのは久しぶりだから、もしかしたら――」

「馬なら大丈夫だよ」自分を心配していたマデリンがいとも簡単に馬に関心を移したことに、レミントンはむっとした。

馬屋でのキスはレミントンを芯《しん》から揺さぶった。マデリンに出会う前から、誘惑の方法は事細かく計画していた。最初の三日間は積極的に攻め、欲望に満ちた視線を送り、たっぷりと愛撫《あいぶ》を加えて触れ合いに慣れさせる。最初のキスはレミントンが主催する舞踏会のときで、次のもっと濃厚なキスは客が帰ったあと。そのときから結婚式の晩までの間は、たたみかけるように愛撫を繰り出してマデリンの敵意をやわらげ、完全に自分のものになる段階に備えさせる。マデリン本人を知らないことは問題ではなかった。彼女に欲望を抱くのは間違いないと、レミントンは確信していた。マデリンが美しく人好きのする女性であるという情報は確かな筋から得ていたし、レミントンはもともと女性が好きだった。その笑顔も、体も、おしゃべりも、ちょっとした不機嫌も好ましかった。

だが、実際にマデリンが姿を現すと、レミントンの計画はめちゃくちゃになってしまった。ことあるごとに歯向かってくる女性に、どうして手を触れずにいられよう？　レミントンの用意したドレスを着ない。髪を勝手に切る。キスには応じる。そして、歯向かってくるたびに、また少し色気を増したように見えるのだ。

厄介なことに、レミントンはそんなマデリンが好きだった。彼女があごを上げ、生意気な言葉を口にするのを見るのが好きだった。ほかの貴族に示されると腹立たしい傲慢《ごうまん》さだが、マデリンにはあの傲慢さで世界と対峙《たいじ》してほしいと思ってしまう。レミントンの計画は、なんのひねりもないマデリンの策略に打ち砕かれつつあった。

レミントンは馬番に合図し、こちらに呼び寄せた。「女公爵さまと私は散歩をする」

「かしこまりました」馬番は馬勒《ばろく》を手にした。

レミントンは馬から降り、ディリデーの脇《わき》に歩いていって、マデリンに手を差し出した。

レミントンの顔にみだらな思考があらわになっていたのか、先ほどの馬屋での出来事を思い出したのか、マデリンは一瞬ためらってから鞍《くら》をすべり下りた。レミントンはマデリンの体を受け止め、図々《ずうずう》しくもつかのま互いの体を触れ合わせたあと、彼女の足を地面につけた。

馬番は二頭の馬を引いて、小川のそばの小さな木立に向かった。

太陽は出ているものの、今日の空は灰色がかっていて、またも嵐《あらし》を予感させた。空気からは鉄の匂《にお》いがし、まるで嵐がロンドンの街に鉄槌《てっつい》を食らわせ、人類に自らの優位を見せつけんとしているかのようだ。

それでも空気は暖かく、チャンスに満ちた今日という日を逃すわけにもいかないので、レミントンはマデリンに東屋のほうを示した。「あそこに行って景色を眺めないか?」

マデリンはレミントンの先に立って歩いた。体の曲線に淡い灰色の乗馬用ドレスをまつわりつかせた女性の姿は実にいいものだ。帽子には真紅の羽根が飾られ、揃《そろ》いの真っ赤なスカーフの房飾りが首のまわりで揺れている。大股で一歩踏み出すたびに、尻がうねるように動いた。「牛のお乳を搾ったことはあるわ」マデリンが話し始めた。「イタリアに行ったとき、山道を歩いたの。ひどい吹雪になったから、最初に見つかった小屋に避難したんだけど、牛が五頭いるだけで飼い主が見当たらなくて。私たちはお腹《なか》がぺこぺこだったし、誰もお乳を搾ってくれないものだから牛はどんどん苦しそうになるしで、ディッキーが搾り方を教えてくれたのよ。夕食に温かい牛乳を飲んだわ」ヨーロッパ旅行の思い出に浸っているのか、くすくす笑っている。

一方、レミントンは馬屋での出来事の記憶に囚《とら》われていた。

あのとき、マデリンが逃げ出したのがいけないのだ。雌馬に対する雄馬のきわめて良識的な反応として、レミントンはマデリンのあとを追いかけた。追いかけたあと、彼女の上に乗りたいところだったが、わずかに残っていた理性がじゃまをした。

「旅行中にいろんな冒険をしたわ」マデリンはレミントンを振り返り、まつげをぱちぱちさせた。そこには女らしい誘惑の色があった。「全部聞いたらびっくりするわよ」

どうしてこんなことができるのだ？　マデリンは一瞥《いちべつ》しただけでレミントンを誘い、恋に夢中な田舎の若者のように彼女のあとを追いかけさせようとしている。二日前は彼の目を見る勇気もなさそうだったのに。数回、キスを……すばらしいキスをしただけで、戯れを仕掛けるようになったのだ。

マデリンは言い添えた。「そのうち教えてあげるわ。礼儀正しくお願いしてくれれば」

薔薇《ばら》が生い茂る棚を通り過ぎたところで、マデリンは足を止め、柔らかな指で花をつまみ上げた。巻きつく花びらをほほ笑みながら見つめ、目を閉じて深く香りを吸い込む。「薔薇は大好きだけど、特に黄色い薔薇が好き。赤い薔薇ほどもてはやされないけど、いつも変わらず明るい顔を見せてくれるもの。ラベンダーの花束に足せばすごくいい香りになるし、見た目もきれい。それだけで花瓶に入れれば、前を通る人におじぎをして、ほほ笑みかけてくれるわ」

求愛の手順を数段階飛ばして、予定より早くマデリンにキスする程度なら構わない。けれど、猛《たけ》り狂った兵士のように彼女に飛びかかるとなると、話は別だ。レミントンが女公爵を誘惑する計画を立てたとき、想定しなかった状況が二つあった。一つは、マデリンがレミントンこそ生涯待ち続けた男性であるかのようにふるまうこと。もう一つは、レミントンがよりによってこの女性に抑えきれない情熱を抱くことだった。

マデリンは声の調子を変えてたずねた。「ミスター・ナイト、おしゃべりをする気はあるの？　それとも、その謎めいた沈黙を続けて、私には意味がわからないのに、見物人にはすべてをわかった気にさせるつもり？」

レミントンははっとし、考え事を中断してきき返した。「見物人？」

「小道には人がいるでしょう。馬に乗ったり、歩いたり、あいさつを交わしたり……私たちはその人たちの興味の的になっているの。あなたが何も話していないように見えれば、そのけんか腰な態度を好ましくない方向に解釈して、私たちが仲違《なかたが》いをしているという噂《うわさ》をロンドン中にばらまかれるわ。そこから婚約破棄、結婚式の中止まではあっという間よ」

マデリンは自分に楯突《たてつ》こうとしているのだろうか？　レミントンはマデリンの腕を取り、引っぱって立ち止まらせた。「婚約破棄などしない。結婚式の中止もない。私たちは結婚するし、結婚したあとは、君は私が決めたドレスを着て、私のものになり、私の言うとおりにするんだ」マデリンが文句を言い、その命令に反抗してくるのを待つ。

ところが、マデリンはレミントンの肩越しに、乗馬道をじっと見つめていた。

レミントンは信じられない思いだった。自分たちの生活の将来像を語って聞かせているというのに、マデリンはそれを無視したのだ。

みるみるうちにマデリンの目が大きく見開かれた。

レミントンが振り向くと、痩《や》せた黒い中型犬が、小道を元気いっぱいに進む雄馬の前を横切ろうとしているのが目に入った。雄馬に乗ったしゃれた身なりの若者はまったく気づいていない。このままでは、犬は馬にはね飛ばされてしまう。

マデリンは叫び、レミントンの手を振り払って小道に駆け寄った。

雄馬に乗った若者が悲鳴をあげ、ぐいと手綱を引いて馬を止まらせる。

レミントンはぞっとして、警告の言葉を叫びながらマデリンのあとを追いかけた。腹のあたりで、マデリンは犬を抱きかかえた。なめらかな動きで道から飛びのき、犬を腕に抱いたまま草の上に転がる。

一方の若者は、後ろ足で立つ馬を押さえつけようとしていた。

犬は甲高い声を張り上げて鳴いた。マデリンの腕から抜け出し、そう遠くない場所までよたよたと歩いていってうずくまる。

レミントンはマデリンの脇にすべり込んで膝をつき、問いただした。「けがはないか?」心臓が早鐘を打ち、彼女を揺さぶりたくて仕方がない。あるいは、抱きしめたい。どちらなのかわからなかった。

「大丈夫よ」マデリンが体を起こそうともがく。

けがをしているのに自分では気づいていないのか、認めたくないだけなのか。その可能性を考えると、レミントンはマデリンをそのまま寝かしておきたかった。

マデリンはレミントンの手を払いのけ、うずくまる犬のほうによろめきながら向かった。

「大丈夫? かわいいわんちゃん」つぶやくように声をかける。

かわいい? その犬はどう見ても駄犬だった。あと十キロかそこら太れば、湯で洗われて半分の大きさに縮んだエルクハウンドに見えなくもない。黒と黄褐色の毛はもつれ、腹は垂れて、残飯をあさっていたせいだろう、腐ったごみの臭《にお》いを漂わせている。

マデリンが近づくと、犬は歯をむき出しにしてうなった。

マデリンは指を下にして、こぶしを突き出した。「かわいそうな子」

「気をつけろ」レミントンは鋭く言った。なんという女性だ、次から次へと危険に飛び込んでいく。

「わかってる」犬のうなり声が鎮まってぐずるような声になると、マデリンは犬のあごをかいた。「噛《か》みついたりはしないわ」

そのとおりだったらしく、犬は茶色い目でマデリンをじっと見つめ、頭をなでられると、それに応《こた》えるように彼女の胸に頭をうずめた。

マデリンは犬の左後ろ脚を指でなぞった。犬が悲しげな声をあげると、そっとささやいた。「痛いのね」

レミントンはそんなことなどどうでもいいと言いたくてたまらなかったが、口には出せなかった。確かに自分も動物は好きだが、これはやりすぎだ！　マデリンはこの犬のために、命までも危険にさらしたのだ。

背後から、ブーツが地面を踏む音が聞こえた。例の若者が手袋をはめた手に鞭《むち》を打ちつけながら、二人のほうにやってきた。「お嬢さん！」若者は怒りに震えていた。「いったいどういうおつもりです？　もう少しであなたをはねるところだったんですよ」

レミントンは若者に対峙しようと立ち上がったが、口を開こうとしたとき、マデリンが怒り狂った雀蜂《すずめばち》のごとく飛んできた。「どういうつもりだったかですって？　あなたこそどういうおつもり？　もう少しでこの犬をはねるところだったのよ」マデリンの頬と鼻の先は、怒りで真っ赤に染まっていた。目は鮮やかな青色に輝いている。頬には汚れがつき、帽子は斜めになっていたが、そんなことよりも、彼女が今朝のキスで見せた情熱をすべて、今日会ったばかりの駄犬に傾けていることのほうが問題だった。

後ろめたさを隠すためか、若者は不機嫌そうな声を出した。「しょせん蚤《のみ》だらけの野良犬じゃないか」そこまで言って、マデリンの美貌《びぼう》に気づいたらしい。はっとした表情になり、背筋を伸ばして肩をそらした。「以前にもお会いしたことがあるような気がするんですが、あれはどこだったか――」

マデリンの怒りは鎮まらなかった。「あなたはそういうふうに教えられてきたの？　かよわい動物を踏みつけにしろと？」

レミントンは一歩下がり、腕組みをした。この若者に勝ち目はない。

マデリンの目が険しくなる。「ちょっと待って。その顔には見覚えがあるわ。あなた、メイジャー卿《きょう》ね！」

「はい、そうです。メイジャー子爵と申します」若者は帽子を取っておじぎをし、目の前の美人に今さらながらいい印象を与えようと必死になった。

マデリンは心を動かされた様子もなければ、興味もなさそうだった。「あなたは？」「あなたのお母さまを知っているけど、このことが知れたら横面を張り飛ばされるでしょうね」

メイジャーの頬がどす暗い赤色に染まった。「母には言わないでください」

「これからはもっと気をつけると約束してくださるなら、言わないでおくわ。次にどこかの犬がはねられそうになっても、私がそばにいて助けられるわけじゃないし、私の記憶ではあなたはとてもいい青年だったはずだもの。大の動物好きで、自分が殺してしまえば罪の意識に囚われるような」

「そうです……そのとおりです」懇願するようなメイジャーの目は、この犬の目によく似ていた。「あの栗毛《くりげ》は買ったばかりだし、ちょうどロンドンに来たところなので、見せびらかしたい気持ちがあったのですが、そんなことは言い訳になりませんよね……」

メイジャーは今や爪先で地面を掘っている。レミントンは名人芸を見ている思いだった。マデリンは怒っていた若者をのぼせ上がらせたあと、罪悪感を持たせるという一連の動きを実にスムーズにやってのけ、その結果、メイジャーは彼女を慕うようになっている。なぐさめるような口調で、マデリンは言った。「わかってるわ、あなたは二度とこんなことはしないって」

「絶対にしません」メイジャーが晴れやかな笑顔を見せた。

その若者が端整な顔立ちをしていることに気づき、レミントンは不愉快になった。

「お願いです、僕の正義の女神さまのお名前を教えていただけませんか?」メイジャーは懇願した。

マデリンが目をしばたたく。

「君のことだよ」レミントンはそっけなく言い、紹介役を買って出た。「メイジャー、こちらはシェリダン女侯爵、次期マグナス女公爵だ。女公爵さま、メイジャー子爵だ」

「あなたがマグナス女公爵?」メイジャーは目をみはった。「女公爵さまには八年前の夏に我が家を訪ねていただきましたが、こんなにもおきれいな方だったという印象はありませんでした」

それはただ本音を述べただけの言葉で、ほめているようには聞こえなかった。マデリンは平手打ちでも食らったかのように、体をびくりと震わせた。

レミントンはマデリンの手を取り、唇に持っていった。「この人は日ごとに美しくなるんだよ」

「ええ、そのとおりです！」気が利いているとはとても言えない発言を取り繕うかのように、メイジャーは再びおじぎをした。「女公爵さまは空に輝く太陽のようにお美しい方です」

マデリンはさっきよりもうろたえたように見える。

のぼせている。この若者はマデリンにのぼせているのだ。無駄なことを。マデリンはレミントンのものなのだから、ほかの男はレミントンを羨《うらや》んでもいいが、彼女を求めてはいけないのだ。そこで、レミントンはおじぎをし、自己紹介をした。「ミスター・レミントン・ナイトと申します」言葉を切って待ったが、メイジャーの表情にぴんときた様子はない。この噂は耳にしていないのだろう。「明日の晩、女公爵と私は婚約祝いの舞踏会を開く予定だ」太陽の女神がすでに手の届かないところにいると知って、メイジャーは気落ちした表情になった。「君も出席してもらえると嬉《うれ》しいんだが」

「ありがとうございます。もちろんです。喜んで。お二人にお会いできてよかったです。

ミスター・ナイト、女公爵さま」メイジャーは名残惜しげにマデリンを見つめながら帽子を上げたあと、男らしくも馬番と馬のもとに戻り、ぎこちない手綱さばきで走り去った。

マデリンはわざわざメイジャーを見送ることはせず、レミントンはほっとした。だが、彼女が再び犬のそばにひざまずいたのを見て動揺した。自分もそばにしゃがみ込み、マデリンのあごに指をかけて、顔を上向ける。「犬のことは心配ない。それより君は大丈夫か?」

「ええ」マデリンは明るく答えた。「もちろん」

レミントンはマデリンの手を取り、破れた手袋を外した。手のひらがすりむけ、爪が一つ割れている。自分からは言わないだろうが、膝を打ったとか、手首をひねったとか、ほかにもどこかしら負傷しているのは間違いない。だが、とりあえずこの騒動が終わった今、レミントンはマデリンを揺さぶりたくなった。「一匹の雑種犬だぞ? たかが一匹の雑種のために、君は自分の命を危険にさらすのか?」

レミントンの声音に、犬は背中の毛を逆立たせ、歯をむいた。

「座れ!」レミントンがぴしゃりと命じると、犬は腰を落とした。とはいえ、視線は用心深くレミントンに向けたままで、この犬がマデリンになついているのがよくわかった。

「あなただって雑種と呼ばれることはあるかもしれないわ」マデリンの顔に浮かぶ表情は妙で、すでに誰かがそう呼んだのを耳にしたことがあるかのようだった。

そのときも、この見知らぬ犬を守ったように、レミントンを擁護したのだろうか？　レミントンという野良犬をかばったのだろうか？　それとも、一緒になってその言葉に笑い、出自のせいでレミントンが自分より劣ることに同意したのだろうか？　そんなことを気にするなんてどうかしている……だが、気になるのだ。マデリンにかかわることすべてが気になって仕方がない。なぜだ？

なぜなら、マデリンにのぼせているからだ。決して愛してはならない女性にのぼせ上がり、心を奪われているのだ。

15

ミスター・ナイトに見つめられ、エレノアは落ち着かない気分で体をよじった。まるでエレノアの頭をこじ開け、中をのぞきたいとでも思っているような視線だ。

まあいい。こんな場所で、グリーン・パークの真ん中で真相があらわになる可能性はほぼないだろう。そんなことはありえない……おそらく。

エレノアは体の痛みを紛らわせようと、左右の足に交互に重心を移した。犬を助けた興奮が収まると、すりむいた手のひらの痛みと、着地したときにひねった足が気になってきた。もちろん、そのことを口に出したりはしない。ミスター・ナイトは身から出た錆《さび》だと責めるだろうし、今も彼の目は冷たく、何か考え事をしているようで、ぽってりした甘美な唇は薄く引き結ばれている。

まぶたに覆われたあと、再びエレノアに向けられた目に非難の色はなく、また興味の色もなかった。「この犬は犬種も身元もわからない。はっきりしているのは、メイジャー卿《きよう》が言ったとおり、蚤《のみ》だらけということだけだ」

エレノアの怒りがぶり返した。「つまり、血統が確かで清潔な動物だけを心配していればいいと？　助言をありがとう、でもおあいにくさま。私は残酷な行為には断固反対だし、相手が自分の身を守る手段を持たない哀れな動物ならなおさらよ。あなたが野良犬や捨て犬を心配する意味がわからないと思うなら、それはお気の毒にと言うしかないわ」

冷ややかな、淡々とした口調で、ミスター・ナイトは言った。「君の命を犠牲にするほどではないと言っているんだ」

エレノアが女公爵だと思っているからこそ、命の心配をしているのだ。エレノアは苦々しげに肩をすくめた。「私の命はそんなに重要じゃないわ」そのとき、わけのわからない怒りが込み上げ、あざけるような言葉が飛び出た。「あら、忘れていたわ。私はあなたが上流社会に入り込むための通行証だったわね」

ミスター・ナイトは皮肉を好まないか、少なくともエレノアの口から出た皮肉は気に入らないらしく、警告めいた声を出した。「マデリン……」

マデリン。私はマデリンじゃない、エレノアよ……。だが、今は告白するのにふさわしい時ではない。エレノアはミスター・ナイトの背後を手で示した。「人だかりができてるわ」集まっているのはピカード家の舞踏会にいた客が大半で、中には知らない顔もあったが、誰もが上等な服に身を包んでいて、貴族であることは明らかだった。一同はあきれたような顔でエレノアをじろじろ見つめ、二人の淑女は何度も甲高い笑い声をあげている。

驚いたことに、恥ずかしさよりも腹立たしさのほうが先に立った。確かに騒ぎを起こすほうも問題だが、それでも犬の救出劇を見てくすくす笑うことが最大の娯楽だというなら、この人たちはよっぽど暇なのだろう。

「かわいそうなミスター・ナイト」エレノアはつぶやいた。「洗練された物腰と婚約者で上流社会を感心させるという計画は、あまりうまくいっていないみたいよ」犬のそばに腰を落ち着け、この場を収めるのはミスター・ナイトに任せることにする。

ところが、ミスター・ナイトは意外な行動に出た。心から楽しげな顔で笑ったあと、観衆のほうを向いたのだ。

中でも、一人の紳士に注意を引かれたようだった。その紳士は完璧《かんぺき》な身なりをしていて、ぱりっとしたクラヴァットと真っ白なシャツを身につけ、磨き抜かれた黒いブーツの革が日の光に照り輝いていた。紳士がこのなりゆきに心底ショックを受けている様子なのを見て、エレノアはぼんやりと、マデリンがロンドンに到着した暁には汚名返上に恐ろしく骨を折るはめになるだろうと思った。だが、もっと申し訳ない気持ちになってもよさそうなものを、募るのはいらだちばかりだった。

マデリンはどこにいるのだろう？　事態は刻々と崩壊に向かっているというのに。

「ブランメル」ミスター・ナイトが声をかけた。「お会いできて嬉《うれ》しいです」

ブランメル。エレノアもその名前は知っていた。伊達男ブランメル《ボー・ブランメル》はイギリス社交界の有名人で、クラヴァットを結ぶことには何時間も費やすが、貴族としての名声にはまったく興味がなく、理想の外見を追求するのがすべてという男性だ。

エレノアは、今の自分が理想の外見にはほど遠いことを思い出した。むしろひどいありさまと言える。ミスター・ナイトを厄介な状況に陥らせてしまったと思ったが、反省するつもりはなかった。

「やあ、ミスター・ナイト」ボー・ブランメルは前に進み出て、エレノアにおじぎをした。「女公爵さまにお会いする栄誉にあずかれるとは、思ってもいませんでした」

エレノアは最後にもう一度犬のあごの下をかいてから、立ち上がってレミントンの紹介を受けた。

ボー・ブランメルはあたりをさっと見回した。「女公爵さま、あなたは……犬がお好きなのですね？」

生来の正直さで、エレノアはこう答えた。「犬はたいていの人間よりは信用できると思いますわ」

「私は信用できる犬など一匹も知りませんが」ボー・ブランメルが応じる。

「では、信用できる人間を一人でもご存じですか？」エレノアが暗に示したのは、ボー・ブランメルの背後にできた小さな人だかり、すなわちゆうべはエレノアの周囲に群がっておきながら、この突飛な行動を目にしたあとは敬遠するであろう人々のことだった。

驚いたことに、ボー・ブランメルはエレノアの真意を理解したらしく、にっこりした。「おっしゃるとおりです」それから、彼が本気で心配しているとわかる、気づかわしげな口調になった。「でも、乗馬用のお洋服がだめになってしまいましたね」

エレノアは自分でも驚くほど大胆に言ってのけた。「私は次期マグナス女公爵です。流行を作るのは私です。明日になれば、淑女たちはこぞって破れた手袋をつけ、帽子を斜めにかぶって馬に乗ることでしょう」

ボー・ブランメルは目を丸くしたあと、笑い出した。「私を散歩のおともにしていただければ光栄なのですが」

「馬のところまでなら。私もそろそろ身なりを直しに戻ったほうがよさそうですから」それに、負傷した箇所の痛みもひどくなってきている。

「もちろん、馬のところまでけっこうです」ボー・ブランメルはうなずいた。

二人は並んで歩き、馬番が待つ木立に向かった。一歩後ろから、ミスター・ナイトと犬がついてくる。

観衆から遠ざかったところで、ボー・ブランメルが切り出した。「女公爵さま、あなたがしばらくロンドンを離れていらっしゃったことは存じております。図々《ずうずう》しくもご意見させていただきたいのですが……あなたには独自のスタイルと、厄介事を好まれる傾向がおありのようですから」

「そのとおりだ」ミスター・ナイトが口をはさんだ。

エレノアはミスター・ナイトをにらみつけ、そのついでによろよろ歩く犬の様子を確認した。今のところ一同についてきているが、遠くまで歩くのは無理そうだ。エレノアはボー・ブランメルに注意を戻し、何事もなかったような顔をした。

ボー・ブランメルはうんざりしたように手を振ってたずねた。「野次馬はまだこちらを見ていますか?」

「もちろん」ミスター・ナイトが答えた。「あなたはいつだって注目の的ですからね、ブランメル」

そのあからさまなお世辞にエレノアは驚いたが、ボー・ブランメルの答えにはそれ以上に驚かされた。

「この人気は私が背負うべき十字架なのです」ボー・ブランメルは大まじめな顔をしていて、エレノアはそのうぬぼれぶりに感じ入った。「女公爵さま、これほど大胆な行為は二度となさらないほうがよろしいかと――」

マデリンが姿を現せば、どれほどの醜聞が湧《わ》き起こることか!

「ただ、ご自分のスタイルはどうぞ貫いてください。あなたは次期女公爵です。流行を作るお人なのです。あなたは美しい……それは断言できますし、作法もすばらしい。突飛な行動に出られたところで、言い訳する必要はありません」ボー・ブランメルはエレノアの破れた乗馬ドレスに目をやった。「ただ、これだけはお忘れなく。服がよければ、すべてよし」

エレノアは必死に笑いをこらえながら、ミスター・ナイトも同じように面白がっているはずだと思った。だが、エレノアはミスター・ナイトとは違う。ミスター・ナイトもエレノアとは違う。何かに関して二人の気が合っていると感じるたびに、エレノアは不安と苦痛に襲われた。

ボー・ブランメルはエレノアに意見を言い終えると、質問した。「ミスター・ナイト、私もあなた方の舞踏会への招待状をいただいたと考えてよろしいですか？」

「もちろんです」ミスター・ナイトは請け合った。

「では、うかがいます」ボー・ブランメルは手の甲を額に当て、めまいを起こしたような仕草をした。「華奢《きゃしゃ》な体にしては歩きすぎました。女公爵さま、ごきげんよう。ミスター・ナイト、ごきげんよう」

エレノアとミスター・ナイトは、小股で歩き去るボー・ブランメルを見送った。

「ふむ」ミスター・ナイトの口はわざとらしくすぼめられていた。「話が合っていたようだな」

エレノアは憂鬱《ゆううつ》な気分になった。思ったとおりだ。ミスター・ナイトはやはりボー・ブランメルのことを面白がっているのだ。自分とミスター・ナイトはものの感じ方が似ている。そう思うと心がざわめいた。それについてはあとで考えようといったんは忘れたとしても、運悪く夜中に目を覚ましてミスター・ナイトのことが頭に浮かんだとき、改めてその考えに囚《とら》われてしまうだろう。「話が合うのは当然よ。私が次期女公爵なのも、私が流行を作るのも事実なんだから」エレノアは身をかがめて犬をなでた。

「この犬は……どうするつもりだ？」

さっきまではどうしていいかわからなかったが、今は心が決まっていた。「私が世話をするわ」傷ついた脚に触れないよう、注意深く犬を抱き上げる。犬は抱えて歩ける程度には軽く、だが抱えると足がふらつく程度には重かった。エレノアは犬を腕に抱え、よろめく足でディリデーのほうに向かった。犬のひょろりとした脚が突き出し、その重みに腕が引っぱられる。手はちくちくし、膝は痛み、歩けば歩くほど馬が待つ場所から遠ざかる気がした。

ミスター・ナイトはエレノアと並んで楽々と歩き、手を貸そうとはしなかった。「私に復讐《ふくしゅう》でもしているつもりか？　私が君を無理やり妻にしようとしているから」

馬が待つ木立に足を踏み入れると、日光も、衝撃的な見世物の続きを待つ野次馬たちの視線も届かなくなった。馬番が頭を下げ、忍び足でその場から離れる。

エレノアは息を切らせながら犬を下ろした。犬は足元にうずくまり、エレノアは腰に両手を当てた。「ミスター・ナイト、あなたには理解しがたいことだと思うけど、私の言動すべてがあなたに関係しているわけじゃないの。世界はあなたを中心に回っているわけじゃないのよ。あなたがいなくても、夜空には月が出る。私の存在もあなたとは無関係なの。だから……」再びしゃがみ込み、犬を抱き上げる。「私はただ、この犬を家に連れて帰ってお風呂に入れるわ。あなたのことはいっさい考えずに」

「待て」ミスター・ナイトがエレノアの腕を取って立ち上がらせた。「そんな無謀な態度を続けさせるわけにはいかない」

相変わらず、意味のわからないことを言う人だ。「無謀な態度って？」

「私のことをいっさい考えようとしない態度だ」ミスター・ナイトはエレノアのウエストに腕を回し、キスをした。

最初のキスは優しく誘うようで、二度目のキスは強引かつ、誘うようだった。今回のキスはまた違っていた。ミスター・ナイトはエレノアの下唇をそっと噛《か》んで、自分のことを考えるよう要求し、エレノアが抗議しようと口を開くと、熱烈な勢いで口づけをしてきた。彼はエレノアの関心すべてを引こうとしていて、経験からその方法も知っていた。歯と舌を使い、エレノアに誘いかけてくる。唇の上で彼の唇がうごめくうち、まだらに差し込む日光も、風に運ばれてくる薔薇《ばら》の香りも、犬も、ボー・ブランメルも、ミスター・ナイトと一緒にいることの葛藤《かっとう》も、頭から吹き飛んだ。どんな考えも、どんな思いも、体に押しつけられる体の感触と、今後の快楽を予感させる刺激にのみ込まれていく。

そのとき、ミスター・ナイトの体が離れた。彼がひじに片手をかけてエレノアの体を支える間、エレノアは威厳と分別を取り戻そうとした。

ミスター・ナイトのことを知れば知るほど、自分のことがわからなくなる。

ミスター・ナイトがエレノアを鞍《くら》にのせ、犬を手渡した。

エレノアは犬を腕に抱え、小声で話しかけて落ち着かせたあと、ミスター・ナイトのタウンハウスを目指した。

こんなにも短い間に、キスをしたというだけの単純な理由で、劇的な変化が訪れるのは恐ろしいことだった。今、マデリンがロンドンに現れても、これがエレノアだとはわからないかもしれない。ミスター・ナイトに自分を明け渡したとき、エレノア自身、それが自分だとは思えないのではないだろうか？

エレノアは考えた。私はミスター・ナイトに屈するのだろうか？　それとも、抗《あらが》うのだろうか？

16

レミントンは玄関広間の上に張り出した廊下を歩いていた。「このくそ犬はどこかにやったほうがいい」

マデリンは階段の手すりから身を乗り出し、使用人たちがテーブルをセットしたり、シャンパンの瓶を氷に浸けたり、花瓶に大量の黄色の薔薇《ばら》を生けたりと、準備の仕上げに走り回る様子を眺めていた。振り返って、レミントンとそばを歩く犬に目をやる。顔にはまじめくさった表情を浮かべているが、内心嬉《うれ》しがっているのは明らかだった。「イギリスでは〝くそ〟というのは、異性がいる場では使わないほうがいい言葉よ」

だがやはり〝くそ〟と悪態をつくしかない。トルコブルーの絹のドレスはマデリンによく似合っていて、青い目にはっとするような輝きを与えている。髪にはトルコブルーのリボンが編み込まれ、濃い色の短い髪に、ダイヤモンドが星のようにきらめいていた。

もちろん、ドレスはマデリンのものだ。リボンもマデリンのもの。ダイヤモンドも。レミントンが買ったものはいまだに身につけてくれていないが、やがて選択の余地がなくなることに本人は気づいていない。

だが今のところ、レミントンは犬につきまとわれていた。マデリンのそばで足を止め、犬を指さす。「見てくれ。こいつが落とした黒い毛が私の白いストッキングに、黄褐色の毛が黒いブリーチズについている」

「そう悪くないわよ」マデリンがレミントンと犬に笑いかける。喜びと安心のにじむそのほほ笑みに、レミントンの心はほぐれていった。「ねえミスター・ナイト、お風呂に入ったらリジーもきれいになったでしょう?」

「リジー? リジーって誰だ?」いやな予感がする。

「あなたの犬よ」

「こいつは私の犬じゃないし、犬の名前がリジーだなんて聞いたことがない」浮かれている犬に向かって、レミントンはぱちんと指を鳴らした。「座れ!」

犬は即座に腰を落として、うっとりした目でレミントンを見つめ、舌をだらりと垂らした。体を洗われ、乾かされた犬は、見た目も臭《にお》いもましになっていたが、助けてくれたマデリンよりもレミントンになついていた。レミントンを追って階段を上り下りし、レミントンの寝室のペルシャ絨毯《じゅうたん》に寝そべり、レミントンの近侍に向かって吠《ほ》えた。

マデリンは犬の心変わりに気分を害した様子はない。むしろ、レミントンがいらだっているのを見て面白がっていた。「ミスター・ナイト、ブリーチズに毛がついていようといまいと、あなたがハンサムなことに変わりはないわ」

「ふん。ありがとう」レミントンは正装用の黒の上着を直した。「それはそうだろう。ただ、今のが本当にほめ言葉かどうかはわからないが」

マデリンはレミントンをちらりと見たあと、それで目に浮かんだ官能の色が隠せると思っているのか、そっぽを向いた。「ほめ言葉よ」

レミントンはにっこりし、それから考えた。今夜の終わりに予定している劇的な発表に、マデリンはどんな反応を示すだろう。

パーティ用に着飾ったレディ・ガートルードがせわしなく前を通り、両手を打ち鳴らした。「二人とも急いで！　もうすぐお客さまが到着されるわよ」リジーに険しい目を向けて言い添える。「それから、このわんちゃんはどこかにやりなさい。レディ・フェンズワースは犬が大の苦手なのよ」

リジーがレディ・ガートルードを責めるように吠える。

「ごめんなさいね、でもお客さまを怖がらせるわけにいかないのよ」犬に言葉が通じると思っているかのように、レディ・ガートルードはリジーに話しかけた。

おかしなことに、リジーもその言葉を理解したかのようにため息をついた。

「じゃあ、あっちに行っててね」レディ・ガートルードは急ぎ足で廊下を歩き去った。

「よし、お前は箱の中に戻るんだ」レミントンは自分の寝室に向かって歩き出したが、そのときブーツのかかとに噛《か》みつかれたのを感じた。

すばやく振り向いてにらみつけると、リジーはレミントンの注意が引けたことが嬉《うれ》しいらしく、楽しげに飛び跳ねていた。「こんなことをして、近侍がなんて言うと思う？」レミントンはブーツについた傷を指さした。「また……風呂に入れられるぞ！」

とたんに、リジーは黒いしっぽを手すりに当たるほど力強く振った。そのうえ、この愚かな生き物は間違いなく、レミントンを見上げて笑った。

マデリンが小さくうめいた。それは喜びの表現としては不慣れな笑い声を押し殺したように聞こえた。その後、こらえきれなくなったように、声をあげて笑い出した。

マデリンはほとんど笑顔を見せないし、笑ったとしても、それは礼儀上のほほ笑みだった。嬉しそうに笑うことはあまりなく、笑い声に至っては一度も、ただの一度も、レミントンは耳にしたことがなかった。それが今、この愚かな犬のだらしない舌と、レミントンとブーツに対する妙な愛着のおかげで、笑い声を聞くことができた。レミントンはその貴重な、甘い声が気に入ってしまった。誰の笑い声に対しても感じたことのない戦慄《せんりつ》が背筋を駆け上る。この犬がマデリンを楽しませてくれるのなら、自分もこの犬をかわいがってやってもいいと思えた。レミントンはリジーのそばにしゃがみ込み、頭をなでた。「いい子だ。いい子だ……リジー」

リジーが狂ったようにレミントンの顔をなめようとしたので、マデリンはまた笑い声をあげた。

レミントンはその声を聞きながら犬をかわしているうちに、新たな目標を思いついた。マデリンをもっと笑わせてやるのだ。

舞踏室はろうそくの光に照らされ、金色に輝いていた。色とりどりの衣装に身を包んだ客には、立っている者もいれば、踊ったり、酒を飲んだりしている者もいる。レミントンと次期マグナス女公爵の婚約を祝うパーティはきわめて順調に進んでいたが、気になることが一点だけあった。レミントンは執事をつかまえてたずねた。「マグナス公爵は来たか？」

「いいえ」ブリッジポートはレミントンに身を寄せてささやいた。「ロンドンにはいらっしゃいません」

マグナスは来ていないのだ。「あいつは娘の婚約パーティにも来ないのか」

「賭《かけ》に負けて娘さんを手放されたあとでは、上流社会の人たちに合わせる顔がないとお考えなのかもしれません」

「そうかもな」それは疑わしいものだ、とレミントンは思った。マグナスはずんぐりしたブルドッグのようなイギリス男で、大酒を飲み、あっけらかんと賭博《とばく》をする。そして、その陽気な仮面の裏には残虐な男が、目的を遂げるためなら殺人も辞さない男が潜んでいるのだ。レミントンの正体にはもう気づいているのだろうか？　今も自分の地所のいずれかに身を隠し、次なる冷酷な計画を練っているのだろうか？

明日になったら、手下にマグナスの居所を捜させよう。そのあとレミントン自身が乗り込んでいって、憎きマグナスを責めて白状させ、彼がどんな悪行を企てているのか突き止めるのだ。娘が平民と結婚するのを許すくらいなら、娘を殺してしまおうと考えているのかもしれない。

だが、今夜のところは舞踏会も盛況で、午前零時も目前に迫っている。午前零時になれば……。

ブリッジポートがたずねた。「旦那《だんな》さま、乾杯の準備をいたしましょうか？」

「急いでくれ」冷えたシャンパンのグラスが銀の盆にのせられ、舞踏室中に行き渡る。レミントンは客と会話を交わし、鮭《さけ》をつまみながらも、片時もマデリンから目を離さなかった。

マデリンはその場に立ったまま、近づいてくる客の相手をしていた。一言一言に耳を傾け、一人一人を熱心に見つめ、相手の腕や手に触れているうちに、彼女と言葉を交わしに来る女性の数は増え続けていった。お世辞を言ったり、噂話《うわさばなし》に花を咲かせたりするためではなく、自分自身の話をするためだ。男性も群れをなしてやってきては、片っ端からマデリンのとりこになっていった。

無理もない話ではないか？　あのまぬけなメイジャー子爵はなんと言っていただろう？　〝女公爵さまは空に輝く太陽のようにお美しい方です〟感傷に満ちたばかばかしい表現だが、それでもあれは真実だった。

マデリンの美貌《びぼう》が悩みの種になるとは、計算外だった。もちろん、ボー・ブランメルの後押しと、マデリン自身の洗練されたスタイルが理由で、彼女への愛に苦悶《くもん》することが一種の流行のようになってきたのはわかっている。また、紳士たちの心酔は表面的なものにすぎず、マデリンも結婚すれば、独身の今のように男を惹《ひ》きつけることはなくなるのだとも思う。誘惑めいた視線がマデリンに飛んでくるたびに嫉妬《しっと》に苛《さいな》まれ、心の安らぎを得るためにも、レミントンはその日が来るのが待ち遠しかった。今すぐマデリンのそばに行って彼らから引き離し、ほかの男は浅はかで不誠実で、それに引き換え自分がいかに魅力があるか教えたいところだ。だが、そんなことはできない。マデリンに魅了されていることを本人に伝えるつもりはなかった。この思いを知られてしまえば、マデリンの手に心をつかまれ、干からびるまで絞り取られてしまう。それに、自分の心酔だけは表面的なものでないとしたら、その根底には……何があるのだ？

大きな青い目、気まぐれな態度、めったに見せない笑顔、なまめかしい体、強い正義感、穏やかな優しさ、簡単には表に出さない鋭い知性……。

マデリンは周囲の小さな人だかりから抜け出し、舞踏室の中を回り始めた。部屋の隅に座るお目付役や家庭教師やコンパニオンの前で足を止め、話しかけている。お目付役やコンパニオンは興奮して言葉を返しているが、その様子はぎこちない。マデリンは立ち去る前に食べ物がのった盆と飲み物を持ってこさせ、お目付役たちは飲食を楽しんだが、とがめられることを心配するように、それぞれの女主人にちらちらと目をやっていた。

レミントンはブリッジポートに声をかけ、引き続きお目付役たちの席に給仕するよう言いつけた。そして再び、舞踏室の反対側からマデリンの様子が見える位置に移動した。心の中に手を入れ、マデリンに夢中な気持ちをつかみ出したかった。このような狂気の沙汰《さた》に陥っている場合ではない。今はだめだ。計画の完遂を目前に控えているのだ。この作戦を成功させるためには、意識を冷静に、明晰《めいせき》に保つ必要がある。女に惑わされてはいけない。

いい女ではあるが、しょせんはただの女なのだから。

マデリンのことが理解できない。問題はそこだった。美人だが、己の美貌は意識していない。裕福だが、貪欲《どんよく》さはない。気が弱いのに、馬に乗れば恐れ知らずで、薄汚い犬のためにライオンのように吠《ほ》える。

マデリンのせいで、お気に入りのブーツが駄犬の鋭い歯にかじられてしまった。マデリンのせいで、屋敷に飾る花をすべて赤から黄色に変更するはめになった。マデリンのせいで、復讐《ふくしゅう》の次の段階について考える時間が極端に短くなり、結婚式の夜について考える時間ばかりが長くなった。絹のシーツと、おいしい料理、そして最高に優しい誘惑に満ちた夜。

そのためにも今、ついに……。レミントンはブリッジポートにうなずいてみせたあと、マデリンの姿を捜し当てた。舞踏室を横切り、厳しい目つきでこちらを見ているマデリンのもとに向かった。「今夜はいちだんときれいだね」

「ありがとう。何かご用？」

「一緒に来てくれ」

レミントンの魂胆を見抜いているかのように、マデリンは両手を祈る形に合わせた。

「どうしても？」

目の前にいる女性は、この数日間で大きく変わった。髪を短く切った。人前に出ることを怖がらなくなった。白い肌は輝き、内側から照らされているかのようだ。美貌は日ごとに増していく。この女を手放すものか、とレミントンは思った。「今さら後戻りはできないよ」

マデリンは震える息を吐き出した。「どうやらそのとおりのようね」

レミントンは腕を差し出し、楽団が演奏している舞台の上にマデリンを連れていった。楽団は合図に気づくと、ファンファーレの演奏を始めた。

客たちはそちらを向き、笑顔になった。これから告げられる内容をわかったつもりでいるのだ……婚約発表だと。

だが、それだけではない。準備を手伝っているブリッジポートとレミントン本人以外、そのことを知る者はいない。レミントンはマデリンに手を貸し、舞台に続く階段を上らせた。マデリンは苦しげな、懇願するような視線を向けてきたが、レミントンは土壇場での彼女の不安には注意を払わなかった。自分も階段を上り終えると、ポケットから小さな箱を取り出す。おしゃべりの声がやんだ。レミントンは舞踏室の隅々まで届く声を出し、やや芝居がかった口調で話し始めた。「今夜は私とシェリダン女侯爵で次期マグナス女公爵、マデリン・ド・レイシーの婚約祝いにお越しいただき、誠にありがとうございます。女公爵さまの指に指輪をはめることができて、実に光栄です」箱を開け、渦巻き状の金の中心に鎮座するみごとなサファイアを見せる。「女公爵さまの美しい瞳を称《たた》えるために選んだ石です」

マデリンの左手から手袋を外すと、客の大半が拍手をした。

だが、全員ではなかった。レディ・シャップスターは招待もされていないのに早めに到着し、異常なほど時間をかけてマデリンを観察していた。鋭く細められた、悪意のこもった猫のような目に胸騒ぎを覚え、レミントンは決してマデリンを彼女と二人きりにしないよう気を配った。

ファンソープ卿《きょう》も拍手をしていなかった。

それは意外でもなんでもなかった。レミントンが所属している紳士クラブでも、ピカード家の舞踏会でも、この老人はどこまでも冷ややかな態度をとり、レミントンを無視した。男女にかかわらずファンソープ卿のような人間は、レミントンが供するシャンパンを飲み、レミントンの食卓で食事はしても、社交界に当人を歓迎する意思はないのだ。

とはいえ、皇太子の支持と女公爵との婚約によって、レミントンは上流社会に受け入れられようとしている。そしてついに、妹の苦悶が報われ、父の魂が安らかに眠る日がやってくるのだ。

マデリンの素手を持ち上げて薬指に指輪をはめようとすると、その手の筋肉が一瞬だけ、レミントンのものになった証《あかし》を拒むように痙攣《けいれん》したのがわかった。

マデリンの目を見ると、狼狽《ろうばい》の色が浮かんでいた。ここへ来て現実の重みに押しつぶされそうになっているのだろう。暗く淫靡《いんび》な声で、レミントンはささやいた。「抵抗するのはよせ。私は君の指に、私の指輪をはめるつもりだ」

反抗心は崩れ去り、マデリンは下を向いた。おとなしくレミントンが指輪をはめるのを待っている。ところが驚いたことに、レミントンにも一瞬ためらいが生まれた。

この指輪は母がはめているはずだった。次にこれをはめるのは、自分が心から愛する女性のはずだった。

だが、その夢は二十年前の悲劇的な火事によって失われた。夢も、家族も、二度とよみがえることはない。ただ、マグナス公爵の娘と結婚することで、この痛みがやわらぐ……少なくとも、痛みを分かち合う相手ができることを願うしかなかった。

マデリンはレミントンが指に指輪をくぐらせ、ほっそりした節を通して指のつけねにしっかり固定させる様子を見つめていた。レミントンが手を持ち上げると、指輪はろうそくの炎に照らされてきらきらと輝いた。「友人の皆さま方、この瞬間を祝うお手伝いをしていただき、ありがとうございます。今一度お祝いを！　グラスを掲げ、私たちの幸福に乾杯を！」

客たちは機嫌よくグラスに口をつけた。

レミントンの話はまだ終わっていなかった。マデリンの手を取ったまま、彼女の目を見つめて発表する。「この瞬間は私にとって、とりわけ貴重なものです。カンタベリー大司教に結婚特別許可証をいただきましたので、私たちはピカデリーのセントジェームズ教会で挙式することにいたしました……あさってに」

17

ミスター・ナイトの発表の意味を理解したエレノアは、明るく照らされた舞踏室が真っ暗になった気がした。このまま舞台の上で気を失うのではないかと思ったが、ミスター・ナイトがはっきりと宣言する声はなぜか耳に入ってきた。「私たちは神の祝福を受けて結婚し、一生皆さま方とともに生きていく所存です」

それはエレノアに対する約束というより、むしろ脅しに聞こえた。ミスター・ナイトの顔も姿も、すべてが脅しのように見えた。望みどおりの形で自分を上流社会に受け入れさせるのが彼の狙《ねら》いで、エレノアはその決意を果たすための道具なのだ。

「息をしろ」穏やかな声でミスター・ナイトが命じた。

エレノアはあえぎながら息を吐き出した。今まで息を止めていたことにようやく気づいた。

「笑うんだ」ミスター・ナイトがまた命じる。

エレノアはおずおずとほほ笑み、それに応《こた》えるような周囲の笑顔から、誰もがエレノアの不安をきわめて自然な反応と受け取り、このなりゆき全体を非常にロマンティックなものとみなしていることを悟った。ほとんどの人が、これがトランプの勝負という卑劣な手段で勝ち取られた婚約であることは気にしていないようだ。色の薄い金髪を天使の輪のように輝かせたこの堕天使は、上流社会全体をとりこにしてしまったのだ。

ミスター・ナイトは手を差し出し、エレノアが階段を下りるのを手伝った。

いや、上流社会全体というのは言いすぎだ。レディ・シャップスターはシャンパンを満たしたグラスを回しながらエレノアを見つめ、真実を暴露する最も効果的な方法を考えているように見える。エレノアはその悪意に身震いしたが、心はミスター・ナイトのことで占められていた。ミスター・ナイトと彼の企てに比べれば、レディ・シャップスターにできることなどたかが知れている。

エレノアがダンスフロアに足を踏み入れた瞬間、楽団がメヌエットの演奏を始めた。ほかのカップルもすぐにダンスを始めた。最大限の効果を狙ってミスター・ナイトが段取りをつけていたためで、表面上は何もかも、乙女が抱く夢そのものだった。

けれど、エレノアはミスター・ナイトの爆弾発言に今も混乱していた。二日後に結婚するわけにはいかない。そのことを彼に伝える必要があった。けれど、えも言われぬほど上品に、つねに一メートルと離れていないところで踊っていても、ミスター・ナイトは月にいるように思えた。彼は人なつっこい笑顔と、本心を隠す不可解なまなざしでできた仮面をかぶっている。エレノアに対する態度がやわらいだと思ったのは、気のせいだった。ものの感じ方が似ていると思ったのも幻想だった。青い目をした悪魔はエレノアに無理やり指輪をはめたうえ、今すぐ結婚するという脅しを突きつけてきた。

でも、なぜ？　ミスター・ナイトが次期マグナス女公爵と結婚したがる理由がわからなかった。女公爵の財産と地位が欲しいからだと本人は言うが、信じられない。それ以上の何かがあるに違いないのだ。あの笑顔の裏に潜む、恐ろしいほどの悪意に満ちた綿密な計画が。

ダンスは終わった。紳士たちがミスター・ナイトのまわりに群がり、背中をたたいて祝いの言葉をかける。

エレノアは逃げ出したくてたまらず、後ずさりをしたが、逃げられるはずもなかった。最初に寄ってきたのはホレーシャだった。「ずるい人ね。すぐに結婚式を挙げるなんてそぶり、ちっとも見せなかったじゃない！」

「ええ、気づかなかったでしょう？」秘密にしていたわけではなく、知らなかっただけだ。公になった盛大なゴシップに興奮して、レディ・ピカードが急ぎ足で近づいてきた。

「おめでとうございます、女公爵さま。さぞかしお喜びのことでしょう！」

「言葉では言い尽くせない思いです」そう応じながら、エレノアの胃は締めつけられた。

今はどうふるまうのが正解なのだろう？

マデリンの助言が頭をよぎる。〝不安になったときは、こう考えればいいの。マデリンならこんなときどうするかしらって。その答えどおりにすればいいのよ〟

それは間違いなく、エレノアが耳にした中で最も馬鹿《ばか》げた助言だった。その助言がいい方向に働いたことは一度もなかった。ただの一度も。

ミスター・クラーク・オックスナードが小柄な妻を引き連れ、丸い頬をさくらんぼのような赤色に染めて嬉《うれ》しそうに笑いながら、早足で近づいてきた。「レミントン、君に新郎付き添い人を頼まれたときは、まさかこんなにも急な話だとは思わなかったよ。おめでとうございます、女公爵さま。本当におめでたいことです！」

「ええ、そうですわね」この返答で合っているだろうか？　そうは思えなかった。だが、どうでもいい気がした。

「おめでとうございます、女公爵さま」これほど小柄な女性にしては、ミセス・オックスナードの声は驚くほど低く、その目はエレノアを鋭く観察していた。「結婚というのは心躍るものですが、怖《お》じ気《け》づいてしまうところがあるのも事実ですわ。落ち着かれたら、ご一緒にお茶でもいかがでしょう？」

ミセス・オックスナードの物言いがあまりにまともで、どこまでも落ち着いていたので、エレノアは彼女の肩に顔をうずめて泣きたくなった。「それは楽しそうですわね。ありがとうございます」

ボー・ブランメルがハンカチを振り動かし、通り道を確保しながら歩いてきた。「女公爵さま、なんとすばらしいお知らせでしょう！　すぐにご結婚なさるのですね。ミスター・ナイトなら、ほかの男が怖じ気づいて足を踏み入れられない領域にも分け入り、あなたをうっとりさせてくれますよ。あなたにふさわしい方法で」

「そうかしら？　ええ、もちろんそうよね」身元を偽っている自分にはふさわしい仕打ちだ。

若いバイロン卿《きょう》はエレノアに熱っぽいまなざしを向けた。「このようにロマンティックな場面を目にすると、詩を書きたくなります。叙事詩を。あるいは、ソネットを」

エレノアは小さく一歩、さらに一歩、後ずさりした。「ミスター・ナイトはお喜びになるでしょうね」むしろその逆であることはわかっていた。

「マデリン」レディ・ガートルードも爪先立ちになり、エレノアの頬にキスをした。「すごいわ！」エレノアの耳元で言い添える。「これであなたがどこに滞在しようと噂《うわさ》が立つことはないわね。安心したわ。使用人は噂をするから、数日もたてばあなたの体面に致命的な傷がつくところだったのよ」

安心するのは早かったらしく、そばに近づいてきていたレディ・シャップスターが、じろじろとエレノアの腹に目をやった。これまでエレノアを泣かせてきた、穏やかで温かく、力強い声音でたずねる。「一刻も早く結婚式を挙げたいというわけね、何か急ぐ理由でもあるの？」

声が聞こえる範囲にいた人々は、揃《そろ》って口をぽかんと開けた。

ミスター・ナイトが復讐《ふくしゅう》に燃える旋風のごとく振り返る。

客はいっせいに後ずさりした。

だが、このとき初めてエレノアは、レディ・シャップスターに気後れも恐怖も感じなかった。エレノアが成長したからかもしれない。この四年間、この数日間、この数分間で、真の逆境というものを知ったからかもしれない。理由はどうあれ、心に湧《わ》き起こった怒りが不安を追い散らした。ミスター・ナイトの援護は必要ない。自分の身は自分で守れる。

慈愛よりも歯をあらわにした笑みを、エレノアは浮かべた。「レディ・シャップスター、私がイギリスに戻ってからまだ一週間もたっていませんわ。あなたが噂を広めようとしても、誰も信じないでしょうね」

子猫に足首を引っかかれて出血したときのように、レディ・シャップスターは目をぱちぱちさせた。そして、あの恐ろしい笑みを口元に浮かべ、エレノアのほうに足を踏み出した。

レディ・シャップスターが口を開く前に、レディ・ガートルードが腹に据えかねたように割って入った。「なんと品のない言い草でしょう。レディ・ピカード、そう思われません？」

「まったくですわ」陰で噂話をするのは構わなくても、人前で騒ぎ立てることは言語道断らしく、レディ・ピカードは心底ぎょっとした顔をしていた。

「レディ・シャップスター」ミスター・ナイトが腕をつかんだ。「あなたを招待客のリストに含めた覚えはないのですが」

レディ・シャップスターは振り向いたが、そのさまは追いつめられ、牙《きば》と爪をむき出しにした虎《とら》のようだった。だが、ミスター・ナイトの顔を一瞥《いちべつ》すると、何を思ったか態度をやわらげ、淑女を装った。「何かの手違いかと思いましたので――」

「手違いなんかじゃありません」ミスター・ナイトはつっけんどんに言った。「私は品のない、意地の悪い女性は嫌いです。そのような女性に、よりによって自分の婚約祝いの舞踏会に来てもらいたいとは思いません」

その間、レディ・ガートルードはエレノアの手をさすり、何やら励ましているらしき言葉をつぶやいていた。

「でも、私はまさにその話をしに来たんですのよ」レディ・シャップスターは長い指でエレノアを指した。「あなたもこの娘とは結婚したくないはずですわ」

エレノアはレディ・シャップスターに飛びかかって首を絞め、そのおぞましい、落ち着き払った非難の声を押しつぶしたくなった。

ミスター・ナイトは歯をむき、かろうじて聞こえる声で言った。「私が何をしたいか決めつけるのはやめてください。あなたは私のことも、私の思いも何もご存じないのだから。さてと、そろそろ帰っていただきましょう。玄関までお送りしますよ」

「なんという騒ぎだ」ボー・ブランメルがつぶやいた。「美人の誉れ高い女性がこのような醜態を演じるとは、嘆かわしい」

その言葉はミスター・ナイトには届かなかったが、レディ・シャップスターの耳には入った。彼女はエレノアに悪意に満ちた視線を投げたあと、ミスター・ナイトに追い立てられながら捨てぜりふを吐いた。「こんなふうに私に恥をかかせて、そのうち後悔することになるわよ」

ミスター・ナイトは言い返した。「これ以上何も言わないほうが身のためですよ」

エレノアは震える息を吸い込んだ。継母と対決し、無傷でいられた。エレノア本人として対峙《たいじ》するまでは本当の意味で勝ったとは言えないが、今はレディ・シャップスターに感謝さえしていた。彼女のおかげでミスター・ナイトの注意がそれ、一瞬だけでも、窒息しそうなほどの濃い関心から逃れることができたのだ。「失礼します。あいさつしたいお友達がいるので」

「もちろんよ、マデリン」レディ・ガートルードはエレノアの手をさすった。「気分転換していらっしゃい」

「ありがとう。そうします」注目を一身に集めていることはわかっていたので、急ぎ足にならないよう気をつけた。また、まっすぐ歩くよう細心の注意を払ったが、それは自分がどこを目指しているのか見当もつかなかったからだ。とにかく、この場から離れたかった。とりとめのない考えに襲われる前に、どこかに逃れたかった。

庭に出るドアが開いているのが見えた。新鮮な空気を吸って闇《やみ》に身を潜めようと考え、エレノアはそちらに向かった。すると、フレンチドアのそばに置かれた観葉植物のあたりから、ささやき声が聞こえた。

「ここです」

エレノアはあたりを見回した。だが、誰も見当たらない。

「ここです、ミス・エレノア！」

植木鉢の裏側に回ると、赤毛の男が床に身を伏せるようにしているのが見えた。エレノアの心を支配していた苦悶《くもん》が、一瞬にして希望に変わる。ディッキー・ドリスコルはいつだってエレノアを助けてくれた。今回もやはり助けてくれるのだ。「ディッキー！　ここで何をしているの？」

「あなたを助けに来ました」ディッキーは植木鉢越しにダンスフロアをのぞき、カップルたちがメヌエットに合わせて体を動かしているのを確かめた。「ようやくミスター・ナイトにも手下にもじゃまされず、あなたのもとに来られたんです。行きましょう」エレノアの手を取って体を起こし、忍び足でドアのほうに向かう。「ほら、行きますよ」

「ええ、そうね！　行きましょう！」エレノアは自由を得たことに歓喜しながら、ディッキーのあとについてテラスに出た。「ここから逃げたいの。早くあの人のもとから逃れないと……とにかく、逃げなきゃいけないの」

「しいっ」ディッキーはささやき声で制しながら、エレノアの先に立って階段を下りた。

「ナイトの手下がそこらじゅうにいます。苦労してここに入り込んだからには、簡単に放《ほう》り出されるわけにはいかないんです」

「つまり、馬屋の外で捕まったときと同じような目に遭ったってこと？」

庭の小道には明かりが灯《とも》されていなかったが、ディッキーが沈んでいるのは声でわかった。「実に楽しかったですよ、ミス・エレノア」

エレノアは身をこわばらせた。「けがをしたんじゃないでしょうね？」

「いいえ、ミスター・ナイトが手荒なまねはしないよう指示しているらしく、連中はそれを守っていました……だいたいのところは」

エレノアは歩みをゆるめた。「ミスター・ナイトは約束を守ったのね」ディッキーに危害を加えないと、ミスター・ナイトは約束した。

そして、ここから逃げ出さないとエレノアは約束した。

けれど彼は、すぐに結婚するつもりだと教えてくれなかったではないか！

「急いでください、ミス・エレノア！」ディッキーがせかした。

だが、ミスター・ナイトが事実をすべて明かさなかったからどうだというのだろう？　エレノアはそのような条件はつけなかった。ただ、ここを逃げ出さないと約束しただけだ。それは無条件の誓いだった。「ディッキー」気が進まないながらも、エレノアは足を止めた。「私、行けないわ」

「行けないってどういう意味です？」ディッキーはエレノアの手を引っぱった。「これは遊びじゃないんですよ。あの男の言葉は聞きました。やつはあさってあなたと結婚するつもりですし、女公爵さまは近くにいらっしゃいません。あの方の居場所はわかりませんが、こちらが面倒な状況になっているのは確かです」

「わかっているわ。信じて、ディッキー、それはわかっているの。ただ、実を言うと……私、ミスター・ナイトに二度と逃げ出さないって約束したのよ」ここに留《とど》まると、そう約束したのだ。

ディッキーはその意味を理解したらしく、唾《つば》を飛ばしそうな勢いでまくしたてた。「や、約束したですって？　ミス・エレノア、まさかそんな愚かなことを。どうかそんな愚かなことはしていないと言ってください」

エレノアはディッキーの腕に手をかけた。「ディッキー、ミスター・ナイトの手下はあなたを連れていったあと、暴力をふるうつもりだったの。そんなことはさせられなかった。だから、あの人がいいと言うまでここに留まると約束したのよ」

「もし私が敬虔《けいけん》なプロテスタントでなければ、バベルの塔が崩れるくらい罰当たりな言葉を吐いているところですよ」ディッキーは立ちつくしたまま、うなだれた。「これからどうされるおつもりですか？　あの男に本当のことを打ち明けるんですか？」

「私の正体を？　まさか！」ミスター・ナイトがエレノアの正体に気づくときには、遠く離れた場所にいたい。

「あなたを女公爵だと思わせたまま、やつと結婚することはできませんよ。真実がわかったら殺されかねません」

「結婚なんかしないわ。できるはずないもの」なぜなら、それは正義に反することだからだ。自分がこの状況……ロンドン中に祝福され、上等な馬に乗せてもらい、たまには大胆に本心をさらけ出すこともできる、そんな状況を楽しんでいるとは思いたくない。ミスター・ナイトの淡い青色の目に、灰に埋もれた石炭のような熱を込めて見つめられたときの胸の高鳴りなど、忘れてしまいたい。彼の妻になったところを想像するなど、自ら苦痛と悲嘆を求めるようなもので、そのような思いはすでにじゅうぶん味わっていた。「ディッキー、こうしましょう。手紙を書くわ。それをマデリンのところに持っていってちょうだい。結婚式のことを知れば、私を助けに来てくれるはずよ」

「もし来られなかったら？」

エレノアは暗い庭に立っていた。新しい指輪が指に冷たく感じられる。そよ風が頭上の葉と戯れていた。新鮮な空気が肺を満たしている。心の中で葛藤《かっとう》が始まった。おとなしい昔のエレノアと、生まれ出ようとしている新しいエレノアとの闘いだ。新しいエレノアは臆《おく》病《びょう》で、人生に与えられたものを文句も言わず受け入れていた。昔のエレノアは自分と自分の幸せのために闘い、その結果何が起ころうと構わないのだ。
マデリンはミスター・ナイトを求めていない。一方、新しいエレノアは求めている。心の中にも、体の中にも彼が欲しくてたまらないのだから、もしマデリンの到着が遅れて結婚式を阻止できなかったら……。

　新しいエレノアがしゃべった。「もしマデリンの到着が遅れて結婚式を阻止できなかったら、あとは運命に従うまでよ。とりあえず今は、ちょっとお酒を飲みに行ってくるわ」頭の中で警告の言葉をわめき散らす昔のエレノアを黙らせるものであれば、なんでもよかった。

　恐怖にかすれた声で、ディッキー・ドリスコルはたずねた。「運命に従うまでというのは、どういう意味です？」

「つまり、もしマデリンに阻止できなかったら、私がミスター・ナイトと結婚するという意味よ」

18

レミントンは一人で最後の客に別れを告げた。マデリンの姿は見当たらない。三十分前に階段を上っていくのは見たが、戻ってきた様子はなかった。マデリンは自宅に帰ったのだと、客が思ってくれればいいのだが。この家に滞在していると思われれば、レミントンがすでに彼女の純潔を奪ってしまったのだと誤解されてしまう。

レミントンは音をたてて燃えるろうそくを数本吹き消した。

そんなのはあまりにも事実とかけ離れている。冗談ではない。すばらしいキスだったとはいえ、数回のキスなど取るに足りないことだ。あとは、ほんのわずかなこの辛抱の期間、荒ぶる体がどっしり構えていてくれることを願うのみだ。

「ほかに何かご用はございますか?」ブリッジポートは朝と変わらずすっきりした顔をしていて、イギリスの執事が驚くべきスタミナを備えていることを改めて思い知らされた。

「もういいよ、ブリッジポート。使用人たちに、皆よくやってくれたと伝えてくれ。これで安心して日曜を迎えることができると」

ブリッジポートはおじぎをしたあと、後片づけの監督に向かった。

レミントンはカフスを外しながらぼんやりと考えた。マデリンは、三十六時間後に結婚することを知ったショックから、もう立ち直っただろうか。

マデリンの態度は立派だった。レミントンが覚悟していたように、悲鳴をあげることも、失神することも、レミントンを拒絶することも、父親の文句を言うこともなかった。ただ、驚きに言葉を失い、目を丸くしてレミントンを見つめていて、そのさまは迫りくる馬車を前にした洗《あら》い熊《ぐま》を思わせた。そのような方法でマデリンを驚かせたことを、レミントンが恥じ入ったほどだった。

だが、マデリンには人脈がある。もし早いうちに知っていれば、結婚式を中止させるためになんらかの手を打ったかもしれず、そんな危険を冒すわけにはいかなかった。

その後、手下の一人からディッキー・ドリスコルが敷地に入り込んでいると報告があり、レミントンはマデリンが逃げ出すかどうか見張っていた。結果、彼女は逃げ出さず、レミントンはわけもわからず嬉《うれ》しくなった。マデリンが思いとどまったのは、レミントンと約束をしたからかもしれない。いや、きっとそうなのだ。ド・レイシー家は必ず約束を守ることで知られている。マデリンがここに留《とど》まったのはそれが理由であって、レミントンとの結婚を望んでいるからではない。

だが、自尊心をくすぐってはくれないその推測も、レミントンの信念を根底から揺るがす効果はあった。一つ屋根の下に眠るあの女性は、貴族でありながら、約束を守るのだ。レミントンは上着を脱ぎながら考えた。マデリンにはほかにも美徳があるのだろうか？

階段に向かう途中に図書室の前を通りかかると、ろれつの怪しい陽気な声が聞こえてきた。「ミスター・ナイト、またお会いできて嬉しいわ」

レミントンは足を止め、ぽっかりと暗い図書室の中をのぞき込んだ。「マデリン？」

マデリンが光の中に出てきた。絹のドレスをまとった体はさっきまでと同じく細部まで目を引くあでやかさだが、手袋は片方消え、髪のリボンは片耳に巻きつき、短い髪はあちこちに跳ねている。その姿は美しく、レミントンの欲望を刺激したものの、今にも沈みそうな船のように傾いて見えた。

甘い、陽気すぎるとも思える笑みを浮かべ、マデリンが言った。「ミスター・ナイト、おめでとうございます。独り身の紳士が主催したにしては、すばらしいパーティでしたわ」

「ワインを飲みすぎたのか？」そう考えるのが自然に思えた。

「ワイン？　ワイン？」マデリンは抑揚を少しずつ変えて問い返し、大げさな動きで首を横に振った。「違うわ。だって、自分の婚約パーティで飲みすぎるなんてはしたないことだもの」足を止め、レミントンの胸をたたく。「そう思わない？」

ほっそりした指を見下ろすと、その指は胸をたたくのをやめ、クラヴァットをひねった。

マデリンは酔っ払っている。だが、いつのまに？　一時間前にはそんな兆候はなかった。

「そうは思わないよ。自分の婚約パーティで飲まずにいつ飲むんだ？」

マデリンは目を細めてレミントンの胸を見た。「クラヴァットがゆがんでるわよ。あなたはアメリカ人だものね。気をつけないと……。ブランメルが言うには、クラヴァットはぴしっとしてなきゃだめなんですって」クラヴァットに手のひらを押しつけ、優雅な曲線を跡形もなくつぶす。「なのに、あなたのはひどいありさまだわ」足元がふらついた。

レミントンはマデリンの腕を取った。「そうか。でも、もうパーティは終わったんだから構わないよ」マデリンが酔っ払っているのは、すぐに結婚することを知ったからだろうか？　それ以外に考えられないと思うと、自尊心を傷つけられた。

だが、酔ったマデリンはかわいらしいし、結婚式の日取りは確かにショックだっただろう。今回だけは大目に見ようとレミントンは思った。「寝室まで運ぼうか？」

マデリンは顔の片側だけで笑った。「いけないことを考えてるんでしょう」

普段ならそのとおりだと言うところだが、いつもは一口くらいしか酒を飲まないような女性が酔っ払った状態につけ込むことはできない。「どのくらい飲んだんだ？」

「ちっちゃなグラスに一杯よ」マデリンは指でごく小さなサイズを示した。

「何を飲んだ？」レミントンはマデリンを階段のほうに連れていった。

「ブランデー」舌でゆったりと転がすように、マデリンはその言葉を発した。

「ちっちゃなグラスに一杯なのか、ちっちゃなグラスに何杯も飲んだのか？」

「二杯だったかも」マデリンは階段を上りながら認めた。その間ずっとレミントンにしなだれかかっていた。「七杯だったかも。五の微分係数だったのよね。私、数学が大の得意って知ってた？」

「ちっとも知らなかったよ」もちろん、マデリンの寝室までの道筋なら知り尽くしている。彼女がこの家にやってきてから毎晩、部屋の外に立って鍵《かぎ》をもてあそびながら、勝算を測り、期待に胸を高鳴らせてきたのだ。

「そう。数学と外国語……旅行ではすごく役に立ったわ。それに、乗馬も。私は最高の馬乗りなの。みんなそう言うわ」マデリンの声は低くなり、かすれた。「それに、性交も。性交は私の得意分野よ」

レミントンが唐突に足を止めたので、マデリンは後ろに倒れそうになった。

マデリンが不満げに声をあげた。「水夫さん、進路を変えるときは旗を揚げてちょうだい」

レミントンは優しげな声音を作ってたずねた。「誰に性交のことを教わったんだ？」

「あの女の人たちよ」

レミントンはマデリンをじっと見つめた。おそらく自分をからかっているのだろうとは思いながらも、これほど酔った状態では冗談を言うのも容易でないことはわかっていた。

マデリンはまじめな顔でレミントンを見つめ返した。手を伸ばし、レミントンの頬をなでる。「あなた、自分がどんなにいい男かわかってる？　ああ、そうだわ。本当なの！　今夜、ホレーシャが私にお酒を注《つ》いでくれてるときに教えてくれたんだけど、女の人たちがあなたのブリーチズのボタンを外して、ちょっと早めの……遅めのだったかしら、どっちか忘れたけど、十二夜のプレゼントみたいに中身を見たいって言ってたそうよ」

「嬉しいね」そんな話より〝性交は私の得意分野〟という言葉の真意を探る必要がある。額面どおりには受け取れなかった。何しろマデリンはキスの基本となる技術さえ身につけていなかったのだ。レミントンはマデリンのウエストに腕を回して壁のくぼみ《アルコーブ》に連れていき、クッションのついた窓際の腰かけに座らせた。壁に据えつけられた燭台《しょくだい》からろうそくを一本取り、ガラスのボウルに立てる。「〝女の人たち〟っていうのは？」

「今夜のパーティに来ていた人たちよ」

「そっちじゃなくて。君に性交のことを教えた女の人たちのほうだよ」レミントンの心臓はいつもの落ち着いた鼓動とはまったく違う、奇妙なリズムを刻んでいた。乱暴な動作でベルベットのカーテンをカーテン留めから外し、アルコーブの入り口に引いて、マデリンを問いつめるのにうってつけな、薄暗く狭い、二人きりの空間を作り出した。

「人の話はちゃんと聞かなきゃだめよ。前に話したでしょう。ハーレムにいた女性たちのことよ」

ハーレム？　マデリンはハーレムで暮らしたことがあるのか？　男と寝た経験があるのか？

レミントンはマデリンの目の前に立ち、注意を引くために、できるだけ強い口調できいた。「ハーレムってなんだ？」

レミントンの厳しい態度にも、マデリンはまったく動じていない様子だった。「まだその話はしていなかったかしら？」レミントンを見るために頭をのけぞらせ、壁に立てかけてあるクッションにもたれかかる。窓はカーテンに覆われ、窓枠から入る隙間風《すきまかぜ》はさえぎられているが、ロンドンの街角に吹きつける風のうなり声は聞こえた。「すべて終わった今となっては、すごく面白い体験だったわ」

面白い？　そんなはずはない。レミントンは心配になってきた。マデリンの身に対する心配だ。「聞かせてくれ」

「私といとこはコンスタンティノープルを観光するつもりで……言い出したのは私だったんだけど、結果的には言うんじゃなかったっていうくらい最悪なことになったわ。とにかく、その男性にはそこで出会ったの。男の人はいっぱいいたけど、女の人はほとんど見当たらなかった。おかしな場所だったわ。それで、その男性は真っ黒な髪に真っ黒な目をしていて、お金持ちだった。しかもすごい権力の持ち主！」マデリンは声を落とし、ささやくように言った。「地方長官よ。その人は私たちのことを双子だと思ったの。つまり、同時に生まれた姉妹ってこと……」

アルコーブの隅の小さなテーブルに、薔薇《ばら》の入った花瓶が置かれていた。その香りに刺激され、レミントンは昨日のグリーン・パークでの出来事を思い出した。マデリンが馬に乗る様子、その勇敢なふるまい、陽光に輝く美貌《びぼう》……。コンスタンティノープルでは、痛い目や怖い目に遭ったのだろうか？　そう思うと怒りが込み上げたが、レミントンは低い声でなだめるように言った。「双子の意味はわかるよ。それよりハーレムのことを教えてくれ」

「知ってるんでしょう？」マデリンはレミントンのベストをもてあそぶように、刺繍《ししゅう》の入った絹地に指を這《は》わせた。「あなたはとても頭のいい人だもの」

頭のいい人などではない。愚かな男だ。酔っ払いのほめ言葉に舞い上がっているのだから。「そう思ってくれて嬉しいよ」

「どうして本当のことに気づかないのかわからないわ。気づいてくれたらほっとするのに」

本当のこととはなんだ？　マデリンは何を言おうとしているのだ？「努力はしてるんだけどな」

「そうだとは思うけど、私が本当のことを言うわけにはいかないでしょう？」マデリンは大げさに手を振り動かした。

「言っていいんだよ」レミントンはマデリンの手を取り、優しくさすった。「私は君の夫になるんだから。信じてくれればいい」

「あなたのことは信じられると思うわ」マデリンは驚いたような声で言った。そのあと、こうつけ加えた。「でも、それでは私が信じているすべてを裏切ることになるの。だから、だめ。私のことをすべて話すわけにはいかないから、あなたが当てて」

マデリンはレミントンを見つめ、私の秘密を知っているのでしょう、とでも言いたげな顔をした。だが、レミントンはその話には興味がなかった。今はそれどころではない。何しろ、マデリンが性交の知識があると言い出したのだから。「地方長官は君たちが双子だと思って、それでどうしたんだ?」

「私たちの白い肌が気に入って、二人を絡み合わせたいと考えて、自分のハーレムに連れていったの。そういうことよ」マデリンは指をぱちんと鳴らそうとした。だが、音は鳴らなかった。自分の指を見つめ、もう一度挑戦する。やはり音は鳴らなかった。

悪夢のような怒りと同情の狭間《はざま》で、レミントンは問いただした。「そこで何をしたんだ?」

マデリンは窓の下枠をぴしゃりと打ち、その衝撃音に満足げな顔をした。「当局に訴えようとしたんだけど、あの国にはそういうことを禁じる法律はないの。なんて野蛮なのかしら」

「君の身に何が起こったのか教えてくれ」君が汚されたのかどうか教えてくれ。君の不安を取り除くために、私に何ができるのか教えてくれ。

「私たち、ハーレムにはいたくなかったの。ほかの女の人たちはそこが気に入っていたから、私たちは変わり者扱いされたわ。お菓子は食べ放題だし、お風呂に入るときもなんの慎みもいらなくて、女はみんな一緒に入浴して、お互いに洗いっこするのよ、想像してみて」

想像ならじゅうぶんすぎるほどできる。

「話すことと言えば、男性が自分の中に入っているときのこととか、その感触のこととか、喜びを長引かせるために女に何ができるかとか、そんなことばかり。お互いの体で練習を始めたときには、どうかしてるんじゃないかと思ったわ」マデリンは背筋を伸ばし、信じられないというふうに目を丸くした。「あんなことができるなんて知らなかった」

「なんてことだ」何を聞いても驚かないと思っていたレミントンも、この話には驚いた。マデリンは一人の男を喜ばせるために生きている女性たちとともに囚《とら》われ、その男は……マデリンを求めていたのだ。その点は仕方がない。彼女の魅力に抗《あらが》える男が、この世に存在するはずがないのだから。とにかく、マデリンはハーレムにいたのだ。

マデリンは処女ではなかった。だが、レミントンが怒りを感じるのは彼女に経験があったことではなく、それが無理強いされての行為だったことに対してだった。

頭がどうかしてしまったに違いない。

「そうなの！」マデリンは頭を揺すった。「もちろん、私たちは話を聞いたし、様子を眺めたわ。仕方がなかったの。びっくりしたわ！」ぞっとしたような表情を崩し、笑い始める。「でも、面白かった」

レミントンは何かを殴りつけたくなった。壁を。花瓶を。だが実際には、マデリンの頬にかかった髪を優しく払いのけることしかできなかった。「地方長官に痛いことはされなかったか？」

「お妾《めかけ》さんたちが言ってたんだけど、男女の行為ってすごいのね！　男性は密《ひそ》やかな部分を女性の口に含んでもらうのが好きだって知ってた？」

「知ってたよ」それならレミントンも好きだった。だが、今はそんなことを考えるわけにはいかない。

「知ってたの？」布地の奥が見通せるかのように、マデリンはレミントンの股の間をまっすぐ見つめた。「本当に？　してもらったことはある？　あそこが大きくふくれ上がるっていうのは本当？　どうしてそんなことになるの？」

レミントンはマデリンの肩をつかみ、しゃがみ込んで目を見つめた。「その地方長官は君に何をしたんだ？」

「地方長官？」マデリンは不思議そうな声を出した。「私たちをハーレムに連れていったあと、町を出ていったわ」

レミントンは壁に手のひらをつけ、安堵《あんど》のあまり目を閉じた。

「ちゃんと話を聞いて」マデリンは不満げに言った。「ちゃんと聞いていたらわかるはずよ」

レミントンはマデリンを見上げた。「では、君はまだ処女なんだな」

「はい！　もちろんです！」マデリンの髪は乱れ、愛の行為のあとのように見えた。胸のふくらみは身ごろに収まっていたが、柔らかな谷間がのぞいていて、思わず左右の胸に代わる代わるキスしたくなる。彼女は疲れと酔いに目をとろんとさせ、レミントンが出会ってから初めて、心からの笑顔を見せていた。柔らかな赤い唇をわずかに開き、白い歯を輝かせて、レミントンに笑みを振りまいている。マデリンは今夜のパーティの間中、いや、初めて会ったときからずっと、長い脚と引き締まった腕、そしてこの大きな青い目で、レミントンをなぶってきたのだ。

マデリンは乙女だが、高級娼婦《しょうふ》の知識を持った乙女なのだ。レミントンに求められていることは、態度で示してきたから知っているだろうが、もっと重要なのは、マデリンのほうもレミントンを求めていて、その欲望をどう扱っていいかわからずにいることだ。レミントンはマデリンの周囲に申し分のない蜘蛛《くも》の巣を編み上げてきた。一方彼女のほうもレミントンのまわりに同じくらい強力な巣を張り巡らせている。レミントンはもはや、結婚式の夜のことしか考えられなくなった。復讐《ふくしゅう》の計画さえも、胸をえぐるほどのマデリンへの欲求の前では後回しになってしまう。

マデリンはまだ話し続けていて、その言葉にレミントンはびくりと反応した。

「もし私があなたの男性の部分を取り出して口に含んでも、本当の意味で純潔を汚されたことにはならないわよね」両腕をクッションに投げ出すという奔放な体勢で、マデリンは考え込むようにレミントンを見上げた。「違う？」

マデリンの言い分にうなずいてしまわないためには、意志の力を総動員する必要があった。話題の部分が膨張してブリーチズの前に強く押しつけられ、今にもボタンが弾《はじ》け飛びそうだ。その圧迫感をやわらげようと、レミントンはゆっくり立ち上がった。「それは違うよ」

酔っ払い特有のけんか腰な態度で、マデリンは反論した。「でも、それならあなたの男の部分を私の体の中に入れなくてすむじゃない」

レミントンはなんと言い返していいかわからなかった。とにかく今すぐその行為について話すのをやめさせないと、マデリンがじきにその真相を知ることになってしまうのは確かだった。

マデリンはうなだれた。「でも……それではすまないのね。あなたはそのあと――」

「そうなんだよ！」レミントンはみだらな苦悶《くもん》に苛《さいな》まれた。

マデリンの手が上がったが、欲望にぼやけたレミントンの目には、彼女がまたも自分の服を引っぱって乱そうとしているように見えた。だが実際には、マデリンの手はレミントンのブリーチズのふくらみをかすめた。「これがそうなの？」くすくす笑っている。「ポケットに警棒を入れてるはずがないから、きっとそうなのね」

男の大事な部分に触れながら笑うのはよくないと教えたかったが、マデリンの手の感触はあまりに快く、そんなことはどうでもよくなった。その手で触れてもらえるのであれば、いくら笑われても構わない。

マデリンはその状況にふさわしくまじめな顔になり、レミントンのそこを探った。「とても長くて太いのね。これで男女の営みができるとはとても思えないんだけど。仕組みがわからないわ。体勢は不自然に思えるし、大きさもぜんぜん合わないし」

「それでもできるんだよ」マデリンがこのまま愛撫《あいぶ》をやめなければ、それがいかにうまくできるものであるか見せつけてしまいそうだ。

だが、作戦を忘れてはいけない。行為は適切な儀式とともにやり遂げなければならない。教会で式を挙げた晩に、復讐という祭壇にマデリンの純潔を捧《ささ》げるのだ。

マデリンの家族はレミントンの家族に借りがあり、彼女にはその借りを返してもらわなければならない。少なくとも、借りの一部を。

しかし、マデリンはブリーチズのボタンをもてあそび続けている。はずみでマデリンの指が触れるたびに、歓喜、あるいは苦悶かもしれないものに、レミントンの全身は震えた。

「取り出してもいい？」マデリンがたずねた。「見てもいい？」

マデリンの積極性に、こんなにもかき立てられるとは思っていなかった。「それは結婚式の夜にしよう」

マデリンは手を止め、下唇をかわいらしくぽってりと突き出してふくれっつらをした。「だめよ。そのときじゃだめ。今したいの」ブリーチズのボタンを外し始める。

レミントンはマデリンの手を押さえた。「そんなことをしたら、もっと……許される以上のことが起こってしまう」

マデリンはそこまで酔っているわけではないらしく、レミントンの言葉にくすくす笑った。「許される域はもう超えていると思うわ。たとえアメリカでもね」レミントンの手の下でもぞもぞと手を動かし、再びそこに触れようとする。「ここに二人でいるのはよくないことよ。私があなたの家に住むことも。だから、どうして今さら――」

「どうしてって、それは私が――」自制心を失ってしまうからだ。だが、そう認めるわけにはいかない。

それでも、形勢を逆転させる方法ならある。レミントンはいかにも知ったふうに、懐柔するような口調で切り出した。「男も女性の密やかな部分を口に含むことができるよ」

マデリンの目は丸くなり、少し陰を帯びた。「本当に？」

「本当だ」

「絶対に？」疑わしそうな声だ。「お妾さんたちはそんなこと言っていなかったわ」

「それは、男が女に欲望を教えるための行為だからね」いや、欲望どころではない。それは男が女に満足感を与えるための行為だが、マデリンがすべてを知る必要はない。不意打ちで経験するほうがいいこともあるのだ。

「でも、そういう行為はとても……」

「とても？」

マデリンは慎重に言葉を選んだ。「男性にそういう行為をさせるには、女性の側にそうとうの信頼感が必要でしょうね」

「だろうな。でも、男が上手にやれば、女性はすばらしい気分になる……という話だ。男の口が丁寧に探って、口づけをし、味わって、優しくなめ……」

マデリンはきつく両膝を合わせ、かすかに声をもらしたが、それは抗議の声ではなくうめき声のように聞こえた。

レミントンはクッションを一つ床に落とし、その上に膝をついた。マデリンの唇に顔を近づける。「今からキスをするよ。キスなら前にもしただろう？」声を落とし、誘うように問いかける。「君も気に入ったんじゃないか？」

マデリンの声は震えた。「ええ、とても」

マデリンは素直だった。怖いくらい、美しいほどに正直だった。「私は君の口に舌を入れて、探って味わった。こんなふうに」レミントンは軽く唇を重ね、彼女の唇がおずおずと花開くのを待った。舌を潜り込ませたときにかすかに息をのんだ音も、ブランデーの味も、腕をレミントンの肩に回し、指を髪に絡めずにいられないさまも愛《いと》おしかった。アルコールのおかげで自制心が解き放たれたのだろう、マデリンはレミントンの舌に舌を触れ合わせ、レミントンが舌を引っ込めると、追いかけるように口の中に分け入り、歯に触れ、唇をぐるりとなめた。内気そうな外見の裏には、並々ならぬ力と大胆さを備えた妖婦《ようふ》が潜んでいて、レミントンはマデリンの本能が薄々察しているだけの事柄をすべて教えたくなった。舌を優しく吸い、舌先を触れ合わせる。マデリンが息を切らせて顔を引くと、片腕から手袋を引き下ろした。「想像できるか？　私がこういうことを君の……下のほうにもしているところは」マデリンの柔らかな白いひじに、これ以上ないほど優しくキスをする。

「想像できるか？」

「ええ」マデリンはかすかに声を発した。

レミントンは最後まで手袋を外し、指に一本ずつキスをしてから、開いた唇を手のひらに押し当てた。「この結婚は君の意思ではない。私は君の不安をすべてやわらげることはできなくても、君が女として望むことにはすべて応《こた》えるつもりだ……君が自分でもわかっていない部分まで。私を信じてくれるか？」

考える間もなく、マデリンは答えた。「いやよ」

顔を見上げると、マデリンは狼狽《ろうばい》したように目を見開き、唇を震わせ、頬を上気させていた。「口で喜ばせてもらうのはいやなのか？」

マデリンは息を吸ったが、その様子から興味をそそられているのがわかった。酔っていなければ悲鳴をあげて逃げ出していただろうが、奥に潜む欲望がおずおずと頭をもたげているおかげで、マデリンはレミントンの手の中で粘土のように形を変えやすくなっていた。レミントンはマデリンの腕を引っぱり、クッションに手を置かせた。「私は君が一生待ち続けた男だ」両手を彼女の腿にかける。

マデリンはぎょっとした。

レミントンは腿の上で手のひらを上下に動かし、そのぬくもりでマデリンの肌を温めながら、じりじりと膝の間に体を寄せていった。「私を信じて、君に喜びを与えさせてくれ」スカートの裾《すそ》をつかみ、つるつるした絹をウエストまで引き上げる。

マデリンは慌てふためき、レミントンの肩を突いた。脚を閉じようとする。

レミントンはすでに脚の間に入り込み、膝をついてマデリンの正面にいたため、薄闇《やみ》の中でもはっきりと見ることができた……すべてを。マデリンの脚は長くて形がよく、ふくらはぎは白い絹のストッキングに包まれていて、膝にガーターがはめられている。腿は色白で引き締まっていて、馬を、あるいは男を乗りこなし、あらゆる動きを制御できそうに見えた。脚の間の毛は黒く縮れていて、その下に女性の部分が誘うようにのぞいている。

「すごい」レミントンはマデリンを見上げた。「きれいだよ」

マデリンは憤慨したようにレミントンを見つめていたが、それでもその目にはかすかに希望と興奮のきらめきがあった。マデリンもレミントンを求めている。この先を知りたがっている。このみだらな喜びを味わいたいと思っているのだ。

レミントンもそれをマデリンに与えたかった。それを与え終えたとき、彼女はレミントンのことと、レミントンに教え込まれたことしか考えられなくなっているのだ。

ふと白い膝にあざができているのに気づき、レミントンはそっと親指でなでた。「かわいそうに！　どうしたんだ？」

「その……リジーを助けたときに転んだの」

「ああいう無鉄砲なまねは二度としないと約束してくれ」レミントンはあざにキスし、唇を這わせた。「かわいそうな膝だ。約束してくれるか？」

「無理よ」マデリンは爪先を曲げた。「あなたの前だけでも無理」

「頑固な人だな」

「前はこうじゃなかったの。前は素直だったわ」

レミントンは笑った。「君は私の目の前で変わっていくからね。でも、もう一度素直になって、手をクッションの上に戻してくれればありがたい」

マデリンは唾《つば》をのみ込んだ。「それは……」

「私を止めることはできないよ。君にもそんな気はないだろう。手を戻して、肩の力を抜くんだ」

マデリンは少しずつ腕を伸ばし、クッションに手を置いて後ろにもたれた。「でも私は……あなたを喜ばせたいわ」

マデリンはすっかり心を開いていた。壁を築いている様子はない。レミントンを信頼していない限り、処女である彼女がこれほど徹底的に自分を明け渡すはずがなかった。

レミントンはマデリンにほほ笑みかけ、愛嬌《あいきょう》で引きつけながら、彼女の内腿をなぞり上げた。「今夜はいい。今夜は君の番だ」しっかりと視線を合わせ、マデリンを落ち着かせたまま、最終目的地を目指す。そこに近づくにつれ、ぬくもりが増し、レミントンはストーブのような熱に包み込まれた。心臓は徐々に鼓動を速め、マデリンと同じように意識が朦朧《もうろう》としてきたが、レミントンが酔っているのは自らの情欲と、力にだった。「結婚式の晩、ついに私が君の中に入ったら、二人とも燃え尽きて灰になるんだ」

マデリンが体を起こした。「お願い……やめて……」

レミントンはすっかりみだらな気分になり、高ぶったものがブリーチズのボタンを突いていた。それでいて、暗いアルコーブに身を潜めていること、将来の妻に放蕩《ほうとう》な行為を強いていることの背徳感から、自分の状態にはいっさい意識が向かなくなり、マデリンだけに集中している。レミントンは手のひらでマデリンの髪をなでた。「後ろにもたれて。今夜は最後までいかないと約束するから」

「そういうことじゃないの。そもそもこの行為がいけないと言っているのよ」

「そういうところもかわいい」レミントンは一本の指でマデリンの合わせ目を、肌に触れるか触れないかのところでなぞった。それだけで彼女の目は焦点を失った。「もたれて。私はしたいことをするし、君もそれが気に入るはずだから」

「そんなことできないわ」

レミントンはくすりと笑い、せいいっぱい感じのいい声を出した。「抵抗するなら、カーテン留めで君を縛り上げて、私の好きにさせてもらうよ」マデリンが動揺して息をのんだ瞬間、レミントンは彼女の中に指を入れた。

そこは欲望に熱く濡《ぬ》れていて、レミントンの指を固く締めつけた。とはいえそれは拒絶ではなく、言葉と行為に編み上げられた情欲の証《あかし》だった。

「縛ってほしいのか?」レミントンは思いきり甘く誘うようにささやいた。「それなら、君は何一つ責任を感じずにすむよ。自分ではどうしようもなかった、すべて私に無理強いされたんだって言えばいいんだから」

マデリンはレミントンの言葉を聞いているようには見えなかったが、声が届いているのは確かだった。目を閉じ、頭をのけぞらせて、深く入り込んでくるレミントンの指を受け止めていた。クッションを胸に引き寄せ、それを両手で抱いている。しかるべき時が来ればレミントンに対しても同じようにするのだろう。

親指を伸ばしてマデリンの芯《しん》を探りながら、レミントンは請け合った。「時間はこれからたっぷりあるから、どんな体位も、君がハーレムで耳にしたことも、私が知っていることも、二人で作り出すことも、何もかも好きなだけ試せるよ」

マデリンの脚は今やレミントンの体にしっかりと巻きついていた。無意識のうちに、レミントンを引き寄せようとしている。マデリンは本能に溺《おぼ》れていて、レミントンにはそれが愛おしかった。穏やかで優しいこの女性が、軽く触れただけで情欲に燃え上がる、その事実が愛おしかった。しかも、これから彼女にしようとしているのは、軽く触れるどころの行為ではないのだ。

レミントンは顔を近づけ、マデリンの香りを吸い込んだ。「愛しのマデリン、今夜は千の夜の最初の一夜だ。いいか、私は君を、男が女をものにするあらゆる方法でものにするし、君はそれ以上のことをねだるんだ」

何か言い返そうとしたのか、マデリンが目を開いた。

だが、言葉が口から出てくる前に、レミントンはマデリンの脚の間に唇をつけ、彼女を天国に誘《いざな》った。

19

午後二時、鋭い雷鳴が屋敷を揺るがした。

エレノアはぱちりと目を開いた。薄暗い寝室の天井を見つめる。窓に雨が打ちつける音が聞こえた。まばゆく光った稲妻に目がくらみ、まばたきをする。そして、思い出した……。

ゆうべは酔っ払ってしまった。世の中には、酔っ払うと記憶をなくす人もいる。けれど、エレノアはそこまで幸運ではなかった。

両手で顔を覆い、羞恥《しゅうち》におののく。

思い出した……すべてを。

こともあろうに、あの恥ずかしい、すばらしい時間を細部に至るまで思い出してしまったのだ。

ミスター・ナイトにされたのは、エレノアがそれまで想像もしていなかった行為だった。

それもこれも、ディッキー・ドリスコルについていくことを拒み、ミスター・ナイトのもとを逃れる最後のチャンスを逃したせいであり、ミスター・ナイトと結婚するかどうかは運命に任せるという決断に罪悪感を覚え、酒に逃げたせいだった。そして、これまで出会った女性全員に男性の習性として警告されていたとおり、ミスター・ナイトは酔っ払ったエレノアにつけ込んできた。

だが、いくら自ら酒に逃げ込んだとはいえ、酔っ払ったエレノアをミスター・ナイトがこれ幸いと誘惑していいことにはならない。

せめて、ハーレムにいた話などしなければよかったと悔やみ、エレノアは恥ずかしさにうめいた。なんと浅はかだったのだろう！　おかげで、イギリス女性の大半が想像もしたことのない行為を自分が知っていることが明らかになり、ミスター・ナイトに情欲に関する最初の講義を受けるはめになってしまった。

エレノアはシーツを頭にかぶり、ゆうべの記憶を締め出そうとした。

ところが、上掛けの中に頭を入れると、一糸まとわぬ体の輪郭がぼんやりと見えた。そのせいで、ゆうべベッドに入ったときのことを思い出し、そして……。

ハーレムにいた妾《めかけ》たちは、男性に体の内側に触れられるのは気持ちがいいと言っていた。だが、指が一本すべり込んできただけでいかに揺さぶられ、いかに痕跡《こんせき》を残されるかまでは教えてくれなかった。寝室でこうしてしわくちゃのシーツの中に横たわっている今も、ミスター・ナイトの指が中に入っていたときの感触が残っている。脳から記憶を追い出そうとするように、マデリンはこめかみを指で押した。

そうしながらも、マットレスの上でかかとをすべらせ、シーツをテント状にして、ミスター・ナイトが今ここにいるかのように、両脚の間に彼の居場所を作っていた。昨夜のふるまいをどんなに恥じても、彼は酔っ払いにつけ込んだだけなのだと何度自分に言い聞かせても、やはりミスター・ナイトを求めてしまう。彼のことしか考えられなかった。

おかげでエレノアの頭はみだらな想像でいっぱいになり、手は上掛けの中に潜り込んで、腹部を通って脚のつけねに到達した。そこで手は止まり、震えたが、意志の力もあの記憶には勝てなかった。指がすべり込み、そうっと自分自身に触れる。何もかもが同じようで、何もかもが違っていた。

妾たちに聞いた話だけでは、脚の間の感じやすい部分に舌が触れるという強烈な感触には備えきれていなかった。ミスター・ナイトのぬくもりと吐息が生み出す快感に、気を失いかけたほどだ。窓際の腰かけという薄暗く狭い世界が、意識の中のただ一点に集約されていった。全身の神経が、腿の間と子宮の奥深くに集中した。

ミスター・ナイトにされた行為を思い出すと、今でもエレノアの指は湿り、情熱の芯《しん》はふくれ上がった。

口、唇、舌……ミスター・ナイトはそれらを使って、以前は予感しか存在しなかった場所に巧みに情欲を紡ぎ上げていった。ありあまる快感から生まれる衝動は、徐々に耐えきれないほどになっていった。全身の肌が欲望に色づいていく。胸の先は硬くなり、シュミーズにこすれた。全身が決定的瞬間を待ちわびるかのように、体の奥深くに緊張が走った。最も感じやすい芯を優しく吸われたとき、エレノアは苦悶《くもん》に、喜びにあえいだ。体が持ち上がり、ミスター・ナイトの口の下で痙攣《けいれん》した。彼はその先の展開を見通しているかのように、そこを吸い続け、エレノアを喜びの一つの頂点から次の頂点へと引き上げた。そして、ようやく収縮が収まり、圧倒されて疲労に体を震わせるエレノアの中に、再び指を差し入れ、最初よりも大きな痙攣をもたらしたのだ。

やがて、すべてが終わった。エレノアが続けられなくなったからではなく、ミスター・ナイトがエレノアを休ませることにしたのだ。エレノアは満足しすぎて動くこともできず、クッションに身を投げ出し、ミスター・ナイトは意地悪くも嬉《うれし》しそうにも聞こえる笑い声をあげ、エレノアを抱き上げて寝室まで運んでいった。

寝室では、ベスが就寝の支度を手伝おうと待ち構えていた。

だが、ミスター・ナイトはベスを追い払った。ベスが行ってしまうと、エレノアをベッドに横たえ、服を脱がせ始めた。

エレノアのドレスを脱がせ終えたときの、ミスター・ナイトの表情を忘れることさえできれば！　欲望に荒れ狂うあの表情を思い出すたび込み上げる喜びを、抑えることさえできれば！

エレノアの体を包んでいるのは薄い絹のシュミーズとストッキングだけで、ベッドに寝そべるエレノアを見つめるミスター・ナイトの目は、どんどん熱を帯びていった。胸は大きなふいごのように上下していて、彼に求められているのが女の直感でわかった。ベッドに横たわりながら、エレノアは男の欲望を楽しんでいた。すぐにでも彼が欲しかった。

ブランデーのおかげで、すべてがはっきりと見えた。ミスター・ナイトと結婚することは、おそらくない。これは自分が彼のものになれる、ただ一度のチャンスなのだ。

そこで、エレノアはミスター・ナイトの目を心ゆくまで満足させることにした。彼がベッドに上がってこないのがわかると、襟ぐりの結び目を自分でほどいた。シュミーズの両側をつかみ、肩から下ろして胸をあらわにする。

寝室の静寂を破ったのは、ミスター・ナイトのざらついた息づかいだけだった。彼はエレノアをまじまじと見つめ、そのまなざしの強さがエレノアの自信に火をつけた。エレノアはベッドの上で前かがみになり、官能的なダンスを披露するように身をくねらせて、シュミーズを完全に脱いだ。

ミスター・ナイトの唇が開いた。頬に赤みが差していく。

エレノアは片膝を立て、ガーターを外した。

ミスター・ナイトはさっと視線を下ろし、エレノアの両脚の間を見た。すでに隅々まで目にしているとはいえ、興味の強さに変わりはないようだった。エレノアがもう片方の膝

を立てると、彼はエレノアの足首に手をかけ、つかんだ。力強い動作でガーターを外し、
脇《わき》に放《ほう》り投げる。足からストッキングを脱がせ、それも放り出し、エレノアを生まれたま
まの姿にした。
　ミスター・ナイトはエレノアの顔の両脇に手をつき、短く濃厚なキスをした。頰を両手
ではさみ、目をのぞき込んだ。〝結婚式が終わるまではだめだ〟
　その言葉は拒絶ではなかった。むしろ威嚇に近く、視線はエレノアを頭の先から爪先ま
で焼き尽くすようで、頭の両脇に置かれた手は固いこぶしを作っていた。エレノアに触れ
なかったのは、もし触れてしまえば止まらなくなってしまうからで、そのことは本人も、
そしてエレノアもわかっていた。
　それはある種の勝利であり、ミスター・ナイトが部屋を出ていったあと、エレノアは勝
ち誇った気持ちで眠りについた。
　恥辱に打ちひしがれ、もう二度とミスター・ナイトと顔を合わせることはできないと思
う今でさえ、何よりも彼の腕に抱かれたい、彼と交わりたいと望んでいる。
　これが自分だとはとても思えなかった。堅苦しい昔のエレノアは、あまりに多くのもの
に打ち負かされ、敗走寸前だった。マデリンとの交流、マデリンから学んだ自信、長期間
外国で過ごした経験……そして何より大きかったのが、ミスター・ナイトとの出会いだっ
た。愚かにも、エレノアはミスター・ナイトを愛していた。愛してしまった。その感情を

糧に、新しいエレノアが台頭してきたのだ。

愛。それはすべてを変え、世界を虹色《にじ》に染め、不安を追い散らすものだ。昨夜、エレノアはレディ・シャップスターとすら対決し、勝利を収めた。人生が変わろうとしている。

自分は変わろうとしている。

彼を愛してしまったから。

エレノアはベッドから這《は》い出し、ローブを見つけてはおってから、呼び鈴を鳴らしてベスを呼んだ。ベスは笑みに顔を輝かせ、慌ただしく駆け込んできた。

続いてレディ・ガートルードが入ってくる。「やっと起きたのね！　ミスター・ナイトにあなたをゆっくり寝かせるように言われていたのだけど、明日の結婚式の準備がありすぎて、とても間に合いそうにないわ。まったく、これだから男は！　実際の手配のことなんて考えずに、ただ命令すれば何もかもが整うと思っているのよ」笑い声をあげる。「まあ、私たち女も、そんな男のために全部整えてあげてしまうんだけど。愚かよね？」

エレノアはローブのひもをきつく結んだ。「何をすればいいのかしら？」

「まずはウエディングドレスよ」レディ・ガートルードは期待たっぷりに両手を握り合わせた。「ミスター・ナイトがすてきなドレスを選んでくれているの。針子があなたの体にぴったり合うよう直してくれるわ」

エレノアはあごを上げた。「ミスター・ナイトが私にウエディングドレスを買い与えるなんて、適切ではありませんわ」言ったとたんエレノアは、いかに馬鹿《ばか》げた態度をとっているかに気づいた。このままミスター・ナイトと結婚すれば、それは身元を偽ったうえでの結婚になるのだ。ウエディングドレスのことでけちをつけるなど、滑稽《こっけい》にもほどがある。

「結婚の誓いを立てた瞬間から、あの方があなたに何かを買い与えるのはきわめて適切な行為になるのよ」レディ・ガートルードはぴしゃりと言った。

エレノアは胃がきりきりと締めつけられるのを感じた。

レディ・ガートルードはエレノアが本物のマデリンではないということを、すっかり忘れてしまったように見える。エレノアが勘違いしていただけなのだろうか？　レディ・ガートルードは真実に気づいていないのだろうか？　エレノアの声は緊張感にこわばった。

「でも、私があの人と結婚することは適切かしら？」

レディ・ガートルードは値踏みするように、エレノアの乱れた髪からはだしの足まで鋭い視線を走らせた。「あなたはきれいだし、貴族だし、頭もいい。ミスター・ナイトは世界中のどこを探しても、妻としてこれ以上の女性を見つけることはできないわ」

エレノアはぎょっとしてレディ・ガートルードを見つめ返した。「おばさまは私とあの人の結婚に賛成なのですね」

「もちろんですよ。どんな結婚も最初はちょっとした苦労がつきものだし、あなたの場合も例外じゃないでしょうけど」レディ・ガートルードは袖《そで》についた糸くずを取った。「それがちょっとした苦労で終わるか、ひどい苦労になるかは、誰にもわからないわ。でも、あなたたちはお似合いのカップルだし、ぶしつけな言い方をして申し訳ないけど、お互いを激しく求め合っている。ミスター・ナイトが明日結婚式をすると言ってくれなければ、あなたの純潔は汚されていたかもしれないわね」

レディ・ガートルードが事実を知ったらどんな顔をするだろう。

「それに、誰があなたを救い出してくれるというの？」レディ・ガートルードは窓に打ちつける暴風雨に鋭い目を向けた。「この天気が続くなら、明日は教会にたどり着くのもやっとでしょうね。ロンドン中、イギリス中の道路が水浸しになるに違いないわ。ベスの話だと、チープサイドでは教会の尖塔《せんとう》が倒れたらしいし」

「そうなんです、ひどいありさまでした」ベスが同意した。

「わかったでしょう、マデリン、この件に関してあなたに選択の余地はないの。まったくね」レディ・ガートルードは達観したように肩をすくめた。「だけど、結婚式というのはそういうものじゃない？　女は言われたとおりにするほかないし、男はベッドの中で花嫁にご機嫌をとってもらえるまで、ぶつぶつ文句を言い続けるものよ」

レディ・ガートルードは確かにエレノアの正体を知っている。知ったうえでミスター・ナイトと結婚しろと言っているのだ。

それで構わなかった。エレノアも同じ意見なのだから。

「ミスター・ナイトは仕事があるとかで銀行に行ったわ」レディ・ガートルードが言った。

「明日の朝十時に教会で会おうって」

「今日は会えないの？」

「当たり前でしょう！　結婚式の前日に花婿に会うなんて、縁起が悪い」レディ・ガートルードは苦々しげに笑った。「それに、この結婚式はすでに不運に取りつかれているんだから」

エレノアはがっかりしたような、ほっとしたような気分だった。がっかりしたのは、ミスター・ナイトに毎日会わなければ気がすまないことに気づいたからだ。ほっとしたのは、まだ……昨夜以来、彼と顔を合わせずにすむことになったからだ。

寝室のスツールに立ち、針子にミスター・ナイトが選んだ美しいドレスの手直しをしてもらっている間、エレノアは窓を洗う雨を見つめて考えた。マデリンは結婚式までに間に合うだろうか、と。

20

次の朝、レミントンはセントジェームズ教会の階段に立ち、十時を告げる鐘の音を聞いていた。遅れている。マデリンは遅れていた。

「まったく、これだから女は」クラークがぼやいた。「自分の結婚式にまで遅刻するとは」

普段ならクラークの陽気さを楽しめるところだが、今はその明るい声が癇《かん》に障った。

「じきに来るよ」街路を見下ろし、馬車の車輪音が聞こえないかと耳をすます。

今になってマデリンがレミントンのもとを逃げ出す方法を見つけたとは思えない。婚約祝いの舞踏会の晩のことがあった今、逃走を試みさえしていないはずだ。荒ぶる情熱の中、マデリンは自らレミントンに身を差し出そうとしていた。そして、レミントンは愚かにも、そのチャンスを利用しようとはしなかった。愛し合うときは、マデリンに自分がしていることをはっきり意識させたかったのだ。自ら立てた予定を守り抜きたい気持ちもあった。

自制心を働かせたほうがマデリンも喜んでくれる、そう自分に言い聞かせていた。

だが、この欲望に比べれば、予定などたいした問題ではない。それに、マデリンはレミントンの誠意をありがたいとは思わず、拒絶されたと感じたかもしれないのだ。あれから三十時間、誠意ある行動のせいで、体は地獄の苦しみに苛《さいな》まれていた。半分高ぶっているか、さもなくば、完全に高ぶっているかだ。何をしていようと、貨物の収益について話し合っているときですら心安まることはなく、一人の女性のせいで仕事にも集中できないなど、これ以上に陰鬱《いんうつ》な一日があるだろうか。

マデリンはそこらの女とは違った。天国のような味がして、素直な情熱のこもった反応を返す、レミントンだけの女だった。ついに彼女を組み敷いた晩には、何時間も、何日間も放すつもりはない。

ついにマデリンを組み敷くまでには、結婚式を終え、食事会を終え、夕食を終え、それから……なんということだ、自分は何を考えていたのだろう？　マデリンと激しく交わりたいという願望を抱かずには、五分も過ごせない。その状態で何時間も耐えろというのか？

レミントンの沈黙とマデリンの遅刻に不安を感じているらしく、クラークはかかとに体重をかけて前後に揺れていた。「天気はもっているほうだな。また暴雨風になるかもしれないし、そうなると大惨事だ」

「そうだな」

街路は水たまりだらけだった。太陽は雲に隠れている。風はうなり声をあげながら道路を駆け抜け、街角に吹きつけていた。なのに、マデリンはまだ到着していない。「夜の間ほとんどずっと雨が降っていた」クラークは勢いよく動く雲を見上げた。「もうやまないんじゃないかと思ったよ。ここで君の婚約者に傘を差しかけた状態で、中に……なんだ？」

レミントンにもその音は聞こえた。がらがらという馬車の車輪の音だ。もったいぶった速度でレミントンの幌《ほろ》馬車が角を曲がり、教会の階段の正面に停《と》まった。

「ほら来た」クラークが元気よく言った。「女公爵さまのご到着だ。やっぱり君と結婚してくれるんだ。運のいいやつだな、あんな美人は君にはもったいないよ」

「いや、そんなことはない」レミントンがじっと見守る中、マデリンは従僕に手を取らせ、馬車を降りてきた。レミントンの心の奥深くで不安の塊が溶けていく。「私たちはお似合いだ」

マデリンはレミントンが用意したドレスを着ていた。ついに、レミントンが求めるとおりの装いをしてくれたのだ。

ドレスは白のベルベットで、品のいいほっそりした体に、愛人の手のように優しくまつわりついている。ボレロは群青色のシルクで、胸のふくらみを完璧《かんぺき》な形で包み込み、レミントンは欲望に口の中がからからになるほどだった。足元は白の革のブーツで、かわいらしい顔はボレロと同じ群青色の帽子に縁取られている。もちろん、ブーケは黄色の薔薇《ばら》だ。

レミントンは当初、マデリンを理想の花嫁にするため、白い薔薇を考えていた。だが、理想の花嫁像は揺れ、変化し、今では頭に思い浮かぶのはマデリンだけだった。マデリン以外のことは考えられなかった。彼女が望むものであれば、なんでも与えたかった。

マデリンはまるで天使だ。だが、実際には紛れもなく生身の女性であることを、レミントンだけは知っていた。とても温かく、女らしい味がすることを。服を着ていないときの姿を。むき出しになったなめらかな肌、張りのある胸のふくらみ、淡い薔薇色の頂。腰のくびれ、ヒップの丸み、腿の間のV字……。

レミントンはさっきまで、何よりもマデリンのウエディングドレス姿が見たくてたまらなかった。今では、そのドレスを脱がせ、レースのシュミーズ一枚にするのが待ちきれない。あのシュミーズを、彼女は着ているのだろうか？　それはレミントンが結婚式用に特別に選んだものだった。マデリンもそれにはけちをつけない、と思うのだが。

レディ・ガートルードにたずねるわけにはいかなかった。さすがに姪《めい》の下着について快く話し合ってくれるとは思えない。だが、レミントンはそのことが気になって仕方がなく、あとどのくらい待てば答えがわかるのだろうと考えるだけで、額に軽く汗が噴き出るほどだった。

けれど、マデリンだけを見つめているレミントンに対し、マデリンはレミントンだけは見ないようにしていた。頬を赤く染め、落ち着かない様子で、レミントンに何かとがめられるのではないかと恐れているようだ。はしたない、あるいは、みだらだと。マデリンと話さなければいけない。自分のような男は、こちらが教えたことを楽しんでくれる女性を悪く思ったりはしないのだと説明したい。

ところが、レミントンがマデリンのほうに歩き出すと、御者が御者台から降りてきて、レミントンの行く手をさえぎった。レミントンはしぶしぶ足を止めた。「ジョン、どうした?」

ジョンは前髪を引っぱりながら、大きな声で謝った。「旦那《だんな》さま、遅れてしまって申し訳ございません。オールド・ボンド・ストリートで面倒なことがありまして。どこかの馬鹿《ばか》が銃をぶっ放し、馬が驚いてしまったのです」

レミントンの頭はめまぐるしく回転を始めた。「銃をぶっぱなした?」

クラークもやってきて、同じ質問を繰り返した。「銃をぶっぱなした?」

ジョンは声をひそめてつけ加えた。「よくわかりませんが、銃がうちの馬を狙《ねら》っていたのは確かです」

レミントンの中にかつての怒りが湧《わ》き起こった。マグナス公爵に向けられたその怒りは、しばらく押さえつけられていたせいで凶暴さを増していた。「くそっ!」レディ・ガートルードとマデリンを見やる。レディ・ガートルードはせわしなくマデリンのドレスを直していた。マデリンはボンネットを前に引っぱり、大きなつばの陰に隠れようとしているかのようだ。

「ご婦人方は無事のようだな」クラークが言った。

「はい、さようでございます」ジョンは請け合った。「レディ・ガートルードは少し悲鳴をあげられていましたが、女公爵さまは実に肝の据わったお方です！」

「それはよかった」クラークは頭を横に振った。「でも、迷信深い人間であれば、縁起が悪いと考えるところだな」

「縁起が悪い？　縁起など関係ない。これは意図的なものだ」レミントンはつっけんどんに言った。

クラークは目を丸くしてレミントンを見た。「どういう意味だ？」

「この一週間で私の馬車が攻撃されたのは二度目だ」レミントンは説明した。

クラークはぎょっとしてたずねた。「まさか……君が私に話してくれたいきさつと、この件はかかわりがあるということか？」

「間違いない」レミントンは答えた。「私に死んでほしいと思っている者はほかにもいるかもしれないが、実際に命を狙ってくる人間はそういない」ジョンに質問する。「銃を撃った男の姿は見たのか？」

「いいえ、人影は見ていませんが、私もまわりを見る余裕がなかったもので。かわいそうなロデリックが……左の葦毛《あしげ》ですが、耳に弾丸で切り傷を作ってしまったのです。当然大暴れしまして、ご婦人方は揺さぶられ、私はなんとか馬たちを落ち着かせました」ジョンはポケットからハンカチを出し、濃い眉毛に噴き出た汗を拭《ぬぐ》った。顔は土気色で、手は震えている。「自慢するわけじゃありませんが、腕の劣る御者であれば立て直すことはできなかったかと」

従僕の一人が忍び寄ってきたが、痛むのか片腕を押さえていた。「ミスター・ナイト、そのとおりです。私は飛び下り、そのあと馬車は倒れるんじゃないかと思ったんですが、御者のジョンが葦毛たちを落ち着かせてくれたんです。あれほどすばらしい手綱さばきは初めて見ました！」

使用人は全員、技能と忠誠心と戦闘能力を基準に雇っていた。この一週間で二度、レミントンに人を見る目があったと証明されたことになる。選択眼の鋭さに満足してもおかしくないところだが、それはできなかった。誠意をもって考えれば、今は満足している場合ではない。

自分の手を見下ろすと、閉じたり開いたりしているのがわかった。レミントンはマデリンに食と住、そして今や衣も提供していた。この結婚式が終われば、マデリンは完全にレミントンの庇護《ひご》下に入る。なのに、そんな彼女を、自分のせいで危険な目に遭わせてしまったのだ。攻撃の標的はレミントンだが、マデリンもけがをするかもしれないし、殺されることだってありうる。

復讐《ふくしゅう》の全段階を念入りに計画してきたが、その点は考慮に入れていなかった。あるいは、マデリンと実際に会うまでは、そんなことは気にならなかっただけかもしれない。

「女公爵さまに悪意を持っている者がいるのでしょうか？」ジョンはたずねた。

「それはないだろう」クラークが答えた。「花嫁はふつう花婿の馬車では教会に行かないから、狙われたのはレミントンのほうではないかと思う」

ジョンと従僕は不安げにあたりの建物を見回した。

「ああ、わかるよ」レミントンはうなずいた。「何者かに銃で狙われている人間の下で働くというのは、気持ちのいいものではない。それでも、どうかここに残って、私たちを家に連れて帰ってほしい。家に帰ったあとは、しばらくは外に出ないつもりだから」

ジョンは年も取っているし、訓練も積んでいるため、まじめくさった顔でうなずいた。従僕のほうはそこまでの分別は持ち合わせておらず、笑いを噛《か》み殺した。

「バークリー・スクエアに戻ったら、私のつけで酒場に行ってくれ。何軒か回ってくれるとありがたい。そこで、私の下で働くことに不満をこぼすんだ。何か私に関する噂《うわさ》が聞けるだろう。誰かが面倒を起こそうとしているようだから」その〝誰か〟の正体はわかっていたが、今後どのような危険が待ち受けているかは探る必要があった。「不満のある使用人は噂話の相手にはもってこいだ。きっと誰かがお前たちに近づいてくる」

ジョンはうなずいたものの、その従僕は頭脳ではなく戦闘能力で選ばれていたため、こう言った。「でも、私たちには不満などありません。とても満足しています」

ジョンは従僕をぴしゃりとたたき、引っぱった。「こっちに来い。説明してやるから」

クラークがレミントンの袖《そで》に触れた。「君が花嫁を歓迎しに行かないから、レディ・ガートルードが変に思っているよ」

レミントンの背筋を冷たいものが駆け下りた。教会の階段に立つマデリンは今、危険にさらされていないだろうか？　レミントンは彼女のほうに向かって歩き出した。「行くぞ」クラークに声をかける。「レディ・ガートルードをエスコートしてくれ」危険が迫っているのはレディ・ガートルードも同じだ。

レミントンが近づくと、マデリンは顔をこわばらせた。だが、そんなことはどうでもよかった。今はとにかく、彼女を街路から立ち退かせなければならない。

息を切らせ、マデリンは言った。「ミスター・ナイト、あなたに話さなきゃいけないことがあるの」

レミントンは構わずマデリンの手を取った。「式のあとで話してくれ」

「でも、あなたが聞いたら怒るような話よ」

開いた重厚なドアの中にマデリンを導き入れながら、レミントンは彼女のほうを向いた。

「私はすでに怒っている」

「それは残念ね」マデリンは震える手でブーケを握りしめた。「理由を教えてもらえる?」

その質問は完全に礼儀上のもので、マデリンは実際にはまったく気に留めていないようだった。比較的安全な拝廊に入ると、レミントンは緊張を解いた。「ここに来る間に、けがをしてはいないんだな?」

「なんですって? ええ、ありがとう、私は大丈夫だけど、レディ・ガートルードはあなたの馬車には落ち着いて乗っていられないって嘆いていたわ」マデリンは手にしたブーケに視線を落としたあと、何か答えを探すかのように、開いたドアの向こうの雲に目をやった。そして、誰かが馬に乗って自分を助けに来るとでも期待しているように、首を突き出して街路を見下ろした。「本当に、あなたに話さなきゃいけないことがあるの」

マデリンをドアから離れたところに引っぱりながら、レミントンは言った。「君が恥ずかしさのあまり、私の目を見られないことはわかっている」

マデリンがさっと視線を上げた。

そのかわいらしい、心配そうな顔を見て、レミントンの決意は固まった。なんとしてでも計画をやり遂げなければならない。マデリンの身を守らなければ。

この危険な状況や環境とは関係なく、マデリンに自分のものとして印をつけたいという欲求は、さらに激しくレミントンを駆り立てた。結婚指輪をマデリンの指にはめ、この女性が自分のものになったことを世界中の男に知らしめたい。マデリン自身に知らしめたい。

息をするたび、動くたびに、自分のことを思い出してもらいたい。自分のものであることを。

こんなにもレミントンを不安にさせる女性はマデリンが初めてだったが、それは彼女が貴族の生まれであることや、トランプ勝負の戦利品であることとは関係なかった。マデリン自身につかみどころがなく、現実感が薄いのだ。たえずレミントンの手からすり抜けていき、どんな手を使おうと自分の世界に縛りつけておくことはできないように見える。

マデリンの耳にだけ届く小さな声で、レミントンはささやいた。「君は、これまで見たこともないほど甘い情熱を私に示してくれた。そんな理由で、私が君のことを悪く思うなんて夢にも思わないでくれ」この女性は私のものになる。もうすぐ手に入るのだ。

マデリンは抗議しようと言葉にならない声をあげ、慌ててレディ・ガートルードとクラークのほうに目をやった。

「聞こえないよ。聞かないようにしてくれている」それは事実だった。二人はレミントンとマデリンを二人きりにするため、離れたところに移動していた。「また同じくらい激しい情熱を味わわせてあげると約束するよ。ただし、今度はそんなに甘くはない。でも、怖がることはないから。女性に痛い思いをさせたことはないし、君は……君は特別だ。私の妻になるんだから」レミントンはマデリンの唇にそっと指を這《は》わせた。「君を幸せにすると約束する。信じてくれるか？」

驚いたことに、それを聞いてもマデリンが安心した様子はなかった。むしろ、気恥ずかしげな色は消え、みじめそうな表情になっている。そして、誰かが入ってくるのを期待するように、物欲しそうな目でドアのほうを見た。「ええ、信じるわ。ただ、ミスター・ナイト、お願いだから聞いて――」

レミントンは手袋をはめた手をマデリンの唇に当てた。「式のあとで話してくれ」

マデリンはレミントンを見つめたが、その目にレミントンは映っていないようだった。自分自身の内側を見つめ、逃げ出す方法を探しているように見える。

「誰も助けに来ないよ」レミントンは優しく言った。「もう手遅れだ」

マデリンは目に毅然《きぜん》とした色を浮かべ、あごを上げて、力強くうなずいた。「わかってるわ。私は自分が決めたとおりにするしかないんだって」

「何をするんだ？」

「あなたと結婚するのよ」

レミントンは勝利に酔いしれた。マデリンの決意表明こそ、ずっと待っていたものだった。もはや、土壇場になって彼女が祭壇の前で尻込みすることはないだろう。マデリンが結婚の誓いを立ててくれるのなら、行く手をさえぎるものは何もない。

21

「では、行こう」ミスター・ナイトは腕を差し出し、エレノアを身廊に連れていった。

「そろそろ……いや、すでに過ぎているが、結婚する時間だ」

エレノアは薄暗がりに目を慣れさせようと、まばたきをした。教会の天井は視線が届かないくらい高い。後方の信徒席に数人が座っているが、顔は陰になっていて見えなかった。おおかた野次馬だろうが、ミスター・ナイトの結婚式の発表を聞いて祝福に駆けつけた人も一人か二人はいるのかもしれない。立ち上がってエレノアの、あるいはマデリンの名前を呼ぶ人はいなかった。ありがたいことだ。エレノアはこの結婚式をやり遂げたかった。それが罪であろうとなかろうと、ミスター・ナイトと結婚したかった。

そして、ここまで来た。まっすぐ進めば祭壇だ。金の大きな枝つき燭台《しょくだい》でろうそくが燃え、針の先ほどの光が点々と見える。正装した牧師が待ち受け、脇《わき》に小教区の牧師が控えていた。とても大きな教会で、音もよく響くが、通路は短すぎるような気がした。自由な女性としてのエレノアの時間が、今にも終わろうとしている。

二人は祭壇の前に歩み寄った。木材に塗られた蜜蝋《みつろう》と、ほこりと年月と神聖さが織りなすかすかな匂《にお》いが漂う。小教区の牧師とレディ・ガートルードが、立会人としてそばに立っていた。

式を執行する牧師は初老で、鼻先に眼鏡をのせ、すり切れた茶色い革表紙の聖書を血管の浮き出た手の上で震わせていた。エレノアに優しくほほ笑みかけると、顔がしわだらけになった。「ミスター・ギルバートと申します。あなた方の結婚式を執り行う名誉にあずかることになりました」とがめるような目で、ミスター・ナイトをちらりと見る。「私は結婚式を行う若いお二人についてよく知るために、面談にいらっしゃるよう申し上げたのですが、あなたの恋人はそのような時間はないとおっしゃいました。最近の若い方は忙しい――」

「おっしゃるとおりです」レディ・ガートルードが口をはさんだ。「物事は手順どおりに行わないと、何が起こるかわかったものじゃありませんわ」

エレノアはだしぬけに言った。「ミスター・ギルバート、あなたが受け取った個人記録を見せていただけますか？」

信徒席の誰かが、大きな発作でも起こしたかのように咳《せき》をした。

「なんだと？」ミスター・ナイトはエレノアに険しい目を向けた。「君は私が何か間違えるかもしれないと思っているのか？　このことで？」

エレノアはそわそわと咳払いをした。「私、その……すべてがきちんとしていることを確かめてから次に進みたいんです」

「もし面倒を起こすつもりなら――」ミスター・ナイトは警告するように言った。

ミスター・ナイトの声音に、ミスター・ギルバートは白い眉毛をぴくりと上げた。エレノアの肩に腕を回してうながす。「こちらに来ていただければ、事務室でお話ができますよ」

「私も行きます」レディ・ガートルードが進み出て、ミスター・ナイトを安心させるように言った。「この結婚に法的な不備があってはならないわ」

ミスター・ギルバートの事務室に向かう間、エレノアの肩甲骨の間の皮膚はぴくぴくと引きつり、ミスター・ナイトが意図を見極めようとこちらをにらみつけているのがわかった。疑い深く容易に人を信じない彼を相手に、このようなふるまいに出るのは愚かなことだ。けれど、エレノアは運命の導きに従おうと決めていた。結婚式を阻止する何かが起こらない限り、マデリンかディッキーかマグナスが現れない限り、ミスター・ナイトと結婚するのだ。

背後でドアを閉め、エレノアは単刀直入に切り出した。「個人記録を見せてください」

ミスター・ギルバートが驚いているのを見て、言い添える。「お願いします、個人記録です」女公爵らしくふるまおうとする自分の声音がマデリンに似ていることに気づき、エレノアは少し驚いたが、その声は必ず結果をもたらしてくれる。

今回もそうだった。ミスター・ギルバートは祈祷書《きとう》を開き、名前が走り書きされた小さな紙片を取り出した。「こんなにも些細《ささい》なことを、これほど心配される方は初めて見ました」エレノアの手を取ってたずねる。「本当に、ほかにお話ししたいことはないのですか？　ご亭主の扱い方について助言を差し上げましょうか？　かなり亭主関白な方のようですし、新婚の妻にはそのような夫が恐ろしく感じられることもありますから」

「確かに亭主関白でしょうね」エレノアはほとんど上の空で応じた。「でも、恐ろしくはないですわ」ミスター・ギルバートが驚いた顔をしているのに気づき、急いでつけ加える。「レディ・ガートルードに、よき妻になるための手ほどきは受けておりますので」

レディ・ガートルードが両手を組み合わせ、神妙な顔でうなずいた。

「なるほど」ミスター・ギルバートは眼鏡越しにレディ・ガートルードを見つめた。「それはよかった。母親代わりの方に、荒れ狂う海に漕《こ》ぎ出す指針となってもらえるなら安心です」

エレノアは紙を見て、小さく舌打ちをしてからミスター・ギルバートを見上げた。「不安が的中しましたわ。ここには、マデリン・エリザベス・エレノア・ジェーン・ド・レイシーとあります。私は、エレノア・マデリン・アン・エリザベス・ド・レイシーです。マデリンとエレノアはどちらもド・レイシー家で代々使われてきた名前で、親愛なるミスター・ナイトは私といとこの名前を混同したようです」

「おお、なんと」ミスター・ギルバートは息を切らせんばかりに嘆いた。

「誓いの内容が正確でなければ、効力はありませんよね？」エレノアはたずねた。

「もちろんです」ミスター・ギルバートはデスクに行き、インク瓶のコルクを抜いて、震える指で名前を書き換えた。「重大な不備になります」

「それでは困りますものね」エレノアはドアのほうを示した。「これですべて整いましたから、式を始めてください」

「ええ、でも……本当にほかに心配事はないのですか？」ミスター・ギルバートがたずねた。

別人になりすましたまま結婚したら、地獄に落ちるだろうか。だが、その疑問を口にするわけにはいかないし、いい答えが得られるはずもないので、エレノアは首を横に振ってドアの外に出た。ミスター・ナイトの隣の定位置に戻ると、彼はさっきと同じようにエレノアの手を自分の腕に置いて、すがりつくように自分の手を重ねた。その様子は今もエレノアが逃げ出すことを恐れているように見えた。

エレノアは横目でミスター・ナイトを盗み見た。式が遅れたことに怒っている。だが、昨日一日顔を合わせなかっただけとは思えないほど、エレノアはその容姿の美しさに改めて驚かされた。背が高く、広い肩幅に黒い上着がぴたりと張りつき、長く引き締まった脚は教会の真ん中でも罰当たりな想像をかき立てる。金髪は磨かれた黄金のごとく輝いていた。いかめしい顔立ちを見ていると、頬骨と力強いあごをなぞりたくなる。唇……その唇でとにかくどこかに、どこでもいいから触れてほしかった。目は薄い青色で、いつも遠くを見ているようだが、エレノアを見つめるときだけは別だ。熱々の石炭さながらの熱と美しさをたたえ、エレノアを焦がすと同時に温めてもくれる。

ミスター・ナイトがその気になって口説けば、どんな貴族女性でも手に入れることができるはずだ。決められた手順には従わないかもしれないが、巧みな話術で結婚市場に入り込むだろうし、一人の女性を妻にしようと決めれば、相手の女性は両親と社交界全体を敵に回してでも彼のもとに走るだろう。

エレノアがそのいい例だ。身元を偽り、遠くない未来に苦悶《くもん》に見舞われることを知りながら、ミスター・ナイトを自分のものにしようとしている。けれど、倫理観に逆らってでも手に入れたいと思うほど、彼を求める気持ちは強く、結果として何が起ころうとすべて受け止める覚悟はできていた。

「神聖なる婚姻は尊き財産……」ミスター・ギルバートが儀式を始め、朗々とした声が信徒席の端まで響いた。

エレノアは歯を食いしばり、牧師が〝敬虔《けいけん》に、思慮深く、慎重に、まじめに、神を畏《おそ》れて〟結婚生活を始めるよううながすのを聞いていた。こんなにもおごそかな場を汚した罰として、雷に打たれてもおかしくないと思いながら。そして、来るべき瞬間を待った。

「向かい合って」ミスター・ギルバートが指示した。

胸骨にぶつかる勢いで心臓を脈打たせながら、エレノアがミスター・ナイトのほうを向くと、彼はこちらを見下ろし、考え込むような目で見つめてきた。

「私の言葉を復唱してください」ミスター・ギルバートは抑揚をつけて言った。「私、エレノア・マデリン・アン・エリザベス・ド・レイシーは……」

ミスター・ナイトが顔をしかめたが、エレノアは変更点について考える隙《すき》を与えなかった。

澄んだ声で、エレノアは言った。「私、エレノア・マデリン・アン・エリザベス・ド・レイシーは……」教会の奥で小さなざわめきが起こり、ヒステリックな笑い声が聞こえ、ミスター・ギルバートが顔をしかめるのがぼんやりとわかった。

だが、エレノアは意に介さなかった。

ミスター・ナイトも同様だった。彼は全神経をエレノアに向けていた。早く自分のものになれと言われているような気がして、エレノアも取り返しのつかないところに自らを追い込んでいった。

ミスター・ナイトも低い声で誓いを立て、その一語一語が教会に反響した。これなら誰も聞こえなかったとも、言葉が聞き取れなかったとも言えないだろう。

最後に、ミスター・ギルバートが宣言した。「あなた方を夫婦として認めます」

エレノアは呆然《ぼうぜん》とした。

やり遂げたのだ。自分が求めるものを、求める人を、何が正しいかは顧みず手に入れ、いずれその結果を受け止めることになったのだ。だが、それは今この瞬間ではない。先の話だ。ミスター・ナイトにせいいっぱい愛を示し、できれば……できればの話だが、向こうもエレノアを愛するよう仕向けたあと、いずれ。

今はこうして、獣の笑みを浮かべる男性と向き合っている。ミスター・ナイトはエレノアを、飢えた男がパブで大盛りの食事を前にしたときのような目で見ていた。エレノアの両手を握り、顔を傾けて控えめなキスをしたが、そのキスはこの先に待ち受けているものをたっぷりと予感させた。

クラークが口をはさんだ。「まあまあ、それはあとでゆっくり。二人ともおめでとう！」

エレノアに向かって言う。「あなたがご結婚されたのは、善良な男ですよ」

「わかっていますわ」よくわかっていた。エレノアはその善良さを頼みにするつもりだった。

ミスター・ナイトがエレノアに鋭い視線を向けた。

レディ・ガートルードは目頭を押さえていた。「結婚式に出るとほろりときてしまうわ。レミントン、姪《めい》によくしてやってね。もっと幸せになっていい娘《こ》なんですから」

口元を皮肉げにゆがめながらも、ミスター・ナイトはうなずいた。「大事にします」ミスター・ギルバートに案内された聖具室で、登録書類に署名をうながされ、エレノアは夫の名前の下に注意深く自分の名前を書いた。それが終わると、一同はミスター・ギルバートにお礼を言い、階段を下りて通路を歩き始めた。

ミスター・ギルバートがローブをはためかせながら、あとを追ってきた。「ドアの外を見てください、太陽が出ていますよ。あなた方の結婚にとって、なんと縁起のいいことでしょう！　本当に縁起がいい！」

「くもりのち晴れ、というわけですわね」レディ・ガートルードが言い添えた。

教会の奥のドアの前に、薄い日光で影になった女性の姿が見えた。マデリンでないことは一目でわかったが、その女性もやはり一同を待っていたように見える。その立ち姿にはどこか見覚えが……。

顔がはっきりしてくるにつれ、エレノアは息ができなくなった。つんのめるように足が止まる。レディ・シャップスターだった。なんということだろう。レディ・シャップスターがそこにいるのだ。あの冷笑も、あの満足げな、猫のような横目使いもおなじみのものだ。レディ・シャップスターがじゃまをしにやってきたのだ。

エレノアの虚勢はすっかりしぼんでしまった。このまま逃げおおせられると、どうして思ったのだろう？

「ミスター・ナイト」レディ・シャップスターは喉を鳴らし、一同が向かうドアの前に立ちふさがった。「今日はおめかしして、いちだんとすてきね」

「レディ・シャップスター」ミスター・ナイトはおじぎをし、エレノアを外に出そうとした。

レディ・シャップスターは改めて二人の前に立ちふさがった。「あなた方の結婚式を見にわざわざ来てあげたんだから、喜んでちょうだい。お客さんはほとんどいなかったわね。お友達もいないし」石板に走り書きをしている粗末な身なりの男性を手で示す。「新聞記者が何人かいるだけで……」

新聞記者。ますます恐ろしい状況になってきた。

「やめて」エレノアはささやき声で言った。

それは無理な願いというものだった。レディ・シャップスターは面白がるように唇をすぼめ、ゆっくりと首を横に振った。

ミスター・ナイトは二人を交互に見ていた。状況はつかめないながらも不快には思っているらしく、世界一残酷な女性の悪意から守るべくエレノアの前に立ちふさがった。

冷たく澄んだ、身震いしたくなるような声で、ミスター・ナイトは告げた。「レディ・シャップスター、あなたを招待してはいませんし、念のために申し上げておきますが、今後どのような場にもあなたをお招きするつもりはありません。私の結婚式にいらっしゃるなど厚かましいにもほどがあります。もう二度と妻と私にかかわらないようお願いしたい」守るようにエレノアの背中に手を置き、レディ・シャップスターを押しのけて教会のポーチに出る。

「ミスター・ナイト！　無礼ですよ、家族の一員に対して。お里の知れるふるまいですし、あなたもそのような悪評は立てられたくないでしょう。何しろ……」レディ・シャップスターは満足げにほほ笑んだ。「私はあなたの義理の母になったのですから」

少しは妄言につき合ってやるかというのんきな顔で、ミスター・ナイトはレディ・シャップスターのほうを見た。エレノアに向き直ってたずねる。「この人は何を言っているんだ？」

エレノアはその場から逃げ出したかった。だが、逃げたところでどうにもならない。レディ・シャップスターに足元をすくわれるだけだ。継母は大声で街中に真実を触れ回るだろう。今やエレノアが正義の裁きを逃れる術《すべ》はない。いずれ捕らえられ、罰を受けることになる。肺がふくらんでくれないので、エレノアは残っていた息を吐きながら言った。

「この人は……この人は、私がマデリンではないと言っているの。次期マグナス女公爵ではないと。私はマデリンのいとこで、彼女のコンパニオンなの」やっとの思いで、エレノアはミスター・ナイトに真実を告げた。「私はエレノアなの」

ミスター・ナイトはエレノアを見据えた。その顔にゆっくりと納得の色が広がっていくのように。紛失していたジグソーパズルの一ピースが見つかったときのように。

「ミスター・ナイト、私は結婚式をじゃますることもできたんですよ」レディ・シャップスターは言った。「この恐ろしい失態から、あなたを救うこともできたんです。でも、あなたは私を見下した。私をパーティに呼ばなかった。結婚式のあとの食事会にも招待してくれていない。だから、エレノアなんていうつまらない娘と永遠に離れられないようにしてあげたのよ」

「いいかげんにしなさい」レディ・ガートルードが口をはさんだ。

「あら、よくもそんなことが言えるわね」レディ・シャップスターは憤慨して胸をそらした。「あなたは知っていたんでしょう。知らなかったとは言わせないわ。あなたは――」

「うるさいわね」小さな山羊《やぎ》のごとく、レディ・ガートルードは頭を下げて突進し、レディ・シャップスターをよろめかせた。

ミスター・ギルバートが両手をもみ合わせる。

クラークは叫び、とがめるような声をあげた。

だが、彼らの口が動いているのはわかっても、その声はエレノアにはかすかにしか聞こえなかった。彼らの腕が動いているのはわかっても、その様子はぼんやりとしか見えなかった。周囲の人々のことは、意識の表面でしかとらえられなかった。エレノアの意識はミスター・ナイトだけに集中していた。

ミスター・ナイトの薄い青色の目は、完全に凍りついた。エレノアを見ているが、こんな女はかかとで踏みつぶす価値もないと言わんばかりだった。手がゆっくり上がり、エレノアの頬に触れる。「君こそ運命の相手だと思った」ささやく声は、動揺のためか震えていた。「君は本物だと思った。わかっていたはずなのに」指がエレノアの喉元に巻きつく。「君の家族は誰一人信用してはいけないのだと」

その手にわずかに力が込められたのがわかった。形にはならなかったが、そこには確かに威嚇の感触があった。

ミスター・ナイトは顔を近づけ、エレノアの耳だけに届くよう言った。「同じ間違いは二度と繰り返さない」

22

「座ったらどう？」レディ・ガートルードは寝椅子でくつろぎ、ブランデーをすすりながら、リジーを従えて図書室を歩き回るエレノアを見ていた。「ミスター・ナイトも気がすんだら家に帰ってくるでしょう。そのときあなただって、いつもどおりかわいらしい、落ち着いた自分でいたいはずよ」

エレノアはカーテンを開け、暗闇《くらやみ》に目をやった。今夜は霧や雨で闇が白みがかることはないものの、風が窓ガラスをたたき、腕に冷気が這《は》い上がってくる。今朝、ミスター・ナイトは教会でエレノアとレディ・ガートルードを馬車に乗せたあと、馬に乗って馬車を先導した。エレノアは怯《おび》えながら、自分の悪事に対する言い訳を考えていた。だが、ミスター・ナイトは二人が玄関に入るのを見届けると、振り返りもせずに馬で行ってしまった。

以来、注意深く外を見守っているが、ミスター・ナイトが帰ってきた気配はなかった。

「ミスター・ナイトが求めているのは私じゃないのに、いつもの落ち着いた私でいることになんの意味があるのかしら？」

レディ・ガートルードは脚の上に広げたワインレッドのカシミアのショールのしわを伸ばした。「私はあなたたち二人が一緒にいるところを見てきたの。ミスター・ナイトが手に入れたいのは女公爵かもしれないけど、ベッドをともにしたいのはあなたよ」

エレノアはさっと振り向き、レディ・ガートルードの顔を見た。「私は結婚式の晩に夫に放置されているんです。幸先《さいさき》のいい結婚とは言えませんわ」頭の片隅では、自分がメロドラマじみたふるまいをしていることに気づいていた。だが、今日のような一日を過ごしたあとくらい、芝居がかった言動に出てもいいのではないだろうか？

「ふん、何を言ってるの」レディ・ガートルードはエレノアの懸念を、手をひらひらと振って一蹴《いっしゅう》した。「あの人は帰ってきますよ」

エレノアは再び部屋をうろつき始めた。今着ているのは食事会用のドレスだったが、その会はクラークとレディ・ガートルードと食事をするだけというみじめなものだった。二人はさまざまな話題について愛想よくおしゃべりし、この場にいられなくて妻はさぞかしがっかりするだろうとクラークが言ったときだけ気まずい空気が流れた。食事が終わると、クラークは一目散に逃げ帰り、長い午後の間中、エレノアは室内をうろつき、待ち、記憶をたどった。時間が来ると、ミスター・ナイトが戻ってくるかもしれないというはかない希望のために、夕食用のドレスに着替えた。

彼は戻ってこず、エレノアの希望はすでに消えていた。ブリッジポートがブランデーのお代わりと冷たいおしぼりを持って部屋に入ってきて、レディ・ガートルードはそれを頭にのせた。

その奇妙な儀式を見ているうち、記憶が呼び覚まされた。うずくまるレディ・シャップスターの前に、レディ・ガートルードが立ちはだかっている光景だ。「おばさま、私の記憶は確かかしら？　おばさまはレディ・シャップスターを打ち負かされたのですよね？」

ブリッジポートが笑いを噛《か》み殺すのがわかった。

「頭突きをしてやったわ。私みたいに小柄な人間は、持てる武器は最大限に使わないと」レディ・ガートルードは頭のてっぺんをさすった。「後悔もしていないわ。おぞましい、意地の悪い女よ」

「そうですね。ありがとうございます。あんなにも勇敢な行動に出られる人はそういませんわ」頭の中に、ミスター・ギルバートとクラークがレディ・シャップスターの体を起こそうとしている図が浮かんだ。レディ・シャップスターは二人の気づかいをはねつけ、スカートの汚れを払ったが、ひるんだ様子はなかった。激怒していたし、もともと冷酷な女性だ。恥をかかされたことをエレノアのせいにするのは間違いない。報復を仕掛けてくるはずだ。

「奥さま、新しい紅茶をお持ちいたしましょうか？」ブリッジポートがたずねた。

エレノアは、執事が自分に声をかけたのだと気づき、はっとした。エレノアは今やこの家の女主人であり、使用人全員が結婚式での出来事を知っている。噂話《うわさばなし》は使用人の間を、もちろん、ロンドン中の使用人の間を駆けめぐるだろう……今夜中に。「ありがとう、ブリッジポート、でもけっこうよ。針仕事をしようと思うの」

ブリッジポートはエレノアの足元にうずくまるリジーを不快そうに見た。「犬を連れていきましょうか？」

「いいえ」エレノアはしゃがみ込み、リジーの耳をなでた。「この子がいると楽しいから」

ブリッジポートはため息を押し殺した。「それは大変けっこうですが、ミスター・ナイトが戻られたら、犬は朝まで私がお預かりします。奥さまが犬のことを気にされる必要はございません」

「ありがとう、ブリッジポート」

ブリッジポートは部屋を出ていこうとはしなかった。「奥さま、針仕事ならこちらのテーブルに置いてございますので。従僕に言って、余分のろうそくをお持ちいたします」

おそらく、ブリッジポートもレディ・ガートルードと同じで、エレノアにいつもの落ち着きを取り戻してほしいのだろう。リジーまでもが物言いたげに眉をひそめ、エレノアを見つめていた。いつ何時も落ち着いていることの難点は、周囲の人々に、動物にまで、それが当たり前だと思われてしまうことだ。エレノアは仕方なく椅子に座った。すぐにリジーがやってきて、足元に寝そべる。従僕がろうそくを持ってきた。ブリッジポートはエレノアに針仕事の布を渡し、おじぎをして静かに出ていった。

エレノアは手の中の布を見つめた。サフォークのマグナス館で使うために作っている椅子カバーだ。すでに四枚仕上げている。あと十二枚必要だが、今は一枚たりとも仕上げる気になれなかった。

どんなに頑張っても、たえず頭をよぎるミスター・ナイトの表情を消し去ることができない。誓いの言葉のあとでエレノアにキスしたときの、勝ち誇った顔。レディ・シャップスターに花嫁の正体を告げられたときの、信じられないという顔。そして、真実を悟ったときの軽蔑《けいべつ》のまなざし。ミスター・ナイトは女公爵と結婚したのではなかった。どこの馬の骨ともわからない女と結婚し、君が欲しい、君だけが欲しいと言い続けていたこともすべて、真っ赤な嘘《うそ》になってしまったのだ。

そう、彼もまた嘘をついていた。エレノアと同じ罪を犯したのだ。

だが、それを言うなら、エレノアはミスター・ナイトが嘘をついていることを知っていた。頭の片隅の、ほんの一角だけが、彼に本当に求められているのかもしれないと厚かましくも夢を見ていたのだ。

愛されている、とは思わなかった。そこまでうぬぼれてはいない。だが、求められてはいるかもしれないと思っていた。

「くよくよするのはおやめなさい」レディ・ガートルードが言った。「気分が悪くなるだけで、なんの得にもならないわ。ミスター・ナイトは男よ。単純な生き物なんだから、帰ってきたときに、何も責めずににっこりして甘い言葉をささやけば、すぐに機嫌を直すわ」

エレノアは帆布に針を刺した。「おばさま、悪く取らないでほしいんですけど、おばさまはご自分の夫にそのような接し方をなさらなかったの？」

驚いたことに、レディ・ガートルードは少しも腹を立てた様子はなかった。むしろ、考え込むような顔になった。「違いは男の側にあるのよ。芯《しん》まで腐っていて、どんな女が相手でも癒《いや》されない、満たされない最低な男も中にはいるの。私の夫がそうだったわ。でも、ミスター・ナイトは違う。確かに、優しい人ではないわ。いい？　私はあの人が優しいとは一言も言ってないわよ。でも、道義心はしっかり持っている。どうしてあんなにマデリンとの結婚にこだわるのかはわからないけど、この騒動があったあとでも、あなたとミスター・ナイトの結婚はうまくいくと思うわ」

リジーが起き上がり、獰猛《どうもう》な目でドアを見つめた。

ドアに向かって大きく手を振り、レディ・ガートルードは言った。「誰か来たみたいね。ミスター・ナイトかしら？」

「まさか。冗談じゃない」頬ひげに覆われた顔を極限までしかめ、マグナス公爵がどすどすと部屋に入ってきた。

続いてブリッジポートが入ってきたが、途方に暮れたような、憮然《ぶぜん》とした顔をしている。エレノアににじり寄り、耳元でささやいた。「申し訳ございません、奥さま。ご来訪をお伝えする前に、私の前を通り過ぎていかれたものですから」

エレノアはブリッジポートの腕をぽんとたたいてから、毛を逆立てている犬をなだめた。「気にしなくていいのよ。マグナス公爵はご自分がしたいようになさる人だから」それが感心できない行動であってもだ。

「こんばんは、マグナス」レディ・ガートルードが声をかけた。「そろそろいらっしゃると思っていたわ」

いらだちに眉をひそめ、マグナスは答えた。「ナイトとマデリンが今日結婚すると聞いて、できるだけ急いで来たんだ」

エレノアは困惑して目をみはった。「でも……でも……」

「あいつはどこだ？　どこにいる？」マグナスは足を止め、あたりを見回した。「エレノア、ガートルード、会えて嬉《うれ》しいが、マデリンとあの悪党はどこにいるんだ？　私の娘と慌てふためいて結婚しようとしているあの男だ」

エレノアは顔をしかめた。「マデリンの居場所ならご存じでしょう。ミスター・ランベローのところです」

「そんなところで何をしている？」マグナスは問いただした。「あれは信用ならない、うさんくさい男だ」

「まあ、なんてこと」エレノアの心は沈んだ。「マデリンはその方の賭博《とばく》パーティの話を聞いて、おじさまが女王陛下のティアラを手放すのを阻止しに行くことにしたのです」

「それは知らなかったわ」レディ・ガートルードが言った。

「当たり前だ、そんな事実はないんだから」何を言っているのかわからないと言いたげに、マグナスは頭を振った。「私はあの男の賭博パーティになど行っていない。催し全体に怪しい匂《にお》いがぷんぷんしているし、それを抜きにしても、女王陛下のティアラは私のものではないから賭《かけ》には使えない」

娘を賭《か》け金代わりにしておいて、ド・レイシー家に代々伝わるティアラは賭けられないとは、いったいどういう了見だろう？　筋が通っているとは思えなかったものの、それでもマグナスが本心を話しているのは確かだった。マグナスは骨の髄まで公爵らしい人だ。自分が愛されることに絶対の自信を持ち、騒々しくざっくばらんな性格で、薔薇《ばら》色の頬をし、好きなだけ声を張り上げる。背が高くて恰幅《かつぷく》がよく、歩くと腹が小刻みに揺れるが、今も彼は腹を揺らしながらレディ・ガートルードのほうに歩いていき、彼女のグラスに目をやった。「ブランデーか、いいね。私ももらおう」マグナスが腰を下ろすと、重みで椅子がきしんだ。マグナスはリジーに向かって指を鳴らした。「エレノア、ずいぶんとしょぼくれた犬じゃないか」リジーは警戒しながら近づいてきて、マグナスの手を嗅《か》いだあと、おとなしくなでられた。「何か特技でもあるのか？　狩猟か？　野鳥狩りか？」

エレノアはにっこりした。「それは無理そうですけど、とてもかわいらしい子ですし、ミスター・ナイトになついているんです」

「では、頭が悪いということだな」

リジーが怒ったようにエレノアのほうを向いた。

「頭はいいわよね」エレノアは犬の耳をさすった。

ブリッジポートがマグナスにブランデーを運んできた。どうやらエレノアも飲んだほうがいいと判断したらしく、琥珀《こはく》色の液体が半分まで入ったカットグラスのゴブレットを差し出した。

そんなにも悩んでいるように見えるのかと思いながら、エレノアはグラスを受け取った。手を振って下がるよう示すと、ブリッジポートは部屋を出てドアを閉めた。

ブランデーをたっぷり一口飲んでから、マグナスは問いただすようにたずねた。「マデリンは今日結婚したのか？」

返事をする前に、エレノアも一口飲んだ。むせたので、咳払《せきばら》いをしてから答える。「そうとも言いきれません」

「そうとも言いきれない？　中途半端に結婚するなどということはありえない。結婚したかしないか、答えは二つに一つだ」

レディ・ガートルードが甲高い声で笑った。「マグナス、たまにはあなたも正しいことを言うのね」

「私が知る限り、マデリンは結婚していません」エレノアは唇を湿らせた。「マデリンの代わりに、私がミスター・ナイトと結婚しました」

マグナスは目をみはった。分厚い唇にほほ笑みが広がる。「エレノア、よくやった！　お前がいとこ思いだってことは知っていたが、ナイトのような男と結婚するほど勇敢な娘とは思わなかったよ」

エレノアはそっけなく言った。「私もおじさまと同じくらい驚いていますわ」

「どうやってあいつをその気にさせたんだ？」マグナスはウィンクをした。「それとも、これはきかないほうがいいのかな？」

レディ・ガートルードがうんざりした顔で言い放った。「マグナス、あなたって本当に下世話な人ね」

驚いたことに、マグナスは顔を赤らめた。「下世話ということはない。エレノアはきれいな娘だし、ナイトにも目はついている」

これ以上二人のやり取りに困惑させられる前にと、エレノアは口をはさんだ。「私、おじさまがおっしゃっているような方法でミスター・ナイトを陥れたわけじゃありません。あの方は私の正体を知らなかっただけです」

マグナスは呆然《ぼうぜん》とした顔で目をみはった。

エレノアはつけ加えた。「私をマデリンだと思っていたんです」

しばらく間があったが、やがてマグナスはことの次第を把握し、膝をぴしゃりと打って大声で笑い出した。「それは面白い！　知らなかっただと？　あいつは間違った相手と結婚してしまったんだな？　早くその話を広めたくてうずうずするよ！」

「マグナス、やめてちょうだい！」レディ・ガートルードが背筋を伸ばした。「ミスター・ナイトはエレノアにご立腹なの。新聞なんていうおぞましいものに載るだけで気分が悪いでしょうに。あなたまで馬鹿《ばか》にすれば、火に油を注ぐようなものだわ」

「エレノアに腹を立てているのか？　まあ、そうだろうな」マグナスはブランデーを飲み干し、グラスをテーブルに置いた。「とにかく、私は財産を回復させるためにロンドンを離れていたから、どっちにしろ賭博パーティには行けなかった。ここに来るのに時間がかかったのもそのせいだ」顔をしかめる。「ただ、エレノアのおかげで、家族の財産はまだ無事のようだが」明るい口調に戻って続けた。「それでも、交渉は続いているし、今さら打ちきるつもりはない」

本人は内容を明かさなかったものの、マグナスがマデリンを救い出す計画を立てていることはわかっていた。エレノアとマデリンはそれが大事な家宝を勝負に賭けることだと思い込み、マグナスがいるはずの賭博と不正に満ちた場に、マデリンが身元を偽って忍び込むことになったのだ。エレノアが知る限り、マグナスがこれまでの人生で何かに成功したためしは一度もない。そこで、たずねてみた。「おじさま、何をなさっているの?」

「ちょっと昔の事業をね。ある意味、悲しい仕事だよ」マグナスは椅子の上でもぞもぞと身じろぎ、考え込むような顔になった。「見通しが立ちそうであれば、そのうち教えてやる。うまくいかなくても、別に困ったことにはならない」

それは怪しいものだと思ったが、今のエレノアにマグナスのことを心配している余裕はなかった。

「とりあえず、お前たちがしでかした悪さについて教えてくれ」

エレノアが説明を終えたとき、マグナスは両手で膝を抱えていた。

「いやあ、こいつは驚いた」あきれたように頭を振り、エレノアにたずねる。「つまり、お前はマデリンの代わりにナイトと結婚したんだな?」

「そうです」

「そして、あのいまいましいレディ・シャップスターが、お前の嘘を暴いたと?」

「そうです」

「弟があの女のどこに惚《ほ》れているのか、いまだにわからない。あんなにも了見の狭い、底意地の悪い女はほかに見たことがないよ」マグナスは顔をこすり、声を落とした。「まあ、あいつなら仕方ないと思うが。あんなにも性根の曲がった……」背筋を伸ばしてたずねる。

「そうだ、エレノア、マデリンがお前をうちに連れてくると言い出したとき、なぜ私が反対しなかったかわかるか?」

「それは……考えたこともありませんでした」なぜなら、マデリンがエレノアを助けると決めたなら、マグナスに選択権はないような気がしたからだ。けれど、マグナスは公爵だ。エレノアの人生をみじめなものにしようと思えばできたはずだ。ところが、彼はエレノアの頬を気安くつねり、娘に対するのと同じ無造作な態度で接してくれている。

「あの家に置いていたら、死んでしまうと思ったからだ。心労で……あるいは、暴力を受けて」

レディ・ガートルードが息を吸い込んだ。「レディ・シャップスターに殺されると?」

マグナスは険しい目でレディ・ガートルードを見つめた。「弟もその妻も、できることならかかわらないほうがいい人間だと思っている」

二人に見つめられ、エレノアはそわそわと身動きした。

「今夜はホテルに戻り、明日サフォークに帰るよ」マグナスは椅子から立ち上がった。

「ガートルード、エレノアのことをよろしく頼む」

「もちろんよ」レディ・ガートルードは請け合った。

リジーも吠《ほ》えた。

マグナスはリジーのあごの下をつかみ、目を見つめた。「ああ、お前も頼んだぞ」それから、エレノアの額にキスをした。「エレノア、結婚おめでとう。ナイトに負けるんじゃないぞ。あと、覚えておけ。お前はレディ・シャップスターより背が高いんだから、素手で鼻に一発お見舞いすれば、あの女を倒せる」

マグナスが心配してくれているのがわかり、エレノアは胸を突かれた。「ありがとうございます、おじさま。覚えておきますわ」

23

エレノアははっと目を覚まし、夜中の、そして孤独の闇《やみ》に目を凝らした。暖炉の残り火のオレンジ色の輝きだけがミスター・ナイトの広い寝室を照らし出し、その部屋にエレノアは……一人きりでいた。

エレノアの想像や期待とは裏腹に、ミスター・ナイトはバークリー・スクエアの自宅には戻ってこなかった。

処女らしい物欲しげな幻想にいらだち、エレノアは体を起こした。ベッドは高く、柱は視線が届かないほど頭上高くに伸びている。四隅からベルベットのカーテンが吊《つ》るされ、マットレスは柔らかくて豪華だ。ベッドの足側には、絹とレースのナイトドレスが広げられていた。ミスター・ナイトが帰ってくるかもしれないという希望の下、エレノアはそのナイトドレスを身につけたが、今それは冷たい肌を官能的に、ゆったりと流れるようにすべっていた。

だから、どうだというのだ。このナイトドレスは二度と着るつもりはない。綿のほうがずっと着心地がいいし、冬が来れば温かいフランネルが手放せない。もちろん、ミスター・ナイトが同じベッドに入ってきてくれれば、欲望以外の何も身につける必要はないのだが。

愚かしい夢だ。いつから現実を見失い、物欲しげな態度を丸出しにしているのだろう？　エレノアはベッドからすべり出て、はだしで暖炉に向かった。どうせ起きているのなら、火がはぜる明るく暖かい場所にいたかった。

暖炉の前にひざまずき、たきつけ用の枝を数本投げ入れてから、この果てしない夜を乗り越えられるだけの薪《まき》をくべる。赤と黄色の炎を見つめながら、ミスター・ナイトはいつか帰ってくるのだろうかと考えた。もしかするとずっと放置され、処女のまま一人きりで一生を終えるのかもしれない。

今日ミスター・ナイトが見せた表情に意味があるのだとしたら、命が助かっただけでも運がよかったのだろう。ミスター・ナイトのことを、エレノアはよく知らない。誰も知らない。ファンソープ卿《きょう》が口にした疑問がよみがえり、頭から離れなくなっていた。〝あの男は何者です？　家族は？〟

エレノアはミスター・ナイトに優しさのかけらを感じていたが、それは以前のことだ。エレノアが彼を裏切る以前のこと。

かすかな隙間風《すきまかぜ》に乗って、煙草《たばこ》とトランプと古い革の匂《にお》いが漂ってきた。はっとして、エレノアの首に鳥肌が立った。顔を上げ、右手にある椅子に目をやる。

真っ暗な闇の中に、ミスター・ナイトが座っていた。結婚式のときの服装のままだが、上着を脱ぎ、サテンのベストのボタンを外している。シャツは喉元で開けられ、日焼けし、毛に覆われた肌が隙間からのぞいていた。顔つきはいつもどおり厳しく冷静だが、あごには無精ひげが生えている。本人が築き上げてきた有閑紳士のイメージは崩れ、もっとありのままの、野蛮な雰囲気が感じられた。エレノアを見つめる目に、世間の表も裏も知り尽くした男のような。まさに静寂の化身だ。エレノアを見つめる目に、暖炉の金色の炎が映っている。

エレノアは立ち上がり、ミスター・ナイトに向き合った。

椅子にだらりと腰かけたまま、ミスター・ナイトが口を開いた。「君はそういうことを全部、無意識のうちにしているんだと思っていた」

ミスター・ナイトはここにいる。自分に話しかけている。エレノアは喉元のつかえが取れていく気がした。「そういうことって?」

長く無骨な指を力強く振り、ミスター・ナイトはエレノアの姿を指し示した。「そういうことだよ。暖炉の前に立って、体の輪郭を服に透かして私に見せつけるようなことだ」

エレノアは急いでその場を離れようとした。

ミスター・ナイトの声に足が止まる。「いいから、そこにいてくれ。それが気に入らないとは言っていない」

「あなたにじろじろ見られて侮辱されながら、ここに立っているなんていやだわ」

「いや、立っているんだ。私は君の夫だし、これだけ犠牲を払ったんだから、そのくらいさせてもらう」薄い青色の目はぎらりと輝き、獣のように燃え立った。「君は自分の体に自信を持っていい。胸の形は完璧《かんぺき》だ、丸くて張りがあって」視線がエレノアの体を這《は》い回る。「後ろ姿もたまらない」

エレノアの手は体を隠そうとうずいたが、いったいどこを隠せばいいのだろう？　背面の絹は暖炉の火に焼かれ、前面の絹はミスター・ナイトの視線に焦がされていた。

「腿……君の腿は、私のいちばんのお気に入りだ。ほっそりしているが引き締まっていて、その脚でなめらかに、優雅に馬に乗る姿を見ていると、君は私の下でどんなふうに動くのだろうという想像で頭がいっぱいになる」

「ミスター……ナイト！」お粗末な反応だ。なんの効果もない。

ミスター・ナイトは脇《わき》のテーブルから黄金色の液体が半分入ったグラスを取り、口元に持ち上げてすすってから、テーブルに戻した。「アメリカには奇妙な習慣があるんだが、君もそれに従ってくれると嬉《うれ》しい。私は君の夫だ。これから一生、ベッドをともにすることになる。だから、私のことはレミントンと呼んでくれ」

そんなのはおやすいご用だ。「皮肉な言い方はやめて……レミントン」驚いたことに、その名前を口にしたとたん体に震えが走った。二度と元の自分には戻れないような、とんでもなく親密な行為を彼に許してしまった気がした。

薪に火がつくと、レミントンの顔がはっきり見えるようになった。黒くてまっすぐな眉。凍《い》てついた青い目には暖炉の炎が躍っている。口元には、深いしわが刻み込まれていた。彼は悪魔じみていて、そして飢えているように見えた。

エレノアは再びその場から動こうとした。

闇そのものが発したかのような低い声で、レミントンが言った。「そこにいろと言っているだろう。尻に絹が張りつくさまも、絹の下でとがる胸の先も、たまらない」

レミントンは独り言のように静かにつぶやいたが、エレノアはその一言一言に、実際に触れられるのと同じくらい駆り立てられた。彼が何者だろうと、どんな家族がいようと構わない。今夜レミントンが抱いているのは敵意ではなく、欲望だった。淑女は情欲などという卑しいものに反応してはならない。まして、自らも欲情するなどもってのほかだ。けれどエレノアの脚の間は湿りけを帯び、胸の頂はうずいた。エレノアはうずいていた。だから、その場を動きたかった。レミントンから離れるのではなく、近づき、そばに行きたかった。

エレノアはまるで娼婦《しょうふ》のように立っていることに気づいた。尻を突き出し、肩をそらして、背筋で優雅な曲線を描いている。レミントンに今も求められていて、情を交わすことこそが何よりも強く彼を縛りつける術《すべ》であると、エレノアは本能的にわかっていた。

「お願い、こんなことをした理由を説明させて」

「こんなことってなんだ？　何が言いたい？　私と結婚したことか？」レミントンは冷ややかに笑った。「説明する必要はない。理由ならわかっている。君は金目当てで私と結婚したんだ」

そんなふうに思われたことに驚愕《きょうがく》し、エレノアは反論した。「あなたと結婚したのはお金のためじゃないわ！」

「やめてくれ。作り話まですれば、君の罪は深まるばかりだ。私と結婚するのにほかにどんな理由がある？　愛のためではないだろう。愛が理由で私が必要としているものを犠牲にされてはたまらない」

レミントンに嘲笑《ちょうしょう》され、エレノアは内心ひるんだ。けれど、率直に発言することには慣れてきていたため、こう言い返した。「誰も女公爵と結婚する必要はないし、私も裕福な男性と結婚する必要はないわ。前に話したでしょう。私さえうんと言えば、十六歳のときに金持ちのおじいさんと結婚することができたの。そうなれば、今ごろ裕福な未亡人として楽しく暮らしていたでしょうね」

「十六歳なら、もっといい男が現れると思うものさ。今の君は何歳だ？」

不愉快な男だ！「二十四よ」

「完全に婚期を逃した独身女性じゃないか。いよいよ焦っていたところに、私という大きなチャンスがめぐってきたんだ！　だが、愛《いと》しの君よ」レミントンはエレノアの手を取ってさすった。「財産のために私を殺すつもりなら、気をつけろ。私は以前、君の家族に殺されそうになったことがあるから、警戒しているんだ。隙を見せるつもりはないよ」

「あなたを殺す？」エレノアは手を振り払った。「頭が変になったんじゃない？」

「そうかもな。今夜は少し変だ」レミントンの指はぴくりと震え、今にもエレノアに飛びかかって、がっちり捕らえようとしているかに見えた。「君と女公爵を見張らせていた男を呼び寄せた」

「要するにスパイでしょう」

「要するにスパイだ」レミントンは素直に認めた。「その男と話し合った結果、君たちはミスター・ランベローのハウスパーティで入れ替わったのだろうという結論に至った。女公爵は今もハウスパーティにいる。違うか？」

「そうだと思うけど、今ごろはこっちに来ているはずだったの。今もマデリンのことが心配でたまらないのよ」

「いとこの婚約者と結婚してしまったことが心配なんだな」

エレノアにも残酷なことは言える。「マデリンはあなたとは結婚したくなかったのよ」

「だろうな、今ならそう思える」今にも獲物に飛びかかろうとしている獣のごとく、レミントンの体は張りつめた。「つまり女公爵も、よくやったと言って君をほめてくれるわけか。だろうな。どんな女でもそうだろう。君はもともと、女公爵の到着が遅れるということづてを伝えに来たんだと思うが」

「違うわ。私が女公爵のふりをするというのは、マデリンが考えた作戦よ！」エレノアはいらだちながら息を吸い込んだ。「あなたがあまりに勢い込んで今すぐ来るようにと命じたものだから、そのとおりにしなければ恐ろしい仕返しをされるんじゃないかと思ったの」

「私はそこまで意地は悪くない」

「ピケの勝負で妻を探すような男性だもの。正気じゃないと思われても仕方ないわ」

「ふん」レミントンはあごをさすった。「そうだな。確かに、あの指示を大げさにしすぎたかもしれない」

「やっとわかってくれたのね」これ以上一分たりとも答えが待てなくなり、エレノアはたずねた。「どこに行っていたの？」

「本物の妻みたいな口のきき方をするんだな」レミントンのまぶたが下がり、面白がるような目つきになった。エレノアに対してなのか、自分自身に対してなのかはわからない。

「私のほうも本物のイギリス人の夫のように、紳士クラブに行って、博打《ばくち》を打って考え事をしていた。どういう結論が出たかわかるか？」

見当もつかなかったが、その結論が気に入らないものである予感はした。「いいえ」

「私は君と結婚した、という結論だ。神と立会人の前で誓いを立て、ロンドン中の夫婦とまったく同じように結婚した。離婚するには年月も金もかかるし、司法の審判も仰がなければならない。婚姻無効の宣告を受ける根拠もない。だから、逃げ道はない。私たちは結婚したんだ」

「わかっているわ。ごめ――」

「やめろ」レミントンは手をナイフのように動かして空を切った。「謝られると侮辱された気分になる。君は純粋そうに顔を赤らめたり、おずおずと好意を示したりすることで、完全に私を意のままに操ってきた。私はすべてを……愛することのできる女公爵と、甘美なる復讐《ふくしゆう》を同時に勝ち取った気でいた。ところが……」想像上の勝利を握りつぶすかのように、こぶしを作る。「実際には何一つ手に入っていなかった」

エレノアは背筋を伸ばした。私の存在は無ではない。私もド・レイシー家の一員なのだ。

「あなたはすべて手に入れているじゃない。大半の人が夢見る以上のものを持っているわ」

「教えてくれ、愛しの君。私が何を持っているというんだ？」

レミントンに皮肉なまなざしを向けられ、エレノアの頭は真っ白になった。「その……健康とか」

レミントンが辛辣《しんらつ》な声で短く笑う。

「大事なことよ」エレノアは必死に頭をめぐらせた。「財産が減ったりもしていないんでしょう?」

「安心してくれ、そっくりそのまま残っている」

「若いし、見た目もいいし、頭もいいわ」エレノアは息を吸い、これまでなら決して言わなかったようなことを思いきって口にした。「それに、私がいる」

レミントンが靴をむしり取り、片方ずつドアに投げつけた。

革が木材に当たり、錠ががたんと揺れるたびに、エレノアは飛び上がった。

「ああ、そうだな。私をロンドン中の笑い物にした愛しの妻がいる。今、ロンドン中と言ったかな? 違う、イギリス中だ。今夜、私がクラブでなんと言われていたかわかるか?」

ここまでの間、侮辱と誘惑の裏にあるレミントンの本心はうかがい知れなかったが、彼は怒っていたのだ。当たり前だ。

「クラブでは誰もが言っていた。アメリカ男のあれを釣るには、イギリス女のあそこをちらつかせればじゅうぶんだと」

エレノアはぎょっとした。大陸を旅行中にも、そこまで下品な物言いを聞いたためしはない。「ひどすぎる。どうして私たちのことをそんなふうに言えるの? そんな言葉を使って」

「男だからだ。男はそういうふうに言うんだよ」レミントンは怒っているどころではなかった。怒り狂っていた。体から怒りの波が放たれ、熱のきらめきすら見える気がした。熱……あれほどの熱があれば、エレノアの体も温まることだろう。「あなたはどう返したの？」

「笑ったよ。そのとおりだと言って。君のスカートに潜り込みたい一心で、君が誰であろうと構わず結婚したんだと」

急に湿ってきた手のひらを、エレノアは尻にまつわりつく絹で拭《ぬぐ》った。体がほてっているのは、単にばつが悪いからではない。暖炉の火が熱いからでもない。「面目を保とうとしたのね」

「真実を言っただけだ」レミントンの唇が、あの魅惑の唇が自嘲《じちょう》ぎみにゆがんだ。「君に出会ってから、私は君の胸や、腿や……あそこのことしか考えられなくなったんだ」

エレノアのそこは、レミントンに触れられたときのように震えた。

「そのうえ、どうすれば君の機嫌がよくなるか、喜んでくれるか、気持ちいいと思ってくれるか、そんなことばかり気にするようになった。なんの疑いもなく君と結婚式を挙げてしまったのも無理はないよ」

エレノアの口はからからに乾いた。レミントンは意思を明らかにしたのだ。エレノアが望むと望まざるとにかかわらず、エレノアを奪い、自分のものにするつもりだと。

レミントンにはその権利がある。エレノアの夫なのだから。だが、野生の目をした獣に対峙《たいじ》するのがエレノアの体、エレノア自身である以上、権利がどうあろうと関係なかった。

「あなたは〝愛することのできる女公爵〟とさっき言ったわ。あなたが今話している相手は私。あなたが見ているのは私よ。だからやっぱり、私のことも愛せるはずだわ」

「無理だ。私が愛せるのは女公爵だけだ」

レミントンの答えが胸に刺さり、エレノアはついにその場から逃げ出そうとした。

レミントンの手が伸びてきて、腕をつかまれた。「それでも君が欲しい。それに、私は君の夫だ」エレノアの目をじっと見つめる。「君をいただく権利がある」

24

エレノアの心臓はゆっくりと、力強い鼓動を刻み始めた。息をしようとすると、胸が上下した。レミントンはエレノアを求めている。エレノアを奪い、好きにする権利を持っていて、たとえエレノアが逃げ出したところで捕まえられるのは目に見えていた。

そもそも、膝に力が入らず、動くことができない……。エレノアもレミントンを求めているせいだ。ただ、この男性と交わることに一抹の不安を覚えずにはいられなかった。それがなんなのかはまだわからないが、レミントンにはどこか危険なところがある。エレノアにとって危険なところが。

「こっちに来い」

二日前の晩、レミントンの声は穏やかに愛撫《あいぶ》するように響いたが、今はそのような優しさは感じられない。「こっちに来い」彼はもう一度命じ、エレノアを引っぱった。「嘘《うそ》をついた償いをしてもらう」

エレノアは前につんのめり、レミントンを見下ろした。どうして私は抵抗しているのだろう？　レミントンを一目見た瞬間から、彼の巣にからめとられたのだ。そこから逃げ出したいと思ったことは一度もない。それでも、この男性を体の中に取り込めば存在を明け渡すことになるし、そうなると二度と自分を取り戻せない気がした。

「馬鹿《ばか》な人だ」レミントンはエレノアを膝に引き寄せ、ナイトドレスをたくし上げてから自分のほうを向かせ、むき出しの脚で腰をまたがせるようにした。「もう後戻りはできないんだよ」

そのとおりだった。エレノアの下にいるのは、自らの運命に憤り、自らの欲望に駆られて全身をこわばらせた男だ。その男をなだめられるのはエレノアだけなのだ。

だが、レミントンはきちんと服を着ているのに、エレノアは違う。エレノアがまるで無防備なのに、レミントンは違った。ブリーチズの布が、エレノアの脚のつけねをこすった。レミントンはエレノアの腰をつかみ、腿の間に自分自身をあてがった。ブリーチズ越しに男の部分の硬さが感じられ、その状態で腰を前後に揺さぶられると、彼の唇に触れられたときと同じうずきがせり上がってくるのがわかった。

エレノアはレミントンの肩に両手を置き、体を支えた。レミントンの顔が目の前にあり、一心にエレノアを見つめてくる。エレノアは努めて無表情を装った。触れられただけで高ぶってしまうなどとレミントンに思われたくなかった。

だが、実際には高ぶってしまうようで、一定のペースで前後に動かされているうちに、レミントンの肩をつかむ手にいっそう力が入った。

「あの夜、私に言ったことを覚えているか？」レミントンがたずねた。

覚えていないと嘘をつきたかったが、集中することができなかった。レミントンに前後に揺すられている間は。「覚えているわ」

「私のあれを取り出して、口に含みたいと言ったな」

エレノアの欲望は高まる一方だった。息をするのも難しく、頭を働かせるなどとてもできない。今では自ら腰を動かしていた。

レミントンは片手をエレノアの尻にあてがって動かし、もう片方の手は肌をまさぐって胸にたどり着いた。「私はそれをさせなかった」

「ええ」レミントンの指先が胸に円を描き、輪郭を縁取る。

「その代わり、私が君のそこに口をつけた」

「ええ」あの快感が頭の中によみがえった。それが今の快感を高め、互いに混じり合い、記憶と現実の境目がわからなくなっていく。

「私は君の中に指を入れた」レミントンはかすかに笑った。「君のあそこに」彼の手がナイトドレスの中でするりと動き、尻の割れ目をなぞった。体の入り口に円を描く。「あのときも君は濡《ぬ》れていた」

エレノアは膝を閉じようとしたが、間にレミントンの体がはさまっているため、どうにもならなかった。むしろ、その動きのせいでさらに感覚が刺激された。

レミントンの指が中にすべり込み、深く探りながら、ゆっくりと着実な動きで内側をこすった。「君の中はすごくきついよ。私が中に押し入ったら、君は少しずつ受け入れていくんだ。奥まで入ったら、もう何をしようと私を追い出すことはできない」

エレノアはやっとのことで言葉を発した。「追い出したくなるかしら?」

「たぶんね。君は強い女だから。でも私は中に入って、君を自分のものにするんだ」

強い女。レミントンはエレノアのことを強い女だと思っている。

「私に主導権を握られ、されるがままになって、喜びを教わりたいか?」

エレノアは何も考えたくなかった。ただ、情欲の洪水の中を漂っていたかった。

「答えてくれ」レミントンは強い口調でうながした。「私のものになりたいか? 今後いっさいほかの男のものになることはないと思い知らされたいか? 毎晩私が中に入り、私のものだという事実を強めていくうちに、君は喜びに包まれた世界に住むようになり、私のことしか考えられなくなる——そうなりたいか?」

レミントンの口調は誘惑ではなく、脅しのように響いた。

だが、そう言いながらも片手はエレノアの胸を愛撫し、もう片方の手は中で動いている。レミントンはエレノアの表情を一つ一つ観察し、考えを一つ一つ見抜いていて、そのさまはまるで獲物を捕らえた鷲《わし》のようだった。「答えてくれ」

「あなたが欲しいわ。だからこそ、私は――」エレノアがレミントンと結婚した理由を説明し終える前に、レミントンは指を抜いた。

エレノアは失望に駆られ、不満の声をもらした。

レミントンはゆっくりと指を戻した。だが今回、エレノアは体を震わせた。侵入された感覚が先ほどよりも強い。圧迫感が増し、動くと痛みを感じそうな気がして、エレノアは体をこわばらせた。

「指を二本入れた。私のための場所を作っているんだ」レミントンは歯をむき出しにして笑った。「でも、これでは全部私だけでやっているような気がするよ。だから……」

エレノアは何を要求されるのだろうと、固唾《かたず》をのんだ。

「キスをしてくれ」

キスをする？　情を交わす行為としては軽いものだが、それでいて大きな意味を持つ行為だ。顔を合わせ、唇を重ね、息を混じり合わせ……。

「君はキスがとてもうまい」レミントンはささやいた。「まるで恋をしている女みたいにキスをする」

エレノアは驚いて息を吸った。レミントンはエレノアの気持ちを知らない。知っているはずがないのだ。レミントンには金のために結婚したと非難されたが、我ながら驚いたことに、そう思われたほうがましな気がした。心の底から彼を求め、愛している……そんな愚かな真実を知られるくらいなら。

知られてしまえば、レミントンが与えようとしている責め苦に、無防備に身をさらけ出すことになる。

レミントンが考えをめぐらせているのがわかった。このままだと、今しがた口にした揶《や》揄《ゆ》が真実に触れたことに気づいてしまうかもしれない。それは都合が悪かった。

そこで、エレノアはレミントンのシャツをしっかりつかみ、体を前に倒した。唇が触れ合う間際に、レミントンは目を閉じ、情熱に身を任せた。エレノアは彼に唇を重ねた。ひげが剃《そ》られていないあごが、繊細な皮膚をこする。舌を差し入れると、薄荷とブランデーの男らしく快い味がした。エレノアは決して言葉にはするつもりのない愛情を込めてキスをした。

レミントンは再びエレノアの尻に手を回し、体を持ち上げた。唇が唇の上でうごめき、口の中で吐息混じりの言葉が発せられる。「私の上で動いてくれ」

「でも、指が……」レミントンは顔の上に軽くキスの雨を降らせたが、エレノアはごまかされなかった。「痛むかもしれないわ」

レミントンはわずかに顔を離し、からかうような笑顔を見せた。「でも、気持ちがいいかもしれない。動いて」

エレノアはそっと腰を上げたあと、腰を落とした。その動きは正しかったようで、圧迫感から来る痛みはやわらいだ。

再び腰を上げると、興奮が神経を駆け抜けた。

そのとき、レミントンが言った。「それでいい。もう時間がない」唐突に指を引き抜き、エレノアを抱きかかえて立ち上がる。

レミントンが明かりから顔をそむける前にちらりと表情が見え、エレノアはぞっとした。これまで一緒に過ごしてきた時間はすべてまやかしだったのだ。レミントンは洗練された野獣などではない。ただの野獣で、エレノアは今その野獣に捕食されようとしていた。

暗いベッドに向かうレミントンの体に、エレノアは脚を巻きつけた。

落とされてはたまらないとレミントンにしがみついたが、ひんやりとしたシーツの上に横たえられると、体が震えた。「ミスター・ナイト……レミントン、お願い」エレノアはひじをついて体を起こし、レミントンはシャツを脱いだ。

筋肉は肩でうね状になり、胸から腹部にかけて波打っていて、その上に金髪の胸毛が、黄金色の桃に添えられたクリームのようにふわりとのっている。炉火の明かりが体を這《は》い回り、エレノアは自分も舌を這わせたくなった。レミントンが前のボタンを外し、ブリーチズを床に落とすと、エレノアは顔をそむけた。

「怖いのか?」レミントンの声は嘲笑《ちょうしょう》にくぐもっていた。「怖がって正解だ。私は怒っている。君に腹を立てているんだ。だが、女性を傷つけたりはしない。代わりに君に何度も何度も絶頂を強いるつもりだ」

「お妾《めかけ》さんたちの説明がわかりにくかったのかしら。絶頂というのは不快なものなの？」

エレノアは軽口をたたきながら、レミントンの顔を見つめた。だが、どんなに表情だけに集中しようとしても、長い脇腹《わきばら》のラインや、波打つ腹筋、そして……高ぶったものに目が行ってしまう。なめらかな皮膚は赤く染まり、先端は薄い紫色で、それはとても、とても猛々《たけだけ》しかった。「すごいわ」

レミントンはマットレスに上ってきて、エレノアの脚の間に体を据えた。

エレノアは思わず手を伸ばし、突き出した男の部分に触れた。先から根元へと指をすべらせ、その起伏と血管、つるつるした皮膚の奥から伝わる力強さを堪能《たんのう》する。「ハーレムで絵や彫像は見たことがあるけど、あなたのは本当に立派だわ」

レミントンはエレノアの肩の両脇に手をつき、目を閉じて、体を震わせながらエレノアに探られるままになった。

妾たちの言ったとおりだった。男は触られるのが好きなのだ。そして、エレノアも彼を触るのが好きだった。

レミントンは目を開け、エレノアを見下ろしたが、陰を帯びたその深みに冷ややかさはいっさいなかった。その目は燃えていた。そう、レミントンは燃えていた。彼はエレノアのナイトドレスの襟ぐりを慎重につかみ、引き裂いた。上質なレースはもちこたえたものの、絹はかすかながら荒々しい音をたてて裂けていった。

絹とレースという高価で美しいものなど、エレノアにはふさわしくないと言わんばかりに引き裂いたのだ。エレノアはレミントンに平手打ちを食らわせたくなった。「どうしてこんなことをするの？」

「それが私のやり方だからだ」レミントンは裂けた絹を両側に払いのけた。

レミントンがエレノアの体を見つめる。その目のきらめきから、彼が本気でそう言ったのがわかった。レミントンがナイトドレスを破ったのは、それが彼のやり方だから。そして、エレノアはその教訓を忘れてはいけないのだ。

「君はまだ男を知らない。私に何ができるのかを知らない。私がどう感じさせてやれるのかを知らない。私がどのように喜びを抑え、どのように喜びを与えられるのかを知らないんだ」レミントンはエレノアに覆いかぶさり、顔を近づけ、エレノアの胸の先を吸った。

驚きは快感に変わった。エレノアはレミントンの下で体をそらした。レミントンの髪をつかんでそこに固定し、もっと強く吸って、天国への道半ばまで連れていってくれることを願った。

レミントンはもう一方の胸に移動して、先端のまわりを舌でぐるりとなめ、エレノアをなぶり、焦《じ》らした。肌の上で、吐息混じりにささやく。「君の肌はサテンのようだな。繊細で豪華なサテンだ」

そのようにほめられただけで、エレノアがどんな気持ちになるかわかっているのだろうか?

エレノアはレミントンに向かって腰を押しつけた。彼の重みが、これ以上の何かが欲しい。

レミントンもエレノアに体を寄せ、二人の肌が触れ合った部分は、どこもかしこもが引火点になった。エレノアの胸はレミントンの胸毛にうずもれている。彼の腰の重みがエレノアをマットレスに押しつけている。男の部分はエレノアの脚の間に収まり、そこで初めてエレノアは、レミントンが指を使って自分を駆り立てた理由を悟った。

あの行為によってエレノアは満たされる感覚を知り、再び満たしてほしい、どんな方法でも構わない、という気になっていたのだ。空っぽであることも、一人でいることも、以前は自然に思えたが、今では寂しく苦悶《くもん》に満ちた状態のように感じられた。

エレノアはレミントンに腰を押しつけ、孤独感から逃れようとした。

だが、レミントンはその要求には応《こた》えてくれなかった。代わりに、エレノアの顔を両手ではさんだ。「どうしてほしいのか言ってくれ」

エレノアは哀れな声をもらした。言う? 言わなければわからないのだろうか?

「言ってくれ」レミントンは繰り返した。「教えてくれ。私は君の望むことならなんでもするが、そのためには言葉で説明しなければだめだ」

ようやくレミントンが求めているものがわかった。体だけでなく、心も降伏させようとしているのだ。自分たちが今何をしているのかを考え、許可を……なんであろうと彼がしたがっていることに許可を与えろと命じているのだ。これまでの人生の中で、誰かを罵《ののし》ったことは一度もなかった。だが、今は罵った。「ろくでなし《バスタード》」

「私は私生児《バスタード》ではないよ。両親は私が生まれたときすでに結婚していたんだから」レミントンはエレノアのあごの下で両手の親指を合わせ、顔を引き寄せた。「おそらく、私がお腹《なか》にできたのも結婚したあとだ。エレノア……」

レミントンがエレノアを本名で呼んだのは初めてだった。エレノアにはそのことの意味がよくわかった。

レミントンの腰がけだるく、挑発するようにうねった。「エレノア、どうしてほしいか言ってくれ」再び腰がうねる。

エレノアの子宮の奥深くで欲求が高まった。

「君に勝ち目はない。君は私の望みどおりにするんだ。エレノア、観念しろ。観念するんだ」

レミントンの言うとおりだった。彼はエレノアの体のことを、エレノア自身よりもずっとよくわかっている。エレノアはため息をつき、観念した。「あなたが欲しいの……お願い……」レミントンの腰に脚を巻きつけ、彼を受け入れる体勢を作ろうとした。

レミントンは両手をエレノアの胸にすべり下ろし、手のひらで包んで愛撫した。「何をお願いしてるんだ?」

レミントンが与える責め苦は完璧《かんぺき》だった。「お願い、レミントン」エレノアはわざと名前を呼び、彼の機嫌をとろうとした。「中に入ってほしいの。私を好きにしてちょうだい……しばらくの間。私に喜びを与えてくれるという約束を守ってほしいの」

レミントンは胸の中で低い笑い声をたて、その震えがエレノアの胸にも伝わった。「約束を守れというのか? やっぱり賢い女だ。今回の大それた行動でそれを証明してくれたわけだしな。よし、いいだろう」レミントンは片手をエレノアの脚のつけねにあてがい、中に入る体勢を整えた。

だが、勢いのままに押し入るようなぶざまなまねはしなかった。一歩後ろに腰を据える。男の部分の先端だけでそこに触れたが、まったく力がこもっていない。速さもない。激しく、すばやく動いてこのうずきをなだめてもらいたいのに、レミントンはゆっくりと慎重に動くだけだった。

「速くして」エレノアは懇願した。「お願い、速くして」

レミントンは短く笑っただけで、スピードを上げることはなかった。

エレノアはシーツの上で頭をよじり、レミントンの腰をつかんで下腹部をすりつけた。

「では、もう少し行くよ」情熱の証《あかし》が強く押しつけられ、エレノアの中に入り込み、そこを広げていくと、かすかな違和感だったものは痛みへと変わった。

「どうして?」エレノアは体を起こそうともがいた。「準備はしてくれていたのに」

レミントンはエレノアの腰を固定し、さらに強く、大きく押し入ってきた。「私の指はそこまで長くはないからね」

「それに、太くもないわ!」エレノアは叫んだ。

「そんなに楽なことだと思っていたのか?」レミントンがゆっくり腰を引くと、痛みがやわらいだ。

エレノアはほっと息をついた。「気持ちのいいものだと思っていたわ」

レミントンはすぐに中に戻ってきたが、今度はさらに力を込め、容赦しなかった。

エレノアは身をこわばらせた。レミントンはまるで自分が征服した国のように、エレノアを占領していた。助言なら聞いていたし、妾たちの話も耳にしていたのに、それでも奪われることには備えきれていなかった。侵略されることには。

けれど、レミントンは止まらなかった。処女の抵抗にはお構いなしだ。レミントンは体を震わせながら動き、ベッドの暗がりの中では、炎が躍ったときだけ彼の顔が見えた。眉《み》間《けん》にはしわが寄り、唇は引き結ばれている。火に照らされた頬骨とあごのラインはいっそう鋭く、エレノアを見つめる目は、まるで思考の隅々まで……抵抗も、不安も、自分の体と感情と意識に対する主導権が徐々にむしばまれつつあることも、見透かしているように思えた。

体の下でマットレスが揺れた。レミントンの香りが温かく、官能的にエレノアを包み込む。彼が奥に進むにつれて痛みは強くなり、エレノアは手の甲を口に当ててうめき声を押し殺した。

エレノアの苦悶が頂点に達したとき、レミントンは動きを止め、そのままの体勢でじっと待った。何か大きな出来事に対して、身構えているかのようだ。

そして、奥に押し進んだ。

エレノアの中で何かが弾《はじ》けた。マットレスから体を浮かせ、レミントンから逃れようとした。

だが今回、レミントンは力でエレノアを支配した。腰をエレノアにこすりつけ、先ほどはつかのまのうちに終わった快感を駆り立てていく。レミントンが腰を引くと、エレノアは欲望のまぶしい火花に息をのみ、レミントンが押し入ると、火花は炎と化した。時間さえあればこの行為を好きになれそうな予感がしたが、レミントンはその時間を与えてくれなかった。強引に、押し進むように動き、エレノアはそれについていこうとあがいた。海に漂う船のごとく、次々と押し寄せる波を受けながら、未知の目的地に向かって容赦なく、自然の意のままに運ばれていく。体内が焼けつくような感覚も消えたわけではなく、痛みと快感が混じり合い、境目がわからなくなっていた。

レミントンはエレノアを意のままに操った。これまで男を知らなかったエレノアは、レミントンを欺いた代償を支払うことになった。

エレノアは現実とは別世界にいて、そこでは何もかもが初めてのことだった。レミントンの重みも、匂《にお》いも。エレノアは所有物であり、好きに扱っていい存在なのだと言わんばかりの彼の態度も。レミントンが生み出したリズムは、速くはあるがなめらかで、エレノアの柔らかな部分は侵入されるごとに力が抜けていき、しぶしぶ彼を解放していった。エレノアが頭で薄々勘づいていただけのことを、体は知っていた。男が女を自分のものにする行為には、人類と同じ長い歴史があるが、それでいて二人だけのものでもある。二人の出会いが、運命だろうが偶然だろうが関係ない。二つの体は重なり合い、一つになったのだ。

エレノアはベッドにかかとをつけ、レミントンのリズムに合わせて動いた。手がレミントンの肩の上をすべる。

妾たちは、男性をきちんと満足させてやるのが女の務めだと言っていた。レミントンを満足させることなど、エレノアにはまったく考えられなかった。今は無理だ。一突きされるごとに、体の最も深い部分が刺激され、レミントンが約束してくれた喜びに見舞われながら、彼のものにされていく今は。

エレノアはレミントンの体を抱いた。手が汗ですべったが、その汗が自分のものなのか彼のものなのかはわからなかった。動きに合わせて、レミントンの筋肉が収縮する。旅や芸術がもたらすどんな壮大な経験もこの興奮とは比べものにならず、エレノアは一秒ごとに大きな喜びを覚えた。

一秒ごとに、レミントンは重みと支配力を増していくように思えた。刻むリズムを速めながら、彼はかすれた声でささやいた。「すべて私にゆだねるんだ」

「何?」ゆだねる? 無理だ。なぜそんなことを考えさせるのだろう? こんなときに。この夜に。明け渡せ、降伏しろと言われても、今のエレノアはただ、我を失うほどの純粋な快楽の高みに到達することを願うばかりだった。

レミントンはエレノアの後頭部に手を回して支え、エレノアを、その全身を、彼のエッセンスで包んだ。エレノアの目をのぞき込み、挑むようにじっと見つめる。唇を重ねて舌を差し入れ、男の部分を子宮に触れるくらい深く突き立てた。自分自身でエレノアを満たし、命令する。「エレノア、私の言うとおりにしろ。ゆだねるんだ……今すぐに」

その命令を待っていたかのように、エレノアの体は華々しく絶頂を迎え、痙攣《けいれん》した。子宮の奥深くで始まったものが、血管に、皮膚に、胸に熱をまき散らす。脚と腕はレミントンをとらえ、彼を奥深くに取り込もうとしているかのようだ……これ以上奥には行けないというのに。愛と不安、達成感と情熱が全身を渦巻き、やがてエレノアの口からはあえぎ、すすり泣くような声がもれた。「レミントン、レミントン」

そして、ついにレミントンも自らの情熱を解き放ち、頭をのけぞらせて目を閉じ、恍惚《こうこつ》の表情を浮かべた。

互いの情熱が交わって力を生み出し、永遠とも思える甘美なる狂気へと二人を駆り立て、溶け合わせ、一人の人間を、一つの魂を作り出したのだ。

狂気は同時に引いていき、やがて二人は主寝室のマットレスの上に身を横たえた。

それでも、レミントンの両手はエレノアの頭をつかんだままだった。エレノアの降伏の度合いを測るかのように、目を見つめたままだ。レミントンはエレノアの中に留《とど》まり、エレノアは疲れ、驚き、圧倒されていた。レミントンにすべてを、情熱のすべてを、愛のすべてを差し出したのだ。

だが、その事実を告げることに意味はない。レミントンはエレノアを最低の女だと思っているのだから、告げたところで信じてはくれないだろう。

けれど、エレノアはこの借りは必ず返させるつもりだった。

二週間もハーレムにいて、何も学ばないエレノアではなかった。

25

欲望の嵐《あらし》は過ぎ去り、レミントンはベッドの上から片足を垂らして、もう片方の足はエレノアの腿の下に入れたまま、彼女の目を見つめた。

エレノアは挑むような目で見つめ返し、レミントンがまだ中に入っていて、できるだけ奥深くに押しつけていることなど意に介していないように見えた。

いったいどうすれば、この女性は自分のものになるのだろう? エレノアが消耗しているのは確かだ。今もレミントンの下で体を震わせているし、先ほどはうねるような情欲の波の中で絶頂を迎え、その勢いは巨大な引き波となってレミントンを運び去るほどだった。それなのに、すでにレミントンに挑みかかり、自分が降伏したのと同じように、レミントンも降伏するよう無言で要求しているのだ。

だが、そんなことはできない。エレノアはレミントンが勝ち取った妻とは別人だし、欺いた罰は受けさせなければならない。

力が回復したらすぐにでも取りかかるつもりだ。だが、今は体を持ち上げる力もほとんど残っていないくらいで、このままではエレノアを押しつぶしてしまいそうだった。それでも、エレノアの中から出るのはいやだった。今夜、レミントンはエレノアに自分の印をつけるためにすべての力を使い果たした。それなのに、再び彼女を求めているのだ。頭の片隅に残る正気は、こんなのは馬鹿《ばか》げていると訴えていた。エレノアは無傷ではない。準備はしたものの、痛い思いをさせてしまった。再びレミントンを受け入れる状態にはないはずだ。それでいて、内気そうに見えて勇敢なこの女性は、いともたやすくレミントンの手をすり抜けていってしまいそうに思える。

自分がもう一度あの行為を繰り返せると考えるのも、やはり馬鹿げていた。レミントンは暴力的なまでに激しく昇りつめ、目に歓喜の涙が浮かぶほどだった。エレノアの中にすべてを出しつくした。いつもなら一晩に五回女性を喜ばせられるはずが、今は彼女を再び満たせるほどのものは残っていなかった。

レミントンは慎重にエレノアの中から出ていった。エレノアもようやく、それ以上は開けていられないというふうに目を閉じ、かすかなうめき声をもらしながら、徐々にレミントンを解放していった。レミントンは胸を上下させ、エレノアの隣に横になった。彼女に毛布をかけてやらなければならない。暖炉には今も火が燃えているとはいえ、ここは冷えるし、絶頂から戻ってきたばかりの女性が、ナイトドレスの残骸《ざんがい》だけで寒さから身を守ることはできないだろう。

レミントンは隣に横たわる色白の肌を見つめた。つんと立った胸、平らな腹、楽園への入り口を覆うふわっとした毛。両脚はレミントンを歓迎するようにわずかに開いていて、白い腿に黒っぽい汚れがついているのが見える。

血だ。

ド・レイシー家の人間を生贄《いけにえ》として、復讐《ふくしゅう》の祭壇に捧《ささ》げるのがレミントンの狙《ねら》いだった。その目標は達成されたのだ。想像していた形とは違っていたとしても。

エレノアは目を閉じ、穏やかな表情を浮かべている。レミントンにはそれが気に入らなかった。自分は今、大地を揺るがすほどの出来事をくぐり抜けた。エレノアも同じ衝撃を受けていなければならない。

レミントンはエレノアの肩をつかんで揺さぶり、今しがたの交わりに深い影響を受けたことを認めさせたかった。だが、実際にはエレノアの肩の下に腕を潜り込ませ、彼女の上に身を乗り出した。

エレノアが目を開けた。その目はぼんやりとしていて、レミントンは心の底から満足感を覚えた。よかった。彼女もこの交わりに圧倒されているのだ。

エレノアはあたりを見回し、自身の状態に驚いたようにうつむいた。レミントンの体に視線を走らせたとたん、今教え込まれた内容を思い出したようだった。目の奥に興味と自覚の色が浮かび、レミントンに教えられた行為を楽しんだことがわかる。エレノアも再びレミントンを、レミントンが彼女を求めるのと同じように求めているのだ。

レミントンはそっと言った。「ナイトドレスを脱がせるよ」

エレノアがとっさに手を上げ、胸を覆った。

今さら慎み深くふるまっても遅い、遅すぎるのだとレミントンは言いたかった。だが思いとどまり、彼女の手を両脇《りょうわき》に押しやって、袖《そで》を下ろしていった。裂けた絹とレースを手から外そうとしたとき、エレノアは一瞬それをつかんだが、すぐに放した。

「新しいものを買ってやろう」なぜなら、躍る炎を背に、もう一度ポーズを取らせたいからだ。エレノアはレミントンのものなのだから、好きな服を着せ、好きに扱って構わないのだ。

血はナイトドレスにもついていて、レミントンはそれをベッドの足側に置いた。野蛮なのは承知のうえで、この証《あかし》は残しておくつもりだった。今夜の出来事はレミントンが思い描いていた勝利とは違ったが、それでもどういうわけか、どんな想像も追いつかないほどの満足感をもたらしてくれた。

「枕《まくら》の上に行こう」レミントンは空いているほうの腕をエレノアの脚の下に入れ、体を抱き上げてベッドの頭側に移動させた。毛布をかけてから、自分も隣に潜り込む。

「眠っていいよ」レミントンはささやき、目を閉じた。

エレノアはレミントンの心臓の上に手のひらを重ねた。「もう?」

レミントンは目を開けた。エレノアを見つめる。〝もう〟とは、どういう意味だ？

　エレノアはなまめかしく、意味深な声でそうたずねたあと、レミントンに挑むような視線を向けた。ベッドの反対側からするりと抜け出し、部屋の暗がりに向かう。

「何をしてるんだ？」白っぽい姿が動いているのはわかるが、細かい動きまでは見えない。

「ご主人さまを崇《あが》める準備をしているの」

　ご主人さま？　ふむ。いい響きではないか。

「お妾《めかけ》さんたちに、男盛りの男性は一晩に何度もしたがるものだと聞いたわ」

　なるほど。レミントンはようやく腑《ふ》に落ちた。エレノアはハーレムで教わった行為を実践しようとしているのだ。「今夜はいいよ。何度でもできるよ……そのうち」

　エレノアは暖炉の前に行き、炉床の上の鉢に布を浸して絞った。「勢いをなくした男性を回復させる方法も教えてもらったの」

「私は勢いをなくしてなどいない！」

　エレノアはからかうような、誘うような横目使いでレミントンを見た。

　レミントンは何年かぶりに、冗談を言いたい気分になった。「悪い女だな。男の能力を疑うのも男を回復させる方法の一つだってことも、妾たちに教わったのか？」

「そうだったかも」エレノアはすました顔で答えた。暗闇《くらやみ》の中、その体は洗いたてのように輝いて見える。

エレノアは布の入った鉢を持ち、レミントンのほうに近づいてきた。火明かりに体の輪郭が浮かび上がり、腰が誘うように揺れている。

今夜は出しつくしたと思っていたのに、レミントンの確信は揺らぎ始めた。

エレノアはベッドのサイドテーブルに鉢を置いた。枕を三つ取り、レミントンの背後に入れる。それからレミントンの胸の上に身を乗り出して、枕をたたいてふくらませ、心地よくくつろげる形にした。レミントンの両肩に手を置き、背後に押しつける。「落ち着かれました？」エレノアはたずねた。「何か欲しいものはございます？　お飲み物は？　いりませんか？」今まで一度もレミントンの裸を見たことがないかのように、気恥ずかしげに上掛けをはがす。「ご主人さま、よろしければ運動のあとのお体を清めさせていただきたいのですが」レミントンの許しは待たず、温かく湿った布で男の部分を拭《ふ》き始める。

レミントンの額に汗が噴き出した。背中に三つ枕をあてがわれているため、目の前で繰り広げられている行為がはっきりと見える。エレノアの色白の手が自分の浅黒い肌に置かれたその光景は新鮮で、官能的で、すばらしかった。彼女の指は温かく、手つきはためらいがちではあったが、その指が局部に軽く触れるだけで、レミントンは今にも身をよじり、うなり声をあげそうになった。布は先から根元、表から裏へと動き、布が離れると肌がひんやりした。レミントンは快感と期待に歯を食いしばった。肝心の部分はさすが思考能力を備えていないだけあって、自分が最後の一滴まで出しつくしたことには気づいていないらしく、大きくふくれ上がった。

エレノアは布を鉢にかけ、マットレスの上にするりとのった。ひざまずいたレミントンの脚の間にエレノアがなめらかな肌をむき出しにし、顔を赤らめて、毛深いレミントンの脚の間にひざまずいている光景は、本質的な意味での男と女だった。全身に力がみなぎるのを感じつつ、そのくせエレノアに触れられると何もできなくなった。エレノアはレミントンの膝に両手を置き、腿の内側をなぞり上げていった。感触に魅入られたように根元を愛撫《あいぶ》したあと、いきり立ったものを包み込む。手のひらで握ったまま、親指で先端に円を描いた。

濃厚な液体が先からにじみ出し、期待に体が張りつめる。もう一度エレノアの中に入りたかった。

「ご主人さま、とても大きいですわね。私が受け入れるのに苦労したのも無理はありませんわ」静かな、感嘆を帯びた声に、レミントンのそこはさらに大きくなった。

だが、エレノアの言葉にははっとさせられた。そう、エレノアの言うとおりだ。初めてのとき、エレノアはやっとの思いでレミントンを受け入れてくれた。あれでは二度目は無理だ。今、二人のどちらかが責任感を示す必要があり、それは明らかにレミントンのほうだった。失望にかすれた声で、レミントンは制した。「今夜の君はもう、私を受け入れることはできないよ」

エレノアはかすかにほほ笑み、自分の手を見つめながら、先端の液を緩和剤のように伸ばして広げた。「男性を満足させるにはほかにも方法があるもの」

この女性が、経験の少ないこの女性が与えようとしている快楽は、レミントンが想像した以上のものなのだ。レミントンの想像力も、決して乏しくはないというのに。今、エレノアはほとんどの女性が耳にしたこともない喜びを提供しようとしている。一瞬、レミントンはうっとりと引き込まれそうになった。だが、我に返った。

責任感だ。責任感を示さなければならない。「今夜はやめておこう。あんまり私をいじめると、押し倒されて脚を宙に浮かせるはめになるよ」

エレノアは膝をついて体を起こした。レミントンの手を取り、自分の脚の間に導く。

頭を働かせて分別を保ちたかったが、女性自身の手で指を中に導き入れられた今、どうすればそんなことができるだろう？　そこは濡《ぬ》れていてすべりやすく、レミントンの指は難なく中に入った。欲望が燃え上がり、目の前がぼやける。

視界が晴れると、エレノアがほほ笑みかけているのがわかった。「お妾さんに教わったとおり、自分で洗って、オイルを塗ってすべりをよくしたの。あなたがもう一回……私を押し倒して脚を宙に浮かせたくなったときのために」

エレノアは自分を受け入れる準備をしてくれていたのだ。そう思うだけで、なぜか息が苦しくなった。

「それとも」エレノアは言い添えた。「私があなたに乗ったほうがいいかしら。その方法なら、私が動きを調整できるわ。そうすれば、あなたも私に痛い思いをさせなくてすむし」

エレノアが上に乗る？ 動きを調整する？

エレノアはそっと指を引き抜いて、レミントンの胸に覆いかぶさり、顔を見つめてほほ笑んだ。「とりあえず、あなたはゆっくり休んでさっきの疲れを取って。私がその間に失った勢いを回復させるから」

エレノアは自分がとても面白いことを言っているつもりらしい。

確かに、状況が違えばレミントンも面白いと思ったかもしれないが、エレノアが上に覆いかぶさり、乳首を探り当てて口に含み、歯を立てている状態では無理というものだった。

エレノアはレミントンの体を這《は》い下り、腹と腿にキスをした。あちこちで動きを止め、つるりとした唇で肌を愛撫されるうち、レミントンの欲求は高まり、脚の間は心臓と同じ鼓動を刻み始めた。二日前の晩、エレノアが口にした言葉が思い出される。

〝男性は密《ひそ》やかな部分を女性の口に含んでもらうのが好きだって知ってた？〟

今エレノアがしようとしているのは、それなのだろうか？ もしそうだとしたら、その快楽に耐えられるだろうか？

今まで生きてきて、こんなにも何かを求めたのは初めてだ。

正確に言えばそれは嘘《うそ》で、レミントンはその行為よりもエレノア自身を求めていた。花嫁に味わわせようとしていたのと同じ喜びが、レミントンに襲いかかってくる。若者に、童貞に戻って、女性を満たす行為の新鮮さに圧倒されているみたいだ。

まったく、なんという女性だろう！　エレノアはレミントンをイギリス中の笑い物にしており、その噂《うわさ》は船に運ばれれば、たちまち世界中に広まるというほどのものだ。これが自分の身に起こった出来事でなければ、エレノアの腕前に感心していただろう。

エレノアはレミントンの腰を両手でつかみ、顔を近づけて、男の部分を根元から先端へとなめ上げた。舌がこすれる感触だけで、レミントンはベッドから飛び上がった。

明らかに芝居とわかるすました口調で、エレノアがたずねた。「ご主人さま、痛いところがありましたか？」

「いや」レミントンはかすれた声で言った。「続けてくれ」

エレノアはそっと先端を唇で覆い、口に含んだ。興味を引きつけられたように、唇で締めつける力をさまざまに変えたあと、まずは乱暴に、次は優しく、舌で何度も円を描く。

「もっと奥まで」レミントンはささやいた。「もっと強く」

エレノアが顔を上げた。「ご主人さま、私があなたにご奉仕してもらったときは、注文はつけなかったわよ」

レミントンは笑おうとしたが、顔の筋肉を動かすことができなかった。「それは申し訳ない」

「あなたの希望なら、次の機会に聞かせてもらうわ。よければ、今は好きに試してみたいんだけど」

「わかった。それでいいよ。試してくれ」エレノアの頭が再び下がり、レミントンはまた甘く濡れたぬくもりに包み込まれた。「君ならどんなへまをしても気持ちよく感じられる」

エレノアは舌でなめ回しながら、根元まで口に含んでいった。

レミントンの中に切迫感が込み上げてきた。自制心が音をたてて崩れていく。二人がつながっていたときのエレノアの姿が頭に浮かんだ。恍惚《こうこつ》に我を失い、しゃにむに絶頂に駆け上がっていく姿。エレノアの口に含まれるのもいいが、それよりも彼女を喜ばせたくてたまらなかった。

不意に、エレノアの中に入らなければならない気がした。

エレノアの脇の下に手を入れ、体を持ち上げる。エレノアが悲鳴をあげた。「待って！」

だが、レミントンはこれ以上衝動を抑えられなかった。

エレノアを上に座らせ、脚を広げさせたあと、中に入る体勢を整える。そして、かろうじて残った自制心を発揮し、そのまま待った。

エレノアから自信たっぷりの態度が消えた。もはや召使いには見えず、経験がないも同然の女性に戻って、体を震わせている。頬が上気しているが、恥ずかしがっているのか、高ぶっているのかはわからなかった。エレノアは意を決したように息を吸い込み、レミントンの上で背筋を伸ばして、未知の試練に挑むかのごとくあごを上げた。唇の端に舌を寄せ、レミントンのものを握って、ゆっくりと腰を落とし始める。

レミントンはエレノアの中に入った。やはりそこはとてもきつかった。とてもきつい。だが、オイルのおかげですべりはよく、レミントンは再び少しずつ、彼女に包まれていった。そのぬくもりに。その体に。

エレノアが緊張しているのがわかった。手はレミントンの腕をつかみ、脚は畏縮《いしゅく》し、内側はあの痛みを繰り返すことを怖れるようにこわばっている。

レミントンはエレノアに身を任せた。エレノアは上下に動いたが、レミントンを根元まで受け入れようとはしない。腿がレミントンの腰の両側で動く。上方で胸がゆっくりと揺れる。短い髪の毛が、ピンクに染まりゆく頬にふわりとかかった。

レミントンは形勢を逆転させて、エレノアに動き方を教え、腰を突き動かして彼女の中にうずもれたくて仕方なかった。だがそれ以上に、いつでもエレノアを征服できると知りながらそうしないことの苦悶《くもん》が、どこか快く感じられた。

エレノアから怯《おび》えた様子が少しずつ消えていき、やがて顔いっぱいに恍惚の表情が浮かんだ。最高だったのは、ついにエレノアが腰を落としきり、彼女のエッセンスに浸りきった瞬間だった。レミントンはエレノアの体をつかんで一瞬だけ動きを止め、この交わりを堪能《たんのう》し、じきにすばらしい絶頂を迎える予感を味わった。

そして、手を離した。

エレノアはほほ笑んだ。彼女は今や、レミントンのすべてが喜びの種であるかのように、心から笑っていた。

レミントンもほほ笑み返したかったが、できなかった。神々しいまでの快楽の稲妻に打たれていたのだ。

エレノアはいろいろな動きを試した。腰で円を描きながら、レミントンがほとんど抜けてしまいそうなほど上昇したあと、腰を落として根元まで埋もれさせる。彼女の手はレミントンの胸と腹を愛撫したあと、二人の間にまで入り込んで、腰を上下させる傍ら指も動かした。

レミントンは反応した。反応せずにはいられなかった。うめき声がもれる。頂点に達しないよう自制するあまり、体が震えた。そしてついに、主導権を奪った。エレノアの肩甲骨からウエストへと指先を這わせ、感じやすい胸の下部には特別の注意を払う。腰も揺らしたが、最初はかすかに動くだけにとどめ、繊細な女の芯《しん》を刺激することに集中した。

この新たな行為に対するエレノアの取り組み方が変わった。新しい動きを試すのはやめ、単純なリズムに集中し、波間から姿を現すヴィーナスのごとくレミントンの上に浮かび上がる。レミントンがいちばん奥に到達するたび、目を閉じたり開いたりしてまつげを震わせ、レミントンが体内にいることの衝撃を吸収しているようだった。

レミントンが突くたびに、エレノアの口から小さなあえぎ声がもれた。内側は溶けるくらいに熱く、起伏に富んだ絹のようで、レミントンの体はいっきに反応した。つい数分前まで、今夜はもう使いものにならないと考えていたことなど、頭から吹き飛んでしまう。これ以上は衝動を抑えられそうになかった。レミントンは妻に魔法をかけられ、その魔力を喜んでいた。

エレノアが懇願した。「お願い、レミントン。お願い」

何を懇願しているのか、本人はわかっているのだろうか？

「速く」エレノアはささやいた。「お願い、レミントン。速く」

もちろんだ。レミントンはエレノアに腕を回し、後ろに押し倒した。彼女を抱いたまま、力強く動く。一突きするごとに強さを、速さを増しながら、二人で情欲の疾風に身を任せた。エレノアが小さく叫び声をあげて、体を震わせながら頂点に達すると、レミントンも熱を解き放ち、まるで今初めて彼女を抱いたかのように絶頂を迎えた。

エレノアはレミントンの耳元であえいでいた。腕の中で震えていた。その無力感、無防備さは、レミントンがこれまで望んできたとおりの彼女の姿だ。怒りが引いていくのがわかったが、情熱は消えなかった。たとえ自分を裏切った女だとしても、レミントンはやはりエレノアのことを思い、求め、その気持ちはこれまでどんな女性にも抱いたことがないものだった。

私はエレノアを許すのだろうか？　野望がついえることを思えば、そうするわけにはいかなかった。それでも、エレノアの腕に抱かれている間は野望のことなど考えられず、ただただ感覚を麻痺《まひ》させるほどの圧倒的な喜びに包まれていた。

もしかすると、喜びさえあればじゅうぶんなのかもしれない。

26

翌朝、エレノアが目を開けると、着替えを終えたレミントンが自分の上に覆いかぶさり、頭の両側にこぶしをついているのが見えた。

その表情に愛情はまったく感じられない。「どうして昨日の晩、マグナス公爵がここに来たことを教えてくれなかったんだ？」

エレノアは目をしばたたき、激怒したレミントンの顔に焦点を合わせようとした。だが、顔が近くにありすぎるうえ、エレノアの体は今も昨夜の快楽の繭に包まれていた。「それは……すっかり忘れていたの」頬にかかる髪束を押しのける。「どうして？」

「私がいないときに、あの男にこの家に入ってきてほしくないんだ」

「私のおじなのよ。入るなとは言えないわ！」レミントンがなぜこのような態度をとるのかわからなかった。

レミントンは完璧《かんぺき》な体型に完璧に合う旅行用衣服の上下をまとい、金髪は完璧に剃《そ》られた顔から後ろに完璧になでつけられている。香りも完璧で、石鹸《せっけん》とさわやかで清潔な男性の匂《にお》いを漂わせているが、特徴的な薄い青色の目は完璧な冷ややかさをたたえていた。一方、エレノアは裸で、乱れていて、気が動転していた。完璧な点など何一つなく、レミントンがゆうべの優しく情熱的な出来事など忘れたかのように、いとも簡単に結婚初夜のベッドから起き上がれたという事実に憤っていた。エレノアのほうは、まだレミントンにぼうっとなっているというのに。

それまでレミントンにも、ほかの誰にも使ったことのない鋭い口調で、エレノアは言った。「言っておきますけど、あなたに来客のリストを伝える時間なんてなかったわ。それに、もしあなたがマデリンと結婚していたら、マグナスはしょっちゅうここに来ていたはずよ。マデリンのお父さまなんだから」

「そんなことはわかっている。あの男が何者なのかも、どういう人間なのかもよく知っている」

マグナスは男性からの評判がいい。ざっくばらんで、陽気で、博打《ばくち》打ちで、酒飲みで、細かいことは気にしない。あらゆる点で男に好かれる男なのだ。ところが、トランプの勝負では自分が勝利したにもかかわらず、レミントンは明らかにマグナスを毛嫌いしているし、何よりも、マグナスをまったく信用していないように見えた。

昨夜もレミントンは何か不可解なことを言っていたが、情熱がほとばしる中では注意を払う余裕がなかった。エレノアは記憶の奥底から、レミントンが口にした言葉を掘り起こした。「以前、私の家族に殺されそうになったと言っていたわね。どういう意味？」

「ああ」レミントンは唇の端を上げ、あざけるような、傷ついたような笑みを浮かべた。

「ようやくわかってきたというわけか？」

エレノアはつじつまの合わない要素を、本人が認めている以上にレミントンの計画が壮大であると示唆する事実の断片を、頭の中でつなぎ合わせていった。枕《まくら》から頭を上げ、レミントンを見つめる。「マデリンとの結婚を賭《か》けた勝負で、いかさまをしたの？」

「いや」レミントンはそっけなく答えた。「いかさまはしない」

エレノアは毛布を体に巻きつけたまま、座る体勢をとった。「あなたのほうも勝負に大きなものを賭けていたんでしょうね」

レミントンは体を起こし、腕組みをしてエレノアを見つめた。「経営している海運会社を賭けた」

「会社丸ごと？」レミントンは根っからの博打好きではない。レディ・ガートルードもそう言っていたし、ピカード家の舞踏会でも、彼は賭博《とばく》室にまったく興味を示していなかった。エレノアは抑えた口調でたずねた。「そこまでして女公爵を手に入れようとしたのはなぜ？」

レミントンは目の奥に皮肉の色を浮かべ、エレノアを見据えた。「わかっているはずだ」

「お金でしょう。ほかにどんな理由があるの？　お金と権力よ」そう応じながらも、それだけが理由とはエレノアには思えなかった。

「権力。そうだ。この国で最も有力なド・レイシー一族を自由にできる権力。人の生死を左右できる権力。マグナス公爵を意のままに操る権力だ」

レミントンの熱意に、エレノアは目をしばたたいた。さまざまな思いが頭を駆けめぐり、鋭い口調になる。「マグナス公爵を操ろうだなんて、ふつうは誰も考えないわ。欠陥のある拳銃《けんじゅう》みたいな人だもの。常識では考えられないような行動をとる人よ。例えば……通りすがりの他人と賭《かけ》をして、娘を手放すとか。愛情ある父親のすることじゃないでしょう？　だけど、あの人はあれでマデリンを愛しているんだと思うわ」

「私は通りすがりの他人ではない」レミントンが言った。「マグナスに会えるよう念入りに下準備をした」

その言葉に、エレノアの疑惑は確信に変わった。「お金と権力のために」

レミントンは昨夜の情熱的な愛の行為が嘘《うそ》のように、険しい顔をしていた。「それがどうした？」

自分が無造作に心から消し去られたことには傷ついたが、エレノアにもプライドはあった。レミントンが冷淡な態度をとるのなら、こちらも……。少なくとも、そのふりはできるはずだ。「母国では富も名声もあるアメリカ人が、社交界に入り込んで女公爵と結婚するという目的のためだけにイギリスに来るなんて、とてもおかしなことだと思うの」

レミントンはまぶたを伏せ、エレノアから表情を隠した。「今朝はずいぶん詮索《せんさく》するんだな」

彼こそ、なぜ胸の内を隠そうとするのだろう？

それは、何か隠さなければならない事実があるからだ。

エレノアは夢から覚めた気分になった。昨晩は、二人の間に絆《きずな》が生まれたと思った。いや、そう願い、そう想像した。少なくともレミントンにとっては愛情の絆ではないにしても、快楽の絆は結べたのだと。しかし、レミントンにはっきりと拒絶され、エレノアは無念が敵意に変わるのを感じた。「あなたが言ったとおり、私たちが夫婦になったのは紛れもない事実で、結婚の束縛から逃れる術《すべ》はないわ。夫の考えを理解したいと思ってはいけない？」

「私がなんのためにマグナス女公爵と結婚したか、ききたいのか？」レミントンはほほ笑んだが、それは北部の冬を思わせる凍《い》てついた笑みだった。「復讐《ふくしゅう》だよ」

レミントンは何をしたのだろう？

それ以上に、私は何をしたのだろう？　レミントンへの愚かな愛に突き動かされて、いったいどんな計画に飛び込んでしまったのだろう？「嘘をついたのね」

「なんだと？」そのとき、ドアを引っかく音が聞こえた。レミントンはエレノアに困惑げなまなざしを向けてから、ドアを開けに行った。

リジーが飛び込んできた。しっぽを振り、耳を立て、二人に会うのが嬉《うれ》しくてたまらない様子で、敵意に満ちた雰囲気などお構いなしだ。

「嘘をついたとはどういう意味だ?」レミントンは問いただした。

エレノアがベッドをたたくと、リジーはマットレスに飛び乗ってきた。「嘘をついたじゃない。どうしてマデリンと結婚したいのかときくと、お金と権力のためだと答えたわ。もしそのとき本当のことを言って、復讐のためだと教えてくれていたら、私はあなたと結婚しなかった」

「ド・レイシー家に復讐するつもりだと無邪気に告白しろっていうのか? おいおい、そんな馬鹿《ばか》げた話は初めて聞いたよ」

エレノアはリジーと朝のキスをかわし、頭をなでた。「私が言いたいのは、この結婚にはあなたにも責任があるということよ」

「ああ、そうだ。もちろん自覚しているよ、自分の……」レミントンはその先をためらった。

馬鹿さ加減。レミントンは〝自分の馬鹿さ加減は自覚している〟と言おうとしたのだ。

「責任は」レミントンは窓のほうに歩いていき、カーテンを開けた。「レディ・プリシラとその恋人の話は知っているか?」

窓の外では、雲はすでに晴れ、太陽が輝いていた。だが、レミントンの寝室では、明白な事実を暗い感情が覆い隠し、エレノアは過去の情熱と憎しみの中を手探りしている気分だった。「知っているわ……部分的には。それにしても、あなたの口からその話題が出るなんて驚きだわ。長年耳にしていなかった話なのに、ここ一週間で二度も、あの悲劇について聞かされるなんて」

レミントンがさっと振り返った。日光に照らされたその顔は、エレノアがこれまで見たことがないほど厳しかった。リジーまでもが、鼻を鳴らして後ずさりしたほどだ。「ほかに誰がその話を？　どうせマグナス公爵だろう」

「違うわ。ファンソープ卿《きよう》よ。レディ・プリシラと婚約していたのよね」

レミントンの目が険しくなる。「そうだ」

「レディ・プリシラの思い出を、つらそうに語っていらっしゃったわ」気の毒な人だ。

「あいつは殺人の容疑者の一人だった。それは知っていたか？」

エレノアは身震いし、膝を立て、腕で抱えた。「あのよぼよぼのおじいさんが？　まさか」

ファンソープ卿の容疑を一蹴《いっしゅう》され、レミントンは腹を立てたようだった。エレノアのほうに歩いてきたが、近づきすぎることを怖れるかのように、また戻っていった。「あのころはまだ、よぼよぼでもじいさんでもなかったんだ。それに、レディ・プリシラはほかの男と駆け落ちしようとしていた」

レミントンが一語発するごとに、状況はますます奇妙な、不穏なものになっていった。日光を背に、威嚇するように立つ大柄な夫を、エレノアは注意深く観察した。「どうして知っているの？　どうしてそんなことを気にするの？」

「私はレディ・プリシラが駆け落ちしようとしていた相手の息子だ」

エレノアは小さく声をもらし、すべてを悟った。レミントンを見つめながら、その情報を意識に浸透させ、なるほどと思う。もしレミントンの父親が息子と似た容姿だったのなら、世界中のどんな女性も分別をかなぐり捨てて、彼のもとに走っただろう。そもそも、エレノア自身も同じことをしたのではないか？

「驚かないんだな」

「驚いているわ。ただ……わかってきたの。全部じゃないけど、パズルのピースがはまってきたのよ」レミントンの執念も、もはや異様だとは思えなくなっていた。「実を言うと、ファンソープ卿の話はそれとは違っていたの。どこかの平民がレディ・プリシラに恋をして、彼女がその気持ちに応《こた》えてくれなかったものだから殺したんだと言っていたわ」

レミントンは不快そうにほほ笑んだ。「ファンソープは婚約者がほかの男を選んだのが気に入らなかったんだ」

「そんなことをされたら、誰だって気に入らないと思うわ」そのうえ、ファンソープ卿は平民を軽蔑《けいべつ》しているのだから、気に入らないどころの騒ぎではなかったはずだ。「じゃああなたは、嫉妬《しっと》に狂ったファンソープ卿がレディ・プリシラを殺したと考えているの？」

「あの男は無一文だった。レディ・プリシラの持参金をあてにしていたんだ」

「それなら、殺しはしないわね」エレノアの足元では、リジーが体を丸めていた。温かな、命あるものが耳をかかれて気持ちよさそうに寝そべり、エレノアたちと一緒にいられることを喜んでいるさまは、大昔の不幸な記憶が渦巻く室内の空気とは対照的だった。

「そのとおりだ。レディ・プリシラの死後、ファンソープは借金取りから逃れて大陸に渡った。そこで、かなり年上のイタリアの伯爵未亡人と結婚して、妻が死ぬと、遺産を持ってイギリスに帰ってきた。その金も、今ではほとんど浪費してしまっているが」

「ファンソープ卿は、犯人はオーストラリアに流刑になったと言っていたわ」エレノアはレミントンに目をやり、生まれつきにも見える自信を感じ取った。「あなたはアメリカ人でしょう」

「父は刑期を終えると、あらかじめ財産の一部を移しておいたボストンに渡り、そこで再出発したんだ」

エレノアはすべてをはっきりさせたくて、強い口調でたずねた。「ファンソープ卿は、その人はジョージ・マーチャントという名前だと言っていたわ。あなたの名字はマーチャントじゃない」

「レディ・プリシラを殺した犯人は、罪を徹底的に隠すことにした。私の家族を皆殺しにさせたんだ」

エレノアはぞっとして息をのんだ。

「そこで私は名前を変えた」

「なんてこと。ご家族のこと、心からお悔やみ申し上げるわ。私……」レミントンを抱きしめ、顔に刻まれた苦悩のしわをなでたかった。彼はぼんやりと考え込むような表情で、エレノアには想像もつかないほどの辛苦に満ちた喪失に思いを馳《は》せていた。

「商人《マーチャント》。騎士《ナイト》」レミントンが言う。「皮肉っぽくていい名前だろう」

情熱的に愛し合った痕跡《こんせき》の残るベッドに座り、エレノアは皮肉も、正義すらもどうでもいいと思っていた。事実を突きつけられた今、頭を占めるのはただ一つの思いだった。いくらレミントンを愛しても、彼がド・レイシー家の人間を愛することはないし、復讐の望みをこっぱみじんに打ち砕いた女となればなおさらだ。エレノア自身の望みも打ち砕かれ、ほとんど消えうせてしまった。

ほとんど。

けれど、望みが消えたことで、気が楽になったのも事実だった。すべてを失ってしまったのであれば、思いの丈をぶちまけてもいいはずだ。「あなたの名前も嘘だったのね」

「なんだと？」レミントンがぴしゃりと返した。

エレノアは指でリジーの毛をつまんだ。「私は自分の身元を偽ったけど、あなたも同じだったんだわ」

レミントンの声は軽蔑がこもっていて辛辣《しんらつ》だった。「心配はいらない。ナイトという姓に変えるときに、法律上の手続きは取った。結婚は有効だ」

エレノアは再び言い募った。「そんな心配をしているんじゃないわ。あなたは私に、いちばん基本的な部分で嘘をついたのよ」

「いちばん基本的な部分か……体では、嘘は一つもついていないよ」レミントンは炉棚をつかんで、長い指で木材をなで、薄い青色の目を灼熱《しゃくねつ》の石炭のごとく輝かせていた。「君が欲しい。たとえ正体を知っていたとしても、私は君を求めていたよ」

レミントンの告白に、エレノアは不意を突かれ……心底衝撃を受けた。長年マデリンの陰で生きてきたため、誰かが自分に目を向けてくれることがあるとは思ってもいなかった。

「私は……マデリンに似ているから」

「マデリンが君に似ているとも言える」レミントンはじれったそうに、エレノアに向かって手を振り動かした。「それに、ほかの女が自分の女の代わりになると思う男はいない。私には二度と同じ手は通用しないと思ってくれ」

沈黙が流れ、エレノアはリジーをなでながら、レミントンの言葉を頭の中で反芻《はんすう》した。気のせいだろうか……いや、確かに、レミントンはエレノアのことを〝自分の女〟と呼んだ。エレノアにとって、レミントンはつかみどころのない人だった。厳しかったり、温かかったり、怒りを爆発させたり、優しくしてくれたり。家族の思い出を大事にしながら、一方でエレノアの家族を破滅させようとする。エレノアを天国に連れていき、次の朝は地獄に突き落とす。エレノアはレミントンのことを、彼がなぜそこまで金儲《かねもう》けに精を出し、それを復讐のために費やそうとするのかを知りたかった。「レディ・プリシラが殺されたときのことをもっと教えて。ファンソープ卿は容疑者から外れると考えているのよね」

「ああ、私の家族を殺した人間は、オーストラリアからアメリカへと父の足跡をたどり、父の身辺を調査し、名のある商人を殺せる人間を雇うだけの財力を持っていたはずなんだ」レミントンは部屋の中を横切ってきて、エレノアのあごを持ち上げ、まっすぐ目を見つめた。「君の父親も疑ったが、それだけの計画を実行する収入はないと判断した」

エレノアは苦々しい気分になった。「それに、動機もないわ。レディ・プリシラが殺されたことは、兄二人に違った形で影響したの。おじのマグナスはその記憶から逃れるために、ちゃらんぽらんな人生を送るようになった。私の父は感情を表に出さなくなった。妹を愛していたようにほかの女性を愛するのがいやになって、実際に誰も愛さなかった」エレノアはレミントンと同じように、自身の苦悩を隠そうとした。「私もまったく愛されていないわ」

レミントンはエレノアの強がりを見破ったらしく、同情するような目を向けてきた。だが、エレノアは同情されるのだけはいやだった。そこで、レミントンを脇《わき》に押しのけ、一糸まとわぬ姿でベッドから起き上がった。本心を押し隠し、何気ない様子で部屋着を取りに向かう。レミントンに背を向けたまま、部屋着の袖《そで》に腕を通した。

「だからあなたはマデリンと結婚したかったのね。マグナス公爵の娘をベッドに引っぱり込みたかったんだわ。マデリンの領地を支配下に置くことで、流刑になったお父さまの仇《あだ》を討とうとした」

「それと、レディ・プリシラ殺害の仇も。ああ、君の言うとおりだ。私には、ド・レイシー家の娘をベッドに引き入れる栄誉に浸る以上の目的があった。といっても、そっちの目的から得られる喜びも大きかったけどね」レミントンはおじぎをした。その顔に浮かんだ表情から、彼がエレノアの裸に目を留め、楽しんでいるのがわかった。

エレノアは無視したが、恥ずかしさのあまり声に軽蔑の色がにじんだ。「そのご丁寧な態度を光栄に思えと？」ひもを荒っぽく引っぱって結ぶ。「続きも話して。全部教えてほしいわ。プリシラおばさまが、なぜ平民だったジョージ・マーチャントと知り合ったのか、その点からして不思議なの」

レミントンはぼんやりとリジーをなで、エレノアを見つめたが、その目にはいつもの官能の色が戻っていた。「簡単なことだ。四十五年前、君の祖父である前マグナス公爵はすべてを失う瀬戸際にいた。莫大《ばくだい》な借金があって、領地からの収入では利子が払えなかった。

そんなとき、私の父であるジョージ・マーチャントが現れ、前公爵に取引を持ちかけた。父はイギリス海軍に食糧を供給する事業を計画していたんだが、その契約を成立させるのに必要な人脈がなかったんだ。そこで前公爵に、王室に対する影響力を自分のために使ってくれれば、全利益の半分を払うと言った。前公爵は同意し、一年後には、父の努力の結晶から得た収入で借金を返し終えた。五年もたたないうちに一財産を築いたが、何よりもよかったのは、商売などという汚れたものとかかわっている事実を誰にも知られなかったことだ」レミントンの声音に皮肉の色が混じった。「ことあるごとに前公爵に便宜が図られたが、商人として商売で手を汚すのは父で、役立たずの貴族としての前公爵の評判に傷がつくことはなかった」

エレノアは暖炉のそばの椅子に腰を下ろした。炉床の灰はすでに冷たくなっている。エレノアの心も同じように冷え込んでいた。「じゃあ、レディ・プリシラがあなたのお父さまと知り合ったいきさつを教えて」

レミントンは近づいてきて、エレノアを見つめて考え込むような顔をした。「前マグナス公爵と父は親しくなった。父には学があった。前公爵は学者だったから、父はしょっちゅう前公爵の家を訪れていた。そこで、レディ・プリシラに出会ったんだ。父は彼女をほめたたえていたよ。美人で、優しくて、頭がよくて……」リジーがベッドから飛び下りてレミントンのそばに歩いていき、磨かれたブーツの匂いを嗅《か》いだあと、うっとりした目で彼を見上げた。

愚かなリジーは、まるで太陽が昇るのも沈むのもこの人しだいという目でレミントンを見つめている。エレノアは自分がレミントンにあのような目を向けていないことを祈った。

レミントンは続けた。「どこまでが恋ゆえの思い込みで、どこまでが事実なのかはわからない。でも、父はレディ・プリシラを愛していて、彼女のほうも前公爵に逆らうくらい父のことを愛していた。前公爵にファンソープ卿と結婚させられそうになると、レディ・プリシラは父と逢《あ》い引《び》きの約束をし、庭で待った。その晩、二人は駆け落ちするつもりだったんだが、父が待ち合わせ場所に行くと、彼女は刺し殺されていて、あたりは血の海になっていた」レミントンの声は辛辣さを増し、そのせいで室内が陰ったようにさえ思えた。リジーはレミントンのもとから逃げ出し、エレノアに駆け寄ってきて、足元にうずくまった。「父は冷たくなっていくレディ・プリシラの体を抱き、月に向かって悲痛の叫び声をあげた。そこを連中に見つかったんだ」

レミントンの生々しい描写に、エレノアの腕に鳥肌が立った。傷だらけの遺体と、悲嘆に暮れる恋人の姿が目に浮かぶようで、血まみれになったジョージを目にした見物人たちの恐怖も想像がついた。エレノアは椅子からするりと下りてリジーのそばに膝をつき、首のまわりの毛に指を入れてさすって、のんきで明るいリジーになんらかの救いを期待するかのようにきゅっとつかんだ。

「殺し屋たちにボストンの我が家と父の会社に火をつけられたとき、妹は悲鳴をあげて家から逃げ出した。だが、連中に捕まり、殴り殺された」忘れたほうがいい事柄を見据えるように、レミントンは空を見つめた。「アビーは九歳だった」

「アビー……」エレノアはささやくようにその名を口にした。華奢《きゃしゃ》な体に淡い金色の髪をした、兄を心底慕う少女の姿が目に浮かぶようだった。

これでは、レミントンとの絆を強められるはずがない。どんな言葉も彼の痛みをやわらげることはできないのだから。レミントンはエレノアの家族を恨んでいるし、これほど非道な仕打ちを決して許しはしないだろう。

レミントンは大きく息を吸い、エレノアに注意を戻した。「父が流刑になると、前マグナス公爵が父の会社を乗っ取った。社交界は殺人事件と裁判に熱中していて、誰もそのことには気を留めなかった。父が自分に箔《はく》をつけるために買っていた地所も、前公爵のものになった。そこは今もド・レイシー家が所有している。父の家の残骸《ざんがい》が残っているよ」

「マグナスはそのような地所は持っていないわ」

「でも、あるんだよ。父の地所は、ロンドンからそう遠くないチズウィックの郊外のレイシー館に隣接している。君は覚えて――」

「丘のふもとの廃墟《はいきよ》ね」震えが走り、エレノアは腕をさすった。二つの地所が合わさったからだと今知ったが、チズウィックの地所は広大で、そこには幽霊が出ると噂《うわさ》される廃墟があった。おそらく、本当に出るのだろう。

「前マグナス公爵は父がオーストラリアに移送されるよりも前に、あの建物を取り壊した。悲しみに駆られての行動だろうと周囲は噂した」レミントンの声はしだいにかすれてきた。「私の父は、それは罪悪感に駆られての行動だと考えていた。前マグナス公爵がレディ・プリシラを殺したと、父は思い込んでいた」

エレノアは力強く首を横に振った。「それはありえないわ。祖父は亡くなるまでレディ・プリシラの死を悼んでいたもの。最後の数年間は意識が混濁してきて、私によく話しかけたわ。私の手を握って、プリシラと呼んで……やったのはジョージではないと。真相はもっと恐ろしいものだと。私にはその意味はわからなかったけど」

「そうなると、残る容疑者はあと一人。現マグナス公爵だ」

冗談としか思えず、エレノアは短く笑った。「まさか」

「あの悲劇の数カ月前から、現マグナス公爵は手下に父の会社の周辺を嗅ぎ回らせていた。父とその家族を皆殺しにしなければ、気がすまなかったんだ」

「あなたは間違ってる」エレノアは立ち上がり、レミントンに向き合った。「私はおじのことをよく知っているわ。あの人の家に住んでいるし、あの人の娘のコンパニオンをしているんだもの。何もできなくて、愛嬌《あいきょう》だけはあって、落ち着きのない人よ。感心はできないわ……マデリンに対する態度を見ていると、恥を知りなさいと言いたくなるし。でも、嫌いにはなれない。どうしたって嫌いにはなれない人なの。あなたが今言ったように、念入りに計画を練り上げてそれを実行するなんて、おじにとっては月に飛ぶのと同じようなことよ。悪意のかけらもない人だけど、家族に対する責任だってかけらもないわ。あなたは間違ってる」エレノアは繰り返した。「おばを殺した犯人も、あなたのお父さまと妹さんを殺した犯人もわからないけど、犯人じゃない人ならわかるわ。マグナス公爵は犯人じゃない」

レミントンの体は一回り大きくなったように見え、声は憤怒《ふんぬ》のあまり威嚇の響きを帯びた。「私が間違いを犯したとすれば、それは別人と結婚してしまったことだけだ」

エレノアの怒りも、レミントンと同じレベルに跳ね上がった。「私の血管にもマデリンと同じ血が流れているんだから、あなたが結婚した目的が私の一族への復讐なら、大満足のはずよ。でも、あなたが結婚したかったのは女公爵。いちばんいい獲物が欲しかったのね」胸の中で心臓が暴れる。エレノアはレミントンに一歩近づき、にらみつけた。「でも、あなたは私と結婚した。私は私の家族ではないんだから、過去の罪を責められる筋合いもなければ、過去の手柄をほめられる筋合いもない」本心を言ってもいいはずだ、とエレノアは思った。これ以上何を失うものがあるだろう？　レミントンにはすでに最悪の女だと思われているのだ。「私は今この時代を生きているし、私にもほかの人と同じように幸せになる権利がある。私はマデリンじゃない。祖父でもない。あなたのお父さまへの愛のためのために死んだおばでもない。私は私よ。あなたのために死んだりしない。でも、あなたのために生きるわ。だから、どうするのか決めて、決断した内容を私に教えてちょうだい」

エレノアは勢いよく歩き去るつもりでいたが、レミントンに腕をつかまれた。「感動的な演説だが、君が忘れていることがある。私は取り返しのつかないことでくよくよするような男ではない。私が結婚したのは君だ。マグナスに復讐する方法はまた考える。君がいてもじゃまにならない方法をね。だから、とりあえずは愛《いと》しの君よ」レミントンはエレノアの部屋着に手をすべり込ませ、胸をつかんだ。「君を堪能《たんのう》するよ。何度も、何度も」

レミントンは腕の中でエレノアを倒しながらキスをし、エレノアは大風を受けた葦《あし》のようにしなった。情欲と怒りが同じ分量だけ呼び覚まされ、レミントンの髪をつかんでキスを返す。レミントンの味と匂いは癖になるほどすばらしく、彼の求めに応じようとエレノアの血は躍った。

レミントンは唇を離し、エレノアがまっすぐ立てるよう支えた。「ほら、着替えるんだ」そう命じて続ける。「新婚旅行に行くぞ」

午後、レミントンと海辺に向かう前に、エレノアはレイシー館の家政婦に手紙を送った。レディ・プリシラの日記を読みたいと。おばが命の危険を感じていたのかどうか、感じていたとしたら誰を怖れていたのか、知りたかった。

この謎《なぞ》を解明しなければならない。レミントンが間違った相手に復讐する前に。エレノアの人生を、レミントン自身の人生を台なしにする前に。そして、野放しになっている殺人犯が再び犯行に及ぶ前に。

27

次の週、屋敷に戻ったエレノアは、ボンネットを脱ぐ暇も惜しんで郵便物の山をかき分け、レイシー館からの小包を捜した。そのとき、屋敷のドアがノックされるのが聞こえた。おなじみの声を耳にして、エレノアは立ち上がって玄関広間に急いだ。見慣れた、そして自分によく似た顔と姿がそこにあった。

「マデリン！」

「エレノア！」

二人は互いの胸に飛び込んで抱き合い、いとこの懐かしい香りと感触にエレノアの目は潤んだ。しばらくして、エレノアは体を離してたずねた。「どこにいたの？　結婚式までの一週間ずっと待っていたのに、来なかったじゃない！」

「そんなことより、あなたミスター・ナイトと結婚したの？」マデリンはじれったそうに外套《がいとう》を脱ぎ、ブリッジポートの手に押しつけた。「エレノア、どうかしてしまったんじゃない？　ディッキーは間違いなくそう思ってるわ」

「ブリッジポート、お茶をお願い。応接間でいただくわ」エレノアはマデリンと腕を組み、二人きりになれるよう場所を移した。「私、レミントンと結婚したかったの」つんとあごを上げる。「だから結婚したのよ」

マデリンは口をぽかんと開け、エレノアを見つめた。その顔にゆっくりと笑みが広がる。

「そういうことなのね、エレノア。もう臆病者《おくびょうもの》ではないってことね」

「あの人がそばにいると、なんて言えばいいのか……何も怖くなくなるの。自分がしたいようにできるのよ」エレノアは応接間を、レミントンと初めて会った場所を見回し、これでいいのだと改めて思った。「あの人がいると、強くなれるの」

「何言ってるの。あなたはもともと、私が出会った誰よりも強い人だわ」二人はソファに座り、マデリンは目をきらめかせてエレノアを見つめた。

エレノアは吹き出しそうになったが、マデリンの声が真剣だったことには気づいていた。

「強くなんかないわ。昔から臆病で、あなたとは大違いだもの！」

「ええ。確かに、私とは大違いよ。私には生まれながらの特権も、心から愛してくれた母の記憶もあるし、優しい乳母や家庭教師もいた。父も……あなたから見れば許しがたいほど子供に無関心な親でしょうけど、あの人なりに私を愛してくれている」マデリンは手袋を脱いだ。「でも、あなたはなんの支えもない環境で育ったわ。お父さまの愛情も、お母さまに愛された記憶さえなかった」

「家庭教師はとてもいい人だったわ」エレノアは指摘した。

「でも、あなたが十一歳のときにお父さまが再婚すると、家庭教師はレディ・シャップスターに追い出されてしまったじゃない！　レディ・シャップスターは恐ろしい人だったけど、あなたは勇敢に立ち向かったわ。もし私があなたみたいにつらい経験をしていたら、大胆な性格にはならずに、自分の影にすら怯《おび》えていたでしょうね」マデリンはエレノアの手を取り、強く握った。「いい？　エレノア、旅行中に危ない目に遭ったときも、あなたはいつも冷静でいてくれた。自分のことを臆病だなんて言わないで。ふつうの人ならくじけていたような困難を乗り越えてきたんだから。あなたは私が知っている誰よりも勇敢な女性よ。そんなあなたを、誇りに思っているわ」

エレノアはなんと言っていいのかわからなかった。自分の人生をそんなふうにとらえたことはなかった。

エレノアが考え込んでいると、ブリッジポートが紅茶の盆を持って入ってきた。長年の習慣どおり、エレノアが紅茶を注《つ》ぎ、マデリンがビスケットとケーキを取り分けた。

「ところで」マデリンはあたりを見回した。「あの人は家にいるの？」

「レミントン？　いいえ、しばらく留守にしていたから、片づけなければならない仕事があるって」エレノアはレモンタルトをかじった。「商売をしているの」

「気取った人たちの前では、その話はしないようにしましょうね。あなたがまた社交の場に顔を出して、美貌《びぼう》と優しさで皆をとりこにするときに、その成功をじゃまするものがあってはならないわ」マデリンは紅茶をすすった。「ロンドンに戻って以来、あなたの話でどこも持ちきりよ。本当に感じがよくて、誰もが好きにならずにはいられないって。みんなそう言ったあと、あなたはどうしてそんなにもいとこと違うのかっていう目で私を見るの」

エレノアはくすくす笑った。「マデリン、冗談はやめて」

「あいにく冗談じゃないし、なかなか気の滅入《めい》る経験だったわ。でも、その話はいいの」マデリンは社交界の見解から話題を変えた。「何があったのか全部白状なさい」

「だめ！　あなたの話が先よ。いったいどこにいたの？」エレノアは椅子にもたれ、マデリンをまじまじと見た。普段と変わった様子はない。頬は薔薇《ばら》色で、顔にはいつもの笑みが浮かび、健康そうに見える。「数日中にはロンドンに来るって言ってたじゃない。けがでもしたの？」

「夫が撃たれたの」

エレノアはその場で固まった。

「あら、言い忘れていたわ」エレノアが目を丸くしたのを見て、マデリンは面白がるように笑った。「私、ガブリエルと結婚したの」

「結婚？　結婚ですって？　ガブリエル？」エレノアはかろうじて言葉を発した。「キャンピオン伯爵？　元婚約者の？」

「ええ、そのガブリエルよ」

「キャンピオン卿《きょう》がランベローの賭博《とばく》パーティに来ていたの？」

マデリンは顔をしかめた。「でも、お父さまは来ていなかったわ」

自信を持って話せる話題が出たことにほっとし、エレノアは言った。「その件なら安心して。おじさまは私の結婚式の日にここにいらっしゃったわ。話を……あなたがレミントンと結婚するという話を聞いて、あなたを助けるために飛んできたの」

「まあ、どういう風の吹き回しかしら」マデリンは考え込むような顔になった。「まさかお父さまがそんなに心配しているとは思わなかったわ」

「正直に言って、私も驚いたわ。でも、おじさまのことは心配いらないから。ガブリエルのことを詳しく教えて。撃たれたっていうのは？　あなたがにこにこしているんだから、もう大丈夫なんでしょうけど」

「ランベローのパーティはいんちきで、ガブリエルは私を守ろうとして今にも死ぬところだったの」マデリンの目には涙がにじみ、いつも自信満々のその体は震えた。「あなたからの手紙を受け取ったあと、すぐに来られなかったのはそのせいよ。ガブリエルは傷を負っていたし、仮にあの人を置いて私が一人で来るとしても、ひどい嵐《あらし》のせいで道路が水浸しだったから」

「全部説明して」

マデリンが背筋を伸ばした。「その前に、あなたのほうこそ説明して。今、幸せなの？　私たちは出発できるようになるとすぐに、ガブリエルには長旅はまだ早いと言われながらもロンドンに来たの。でも、あなたは新婚旅行に行っていると告げられたわ」

エレノアは皿を置いた。放置してあった針仕事を手にする。刺繍《ししゅう》の図柄と、金の糸が通された針を見つめた。前回、帆布を固定するこの枠に触れたあとで、男性をベッドに入れたのだ。夫を……。レミントンのことを、よく知っているような気になるときもある。けれど、違う星に住んでいるように思えるときもある。朝目覚めるたびに、そこにいるのが思慮深い夫なのか、見知らぬ他人なのか、情熱的な恋人なのかもわからなかった。

だが、いくら親しいとはいえ、レミントンについてマデリンと論じるのはどこか間違っているような気がしたので、エレノアはマデリンの視線を避けようと刺繍に顔を近づけた。

「レミントンは海辺の宿に連れていってくれたの。感じのいい、静かなところだったわ。料理もおいしくて、とても楽しかった」話しながら、顔がほてっていく。

「まあ、エレノア」マデリンは驚いた声を出した。「ミスター・ナイトはあなたに腹を立てているんじゃないの？」

エレノアはマデリンを見上げた。「ええ、親愛なる女公爵さま、あの人はあなたとの結婚を熱望していたから、私にだまされたことを知ったときはもちろん取り乱していたわ」

「ミスター・ナイトにあなたはもったいないくらいよ」マデリンはぷりぷりしながら言った。「それがわかっていないなら、愚かな男だわ。ひどい仕打ちは受けてない？」

「殴られるってこと？　いいえ。女性に手を上げるなんて、あの人にはできないと思う」

レミントンは妹の死の記憶に苛《さいな》まれているに違いないのだ。

「男性が妻にひどい仕打ちをするには、ほかにも方法があるのよ」マデリンは声をひそめてたずねた。「乱暴なことを……ベッドの中でされてない？」

エレノアは答えにつまった。この一週間を思い出してみる。浜辺の散歩、飢えたように見つめてくるレミントンの目つき、満足させてくれる彼の指先、お互いの体を探りながらベッドで過ごす時間。エレノアは思わず笑い出しそうになった。同時に、思わず泣き出しそうになった。何度かくじけたあと、ようやくマデリンの目が見られるようになると言った。「もし、男性が快感で女性を殺すことができるのなら、あの人はそれを狙《ねら》っているんだと思うわ」

マデリンは青い目を見開き、ぎょっとしたようにエレノアを見つめた。それから、ゆっくりと顔をほころばせ、盛大に笑い声をあげた。

エレノアも気恥ずかしさと、誇らしさのようなものすら感じながら、一緒になって笑った。「レミントンと同じくらい、私もいろいろしているのよ。お妾《めかけ》さんたちに教わったことは全部実践したし、自分で編み出した行為もいくつかあるわ」

マデリンはソファに倒れ込んで、さも楽しげに大笑いを続けた。これほど快い声を聞いたのは久しぶりだとエレノアは思った。「じゃあ、その点については心配いらないわね」ナプキンで目を拭《ぬぐ》いながら、マデリンはたずねた。「それで、旦那《だんな》さまにはいつ会わせてもらえるの？」

「今夜かしら？　家で食事をする予定なの。私が旅行で疲れただろうからって言うんだけど、私はこれ以上ないほど気分がいいわ」

マデリンは再び笑い出した。「エレノア、あなたって本当に刺激的ね。いやいや引き受けた役目のためにロンドンに来たのに、二週間もたたないうちにお金持ちの男性と結婚して、自分を愛するよう仕向けているんだから」

エレノアの顔から笑みが消えた。「最後の部分は違うと思うけど、いつの日かあの人に、少なくとも許してほしいとは願っているわ」

新妻として察するものがあったらしく、マデリンはたずねた。「あなたのほうは旦那さまを愛しているから、でしょう？」

「ええ、とっても。こんなにも誰かを愛したことはないっていうくらい、レミントンを愛しているわ。たとえこの気持ちがあの人に伝わっていないとしても、私は幸せよ」だが、正直なエレノアは最後にこう言い添えた。「完璧《かんぺき》にとは言えないけど、幸せ」

レミントンは一人で紳士クラブの椅子に腰かけ、ウィスキーを片手に、エレノアが呈した疑問について考えていた。レミントンの家族を殺した犯人はマグナス公爵ではないと、エレノアは確信があるようだった。

私は思い違いをしているのだろうか？

いや、父の事業のことを嗅《か》ぎ回っていたのはマグナスの手下だったし、そのあとに火事と殺人が起こったのだ。これは動かしがたい証拠だ。

とはいえ、レミントン自身もマグナスに会ったとき、疑問は抱いていた。エレノアが呈したのと同じ疑問を。マグナスはそうとうの演技力の持ち主、あるいは犯人でないかのどちらかだ。もし、マグナスが犯人でないとすれば、レディ・プリシラを殺した人間はほかにいることになる。いったい誰なのだろう？　シャップスター卿？　ファンソープ卿？前マグナス公爵？

あるいは、恐ろしいことに、快楽のために人殺しをする見知らぬ人間なのだろうか。

いや、それはない。ジョージ・マーチャントと駆け落ちをしようとしていたまさにその晩にレディ・プリシラが殺されるなど、偶然にしてはできすぎている。

さらに厄介なことに、マグナス犯人説に疑問を感じるようになったのは、エレノアの存在によって決意が鈍ってきたのが原因かもしれなかった。ベッドの中でエレノアと怠惰に過ごすほうが、起き上がって家族を殺した男への復讐《ふくしゅう》心を燃やすよりよっぽど楽だった。

広い室内にいるほかの男たちは、トランプをしたり、大きな革張りのひじ掛け椅子でくつろいだり、政治や社交界について噂話《うわさばなし》をしたりしている。だが、窓辺の席に腰を据えたレミントンには寄りつかず、レミントン自身とそこから放たれる威嚇のオーラを避けていた。

一人の男性が足を止め、じっと見つめてきた。

レミントンは無視したが、見知らぬその男は動じなかった。ちらりと目をやると、年齢と身長はレミントンと同じくらいで、腕を包帯で吊《つ》り、最近まで寝込んでいたらしくやつれた顔をしている。一人でいたいというレミントンの気持ちにはお構いなしのその男性に、レミントンは一度会ったことがあった。キャンピオン伯爵、ガブリエル・アンセルだ。

レミントンはそっけなく会釈をし、声をかけた。「キャンピオン」

「やあ、ナイト」ガブリエルはレミントンの向かい側の安楽椅子を示した。「座ってもいいか？」

「いや――」

「私たちは義理のいとこになったんだ」

ガブリエルの口からどんな言葉が出ようと、これほど驚くことはなかっただろう。「女公爵と結婚したのか？」

「君がマデリンを勝ち取ったのに迎えに来なかったから、この問題は私の好きに処理させてもらった」

つまり、マデリンはもう独り身ではないのだ。いずれにせよ女公爵とは結婚できなかったわけだが、今後もその計画が実現することはないとわかって、レミントンはひそかに胸をなで下ろした。ガブリエルの青白い顔を見て、うながす。「倒れないうちに座ってくれ」

「ありがとう」ガブリエルは椅子に腰を下ろし、従僕に合図をして、ブランデーを頼んだ。

「さっきマデリンがエレノアのところから戻ってきた。今夜、私も君の家で食事をすることになったよ」

「それは光栄だ」

「いや、嘘《うそ》だね。君は私など地獄に落ちればいいと思っている。でも、もうあきらめてくれ。私たちは仲良くする道を選んだほうがいい。妻同士が仲がいいわけだし、あの二人を引き裂くことは不可能なんだから」

ガブリエルのあけすけな物言いに、レミントンはにやりとして肩の力を抜いた。「そのとおりだ。それに、君は友人にするにはいい男らしい」

ガブリエルは座ったままおじぎをした。「ありがとう。だが、妻同士の仲がよすぎると困ったことも出てくる。私がここに来たのも、君を捜して話をするようマデリンに言われたからだ」ガブリエルはグラスを受け取った。「マデリンはエレノアのことを心配している。心から幸せではないんじゃないかと」

短気なレミントンはかっとなった。「心から幸せではない？　エレノアがマデリンにそう言ったのか？」

ガブリエルは鼻を鳴らした。「君もエレノアのことはわかっているだろう？　彼女が不満をもらしているところなど一度も見たことがないよ！　もちろん、マデリンもエレノアの口から聞いたわけじゃない。ちょっとした表情から察したとか、女の直感とやらが働いたとか、そんなところだろう」

視線が合うと、二人の男の心は完全に通じ合った。これからの人生で、二人がお互いに隠し事をすることはないだろう。

「エレノアのせいで、私は世間の笑い物になったんだ」レミントンはつぶやいた。

「最初にマデリンと婚約していたとき、私も同じ目に遭ったよ」ガブリエルは酒を一口飲み、高い背もたれに頭をもたせかけた。「マデリンがいない間に気づかされたことがある。面と向かって自分を笑う人間は、自分の友人か敵か、そのどちらかだ。友人であればぴしゃりとたたいておけばいいし、敵の場合は……相手が敵であることがわかって都合がいい」

レミントンはその言葉について考えてみた。確かに、ガブリエルの言うとおりだ。結婚式以来、レミントンと親交があり、トランプをしたり、酒を飲んだり、仕事をしたりしている男たちは、レミントンの愚かさを盛大に笑い、見当違いの相手と結婚を急いだことをいまだにからかってくる。だが、その笑いに悪意はいっさい感じられない。

容姿や懐具合で劣っていたり、トランプの勝負や事業で負かされたりしたせいでレミントンを嫌っている男たちは、わざと本人に聞こえるようにせせら笑ったり、無礼な言葉を吐いたりするが、その中にレミントンが初めて見る顔はなかった。

だが、一人だけ気になる男がいた。このクラブで顔を合わせた紳士だ。その男は歩いている途中で足を止め、細く長い指でレミントンを指し、じっと見つめてきた。そして、勝ち誇ったように短く笑ったのだ。いったい、なぜ？　もちろん、その紳士の名前は知っている。よく知っている。だが、レミントンとはいっさいかかわりがなかった。話をしたことすらない。

レミントンはガブリエルを見つめた。「面白い」つぶやくように繰り返す。「実に面白い」

クラークと交わした会話が頭によみがえる。

〝あの男がレディ・プリシラを殺した可能性は？〟

〝もしそうだとしても、秘書にやらせただろうな〟

ファンソープ卿だ。

レミントンはいかめしい顔で立ち上がった。「ガブリエル、失礼するよ。今夜会おう。ちょっと片づけなければならない用事があるんだ」

28

二日後の晩、レミントンは女公爵とカドリールを踊っていた。女公爵は自分のものではなく、今やガブリエルのものだ。レミントンは女公爵とは結婚できなかったわけだが、驚いたことに、そんなことはもうどうでもよかった。「女公爵さま、なんとも盛大なパーティだが」レディ・ガートルードがビンガム卿《きょう》と踊りながら通り過ぎるさまを見守る。「こんな短期間で、どうやって企画したんだ?」

「私が企画したわけじゃないの」マデリンは白状した。「レディ・ジョージアナはもともと今夜舞踏会を開かれる予定だったんだけど、これほど短い期間に大物カップルが二組も誕生するのはすごいとおっしゃって。その舞踏会を私たちの祝賀パーティにしてくださったの」マデリンはレディ・ジョージアナの広い舞踏室の人ごみ越しに、別の組で踊るエレノアとガブリエルに目をやった。「私たち四人のね」

ダンスのパターンに従い、レミントンとマデリンはパートナーを替えて踊ったあと、お互いのもとに戻ってきた。「私と君のいとことの結婚が、どうして大物カップルの誕生になるんだ?」レミントンはたずねた。「私も妻も貴族ではないのに」

マデリンはレミントンに向かってにっこりした。「社交界では、印象がすべてなの。あなたには刺激的なオーラがあるわ。エレノアも今では話の面白い、危険な男をとりこにできる才覚を持った女性だと思われているし、そのうえとびきりの美人ときているんだもの」

イギリス人の考えることはよくわからない。その思いは昔と変わらないが、今夜は笑い声と音楽に囲まれ、レミントンはくつろいだ気分になっていた。くつろげるのは、エレノアがいるからだ。レミントンは目で彼女を捜した。エレノアは音楽に浸る喜びに顔を輝かせている。彼女のそばに行きたくてレミントンの体はうずいた。エレノアと話がしたい。自分のものにしたい。この腕に抱きたい。

それは単なる心酔ではなかった。愛だ。

愛しているのだ。ド・レイシー家の人間を。

レミントンはエレノアに罠《わな》にかけられ、そのことを喜んでいた。「確かに美しい人だ」

「とってもね」マデリンの声には面白がるような響きがあった。「いちおう言っておくけど……本当ならあなたは今、ダンスのパートナーに興味を示していなきゃいけないのよ」

レミントンは愛嬌《あいきょう》たっぷりにほほ笑み、マデリンに視線を戻した。「もちろんだ。私は君に興味を持っているよ。それに、感謝もしている。次期マグナス女公爵と現キャンピオン伯爵と濃いつながりができたことで、私たちにも品格めいたものが備わったわけだから」

「もちろんそれも助けにはなっているけど、勘違いしないで。あなたたち夫婦が築いた評判がなければ、今ごろ社交界には見放され、捨てられているはずよ。あなたたちに魅力があるからこそ、ロンドンきっての人気者になっているの」

「もちろん、私の金も重要な要素だ」レミントンは皮肉めいた口調で言った。

マデリンは心のこもった笑い声をあげた。「もちろんよ」

再びカドリールの隊形によって二人は離れ、レミントンはその隙《すき》を利用してファンソープを捜した。老人は一張羅に身を包み、何事もなかったかのように友人たちとおしゃべりをしている。だが、レミントンはだまされなかった。レミントンの家族に関しても、レディ・プリシラに関しても、ファンソープが殺したという証拠まではつかめていないが、彼がほかにも罪を犯していたことは調べがついた。ファンソープのことを知るにつれ、レミントンは彼に対する嫌悪を募らせ、この男こそが父と妹、そしてレディ・プリシラを殺した犯人であると確信するようになっていた。忌々《いまいま》しいファンソープは、憎悪から世間に害悪をまき散らしてきたが、レミントンはその仇《あだ》を討つつもりだった。

調べを進めるうちに、ほかにも興味深い事実が明らかになった。ファンソープが結婚によって得た財産は完全に底を突いていて、借金の額はまたも大陸に逃げざるをえないほどにふくらんでいた。今はかろうじて体面を保っているような状態だったので、レミントンはファンソープをイギリスから追放しようと考えた。

そこで、裏で手を回した。商人たちはファンソープの財産に抵当権を行使して売った商品の回収を始めているし、ファンソープへの融資もクラークに話をつければ難なく止めることができた。

複雑なダンスの中で、レミントンとマデリンは再び顔を合わせ、マデリンはいかにも人を脅すことに慣れた調子で告げた。「一つ警告しておきたいの。あなたのことはよく知らないけど、エレノアのお父さまは娘をまったく気にかけない人だから、私から言っておくわ。エレノアは私の大事ないとこなの。もしエレノアを傷つけるようなことがあれば、私は持てるすべての力を使ってあなたを傷つけ返すわ」

レミントンは片手を上げ、マデリンを制した。「その心配はない、エレノアは私の妻だ。彼女のことは全力で守るよ。それは命にかけて誓っている」

「そう、よかった」マデリンはにっこりした。「実を言うと、あなたを信用していないわけじゃないの。エレノアのいいところを引き出してくれる人だもの。エレノアはこれまで私だけが知っていた長所を、今では自信を持って世間に見せている……あなたのおかげで」音楽が終わると、マデリンはレミントンを抱きしめた。「あなたが家族の一員になってくれたこと、誇りに思っているわ」

ほかならぬ次期マグナス女公爵その人の腕に抱かれながら、レミントンは再びファンソープに目をやり、ほほ笑んだ。いや、ほくそ笑んだ。レミントンは上流社会に受け入れられ、祝福され、その一員となった。その事実を、そしてレミントン自身を、ファンソープは忌み嫌っている。

ファンソープはわざとレミントンに背を向けた。

もし、ファンソープがレミントンの正体に気づいていたら……。だが、そのような事実はない。レミントンはまだ、ファンソープと入れ替わりでイギリス社交界の一員になる人物が何者なのか、本人に告げてはいない。だが、告げるつもりでいた。明日になれば。

今のところは……。レミントンはエレノアのもとに歩いていき、手を取って、このような幸せが自分に訪れたことの驚きに思いを馳《は》せた。エレノアの耳元に顔を寄せてささやく。

「もう遅いし、君が欲しくなった。家に帰ろう」

エレノアは喉元で低い笑い声をたてた。「今夜はマデリンとガブリエルと一緒に来たのよ。二人を置いては帰れないわ」

レミントンはガブリエルを見上げた。

ガブリエルはマデリンのそばに立ち、この世に自分たち以外の人間は存在しないかのように、彼女と見つめ合っていた。

「その点は問題ないと思うよ」レミントンは小声で言った。

二組の夫婦は女主人にたっぷりお礼を言ったあと、ドアに向かった。ドアを出ると、クラークとその妻が馬車を待っているところにでくわした。

「新婚さんたちは早いお帰りで！」クラークは大声で言い、目をきらめかせた。

「少なくとも、私たちには新婚という理由があるからね」レミントンは執事にチップをやり、執事は従僕に一同の上着を取りに行かせた。

ミセス・オックスナードは頰を赤く染め、クラークは少年のようにばつの悪そうな顔になった。

ガブリエルはにやりとして、マデリンの背中に手を置いた。「結婚というのはすばらしい制度だ」

「ああ、制度に縛られたい人間にとってはね」レミントンは応酬した。

クラークとガブリエルは大笑いした。

「レミントン！」エレノアは厳しい表情を作ろうとしたが、ここ数日はもはや喜びを抑えきれなくなったのか、以前にも増して顔をほころばせるようになった。今もレミントンこそが世界一の男性であるかのように、彼にほほ笑みかけていた。

そして、エレノアの笑顔を見ると、レミントンも笑いたくなるのだった。

「まったく、殿方ときたら」ミセス・オックスナードが愛情のこもったうんざり口調で言うと、女性たちは身を寄せ合って夫の悪口を言い始めた。

その後ろ姿を見つめたあと、クラークがレミントンのほうを向いた。声をひそめ、まじめな口調で問いかける。「計画は進んでいるか?」

「ファンソープはイタリア行きの船の切符を買っていて、明日の便で発《た》つつもりだ」

「君ほど人脈を持っている人間にはお目にかかったことがないよ!」クラークは驚いた声を出した。「そんな話、どこから聞いたんだ?」

「船の持ち主は私だ」

クラークは笑った。「なんと。抜け目のない男だな」

数日間という短い間だったが、レミントンはガブリエルのことを知るにつれ、行動力と分別を備えた人物として信頼するようになっていたので、説明を加えた。「ファンソープは私の家族に問題を起こしたことがあるんだ。二度とそのようなまねをさせないよう、手を打っているところだ」

ガブリエルの顔は軽蔑《けいべつ》にこわばった。「さもありなんという話だ。あのじいさんは馬車で子供を轢《ひ》いたり、メイドに乱暴をしたりするのが趣味で、自分と同じ種族……遊ぶことしか能がない、生まれながらの貴族以外のあらゆる人間を見下している。ナポレオンに対抗するための海岸防衛の仕事に就いたという理由で、私のことも馬鹿《ばか》にしているくらいだ」

「そうなのか?」レミントンはガブリエルに興味深げなまなざしを向けた。「それを聞いて嬉《うれ》しいよ。トラファルガーの海戦前、私の船もその作戦に参加したんだ。独裁者は嫌いでね」

「ファンソープを嫌う理由がまた一つ増えたな」クラークが言った。

「そうだな」レミントンはうなずいた。「ファンソープがヨーロッパに着いたら見張りをつけて、地獄に落ちるさまを見届けさせるよ。そうすれば、私も心穏やかに暮らせる」

「あいつを怖れているのか?」ガブリエルがたずねた。

レミントンは静かに答えた。「ああ。四六時中、自分の財産を見張っておくわけにはいかないから」

ガブリエルは瞬時にレミントンの真意を読み取った。「エレノアの身を案じているのか?」

「ファンソープがエレノアに危害を加えることはできないと思う。この数日間であの男の周辺は天地がひっくり返るような大騒ぎだから、その対処で手いっぱいだ」手いっぱいになるよう仕組んだのはレミントン自身だった。「でも、エレノアが外出するときや人前に出るときは、つねにメイドか従僕をつけるようにしているし、自分たちの責務については厳しく言い聞かせてある」

ガブリエルはほかの女性二人と笑い合うエレノアのほうを見た。「マデリンの話だと、強盗に馬車を襲撃されたときでさえ、エレノアは犯行を思いとどまるよう悪党を説得したらしい。たいした女性だよ」

「少なくとも、たいした話術だ」レミントンはそう言いながらも、ガブリエルの言わんとすることは理解していた。エレノアはあまりに心優しく穏やかなため、脅威から自分の身を守ることができない。誰かが指示をし、守ってやらなければならないのだ。「うちの連中をパブに行かせて、ファンソープの使用人を見つけ、酒を一、二杯おごるよう言っておいた。その結果、ファンソープはピカード家の舞踏会のあと、そして結婚式の朝も、人を雇って私の馬車を襲撃させたことがわかった。これは見逃すわけにはいかない」

従僕がマントと帽子の山を抱えて戻ってくると、エレノアはレミントンの隣にやってきた。「そんなに深刻な顔をして、男同士で何を話してたの？」

レミントンはエレノアがマントをはおるのを手伝った。「しきたりを守ろうとしない、現代女性の嘆かわしい傾向について話していたんだよ」

三人の女性はいっせいに、何を血迷ったのかという顔でレミントンを見た。

「賭博《とばく》で私との結婚を勝ち取ろうとした人が、いつからしきたりを気にするようになったの？」あごの下でひもを結びながら、マデリンがたずねた。

レミントンは笑みを噛《か》み殺した。「私には憂慮すべき問題なんだ」

「そんなに憂慮なさるなんて、エレノアが何をしたというのです？」ミセス・オックスナードがたずねた。

「何もしていないわ！」エレノアは抗議した。

「私はしきたりに囚《とら》われた退屈な女よ」

「それは違う」レミントンは意味深な声音を作った。

エレノアは顔を赤らめはしなかった。レミントンに向かってまつげをぱちぱちさせるエレノアを見て、レミントンは毒づきたくなった。くそっ、これでは妻に連れ回されるおとなしい子犬のようではないか。

「ちょっと、紳士の皆さん」マデリンが呼びかけるように言った。「こんな話を始めたのは、何か理由があってのことでしょう？」

「ロンドンは危険な場所だ。エレノアには犬の散歩をするときはいつも、メイドを連れていってほしいんだ」レミントンは自らもマントをはおってから、帽子を持ち上げた。

「今だってそうしてるわ」エレノアはいらだちをあらわにした。「馬鹿じゃないもの」

「でも、念には念を入れて警戒してほしい」レミントンは杖《つえ》を手にした。

その場を収めようと、クラークがだしぬけに割って入った。「そうですよ、ロンドンでは強盗が流行《はや》っているという話ですから」

女性たちは疑わしげに視線を交わした。

「用心するに越したことはありません」クラークはつけ加えた。

ミセス・オックスナードがクラークの腕を取った。「行きましょう、あなたが余計なことを言うとますます話がややこしくなるし、馬車も来たから」

クラークは咳払《せきばら》いをしたが、それ以上は何も言わなかった。

続いて公爵家の馬車がやってきたので、二組の夫婦は中に乗り込み、マデリンとエレノアが進行方向を向いた席に、男性二人は反対側に座った。

馬車が走り出すと、エレノアは向かい側のレミントンを見つめた。「いったいなんなの?」

話すべきだろうか? しかし、エレノアはファンソープ卿に好意を示していた。それ以上に、エレノアは自分の妻だし、繊細で傷つきやすい性格だ。レディ・プリシラの身の上に心から同情し、レミントンの家族の話にはショックを受けていた。心労ならすでにじゅうぶんすぎるほど味わっている。

ファンソープが複数の殺人の犯人である証拠をつかむまでは、何も言わないでおこうとレミントンは決めた。確証は数日以内に得られるはずだ。その晩には、喜んでレディ・プリシラと父と妹の亡霊から自分を解き放とう……本人たちのためにも。「クラークが話していたとおりだ。最近ロンドンでは強盗が流行っているから、クラークとガブリエルと三人で、君たちご婦人方の安全を守るにはどうすればいいのか話し合っていたんだ」

ガブリエルがマデリンの手を取った。「ランベローの一件では、君は危うく殺されるところだった。気をつけてもらわないと」

エレノアもマデリンも腑《ふ》に落ちない顔をしている。だが、レミントンは気に留めなかった。愛想のいい口調で言い添える。「一見無害に見えるが、実際には武器として使えるものを持ち歩くといい。例えば、この杖のように」杖は車内の隅に立てかけてあった。「これは男が持ち歩くアクセサリーだ」

「ふつうは年配の人が持つものだわ」マデリンが指摘した。

レミントンは肩をすくめた。「だから、私が持っていても気取り屋だと思われるだけだし、怪しまれることがないよう気をつけている」

「でも、私はあなたがそれを使っているところを見たことがあるわ」エレノアはマデリンのほうを向いた。「見ものだったわよ。すごかったわ、五人の襲撃犯を打ち負かしたんだから」

「援軍もいたからね」レミントンはそっけなく言った。

エレノアはレミントンが驚くほど、この話題に夢中になった。「つまり、何か女性らしいものを使えば襲撃に備えるのも難しくはないのね。例えば、そうね……バッグに重い石を入れておくとか」

「それはいいわね」マデリンも興味を引かれたようだった。「もちろん、かわいらしい網のレティキュールではだめよ。もろすぎるわ」

「ええ、丈夫な素材じゃないと。そうね、ベルベットとか」

「新たな流行を作り出せばいいのよ」

レミントンはぼんやり浮かび上がる女性二人の輪郭を眺めた。二人はレミントンの提案を受け入れ、それを洗練された形にしようとしている。

隣でガブリエルがつぶやくのが聞こえた。「まったく理解しがたい」

レミントンもつぶやき返した。「あの二人を敵に回さずにすんで本当によかった」


レディ・ジョージアナの屋敷ではパンチを飲んだだけだというのに、エレノアは酔っ払っているかのように気分が高揚していた。「楽しかったわね」

レミントンはエレノアの背後にぴったりついて屋敷に入ってきたが、彼が何を望んでいるかははっきりわかっていた。毎晩求めてくるもの、そしてエレノアが喜んで差し出すものと同じだ。

エレノアは先に立って階段を上り、わざと誘うように手袋を外し、歩きながらそれを落とした。「前は注目を浴びるのがいやでたまらなかったけど、みんな笑顔で接してくれるし、私のことを面白いと思ってくれているみたいなの。それに、実を言うとね」エレノアは窓際の腰かけにマントを放《ほう》った。「緊張さえしていなければ、私は面白いのよ」

「知ってるよ」レミントンの声は不満げに聞こえた。

エレノアはレミントンの前で後ずさりした。「私のこと、退屈な女だと思ってるの?」

「まさか」薄い青色の目でこちらを見つめる金髪のレミントンは、いつになく美しく見えた。「男という男が君に恋するくらいなら、退屈なほうがよかったよ」

「男という男？」エレノアはからかうように繰り返した。

「君が結婚すれば、連中はほかの独身女性をちやほやしに行くと思っていたのに、相変わらず犬のように君の匂《にお》いを嗅《か》ぎ回っている」

「私を雌犬呼ばわりする気？」エレノアはドレスの身ごろについたボタンをもてあそんだ。

「むしろ雌猫みたいだよ」レミントンはすばやくエレノアの腰に手を回し、顔を傾けて唇を奪った。

レミントンのキスは今やおなじみのものになっていたが、それでもいつもと同じく、エレノアは改めてレミントンに惹《ひ》きつけられた。レミントンは暗い魂の情熱を込めてエレノアの体を崇《あが》め、エレノアは彼に見つめられるたび、触れられるたびに喜びを覚えた。

レミントンが顔を上げ、エレノアをじっと見つめた。「私たちはなんともおかしな状況で結ばれたものだな」

「運命だったのよ」エレノアはまじめな表情になって告白した。「実は、マデリンが私を止めに来なかったら、あなたと結婚しようと決めていたの。だから、マデリンが教会に来られなかったことこそが運命なのよ」

レミントンは片頬をゆがめて笑い、エレノアの唇に指を当てた。「愛《いと》しのエレノア、あのとき誰が教会に現れようと、私は君と結婚していたよ。もっと早くにレディ・シャップスターに真実を告げられていても、教会の通路を引きずってでも君と結婚していただろうね。それほどまでに、私は欲望と……」レミントンは言葉を切った。

そこでやめないで！　だが、レミントンはそれ以上言うつもりはなさそうだった。「欲望と、何？」エレノアは息を切らせてたずねた。

レミントンはエレノアを引き寄せ、後ろ向きに歩かせて寝室に向かった。

エレノアはレミントンの熱意と、自分たちの体勢のぎこちなさ、そしてこみ上げる強い幸福感に、声をあげて笑った。

レミントンがドアを蹴《け》り開ける。

リジーがベッドの足元の定位置から一声吠《ほ》えたが、すぐに転がって眠りに戻った。

レミントンは鼻を鳴らした。「たいした番犬だ」

「この子はあなたが思ってるより勇敢よ」エレノアは抗議した。「いざとなれば、命がけであなたを守ってくれるわ」

「冗談はやめてくれ」レミントンはせわしなく指を動かしてエレノアのボタンを外していった。「こいつには勇敢さのかけらもないよ」

エレノアは反論したかったが、レミントンが頭に顔を押しつけてきた。

ぶすっとした声で認めた。「この髪型が好きだ」

「そうなの？」ああ、この人を愛している、とエレノアは思った。何よりも、自分を喜ばせようと頑張ってくれる姿が愛おしかった。「よかった。自分でも気に入ってるの」

「単なる慣れの問題だ」

「言いたいことはわかるわ。私もあなたのことが好きよ。単なる慣れの問題だけど」レミントンが飛びかかってきて脇腹《わきばら》をくすぐったので、エレノアは笑い声をあげた。

レミントンはエレノアの顔をのぞき込み、真剣な顔になった。「マグナスに手紙を書いた」

「おじさまに？　本当に？　どうして？」

「話がしたくてね。どこまで知っているのか聞き出したい。はたして……」レミントンは言いよどんだ。「いまだに説明のつかないことがあるんだ。私の家族が殺されたとき、マグナスの手下がボストンにいたのは確かだから、その理由を聞きたい。ただ、これだけは言っておくよ……君の言い分は正しかった。マグナス公爵は、私が捜している男ではない」

「ああ、レミントン」エレノアはレミントンを抱きしめた。「私も、言い分が正しいと自信があるわ。レディ・プリシラを殺したのが誰かはわからないけど、それがおじさまでないことは確かよ」

次の日、エレノアが起きて階段を下りていると、ブリッジポートに声をかけられた。

「ミスター・ナイトは一日中銀行にいらっしゃるそうです。ゆうべ奥さまにお願いしたことは守ってほしい、とのことです」

「あの人のお願いならなんでも聞くわよ」たとえ、何事もないよう装ったうえでの願いであっても。レミントンが何かを思い悩んでいて、その状態がこの二日間続いていることは、誰の目にも明らかだった。

レミントンはまだエレノアにすべてを話してはくれない。もともと一人で悩みを抱え込むタイプなのだ。時間はかかるだろうが、エレノアは自分が庇護《ひご》すべきかよわい花ではないことを、彼に教え込むつもりだった。今のところは、これまでと同じようにふるまい、外出するときはベスか従僕の誰かを連れていく。分別のある女性なら当然の行動だが、レミントンはエレノアにはその分別が備わっていないと思っているようだった。

「そういえば奥さま、レイシー館から小包が届いていました」ブリッジポートは紙に包まれた小荷物をエレノアに渡した。

「やっと来たのね!」エレノアは小包を持って朝食室に向かった。席に着いて包み紙を破ると、古びた傷だらけの日記帳と、これを見つけるのに時間がかかったことを詫《わ》びる家政婦からの手紙が出てきた。エレノアは勢い込んでページをめくり、遠い昔に亡くなった女性の上品な筆跡に目をやった。胸が締めつけられる。若く美しいレディ・プリシラは、恋人と新しい生活を始めようという矢先に、無残に殺された。でも、どうして? この日記がすべての答えをくれるはずだ。

コックが皿を手に、せわしなく近づいてきた。「奥さま、朝食でございます。気持ちのいい朝ですね」ドアが引っかかれる音が聞こえ、コックはため息をついて開けに行った。

リジーが元気いっぱいに、嬉しそうに飛び込んできた。

「奥さまが散歩に連れていかれますか？」コックがたずねた。

「選択の余地はないみたいよ」エレノアは日記を脇に置き、食事に手をつけた。「ベスに、グリーン・パークに行くと言っておいて。一緒に来てほしいのと、レティキュールと針仕事も持ってきてほしいの。リジーが跳ね回っている間に刺繍《ししゅう》がしたいから」

29

「あなたほど運のいい人の話は聞いたことがないわ」ホレーシャが進路を変えて近づいてきたとき、エレノアは楽しげに走るリジーを隣に、自分の靴に不満をこぼすベスを後ろに従え、グリーン・パークを散歩していた。空はきれいに晴れている。

「ええ、そうでしょう?」輝く太陽の下、レミントンが買ってくれた新しいドレスを身にまとったエレノアは、淑女らしからぬ笑みを抑えることができなかった。

昨晩は、エレノアが心の奥底で夢見ていたことが現実となった夜だった。ロンドンの上流の人々に祝われ、ダンスをし、賞賛を浴び、午前二時には世界一美しい男性に連れられて帰宅し、甘い愛の行為……そして何よりも、甘い会話を交わしたのだ。二人の間で、とげのある言葉は一言も発せられなかった。むしろその逆だった。

今日、エレノアは昨夜会った人々とすれ違うたびにおじぎをしてほほ笑みかけた。ホレーシャでさえかわいらしく楽しい話し相手のように思えた。

「女公爵さまのいとこが本人のふりをしていると聞いたとき、ヒューイに……あ、私の夫ね、ヒュワード卿《きょう》だからヒューイなんだけど、その娘《こ》は社交界からつまはじきにされて、女公爵さまもどこかに追放なさるでしょうねって言ったの。それから、あのすてきなミスター・ナイトは偽者に求愛して、今や結婚してしまったんだから、激怒しているはずよって言ったわ。危険な雰囲気のある人だし、もしある日、ミス・ド・レイシーが死体で発見されても驚かないわよって。それで、ヒューイもそうだねって言ってくれたんだけど、エレノア……あなたのこと、エレノアって呼んでいいわよね？」エレノアは考えてから返事をしようとしたが、ホレーシャはエレノアの許可を待たずに続けた。「エレノア、昨日の晩のあなたを見ていると、私とヒューイが完全に間違っていたことがわかったわ。女公爵さまは今もあなたのことが大好きで、上流社会もあなたのことが大好きで、あのすてきなミスター・ナイトもあなたのことが大好きなのね」いかにも羨《うらや》ましそうな口調でたずねる。「どんな手を使ったの？」

「幸運に恵まれていたんでしょうね」とびきりの幸運に。一同は東屋《あずまや》に向かっていた。そこに行けば、ベスは持ち場を離れてほかのメイドたちに会えるし、リジーはうさぎを追い回せるし、エレノアは陽光の中に座って針仕事をしながら、うっとりとレミントンのことを考えられる。

「でしょうね」ホレーシャは声をひそめた。「お継母《かあ》さまのことはどうなの？　あのおぞましいレディ・シャップスターよ。ミスター・ナイトが結婚したのは女公爵さまじゃなくてあなただって、みんなにばらしたのはあの人だし、あなたのことをひどくけなしているわ。私たち、あの人をどうすればいいのかしら？」

「私は別に、レディ・シャップスターに迷惑をかけられてはいないわ」

「ええ、でしょうね。昨日の晩、レディ・ジョージアナがレディ・シャップスターには表舞台から消えてほしいとはっきりおっしゃっていたし、誰もが同じ意見だったもの。私もヒューイに、レディ・シャップスターのエレノアいじめは世間で許される範囲を超えてしまったんだから、罰を受けるのが当然よって言ったの！」ホレーシャは勢いよくうなずき、らせん状にカールした髪を揺らした。

「罰ならすでに受けていると思うけど」昨夜、エレノアがレミントンと踊っているとき、レディ・シャップスターは嫉妬《しっと》と悪意をあらわにした顔でそのさまを眺めていた。彼女は憎悪に溺《おぼ》れているし、何をしようとも名誉を挽回《ばんかい》することはできないだろう。あとはもう、エレノアの父親である夫の家に戻り、妻の残酷さに虐げられ、己の冷淡さに閉じこもる夫と暮らすしかない。

「そうかもしれないわね」ホレーシャは同意した。「でも、あの人がこのまま逃げおおせられるなんて筋が――」

背後からベスの声が割り込んできた。「申し訳ございません、ミセス・ナイト、例の魔女が帆をいっぱいに張った船のようにこちらに突進してきています」

「そのようね、ベス」

レディ・シャップスターは銀色の外出用ドレスを着てマントをふくらませ、むき出しになった金髪に青い羽根を揺らしていた。その姿は美しく、憎悪に満ちていて、エレノアの勇ましい反抗心はいっきにしぼんでしまった。体を丸め、頭を隠したくなる。

ホレーシャがエレノアの腕をつかんだ。「進路を変えて、あの人には気づかなかったふりをする?」

「いいえ」あまりに長い間、レディ・シャップスターから身を隠し続けてきた。だが、今なら負けない自信がある。

レディ・シャップスターはずんずん歩いてエレノアの行く手に立ちはだかった。

リジーがうなる。

エレノアはリジーの首輪に指を入れた。「お座り」

レディ・シャップスターの熱を帯びたまなざしはホレーシャを通り過ぎ、ベスを通り過ぎ、リジーを通り過ぎ、エレノアをぎらりとねめつけた。エレノアただ一人を。「願いが一つ残らずかなったと思っているんでしょうね。でも、ミスター・ナイトが自分の全財産をあなたに残したことが社交界に知られれば、良識のある人は皆あなたから離れていくわ」

リジーが再び吠《ほ》え、飛び出そうとした。

エレノアはリジーを抑えつけた。

レディ・シャップスターは小さな足を突き出した。「汚い犬を近づけないでよ」

エレノアはかっとなって言い返した。「私の犬を蹴《け》らないで」

「勇ましいこと。私に勝ったと思っているんでしょう。まあ、それもあなたの本当の姿が上流社会に知られるまでのことよ。あなたのお父さまにも、娘には残虐な傾向があるって注意しようとしたの。あの人は耳を貸さなかったけど、ほかの人たちは違うわ。この恥知らず!」レディ・シャップスターはエレノアの近くにいるのが耐えられないとでもいうように、後ずさりした。「夫を殺して遺産をせしめようなんて」

ホレーシャが盛大に息をのみ、その音は木に留まった鳥たちをも驚かせた。

エレノアの顔から血の気が引き、耳鳴りが始まった。「どういう意味?」

「とぼけないで。ミスター・ナイトがあなたのために遺言を書き換えて事務弁護士の事務所から出てきたところに、ちょうど荷馬車が突っ込んできたなんて、単なる偶然ですまされると思ってるの?」

「ミスター・ナイトが亡くなったの?」ホレーシャが騒ぎ立てる。

「なんてこと!」ベスが叫んだ。

エレノアは自分の手が震えているのをぼんやりと感じていた。頭の中でぶんぶん音が鳴っている。レミントンが死んだ? 死んだ? ゆうべ、彼はエレノアを愛してくれた。今朝、顔を合わせたときは、いってきますのキスをしてくれた。生命力に満ちたあの人が、死ぬはずがない。そんなはずがない。

これはレディ・シャップスターの復讐《ふくしゅう》の手段なのだ。そうに違いない。「嘘《うそ》だわ」

「嘘、ね」レディ・シャップスターは低い声で長々と笑った。「面白いわね、その言葉をあなたの口から聞くなんて。殺すにしても、もうちょっと待てなかったの？　あと一度でも寝たくないほど、あの人に触られるのがいやだったのかしら？」

何が起こったのかわからなかった。気づくと、エレノアは気を失いそうになっていた。次の瞬間、手のひらにちくちくした痛みを感じながら、レディ・シャップスターの頬についた自分の手の跡を見つめていた。

ホレーシャはぽかんとしている。

レディ・シャップスターはエレノアを、初めて見た相手のように凝視していた。

エレノアの手から抜け出したリジーが、レディ・シャップスターのスカートに飛びついた。思いきり噛《か》みついて、軽く美しい綿生地の高い位置にあるウエスト部分を引き裂いた。

凍りついていたレディ・シャップスターは我に返り、金切り声をあげた。「エレノア！」

それはかつての恐ろしい日々に、エレノアを泣かせたのと同じ声音だった。

だが、エレノアはひるまなかった。レディ・シャップスターに近づき、正面から向き合う。「これが嘘なら、いずれ後悔することになるわよ。どうせ嘘なんでしょうけど」きびすを返し、醜い光景をあとにすると、レミントンを捜さなければという思いでほとんど駆け足になった。

リジーはしっかりした足取りであとを走ってくる。

ベスは主人の死と自分の足の悲惨な状態を嘆きながら、よろよろとついてきた。

ありえない。嘘だ。本当のはずがない。言葉にすれば現実になるとでもいうように、エレノアは何度も繰り返し唱えた。レミントンが死ぬはずがない。彼に出会うまで世界はあまりに空虚で、エレノアには居場所もなければ、愛してくれる人もいなかった。一人の男性に出会ったことで、愛と我が家が手に入ったのだ。彼に気持ちを伝えてもいないうちに二人を引き裂くなど、神がそこまで残酷なはずがない！

道路に出ると、エレノアは左右を見わたし、椅子かごか貸し馬車を探した。すると、まるで奇跡のように、両脇《りようわき》に従僕がしがみついたしゃれた馬車が近づいてきた。御者は帽子を上げた。「お乗りでしょうか？」

エレノアは馬車の扉を開けた。リジーを抱き上げて中に入れる。「バークリー・スクエアまで、急いで」窓がカーテンで覆われた薄暗い車内に乗り込み、座席に腰を下ろして、ベスが追いつくのを待った。

四つのことが同時に起こった。

扉がばたんと閉まった。御者が馬車を急発進させた。

低く威嚇するような声で、リジーがうなった。

エレノアは車内にいるのが自分一人でないことに気づいた。

「私があんたなら、犬をおとなしくさせておくがね。ベルベットの座席が犬の血で汚れるのはまっぴらだから」時代遅れの服装をした背の高い痩《や》せた紳士が、エレノアに傲慢《ごうまん》な笑みを向けた。「あんたは本当に雑種が好きなんだな」

エレノアは反対側の座席に目を凝らした。「ファンソープ……卿？」リジーが大きくうなって飛び出そうとしたので、エレノアは首輪をつかんだ。「ここで何をなさっているの？」

「あんたの旦那《だんな》は本当は死んでいない」ファンソープ卿が言った。「だが、これから死ぬことになる」

一瞬にしてエレノアは理解した。すべてを悟り、血が凍った。ドアに目をやる。

向かい側の座席から杖《つえ》が飛んできて、青いベルベットを強く打ちすえた。エレノアはよけようと後ろに飛びのいた。「あんたを捕まえるにはずいぶん苦労したんだ。そう簡単に逃がすものか」

リジーの低いうなり声はなおも続き、エレノアの手の下で胸が震えていた。「レミントンはまだ生きているの？」

「ぴんぴんしているよ。始末するのはさぞかし楽しいだろうな」

エレノアはリジーの首輪を強くつかんだが、手のひらが汗ですべった。「あなたが……レディ・プリシラを殺したの？」息をつめ、ファンソープ卿が否定してくれるようにと祈る。

「ああ、あんたを殺すのとまったく同じ理由でね」

「私を殺す？」エレノアは唇をなめた。馬車は郊外に向かってロンドンを疾走している。

「どうして？」

「プリシラと同じく、しきたりを重んじる心がないからだ。体面を守ることを知らない。あんたと同じで、プリシラも平民と交わった」ファンソープ卿は両手の指先をこすり合わせた。「あの晩、私は庭でプリシラを見かけた。声をあげ、彼女をミスター・マーチャントに会わせないようにすれば、お父上が無理やりにでも私と結婚させてくれただろう。だが、私はあの女がいやになった」

ファンソープ卿は妄想に取りつかれているのだろうか？　愛する婚約者を失ったことで狂気に陥った？「あなたがレディ・プリシラを殺したはずがないわ。返り血を浴びていなかったんだから」

ファンソープ卿はその言葉を退けるように、レースのハンカチをひらひらと振った。「〝処刑した〟と言ってほしいね。それに、私は従僕を連れていたんだ。連中が仕事をしてくれたよ、みごとにね」

この馬車にも従僕が乗っていたことを思い出し、エレノアは息をのんだ。「みごとに？　現場を見た人は誰もが、レディ・シャップスターは無残な殺され方をしたと言っていたわ」

「教訓を示したかったんだ。はっきりと。あの女は我々を裏切った。貴族全員を。あんたも同じだ」細いあごが上がり、薄い唇からせせら笑いがもれた。「初めて会った晩、私はあんたを救ってやろうとしたのに」

「私を救う？　ああ……」エレノアは記憶をたどった。「馬車を襲ったときね」

「連中には、ナイトは殺せ、あんたには手を出すなと厳しく指示しておいた。でも、ナイトはたいした杖の使い手だった」

「そうよ」エレノアはレミントンの杖を愛《いと》おしく思い返した。無害に見えるからという理由で持ち歩いている武器。「それで、結婚式の日にもう一度襲ったのね」

「そのとおりだ！　普段はそこまで手間取ることはないんだが」ファンソープ卿は顔を赤らめた。「資金が不足していたし、腕のいい殺し屋を雇うには金がかかるから」

座席の隣に座るリジーは、ファンソープ卿をにらみつけている。なぜ犬にはこの老人の性根が腐っていることが見抜けて、自分には見抜けなかったのだろう。「どうやってレミントンに私を見つけさせるつもり？」

「あいつは小賢《こざか》しい若僧だ。マーチャント家の人間だからな」ファンソープ卿は身を乗り出し、ささやき声で言った。「いいか、私はあんたの旦那の正体には気づいているんだよ」

エレノアの背筋を冷たい汗が伝った。「どうしてわかったの？」

「父親は黒髪にずんぐりした体型をしていて、顔にはそばかすがあったが、あの気味の悪い薄い青色の目だけはナイトとそっくりなんだ」ファンソープ卿は身震いした。「ナイトは私が気づいてないと思っているのか？」

「そもそも、気にもかけていないわ。あなたが殺人犯だってことも知らないんだから」

ファンソープ卿はいかにも満足げににやりと笑った。「なんとも皮肉な話だよ。ああ、愛しのレミントンはいずれ現場に行って、あんたの死体を発見し、嘆き悲しむことになる。だが、私は前回と同じ失敗は犯さない。法の裁きには任せない……あの男も私が殺す」

「あなたが自分であの人を殺すの？」

ファンソープ卿は大きくため息をついた。この老人がレミントンに勝てるはずがない。「あんたは爵位は持っていないかもしれないが、我が国有数の高貴な一族の一員なんだ。貴族は卑しい仕事で自分の手を汚したりはしないのだと、どうか覚えておいてくれ」

エレノアはリジーをなでながら考えた。この老人は自分を殺させるつもりだ。

そんなことができるはずはない。レミントンが助けに来てくれる。

だが、リジーはどうにかしなければならない。レミントンはエレノアとリジーの両方を守ることはできないし、リジーは全力で渦中に飛び込もうとするはずだ。ファンソープ卿のことはすでに嫌っている。彼に噛みつこうとするだろうし、ファンソープ卿の手下は犬一匹を殺すことになんのためらいもないだろう。

エレノアは片手でリジーを押さえたまま、レティキュールを開けて針仕事を取り出した。
「現場ってどこ？」鋭く長い針を帆布から抜きながら、向かい側にいるファンソープ卿を見つめる。彼は年老いていて、悪の臭いを漂わせていた。

「レイシー館だ。一時間以内には着く」ファンソープ卿は座席に頭をもたせかけ、紅を差した唇におぞましい笑みを浮かべた。「どこか近い場所にしたかったんだ。それに、あんたたち二人ともをマーチャントの古い地所で殺せるというのが気に入ってね」

エレノアは糸の端を結んで輪を作り、指に巻きつけた。「でも、殺したのはマグナスだと思われるんじゃない？」
「そうかもしれない」ファンソープ卿はくすくす笑った。「前マグナス公爵は当初、犯人はマーチャントだと思っていた。あれは見ものだったよ。マーチャントを処刑するために全精力を傾けたんだからな」

エレノアは体勢を整えた。リジーの首輪をつかむ。
「だが、現マグナス公爵が犯人はほかにいると父親を説得したようだ」

エレノアは自分と馬車の扉との距離を測った。
「そこで、前公爵はマグナスに、ジョージ・マーチャントを見つけ出してなんらかの補償をするよう言った。マグナスのおかげで、マーチャントがボストンにいることはすぐにわかったよ」笑いを含んだおぞましい口調のまま、ファンソープ卿は続けた。「あのまぬけな野郎は、逐一状況を報告してくれた。私はただ人を雇って、マーチャントとその家族を殺させればよかった」

エレノアは腕に渾身《こんしん》の力を込め、ファンソープ卿の手の甲に針を突き刺した。

ファンソープ卿は痛みにうめいた。

エレノアは糸を引いて針を抜き取った。

ファンソープ卿が手を引っ込める。

リジーがファンソープ卿に突進しようとしたが、エレノアは扉に飛びついてそれを開けた。「家に帰りなさい」リジーの耳元にささやき、道路に放《ほう》り出す。

リジーが着地し、きゃんと鳴くのが聞こえた。

ファンソープ卿がエレノアの体をつかみ、座席に押し戻した。

エレノアは針を握りしめ、ファンソープ卿の顔をめがけて手で大きく弧を描いた。針が目の下の皮膚を引っかく。

従僕が外側から扉を閉めた。天井窓を開けて叫ぶ。「旦那さま、馬車を停《と》めて犬を拾いますか?」

「いや、放っておけ」ファンソープ卿はエレノアの攻撃に驚いて傷を触り、指についた血に目をやった。その目が憎しみに細められる。「このあばずれめ」憤怒《ふんぬ》に声を震わせ、エレノアを殴ろうと腕を上げた。

「やめて！」エレノアは叫んだ。「それは卑しい仕事でしょう？」

ファンソープ卿は腕を振りながら言った。「あんたのために例外を作ってやるんだよ」

「レミントン、君が暴走する荷馬車に轢《ひ》き殺されたという噂《うわさ》が流れているが」レミントンが最新の貨物の収益を計算していると、クラークが事務室のドアの前に立って声をかけてきた。

「このとおり、ぴんぴんしているよ」レミントンはそう言ったあと、はっとした。ファンソープが今にもイギリスを離れようとしているときに、そんな噂が流れるなど偶然とは思えない。背筋に緊張が走る。「誰が言っていた？」

「レディ・ヒュワードがロンドンの半数もの人間に言いふらしている。君は事務弁護士のところに行って、ミセス・ナイトのために遺言を書き換えたあと、一時間もたたないうちに死んだと」

レミントンは胸騒ぎを覚えた。「やけに具体的な噂だな。レディ・ヒュワードはどこにいるんだ？」

「さっきはグリーン・パークにいた。今は自宅に戻って淑女たちに囲まれ、ショックのあまり気を失いそうになっているらしい」

「グリーン・パーク?」レミントンは立ち上がった。「いつもエレノアが散歩に出かける場所だ。噂では、エレノアはどこにいたことになっている?」

「レディ・ヒュワードと一緒だったはずだ」

「くそっ!」もしエレノアがここにいたら、汚い言葉づかいをたしなめられていただろう。今朝、あんなにも優しく、いってらっしゃいのキスをしてくれたエレノア。その唇はなかなか離れず、レミントンは一瞬、愛してるという言葉が発せられるのではないかと思った。だが、その言葉は聞けなかった。

けれど、エレノアのような女性は、愛していないならレミントンにここまで身を任せたりはしないはずだ。自分の気持ちに気づいていないのかもしれない。あるいは、その言葉を口にするのが怖いのかもしれない。だが、エレノアはレミントンを愛している。愛しているに違いないのだ。

「家に帰る。エレノアの無事を確かめたい」

「ヘンリー、ミスター・ナイトの馬車を回してくれ。レミントン、私も行くよ」レミントンがいぶかしげな顔をすると、クラークは言い添えた。「新郎付き添い人として、君の身辺に目を光らせておくと約束したからな」

レミントンはうなずくと、玄関のドアに向かって走り、クラークも息を切らせながら隣をついてきた。

ファンソープは今日、船に乗らなければならない。今ごろは船着き場にいるはずだ。

だが、本格的に狂気に陥っているのだとしたら？　エレノアはレディ・プリシラによく似ている。ファンソープがエレノアを殺そうとしているのだとしたら？

あるいは、正気を保っているにしても、レミントンの正体を知っているとしたら？　レミントンの家族を皆殺しにしたいというファンソープの衝動に、エレノアも含まれているのだろうか？

それに、本人は船に乗るとしても、仕事は雇った人間にさせるとしたら？　二人が階段を下りていると、馬車が速度を落として近づいてきた。「自宅に」レミントンは叫んだ。「急いでくれ！」

「散歩には誰かついていっているのか？」馬車に乗り込みながら、クラークがたずねた。

「メイドが。それと、あの犬が。いやな予感がする。噂は突拍子もない内容だから、事実でないことはすぐに調べがつくし、ホレーシャはあのとおり頭が回るほうではない……自分でこの話を考えついたとは思えない。誰かに吹き込まれたんだろう」レミントンは震える指で杖を触った。車内にはナイフも隠してあったので、それを取り出し、二十センチの刃に触れる。切れ味鋭い刃……レミントンはさやを腕にくくりつけた。ジョンはこれ以上スピードを出せないのだろうか？「やつがエレノアを狙《ねら》うとは思ってもいなかった」

「ファンソープか」クラークがうなる。「だろうな」

二人は押し黙ったままレミントンの家にたどり着き、険しい面持ちで中に入った。

ベスは玄関広間の椅子で泣いていた。

ブリッジポートは立ったままもみ手をしていたが、レミントンの姿を認めるなり駆け寄ってきた。「奥さまの行方がわからなくなりました」

「リジーも一緒です……」ベスは目を真っ赤に腫《は》らし、声を震わせた。

レミントンは冷たく凍りついた。窮地に陥ったときの常として、頭が理性的に、冷静に回り始める。「連れていかれたのはいつごろだ？」

ベスはごくりと唾《つば》をのみ、かすれた声で答えた。「一時間前です。旦那さまのおっしゃったとおり力いっぱい叫びましたが、馬車があまりにも速く行ってしまったので、誰も捕まえることができなくて」

一時間とはずいぶん後れを取ってしまった。しかし、相手は馬車だ。「ブリッジポート、馬を連れてきてくれ。クラーク、援軍を連れてついてきてほしい」

クラークはうなずいた。「でも、行き先は？」

レミントンにははっきりと目的地がわかっていた。「レイシー館だ。そこの敷地内にある古い屋敷の廃墟《はいきよ》。それから、クラーク……お願いだから急いでくれ」

30

レミントンはロンドンの往来を馬で駆け抜けた。歩行者は怒声をあげて飛びのいて道を空け、乗り物はできるだけ急いで脇《わき》に寄った。それでも、レミントンは望むほどには速くは動けなかった。

不安がつきまとう。エレノアを救い出すのに間に合うだろうか？　ファンソープは過去に人を殺している。レミントンの妻というだけで、邪悪な喜びのためにエレノアを殺してもおかしくない。

レミントンはロンドン郊外をあとにした。開けた道に出ると、馬に全速力を出させ、自身は前傾姿勢になって、吹きつける風で目に涙がにじむほど勢いよく駆けた。

わんと吠《ほ》える声が聞こえ、レミントンは向きを変えながら止まった。

リジーが道端に立ち、見たこともないような表情を浮かべていた。目を赤くぎらつかせ、歯をむいて、なんとかしろと要求するようにレミントンを見ている。

「エレノアは私が助ける」レミントンは言った。「約束するよ」

レミントンは再び馬を駆ったが、背後でとがめるような吠え声が聞こえ、徐々に遠ざかっていった。レミントンが連れていくことはできなかったので、リジーはひょろりとした脚を根限り動かしてあとをついてきた。

エレノアの言うとおりだった。リジーは勇敢な犬だし、放《ほう》っておいても大丈夫そうだ。いや、あの犬の身に何かあればエレノアに殺されるだろうから、大丈夫でいてもらわなければ困る……。

〝殺される〟

レミントンはいかめしい顔でレイシー館の門番小屋を通り過ぎ、なおも道を進んで、草むらにかすかについた古い跡、かつては父の屋敷の門だった場所を目指した。初めてイギリスに来たとき、苦い巡礼の旅のようにこの地を訪れた。もとは私道の並木だった木立の中に立ち、ぼろぼろになった廃墟《はいきょ》を眺めたものだ。煉瓦《れんが》の瓦礫《がれき》に蔦《つた》が絡みつき、倒れた煙突に鳥が巣を作っていた。レミントンはこの世に生を受けたド・レイシー一族を一人残らず憎み、妹の墓前で復讐《ふくしゅう》を誓った。

今はそのド・レイシー家の一員を、傷ついた心を癒《いや》してくれた女性を救うために馬を走らせている。「急げ」レミントンは雄馬にささやいた。「急ぐんだ」道に沿ってうねうねと進み、ねじ曲がった木々の間を抜け、草むらについたばかりの車輪の跡を追う。

最後に向きを変えると、正面階段の残骸《ざんがい》の前に馬車が、まるで死そのものが訪ねてきたかのように停《と》まっているのが見えた。ファンソープが時代遅れのけばけばしい服に身を包み、馬車にもたれてあたりを見張っている。男が六人いて、青のサテンの衣装で従僕風に装っているものの、たたずまいは殺し屋のようだった。男たちは輪になって立ち、その中心にいるのは……エレノアだった。

間に合ったのだ。

日の光をまだらに浴びたエレノアは美しく、明るくさわやかに見えた。彼女を愛するあまり、失敗を怖れる気持ちは湧《わ》いてこなかった。すでに二人の女性がファンソープの憎悪に命を奪われている。エレノアまで彼の手に渡すわけにはいかない。

ファンソープが拳銃《けんじゅう》を向けてくるより早く、レミントンは馬の速度を落としていた。

「降りろ、ミスター・ナイト」ファンソープが叫んだ。「でないと、今すぐ撃つぞ」

探るように目をやると、エレノアがレミントンに気づいて顔を輝かせたのがわかった。周囲の悪党は棍棒《こんぼう》を持っているが、エレノアは幸せそうで、身の危険には気を留めていないように見える。レミントンのことしか頭にないのだ。

レミントンはファンソープと手下たちとの距離を測った。十二メートルといったところだ。おそらく、ファンソープは服に返り血を浴びたくないのだ。そして、この荒くれ者たちがいったん仕事に取りかかれば、止めることはできないと思っているのだろう。

レミントンはファンソープとエレノアの中間地点まで、ゆっくりと駆けた。

「この人たちに、あなたが助けに来るからって言ったのよ」エレノアが叫んだ。「警告してあげたの」

「そこまで私を信じてくれて嬉《うれ》しいよ」レミントンは答えたが、自信はあまりなかった。死ぬほど怯《おび》えていた。

今も、死ぬほど怯えている。ファンソープの手下はいかにも危険そうだった。傷だらけの残忍な顔をした、失うものを何も持たない貧民窟《ひんみんくつ》のくずのような男たちだ。

そのうえ、いつもなら動作の一つ一つに人を小馬鹿《こばか》にしたような自信を漂わせているファンソープが、今はどういうわけかその自信を失っていた。頬が真っ赤に染まっている。目の下にはひっかき傷があり、深く赤い筋となっていた。ぐったりと杖《つえ》に寄りかかり、拳銃を持つ手を震わせている。「思ったより早かったな……マーチャント」

なんということだ。やはりファンソープは、レミントンの正体を知っていたのだ。

ファンソープの顔に浮かぶ追いつめられた表情に、レミントンは不吉なものを感じた。追いつめられた人間はやみくもに銃を乱射し、大量殺人につながる。状況全体が、燃えさかるフリゲート艦に積まれた火薬樽《だる》のように危険だった。

冷静な声で、レミントンは言った。「ファンソープ卿《きょう》、船に乗り遅れますよ」

「船長は待ってくれる。私はファンソープ伯爵だからな」

「ご存じではないようですね」レミントンはするりと鞍《くら》から下りた。「潮の流れは誰のことも待ってはくれませんよ」

「では、別の船に乗る」いつもは慇懃《いんぎん》で冷静なファンソープの声が、鋭く細くなっていた。

「マーチャント、杖は持ってきたか?」

「いいえ。なぜです?」レミントンはとぼけてきき返した。

「前回お前が杖を使ったせいで、新たに人を雇い直さなければならなくなった」ファンソープは手下たちの輪に向かって拳銃を振った。「あっちへ行け。さぞかし感動的な光景になるだろう。愛する女の腕の中で死ぬことができるんだから」

レミントンは袖《そで》の中のナイフを握りしめ、輪のほうに向かった。

冷酷な目をした一人の悪党が、棍棒を自分の手のひらに打ちつけながら、満足げにレミントンを見た。唇の端を動かして言い放つ。「旦那《だんな》、面白いことになってきたよ。あんたをやれば、十ポンドの上乗せだ」

粘り強く諭すように、エレノアが言った。「さっきも言ったでしょう。ファンソープ卿はお金を持ってないの。報酬は払ってくれないわ。誰もお金なんてもらえないのよ」

いつもの手を使っている、とレミントンは気づいた。言葉で説得することで窮地を切り抜けるのがエレノアのやり方で、今試みているのもまさにその方法だ。これまでのところは、荒くれ者たちに手を出されずにすんでいるようだ。ただ、この男たちは快楽のためだけにもこの仕事を引き受けるだろうし、その後はファンソープに狙《ねら》いを変え、なんとしてでも報酬を受け取ろうとするだろう。

だが、ファンソープは動揺したらしく、邪悪な口調で叫んだ。「黙れと言っただろう」

レミントンはエレノアの頬にあざが、腫《は》れた鼻の下に血の跡があるのに気づいた。ファンソープの仕業だ。

エレノアと視線を合わせ、すばやく馬のほうを見て、目で彼女に話しかける。〝私がチャンスを作るから逃げろ〟

エレノアはうなずき、レミントンを感心させるいつもの冷静さを発揮して、両手を広げ、感じのいい穏やかな口調で男たちに問いかけた。「ファンソープ卿が今日の船に乗ろうとしているのはなぜだと思う？　どうして私に黙れと言うのかしら？　借金取りから逃げているからよ」

ファンソープはついに爆発した。「このあばずれ！」レミントンに向けていた拳銃をエレノアに向ける。

エレノアが地面に身を投げ出した。

レミントンはナイフを抜き、棍棒を振り回している悪党の腕にきらめく刃を突き立てた。

あたりは大混乱に陥った。

悪党たちは棍棒を振りかざし、レミントンに飛びかかった。杖を持っていない今、勝算はないと知りながらも、レミントンはナイフで抗戦し、二人を切りつけて倒したが、多勢に無勢で防御を突き崩されてしまった。手からナイフが引きはがされ、両腕をつかまれる。最初のパンチを浴びせられる前に、エレノアが馬に向かって走り出すのが見えた。

「女を捕まえろ！」ファンソープが叫び、拳銃を振り回した。

一人の男がエレノアを追いかけ始めた。

エレノアは立ち止まった。そして、ウエストまでスカートをたくし上げた。男たちは凍りついた。全員が動きを止め、むき出しになった長い脚と、丸みを帯びた白い尻が日の光に輝くさまを見つめる。

レミントンの口の中はからからになった。じろじろ見ている男たち全員を殺したくなったが、自分もその光景から目を離すことができなかった。

エレノアは馬に駆け寄り、鞍に飛び乗って、ファンソープに向かってまっすぐ走った。ファンソープは後ろによろめき、馬車のステップに尻餅《しりもち》をついた。

エレノアはファンソープに迫る直前できびすを返し、道に向かった。

ファンソープはよろよろと立ち上がり、エレノアの背中に拳銃を向けて撃った。「この雌犬！」金切り声で叫ぶ。

エレノアは弾丸を受けることなく、走り続けた。

悪党たちは我に返り、棍棒を振りかざした。レミントンは肋骨《ろっこつ》が折れたのを悟った。息が苦しくなる。一人の男の股間《こかん》を蹴《け》り、片腕が自由になると、落ちていた棍棒をつかんで効率よく前後左右に打ちつけた。だが、無駄なあがきであることはわかっていた。ゆっくりと苦しみながら死ぬのだと思いつつも、頭をよぎるのは、エレノアが馬に向かって走り、スカートを高く上げる姿が自分の最後の記憶になるのかということだった。

悪党たちは再びレミントンの両腕をとらえて、順番にこぶしで殴りつけ、拳闘の試合の観客のように叫んだ。叫び声があがるたびにパンチが繰り出され、痛みが襲ってくる。鼻の骨が折れ、唇が歯に当たって切れるのがわかり、舌に血の味が感じられた。浮かれた声はますます大きくなっていく。この獣たちは、与えられた仕事を楽しんでいるのだ。

とつぜん、叫び声がぴたりとやんだ。

レミントンの耳に轟音《ごうおん》が聞こえた。地面が揺れているのがわかる。腫れた目を上げると、棍棒を振り回していた男が振り向き、恐怖に目をみはっているのが見えた。

エレノアが猛烈な勢いでこちらに向かって馬を飛ばし、太い枝を振り回しながら、レミントンの〝くそっ〟という一言とは比べものにならないほどの罵声《ばせい》を発していた。

男たちはレミントンから手を離した。

レミントンは地面に落下し、うめき声をあげた。

悪党が散り散りになり、身を隠そうと走り出す。

エレノアは復讐の女神のごとくレミントンの巨大な雄馬を乗りこなし、男たちを追い回した。

レミントンはよろめきながら立ち上がった。

ファンソープ。ファンソープはどうした？　どこにいるのだ？

すばやく視線を動かすと、老いぼれ貴族が馬車の中で身をかがめているのが見えた。肩にライフルを構えている。

銃口はエレノアに向けられていた。

レミントンはエレノアに向かって警告の叫びをあげた。

エレノアの耳には届かない。

レミントンは走り始めた。

だが、せいいっぱい大股で足を踏み出しているというのに、心臓は根限りの速さで動いているのに、うまく走ることができなかった。スピードが出ない。これでは間に合わない。

エレノアがファンソープに殺されてしまう。

銃が火を噴いた瞬間、自分にも弾が当たったかのように、レミントンはびくりと体を震わせた。「エレノア」苦悶《くもん》のあまり崩れ落ちそうになる。「ああ、エレノア！」

ところが、エレノアは鞍にまっすぐ腰かけたまま、もう逃がさないと言わんばかりの笑みを浮かべ、逃げまどう二人の悪党に枝を打ちつけていた。

倒れたのはファンソープのほうで、彼は胸から血を流しながら馬車の外に転がり落ちた。

レミントンは驚き、この新たな脅威の源を探してあたりを見回した。

道の上でマグナスが馬に乗り、煙の立つライフルを手に、恐ろしげな表情を浮かべていた。レミントンを見て、冷ややかな声でつぶやく。「あいつは私の妹も殺したんだ」

ついにファンソープ卿に正義の鉄槌《てっつい》が下されたのだ。

後ろから馬で駆けてくるのはマデリンとガブリエルで、さらにディッキー・ドリスコルとクラークが続いた。彼らがエレノアにならい、ファンソープの手下たちを容赦なく追い回す間、レミントンはよろめきながら足を止めた。体は痛むし、腹が立って仕方がない。

「エレノア！」レミントンは叫んだ。

敵を追い回していたエレノアはすぐさま向きを変え、レミントンのそばにやってきた。鞍からすべり下り、レミントンのウエストに腕を回して支える。「まあ、なんてこと」かわいらしい目に恐怖を浮かべてレミントンの顔を見つめ、優しい指でずきずきと痛む額をなでる。「かわいそうなレミントン、けがの具合はどう？」

「そんなことはいい！」レミントンはエレノアをどなりつけた。「あいつらに脚を見せるなんて、いったい何を考えているんだ？」

頭がおかしいのはそっちだと言わんばかりに、エレノアは目を丸くしてレミントンを見つめた。「わからなかったの？　あの人たちの注意をそらして、その隙《すき》にあなたが逃げ出せるようにしたんじゃない！」

レミントンは声を荒らげた。「馬鹿、私が逃げ出せるはずがないだろう？　君の尻を見るのに忙しくてそれどころじゃなかった！」

　エレノアも大声を出した。「〝馬鹿〟はやめて。それに、私のお尻なんて普段から見てるじゃない」

「私が君の尻に目を向けなくなったら、葬儀屋を呼んだほうがいい。死期が近づいているということだからな」レミントンは今や叫び声をあげていた。

　エレノアも叫び返した。「次にあなたが誰かにこてんぱんにされたときは、放っておくわ」

「言いたいことはほかにもある。いったいどうして戻ってきたんだ？　私は君に――」

「あなたを見殺しにして自分だけ逃げてほしかった？　あなたがどうしようもない馬鹿だからという理由で？」

「〝馬鹿〟はやめろ」レミントンはエレノアの口調をまねた。

「言いたいことは言わせてもらうわ。私はあなたの妻だし、あなたを愛しているし、あなたが痛い思いを……」エレノアの威勢のよさはいっきにしぼんだ。ばつが悪そうに下を向き、ぼそりとつぶやく。「これは言わないつもりだったのに」

　レミントンは一瞬にして痛みを忘れた。エレノアのウエストに両腕を回す。「私を愛していると、言わないつもりだったのか？」

「信じてもらえないと思ったの」エレノアは破れた血まみれのクラヴァットに触れた。

「あなたは私が、お金目当てに結婚したと思ってるから」

「思ってない」

エレノアはむっとしたように顔を上げた。「そう言ってたじゃない」

「馬鹿げたことをたくさん言ってしまったな」レミントンはエレノアを抱きしめた。とはいえ、あまりきつくは抱きしめられなかった……傷がうずくのだ。「世界一すばらしい女性を愛すると、馬鹿げたことを口にしてしまう癖があるんだ」

エレノアが真剣な面持ちでレミントンを見つめる。レミントンは一瞬、何か間違いを犯したのではないかと不安になった。イギリスには、妻に愛していると告げるときのエチケットもあるのだろうか？

さっきのエレノアの言葉は本気ではなかったのだろうか？　私を愛しているわけではないのか？

やがて、太陽が昇るように、エレノアの目が輝いた。ぱっと笑顔になる。「私を愛してるの？」

安堵《あんど》のため息をつき、レミントンは言った。「この人のためなら気を失うまで殴られてもいいと思える女性が、いったい何人いると思う？」エレノアの額から髪をかき上げる。

「君を愛してる。君がいないと生きていけない」

エレノアはレミントンの首に腕を絡ませ、キスをしようとした。

ところが、レミントンの唇はふくれ上がり、片方の目は開かないくらいに腫れている。エレノアはレミントンの額に軽く唇を押しつけた。「かわいそうなレミントン、家に連れて帰らないと」

顔を上げたレミントンは、自分たちが馬に乗った一団に囲まれ、じろじろ見られていることに気づいた。マグナス、ガブリエル、マデリン、クラーク、ディッキー・ドリスコルが、魅入られたように二人を見つめている。

レミントンはぼろぼろになって折り重なった悪党たちを親指で示した。「あれで全部か？」

「何人いたんだ？」ガブリエルがたずねた。

「六人よ」エレノアが答える。

マグナスがうんざりした顔をした。「ここには五人しかいない」

ディッキー・ドリスコルがいつものスコットランド訛《なま》りで言った。「六人目のことは心配いらないと思いますよ」私道のほうをあごで示す。

引き裂かれた青のサテンを口いっぱいにくわえたリジーが走ってきた。レミントンのもとに来ると、貢ぎ物を足元に置き、お座りをしてしっぽを地面に打ちつける。

エレノアが大笑いした。

レミントンは必死に笑みを噛《か》み殺した。笑うと顔に激痛が走るのだ。それどころか、興奮状態が収まった今、体の至るところに激痛を感じていた。「いい子だ」レミントンは片膝をつき、リジーの耳をなでた。レミントンの心を見透かしたかのように、リジーは意味ありげにレミントンをつつき、エレノアを見上げた。

レミントンはリジーの意図を汲《く》んだ。リジーと同じくらいの愛情を込めて、エレノアを見上げる。「私と結婚してくれないか？」

「もうしてるわ」エレノアは相変わらずほほ笑んでいて、レミントンの言葉をまじめには受け取っていないようだった。

「きちんとした形で結婚したいんだ。君が誰なのかじゅうぶんに知ったうえで、教会で結婚式を挙げ、母の形見の指輪を渡したい」指のつけねが血まみれになった手をエレノアに差し出す。「私と結婚してくれないか？」

マデリンがすすり泣きを押し殺した。

ガブリエルが優しくマデリンを引き寄せる。

マグナスがうんざりした声で言った。「おいおい」

エレノアにもレミントンの本気が伝わったようだ。レミントンの手を取り、隣にひざまずくと、目を見つめて言った。「愛《いと》しのレミントン、慎んでプロポーズをお受けします」

「ありがとう。さてと」レミントンは朗らかな表情を作りながらも、自分を取り巻く世界がぐるぐる回り出すのを感じた。「そろそろ気を失わせてもらうよ」

エピローグ

「今回の騒動の中でいちばん面白かったのは、レミントンが女のように気絶したところだな」一階の玄関広間で、マグナス公爵が膝をぴしゃりと打って大声で笑った。ガブリエルが額に手を当てて気を失うふりをすると、ほかの男たちもいっせいにどっと笑った。

レミントンはうっとりした顔のリジーの頭をなで、笑い声がやむのを待った。余裕たっぷりにほほ笑む。「さては皆さん、私が馬車でご婦人方に膝枕《ひざまくら》をしてもらって帰ったのが羨《うらや》ましいんですね」

男たちは再び笑い、うなずいて、親しみを込めてレミントンの背中をたたいた。

エレノアは困惑した顔で、サフォークにあるマグナス館の二階の廊下に集う女性たちのほうを向いた。「聞いた？　あの人たち、馬鹿《ばか》みたいに笑っているわ。レミントンが脳震《のうしん》盪《とう》を起こして死にかけたことを知らないのかしら？」

「ああいうふうに言うことで、遠回しに思いやっているのよ」マデリンは手をさっと振って男性たちを示した。「思いやりというのは男らしくないから」

「あの人たちは男よ、男に何を期待してるの？　理屈？」レディ・ガートルードはよく似合う緑のサテンのドレスに身を包み、興奮で頬を薔薇《ばら》色に染めていた。

「みんな緊張してるのよ」ミセス・オックスナードの洞察力は鋭かった。「これほどの大物カップル二組が合同結婚式を開くなんて、そうあることじゃないから」

女性たちは黙り込み、その重大な事実に思いを馳《は》せた。

エレノアとレミントンが改めて結婚式を挙げるのなら、自分の娘の花嫁姿も見たいとマグナスが言い出したことで、一組だけの予定だった結婚式は、レミントンとエレノア、ガブリエルとマデリンの合同結婚式になった。式は一時間後、ド・レイシー家の礼拝堂の敷地内で行われることになっている。

エレノアはマデリンに目をやった。淡い青色のモスリンのドレスを着たマデリンは美しく、腕と胸がきれいに映えている。エレノアも揃《そろ》いの薄ピンク色のドレスを着ていたが、高く取ったウエストからまっすぐ落ちるスカートのラインは、腹の上がわずかに盛り上がっていた。

「きれいだわ」さすがいとこ同士、同じことを考えていたらしく、マデリンがエレノアに言った。「あなたが羨ましい。このつらい吐き気からもう解放されているんだから」まだ平らな自分の腹部に手を当てる。「式の最中に気持ち悪くなったら悪夢ね」

エレノアは笑った。「でも、忘れられない思い出になるわ」

二人は二カ月違いで子供を授かることになっていた。レミントンもガブリエルも生まれてくるのは女の子だと決めつけ、母親と同じくらい手がかかりそうだと言っている。

男の言い分があてにならないのは、いつものことだ。

愛情がこみ上げてきて、エレノアはマデリンを抱きしめた。「八年前、あなたが私を引き取ってくれたとき、こんなことになるなんて誰が想像したかしら？」

レミントンが提案した結婚式は、実現するまでに四カ月かかった。騒々しく興奮に満ちた四カ月だった。マグナスがファンソープ卿《きょう》の命を絶ったという知らせが上流社会を駆けめぐると、人々はあまりのことに言葉を失った。マグナスの妹を殺したのがファンソープ卿だったとわかると、年配者はうなずき、自分も怪しいと思っていたのだと主張した。ファンソープ卿がマグナスの姪《めい》の命も狙《ねら》っていたことが明らかになると、誰もがファンソープ卿とのつながりを否定した。ファンソープ卿にかかわる記憶はすべて薄汚れたものとなった。

エレノアの誘拐に加担したことが知れ渡り、レディ・シャップスターは催しの主催者たちに絶縁を言いわたされ、夫の家に逃げ帰った。エレノアの父親は娘の結婚式に出席する気はなかった。雷鳥の狩猟シーズンだし、そもそもエレノアはすでに結婚しているじゃないか、というわけだ。

　そこで、エレノアを花婿に引き渡す役もマグナスが務めることになった。ふとエレノアは、父親の無関心を気にかけなくなっている自分に気づいた。何しろ、レミントンがいるのだ。

　よく晴れた日で、一同は降り注ぐ朝日の下、礼拝堂に行く合図を待っていた。親族と親しい友人だけを招いたため、客は二百人程度とのことだったが、その全員の視線を浴びるのだと考えると、エレノアは不安を感じずにはいられなかった。結局のところ、エレノアはエレノア……内気でおとなしい性格で、例外は愛する人が危険にさらされたときだけなのだ。

　レミントンが椅子に座って客に応対できるまでに回復すると、マグナスが会いに来た。トランプで負けてマデリンを手放したとき、マグナスは一家の財産を回復させるしかないと考えた。そこで、イギリス海軍に物資を供給するかつての事業に投資することにした。その手はずはすでに整い、契約も取りつけてある。だが、事業自体はレミントンが行い、利益も受け取ってほしいと、マグナスは持ちかけた。なぜなら、と、彼はいつものぶっきらぼうな口調で言った。〝マーチャント家に行った重大な不正の償いをすると、父と約束したからだ。しかも、君はすばらしい贈り物……妹の死の真相を授けてくれた。長年、レディ・プリシラを殺したのは、弟のシャップスター卿だと思い込んでいた。真相が明らかになった今、レディ・プリシラも君の妹のアビーも、安らかに眠ることができるだろう〟

レミントンは事業を行うことには同意したが、マグナスが今後も政府に影響力を行使し、見返りとして利益の一部を受け取ることを条件とした。そして、二人は合意の握手をした。マグナスが帰ったあとになってレミントンは、父親の古い地所の譲渡証が脇《わき》のテーブルに置かれているのを見つけた。

家族間の確執は終わったのだ。

エレノアは手すりに近づき、レミントンの金髪を見下ろした。彼が気を失っていたときのことを思い出すと、今でも胸が締めつけられる。頭のこぶと腫《は》れた顔が、受けた暴行の凄《すさ》まじさを物語っていた。回復には何週間もかかり、エレノアはつめかける見舞い客……と、治りきってもいないのに起き上がろうとするレミントン自身から、必死に彼の体を守った。

もう少しでレミントンを失いそうになったのだ。そのことは絶対に忘れない。

視線に気づいたのか、レミントンがエレノアを見上げ、にっこりした。

頭上のアトリウムから差し込む日の光に金髪が輝き、目尻にしわが寄る。エレノアにとって、レミントンは今も世界一の美男子で、その彼が自分のものであること……そして、自分を愛していることが信じられない思いだった。

だが、それは事実なのだ。レミントンはあらゆる形で愛情を示してくれている。妊娠したと告げたときも、膝にエレノアを抱き上げて座り、エレノアが奇跡でも起こしたかのように抱きしめてくれた。

「馬車が到着したぞ」マグナスが叫んだ。

「まあ、馬車が来たんですって。二人とも！」レディ・ガートルードは両手を打ち合わせた。「ボンネットをかぶって、外套《がいとう》を着なさい」手すりに身を乗り出して声をかける。「それからミスター・ナイト、いい子だから、わんちゃんは教会に連れていかないでね」

レミントンは笑い、リジーを専属の従僕に渡した。

四カ月前の戦いでみごとな働きを見せて以来、リジーは野良犬から家族の一員に格上げとなり、犬らしい愛情をめいっぱい注いでレミントンになついた。レミントンも自分では認めないものの、リジーをかわいがっている。

「ねえ、ご存じ？」レディ・ガートルードが声をひそめてミセス・オックスナードに話しかけた。「レミントンはリジーに、結婚指輪を運ぶ役をしてほしいと頼んだのよ。冗談だとは思うんだけど、なんとも言えないところね」

マデリンとエレノアは、ホレーシャとミセス・オックスナードに服装を整えてもらった。ブーケを受け取ると、二人は玄関広間に続く階段を下り始めた。

ガブリエルとレミントンが階段の下にやってきた。

ガブリエルは階段を下りるマデリンを誇らしげに見つめた。

レミントンは再び自分の腕に抱くのが待ちきれないとでもいうように、エレノアに向かって手を伸ばした。

最後の一段まで下りると、エレノアは手を差し出した。

レミントンはその手を唇に寄せてキスをしたあと、暗く危険な、獣じみたあの低い声で——エレノアが心から愛する声で、問いかけた。「エレノア・ド・レイシー、本日私と結婚し、永遠に私のものになってくれますか？」

エレノアは顔いっぱいに笑みを浮かべた。「ええ、喜んで」

訳者あとがき

クリスティーナ・ドッド著の本作『囚《とら》われた貴石』は、同著者の『賭《か》けられた薔薇《ばら》』と二部作をなしています。続き物というよりは、一つの物語の表と裏といったほうがいいかもしれません。次期女公爵とそのコンパニオンであるいとこ同士が互いの立場を入れ替え、別々の場所で繰り広げる騒動とロマンスが描かれたこの二部作では、〝コンパニオンになりすました〟女公爵の物語が一作目。〝女公爵になりすました〟コンパニオンの物語が二作目となっています。

舞台は十九世紀初頭のイギリス。次期マグナス女公爵、マデリン・ド・レイシーは、父親のマグナス公爵がトランプの勝負に負けたせいで、ミスター・レミントン・ナイトなるアメリカ人実業家と結婚させられることになります。ミスター・ナイトに呼びつけられたマデリンは、結婚を思いとどまらせようと意気込み、いとこでコンパニオンのエレノア・ド・レイシーを連れてロンドンに向かうのですが、道中、無類の博打《ばくち》好きである父親が飛びつきそうな賭博《とばく》パーティの開催を知ります。唯一残った家宝を賭博に使われてはたまらないと、マデリンは参加者の令嬢のコンパニオンとしてパーティに潜入し、ミスター・ナイトのもとには自分と容姿のよく似たエレノアを送り込むことにします。自信に満ちた、悪く言えば高慢なマデリンが、慣れないコンパニオンの仕事に悪戦苦闘しながらロマンスと陰謀に巻き込まれるさまを描いたのが、前作『賭けられた薔薇』でした。

本作『囚われた貴石』は、マデリンに説得されたエレノアが、女公爵を装ってロンドンのミスター・ナイトの自宅に到着するところから幕を開けます。マデリンが父親の説得を終え、ロンドンに駆けつけるまでの時間稼ぎをするのがエレノアの使命ですが、マデリンとは正反対で気が弱く内気な性格のため、女公爵らしいふるまいなどできるはずもありません。そのうえ、賭博で女公爵との結婚を勝ち取り、金の力でイギリス上流社会に入り込もうとしている〝野蛮なアメリカ人〟ミスター・ナイトに男性として惹《ひ》かれ、そんな自分にも戸惑ってしまいます。はたしてエレノアは任務をまっとうし、無事に元の人生に戻れるのでしょうか？　ミスター・ナイトとの関係はどうなっていくのでしょう？

さて、この物語には実在した著名な人物が二人登場します。一人はヒストリカルロマンスの設定としても人気の高い摂政《リージェンシー》時代を治めた摂政皇太子、ジョージ四世です。本書の舞台である一八〇六年にはまだ摂政の地位には就いていませんが、華美な生活様式と遊び好きで知られるジョージ四世は、すでに社交界の中心的人物でした。ジョージ四世の名前が出ること自体はリージェンシー作品には珍しくありませんが、本作では実際にキャラクターとして物語中に登場します。

二人目は、同じくリージェンシーの有名人であるジョージ・ブライアン・ブランメル、通称〝伊達男ブランメル《ボー・ブランメル》〟です。物語中の言動からもわかるように、ブランメルは当時の社交界のファッションリーダーとも呼ぶべき存在で、イギリス流ダンディズムを確立したと言われています。当時のイギリスを舞台にした戯曲や小説に登場することも少なくなく、この作品ではファッションのことで頭がいっぱいの、愛すべき滑稽《こっけい》な人物として描かれています。

また、本書にはもちろん、ヒロインのマデリン、ヒーローのガブリエルを始めとして、前作『賭けられた薔薇』のキャラクターも数多く登場します。前作では匂《にお》わせる程度だったエレノアの過去も詳しく語られ、また前作の後日談となるエピソードも描かれますので、『賭けられた薔薇』を読まれた方はよりいっそう楽しめることでしょう。

二〇一一年七月

琴葉かいら

訳者　琴葉かいら
大阪大学文学研究科修士課程修了。大学院で英米文学を学んだあと、翻訳の道に入る。主な訳書に、クリスティーナ・ドット『賭けられた薔薇』、ジェイン・A・クレンツ『愛と運命にさまよい』、ステファニー・ローレンス『不作法な誘惑』『悩ましき求愛』『身勝手な償い』（以上、MIRA文庫）などがある。

囚われた貴石
2011年7月15日発行　第1刷

著　　者／クリスティーナ・ドット
訳　　者／琴葉かいら（ことは　かいら）
発 行 人／立山昭彦
発 行 所／株式会社 ハーレクイン
東京都千代田区外神田 3-16-8
電話／03-5295-8091（営業）
03-5309-8260（読者サービス係）
印刷・製本／大日本印刷株式会社
装 幀 者／小倉彩子

定価はカバーに表示してあります。

ISBN978-4-596-91461-3

賭けられた薔薇

クリスティーナ・ドット
琴葉かいら 訳

父親が賭に負け、結婚を余儀なくされた令嬢マデリン。窮地を脱するため、付き添い人のエレノアと身分を入れ替え…。リージェンシー・ロマンス2部作第1話。

ロスト・プリンセス・トリロジーⅠ
幸せを売る王女

クリスティーナ・ドット
平江まゆみ 訳

祖国を離れ英国で身を隠すことになった3人の王女。第二王女クラリスは王家秘伝の美顔クリームを売るため、ある伯爵の土地を訪れて…。シリーズ第1弾。

ロスト・プリンセス・トリロジーⅡ
永遠を探す王女

クリスティーナ・ドット
南 亜希子 訳

姉クラリスのもとを逃げ出した第三王女エイミーは貧しい村で暮らしていた。困窮から村人を救うため彼女は領主である侯爵を誘拐して…。シリーズ第2弾。

ロスト・プリンセス・トリロジーⅢ
愛を想う王女

クリスティーナ・ドット
南 亜希子 訳

第一王女ソーチャが暮らす孤島の修道院に、貧しい漁師が現れた。実は、彼は許婚である隣国の王子レインジャーなのだが…。ロイヤル・ロマンス3部作、完結。

愛の陰影

ジョージェット・ヘイヤー
後藤美香 訳

冷酷と恐れられる公爵はある思惑から美しい少年を助けて小姓にするが、実は少女だと気付き…。ロマンスの祖が、少女の一途な愛を描いた伝説の名作。

悪魔公爵の子

ジョージェット・ヘイヤー
後藤美香 訳

冷徹なヴィダル侯爵は稀代の放蕩者。悪行が災いして渡仏が決まった彼は、尻軽そうな美女を誘うが、現れたのは堅い姉のほうで…。『愛の陰影』関連作。

令嬢ヴェネシア
ジョージェット・ヘイヤー
細郷妙子 訳

一八一八年、放蕩者の男爵が故郷で出会ったのは、駆け引きも知らない令嬢ヴェネシア。二人の間に奇妙な友情が芽生え…。巨匠が紡ぐ不朽の名作。

素晴らしきソフィー
ジョージェット・ヘイヤー
細郷妙子 訳

19世紀摂政時代、外国育ちの令嬢がロンドン社交界に愛と笑いのドラマを巻き起こす！ ヒストリカル・ロマンスの祖といわれる伝説的作家の初邦訳作品。

伯爵夫人の縁結びⅠ 秘密のコテージ
キャンディス・キャンプ
佐野 晶 訳

社交界のキューピッドと名高い伯爵未亡人に、友人の公爵が賭を挑んだ。舞踏会で見つけた地味な令嬢を無事に婚約させられるのか…？ 新シリーズ始動！

伯爵夫人の縁結びⅡ 金色のヴィーナス
キャンディス・キャンプ
佐野 晶 訳

幼い頃に誘拐された伯爵家の跡継ぎが見つかった！ 型破りな彼と良家の子女との縁結びを頼まれた伯爵未亡人は、結婚を忌み嫌う令嬢アイリーンを選ぶが…。

伯爵夫人の縁結びⅢ 気まぐれなワルツ
キャンディス・キャンプ
佐野 晶 訳

ロックフォード公爵の妹カリーは、仮面舞踏会で出会った伯爵にひと目で恋に落ちた。しかし、彼は兄に復讐を誓う仇敵で…。人気シリーズ第3弾！

伯爵夫人の縁結びⅣ 恋のリグレット
キャンディス・キャンプ
佐野 晶 訳

秘密の婚約破棄から15年。悲しい誤解を知った社交界の華フランチェスカは、償いのため元婚約者の公爵に花嫁を探し始めるが…。感動のシリーズ最終話！

南の島の花嫁
キャサリン・コールター
富永佐知子　訳

南の島の領地を視察に来た伯爵家の次男ライダーは、英国で評判の放蕩者。そんな彼に好敵手ともいえる美女が勝負を挑み…。『シャーブルックの花嫁』続編。

湖畔の城の花嫁
キャサリン・コールター
富永佐知子　訳

伯爵令嬢シンジャンが一目惚れした相手は、見目麗しき貧乏貴族コリン。裕福な花嫁を探していると知った彼女は…。〈シャーブルック・シリーズ〉第3話。

エデンの丘の花嫁
キャサリン・コールター
富永佐知子　訳

シャーブルック家の人間とは思えないほど堅物で敬虔なタイセン。爵位を相続して領地に赴いた彼は不遇な美しい娘と出会い…。人気シリーズ第4話。

気高き心は海を越えて
キャット・マーティン
岡　聖子　訳

流れ着いたバイキングの末裔と、伯爵家の令嬢。相容れない宿命を背負う二人は結ばれぬ恋に身を焦がすが…。19世紀英国に生まれた美しく輝くロマンス。

熱き心は迷宮を照らし
キャット・マーティン
岡　聖子　訳

姉の死に不審を抱いた子爵令嬢は身分を偽り、社交界に浮き名を流す伯爵に近づくが、いつしか彼に心奪われてしまい…。『気高き心は海を越えて』続編。

清き心は愛をつらぬき
キャット・マーティン
岡　聖子　訳

新聞社で働く男爵令嬢とバイキングの末裔の相性は最悪。しかし、連続殺人事件を追ううちにリンゼイは身分の違う彼に惹かれていき…。シリーズ最終話。

ブレンダ・ジョイス

アイルランド貴族の
気高き愛と名誉の物語 **＜ド・ウォーレン一族の系譜＞**

第1話『**仮面舞踏会はあさき夢**』
叶わぬ恋と知りながら、次期ド・ウォーレン伯爵を一途に想い続けるリジーを数奇な運命が襲う。

第2話『**夢に想うは愛しき君**』
エレノアとショーンは血のつながらない兄妹。禁断の愛ゆえに二人は激情の嵐にのみ込まれ、一族をも大波瀾に巻き込んでいく…。

第3話『**光に舞うは美しき薔薇**』
ジャマイカ島からロンドンへの航海は数週間。その間に、一族きっての放蕩者クリフが海賊の娘を淑女に育て上げることになって…。

第4話『**初恋はせつなき調べ　上・下**』
令嬢ブランシュはレックスに再会し、生まれて初めての恋に落ちた。ともに日々を重ねるうち、彼への愛が深まるほどに切なさは増して…。

ステファニー・ローレンス

“結婚の砦”はここに築かれた。
本物の愛と花嫁を手に入れるために。**＜結婚の砦＞**

第1話『**不作法な誘惑**』
1815年、突然社交界の花婿候補のトップに躍り出た元スパイたちは理想の花嫁を探すため秘密の紳士クラブを作った。

第2話『**悩ましき求愛**』
やむなく社交界で未亡人を称するアリシアが子爵に想いを寄せられて…。英国摂政時代、清貧の令嬢に訪れたシンデレラストーリー。

第3話『**身勝手な償い　上・下**』
幼なじみの伯爵と再会した令嬢。かつて、彼に恋し傷ついた彼女は過ちを繰り返さぬよう、誘惑に屈しないと心に誓うが…。

＊MIRA文庫